Gabriela Galvani

Die Hüterin des Evangeliums

GABRIELA GALVANI stammt aus einer Künstlerfamilie und wurde in Norddeutschland geboren, wuchs aber in der Südschweiz auf. Sie studierte Amerikanistik, Kulturmanagement und Politikwissenschaften und arbeitete als Redakteurin für verschiedene Printmedien. Zuletzt erschien von ihr der Roman »Die Seidenhändlerin« im Aufbau Taschenbuch.

Als Christianes Mann, der Augsburger Verleger Severin Meitinger, ermordet aufgefunden wird, beschließt sie, die Druckereigeschäfte allein weiterzuführen – Mitte des 16. Jahrhunderts keine einfache Angelegenheit für eine alleinstehende Frau. Zufällig entdeckt sie, dass ihr Gatte mehr als die üblichen Drucksachen herstellte. Man munkelt etwas von Verschwörung und einem geheimnisvollen Luther-Manuskript. Mussten Severin und der Autor Sebastian Rehm deshalb sterben? Im Laufe ihrer Nachforschungen sieht sich Christiane einer dunklen Macht gegenüber, die vor nichts zurückschreckt. Schließlich schwebt auch sie in Lebensgefahr und gerät in einen Wettlauf mit der Zeit, in dem es um nicht weniger geht als den fragilen Religionsfrieden, der das Land vor dem Chaos bewahrt.

Gabriela Galvani

Die Hüterin des Evangeliums

Roman

aufbau taschenbuch

ISBN 978-3-7466-2604-8

Aufbau Taschenbuch ist eine Marke
der Aufbau Verlag GmbH & Co. KG

1. Auflage 2010

Umschlaggestaltung Mediabureau Di Stefano, Berlin
unter Verwendung eines Motivs von
© Raphael, Bridgemanart.de
Druck und Binden CPI – Moravia Books, Pohořelice
Printed in Czech Republic

www.aufbau-verlag.de

Zum Glauben und Evangelium
darf niemand gezwungen werden.
Es darf aber auch nicht gestattet
werden, dass ... jemand im Geheimen
das Wort Gottes schmäht.

Martin Luther, Tischreden

Augsburg,
19./20. Oktober 1518

Prolog

Nicht einmal eine anständige Strumpfhose hatte er anziehen können. Um Hüften und Oberschenkel war ein Lederschurz gebunden, der an den Knien endete. Dazu trug er ein einfaches Leinenhemd und einen Mantel aus grobem, kratzigen Stoff gegen die Kälte.

Die Zeit war zu knapp, um eine bessere Garderobe zu besorgen. Seine Mönchskutte und den Ledergürtel hatte er genauso abgestreift wie sein Gelübde. Das vertraute Gewand würde er deshalb in der kleinen Zelle im Karmeliterkloster zurücklassen müssen, ebenso wie jenen Halt, der ihm von seinem Beichtvater gegeben worden war. Er war jetzt allein auf sich gestellt.

Versonnen blieben seine Augen an dem schwarzen Habit hängen. Immerhin war es für fast zwölf Jahre ein Teil seines Selbst gewesen, ein Ausdruck seiner Zugehörigkeit zum Orden der Augustiner-Eremiten. Sie hatte ihm Schutz geboten und ihn stark gemacht, ihn Gott nahe gebracht und seinen Glauben gefestigt.

An seinem Bekenntnis würde sich freilich nichts ändern. Das hatte das dreitägige Verhör durch den römischen Kardinal Cajetan nicht bewirken können, und davon brachten ihn auch die drohenden Konsequenzen seiner eigensinnigen Haltung nicht ab. Diese hatte jedoch zum Dispens und der Entlassung aus seinem Gelübde geführt. Als Frater war er vor vier Tagen gekommen, wie ein einfacher Bauer würde er die Reichsstadt verlassen …

»Kommt …«, unterbrach eine leise Stimme seine Gedanken.

Es war keine Zeit für Wehmut oder gar Zaudern. Er war hier nicht mehr sicher. Wenn er jetzt nicht floh, lief er Gefahr, auf dem Scheiterhaufen zu enden. Er riss sich von der Kammer und seinen zurückgelassenen Habseligkeiten los, straffte die Schultern und folgte dem Novizen hinaus, der ihn die ersten Schritte in die Freiheit begleiten sollte.

Sie eilten durch die zu dieser Stunde dunklen Flure des Klosters. Da der eine barfuß und der andere nur mit Filzpantoffeln bekleidet war, bewegten sie sich fast lautlos. Der junge Mönch wies ihm mit einer kleinen Laterne den Weg ...

Unvermittelt zögerte der Flüchtende. Er tastete an den Gürtel, der seine Kniehose in der Taille zusammenhielt – da war nichts. Kein Messer, kein Sporn. Nichts, womit er sich notfalls verteidigen könnte, wenn er überfallen oder aufgegriffen werden sollte.

Der Novize war ihm bereits mehrere Schritte vorausgelaufen. Er wandte sich nach ihm um, seine im Licht der Funzel kaum auszumachende Miene drückte Ungeduld, Ratlosigkeit und Furcht aus. Mit einer Handbewegung forderte er den Gast zur Eile auf.

Statt nach einer Waffe zu fragen, nickte dieser bloß und hastete weiter. Dann musste es eben ohne gehen. Der Junge setzte sein Leben aufs Spiel, indem er ihn heimlich aus dem Kloster führte. Er durfte nichts riskieren, was den anderen noch mehr gefährdete.

Vor einer auf den ersten Blick unscheinbaren, niedrigen Pforte im Mauerwerk endete der Weg. Der Novize drückte das unverschlossene Tor auf. Eisiger Wind pfiff in den Flur, ein Nebel aus Sprühregen wehte herein.

Er legte dem Mönch kurz die Hand auf die Schulter, nickte und hoffte, der Junge würde seine tiefe Dankbarkeit durch den Druck und die Körperwärme spüren. Dann zog er den Kopf ein und trat in die Gasse hinaus.

Um diese Uhrzeit war es ungewöhnlich still in der Stadt. Das Unwetter vertrieb selbst die Bettler, Beutelschneider und Huren. Kein Mensch schien sich in dieser unwirtlichen Nacht auf die Straße zu wagen, nicht einmal Ratten waren zu sehen. Binnen weniger Herzschläge war er bis auf die Knochen durchnässt.

Und nun? Wohin?

Ratlos sah er sich um, konnte durch den Regen nichts anderes erkennen als die Umrisse der hohen, schlanken Bürgerhäuser, deren Fenster wie dunkle Höhleneingänge wirkten.

Von irgendwoher ertönte schwach der Ruf eines Nachtwächters.

Ihm sank das Herz. Man hatte ihm Hilfe versprochen, doch offensichtlich erwartete ihn Unzuverlässigkeit. Ohne die Gefälligkeit eines anderen konnte er nicht entkommen. Die Stadtmauer wurde von schwerbewaffneten Soldaten rund um die Uhr bewacht. Er hatte zwar von einer geheimnisvollen Schlupfpforte gehört, aber er besaß nicht die geringste Ahnung, wo sich diese befinden könnte.

Ein Pfiff schreckte ihn auf. Obwohl der Ton so leise wie das Fiepsen einer Maus war, traf es ihn so durchdringend wie ein Glockenschlag beim Angelusläuten. Er kniff seine tiefliegenden Augen zusammen, konnte schließlich einen vierschrötigen Mann ausmachen, der an einer Hausecke auf ihn wartete. Der Kerl wirkte eher wie einer vom Diebesgesindel als wie ein Fluchthelfer. Vertrauensvoll sah er weiß Gott nicht aus, konnte es deshalb ein Verräter sein? Sein Wissen um das Fehlen einer Waffe nagte an ihm.

Doch er hatte keine Wahl.

Stumm ergab er sich seinem Schicksal, vertraute auf Gottes Gnade und schloss sich dem Alten an, der überraschend behende durch die Pfützen humpelte, die sich auf dem Kopfsteinpflaster gebildet hatten.

Was hätte er auch anderes tun sollen? Es gab kein Zurück. In dem Augenblick, in dem er die Rücknahme seiner Thesen verweigert hatte, war sein Schicksal besiegelt gewesen.

»Revoca!,« hatte der Gesandte des Papstes gefordert. »Widerrufe!«

Doch selbst die Androhung von Gewalt hatte ihn nicht geschreckt. Nie würde das verlangte »revoco« über seine Lippen kommen. Er hatte sich, ohne ein Wort zu sagen, abgewandt, den ebenso berühmten wie einflussreichen Kardinal Cajetan stehenlassen wie einen einfachen Laienbruder – und war gemessenen Schrittes weggegangen.

Erst Stunden später war ihm die Tragweite seiner Handlung bewusst geworden. Nicht die Tatsache, dass er als Ketzer verurteilt würde, war das Schicksalhafte an seiner Handlung. Es war der Verlust der eigenen Identität. In dem Moment, in dem er den Widerruf verweigert hatte, war Frater Martinus gestorben. Es gab keinen Bettelmönch dieses Namens mehr. Er war nur noch Martin Luther, Doktor der Theologie aus Wittenberg.

Revoco – sechs Buchstaben hatten sein Leben besiegelt.

Augsburg,
Mitte März 1555

1

Die arme Seele im Büßerhemd lag – mehr als dass sie saß – mit ausgestreckten Gliedmaßen auf einem Stuhl vor dem Altar. Auf diese Weise erinnerte sie entfernt an den hölzernen, gekreuzigten Jesus Christus über ihr. Das blonde Haar fiel der Frau in wirren Strähnen in das zur Fratze verzogene Gesicht, ihr Kopf hing herab. Ihre Wangen waren feuerrot angelaufen, und ihr aufgerissener Mund war der Eingang zu der Hölle ihres Innersten, aus dem animalische Laute in den Chor aufstiegen, als wäre sie ein wütendes Tier, das die Gläubigen in einer blutigen Szene zerreißen wollte.

»Ich beschwöre dich, unreiner Geist, im Namen unseres Herrn: Verschwinde und fahre aus diesem Geschöpf Gottes!«

Die sonore Stimme des Priesters hatte es schwer, das Geschrei der Delinquentin zu übertönen. Dann versank der katholische Geistliche einen Ton tiefer in dem monotonen Murmeln, mit dem er seit Stunden seine Gebete sprach. Wie bereits etliche Male zuvor griff er in ein silbernes Gefäß mit Weihwasser und besprühte die Besessene mit dem salzigen Nass.

Eine Kerze zischte, die von einem Tropfen getroffen worden war. Ihr Licht flackerte und warf gespenstische Schatten auf den noch jugendlichen, drallen Leib der Frau, der sich wie unter starken Schmerzen wand. Hätten nicht vier Messdiener sie bei den Schultern und Füßen gepackt, wäre die Besessene wahrscheinlich mitsamt dem Stuhl umgefallen.

Ihr Schreien verwandelte sich in ein verzweifeltes Wimmern.

Vielleicht wäre es das Beste für sie, wenn sie irgendwie zu Tode käme, fuhr es der Meitingerin angesichts des schrecklichen Kampfes am Altar durch den Kopf. Zumindest würde das dieser unwürdigen Prozedur endlich ein Ende bereiten.

Christiane Meitinger saß zwischen anderen Augsburger Bürgern in einer der Kirchenbänke. Im Gegensatz zu den meisten Gläubigen zeigte sie jedoch wenig Interesse am Geschehen und senkte eher die Lider, als den Hals zu recken. Sie fand das Schauspiel entsetzlich.

Anders die Mehrzahl der Männer und Frauen aller Schichten, die sich hinter ihrer Frömmigkeit versteckten, aber den Rosenkranz nur deshalb durch die Finger gleiten ließen, weil sie vor sensationsgieriger Aufregung nicht stillhalten konnten. Exorzismus und Dämonenkampf waren nichts Ungewöhnliches für die Menschen in dieser Stadt, auch Christiane Meitinger, geborene Walser, war mit dem Wissen darum aufgewachsen. Eher rational veranlagt und im Gegensatz zu den meisten ihrer Altersgenossen nicht sonderlich abergläubisch, hielt sie sich von derartigen Veranstaltungen jedoch lieber fern. Sie fand das alles nur demütigend und ihrer Auffassung nach ganz gewiss nicht im Sinne Jesu Christi.

Severin Meitinger kannte ihre Meinung. Deshalb fragte sie sich unaufhörlich, warum ihr Gatte trotz ihres Protests darauf bestanden hatte, dass sie ihn zu der Teufelsaustreibung begleitete. Eine Erklärung hatte er ihr jedenfalls nicht gegeben.

Rasch warf sie ihm einen Seitenblick zu. Wie stets erkannte sie keine Gemütsregung in seinem hageren, verschlossenen Gesicht. In der Regel besaß er keinen Humor und keinen Charme, war jedoch von ungewöhnlicher Intelligenz, und seinen Charakter zeichneten Großzügigkeit und häufig sogar Milde aus. Es war nicht direkt unangenehm, mit diesem Vertreter konservativer Ideale zu leben, aber für eine junge Frau mit offenem Herzen, romantischen Vorstellungen von

Leidenschaft und einem außerordentlichen Interesse an Bildung, Politik und Religion eher langweilig. Dabei hätte gerade er ihren Wissensdurst zu stillen vermocht, denn Severin Meitinger war Buchdrucker und Verleger.

Ihre Lippen teilten sich, weil sie ihm zuflüstern wollte, wie sehr es ihr zuwider war, zuschauen zu müssen, wie das Hemd der armen Seele bei jeder Bewegung weiter über deren Schenkel hochrutschte, und dabei wahrzunehmen, wie die Zuschauer die Augen aufrissen.

Nicht auszudenken, wie viele der männlichen Gläubigen in den Reihen vor und hinter ihr die Gunst des Freudenmädchens genossen haben mochten. Wer alles hatte sie gehabt und klagte sie nun als »mannssüchtig« an? Hatte auch Severin Meitinger vor ihrer Hochzeit ebenso regelmäßig ein Hurenhaus besucht, wie er seine junge Frau nun an deren eheliche Pflichten erinnerte? Kannte er die Besessene vielleicht sogar?

Christiane senkte beschämt die Augen.

»Die Arschverkäuferin ist tatsächlich vom Teufel besessen«, wisperte hinter ihr ein Junge, der klang, als befände er sich gerade im Stimmbruch. Seine Gefühle waren unüberhörbar, diese Mischung aus Abscheu, Faszination und Erregung.

»Pst! Sei still!«, mahnte leise eine weibliche Stimme, die wahrscheinlich seiner Mutter gehörte. »Sprich nicht so. Hat dir dein Vater nicht beigebracht, eine Person dieses Gewerbes *hübsche Frau* zu nennen?«

»Vater hat gesagt, dass besessene Arsch… Hübschlerinnen eigentlich von Ärzten examiniert werden müssten, so will es der Stadtmagistrat. Warum tut das jetzt der Herr Pfarrer?«

»Halt den Mund!«

Das Knurren eines tollwütigen Hundes ließ Christiane zusammenfahren. Es dauerte einige Herzschläge, bevor sie begriff, dass die schrecklichen Laute aus der Kehle der Delinquentin gedrungen waren. Unwillkürlich starrte sie wieder zu der armen Seele hin. Wie konnten solche Töne einem menschlichen Leib entweichen? War das tatsächlich der Teufel, der endlich ausgeflogen war?

Unsinn!, schalt sie sich in Gedanken. Das ist Gaukelei. Das Volk will unterhalten werden, und die katholische Kirche muss sich mächtig anstrengen, um nicht alle Schäfchen an die Reformation zu verlieren. Immerhin war nur noch ein Drittel aller Augsburger Anhänger des Papstes. Sie hatte diese Zahl neulich erfahren, als ihr Mann mit seinen Freunden über den vor fünf Wochen begonnenen Reichstag diskutiert hatte. Christiane hatte heimlich gelauscht, denn derartige Gespräche waren nach Ansicht Severin Meitingers nun einmal nichts für die Ohren seiner jungen Frau, doch ihr Interesse am aktuellen Geschehen ging weit über die Bewunderung der ausländischen Ritter und Pferde, der Spielmannszüge und Gaukler hinaus, die durch die Straßen zogen. Immerhin ging es zurzeit um nichts Geringeres als den Religionsfrieden in den Ländern und Städten der deutschen Untertanen des Kaisers.

Es ist eine Warnung, fuhr es Christiane plötzlich durch den Kopf. Severin will mir zeigen, was mit Frauen geschieht, die sich vom wahren Glauben abwenden. Immerhin galten ihrem Mann die Protestanten als vom Teufel besessen, seine Meinung dazu war kein Geheimnis, und wahrscheinlich war dies der Grund, warum Christianes Eltern ausgerechnet diesen Mann für sie auserwählt hatten, obwohl der Witwer eigentlich viel zu alt für sie war. Ihre Familie wollte mit der Hochzeit verhindern, dass sie sich zu Luther bekannte und – noch schlimmer – einen Ketzer heiratete, wobei das eine das andere nicht immer ausschloss, denn in Augsburg gab es seit geraumer Zeit viele glückliche Ehen unterschiedlicher Konfessionen.

Christianes katholische Cousine Martha hatte mit Sebastian Rehm einen Protestanten geheiratet, und tiefe Liebe verband die beiden trotz großer finanzieller Not. Rehms ständige Geldsorgen wurden von Christianes Vater als Strafe Gottes gesehen, dabei hätte er begreifen müssen, dass ein Stadtbrunnenmeister nicht nur über ein höheres Ansehen, sondern auch ein höheres Einkommen verfügte als ein arbeitsloser Lehrer, der nicht mehr als den Wochenlohn eines Tagelöhners durch seine wenig erfolgreiche Tätigkeit als Schriftsteller erzielte. Meitinger war Sebastian Rehm gegenüber trotz aller Vorurteile freundlich eingestellt und beschäftigte ihn gelegentlich ...

»Luzifer, bekenne, dass du an die unbefleckte Empfängnis der Jungfrau Marias glaubst«, dröhnte die erhobene Stimme des Priesters durch das Kirchenschiff.

»Nein!«, kreischte die Hure, als ginge es um Leben und Tod, was letztlich wohl zutraf, denn die ganze Prozedur sollte dazu dienen, den Teufel aus ihrem Leib für ewig in die Hölle zu verbannen.

»In nomine patris et filii et spiritus sancti«, bei den lateinischen Worten des Priesters hob Christiane wieder ihren Blick zum Geschehen.

Der Geistliche hielt ein griechisches Kreuz aus Metall über die Besessene, die sich ebenso verzweifelt wie vergeblich dagegen zur Wehr zu setzen versuchte. Auf die Entfernung konnte Christiane nicht erkennen, ob die im Kerzenschein wie flüssiges Gold schimmernde Reliquie tatsächlich das echte Ulrichskreuz, das bedeutendste Heiligtum der Stadt, war oder nur eine sehr gute Kopie.

Da rief der Exorzist aus: »Beim Andenken an Bischof Ulrich von Augsburg und der heiligen Afra, weiche, Gottloser, aus der Seele dieser Frau.«

Beinahe hätte Christiane laut aufgelacht. Wie passend, die heilige Afra von Augsburg in die Teufelsaustreibung einzubeziehen. Immerhin hatte diese Märtyrerin als Dirne in der

Stadt gelebt, bevor sie zum christlichen Glauben gefunden und deshalb ein rasches Ende auf einem Scheiterhaufen am Lech genommen hatte. War dies der Hinweis, dass diesem Freudenmädchen der Feuertod drohte, wenn es nicht von seiner Besessenheit geheilt würde?

Plötzlich spürte sie einen Blick auf sich ruhen. Sie drehte sich leicht, sah sich suchend um – und entdeckte *ihn* schließlich an einer Säule gelehnt unweit des Eingangs. Ihre Augen begegneten sich, und tiefe Röte färbte ihre bleichen Wangen.

Wenn es einen Menschen gab, in dessen Gegenwart sie nicht über Hurerei und Ehebruch nachdenken wollte, dann war dies Georg Imhoff. Denn das war der Mann, dem ihre nächtlichen Träume galten, dessen Aufmerksamkeiten ihr gelegentlich kalte Schauer über den Rücken rieseln ließen und dessen Hände ihre Sehnsüchte in Wallung brachten, selbst wenn seine Finger nur ein Stück Brot brachen. Der Klang seiner Stimme streichelte sie, und die Worte, mit denen er simple Geschichten in wunderschöne Liebesromane verwandelte, verursachten einen regelrechten Sturm der Gefühle in ihrem Innersten.

Sie wusste, dass sie nicht allein war mit ihrer Schwärmerei, denn selbst die Damen der reichen Handelsherren lagen dem berühmten Dichter zu Füßen, und eigentlich sollte ihr diese Erkenntnis das Herz leichter machen – doch seit dem letzten Leseabend ahnte sie, dass es einen Unterschied gab zwischen ihr und anderen Frauen, was ihre Bekanntschaft mit Imhoff erheblich komplizierte.

Obwohl er ein ehemaliger Kommilitone ihres angeheirateten Vetters Sebastian Rehm von der Universität in Ingolstadt war, hatte sie ihn erst durch Severin Meitinger kennengelernt. Der Schriftsteller und der Druckerverleger waren beruflich eng verbunden, die beiden ungleichen Männer – der eine gerade mal dreißig Jahre alt, der andere vierzig Lenze zählend –

nannten sich Freunde, und beides führte unweigerlich zu zahlreichen Zusammenkünften.

Bei seinem letzten Besuch hatte der humorvolle, charmante und phantasiebegabte Dichter Christiane einen kleinen Strauß Schneeglöckchen überreicht und gesagt: »Es gibt eine Legende, wonach ein schüchterner Mann die Gegenliebe seiner Angebeteten erreicht, wenn er diese zarten, kleinen Blüten in einem Amulett bei sich trägt. Ich finde es schade, die Blumen zu verstecken. Deshalb gebe ich sie Euch lieber persönlich.«

Und ihr war die Blumensprache eingefallen, wonach Schneeglöckchen »Unwiderstehlich kam unsere Liebe« bedeuteten.

Die Zärtlichkeit von neulich konnte sie heute nicht in seinen Augen erkennen. In seinem Blick lagen Anspannung und Sorge. Die sonst so fröhlich anmutenden Lachfältchen ließen ihn überraschend altern, die Mundwinkel unter dem sandfarbenen Bart zuckten nicht vor Belustigung, sondern vor Abscheu. Kaum merklich schüttelte er den Kopf.

Neben dem Altar schrie die arme Seele – oder vielleicht war es doch der Teufel.

Christiane vermutete, dass Imhoffs unverhohlener Zorn ihrer Anwesenheit bei diesem unwürdigen Schauspiel galt. Er ahnte wohl, dass dies eine Zumutung für eine sensible, junge Frau war. Ihr Gemahl sollte besser auf sie achtgeben, dachte er sicher in diesem Moment. Unter Imhoffs Obhut gestellt, würde sie den Abend sicher nicht in dieser kalten Kirche verbringen und Zeugin eines Prozesses werden, der ihr die Nachtruhe rauben würde. Angesichts seines Verständnisses flog Christianes Herz dem Dichter zu.

Eine abrupte Bewegung neben sich irritierte sie. Sie sah sich um und bemerkte, dass ihr Gatte ebenfalls auf Georg Imhoff aufmerksam geworden war.

Zu ihrer größten Überraschung entdeckte sie in den wässrigen blauen Augen Severin Meitingers, die von seinen schweren Lidern halb bedeckt waren, den Ausdruck ungezügelter Gefühle: Es schien, als sehe er den Teufel in Menschengestalt, er maß den Dämon mit Hass, Zorn und Verachtung.

Einen Atemzug später wandte sich der Druckerverleger wieder dem Altar zu. Sein Gesicht war jetzt wieder so leer wie zuvor.

Er weiß es, dachte Christiane entsetzt. Er weiß, wie es um Georg Imhoff und mich steht.

Als sie nach geraumer Zeit noch einmal wagte, zu der Säule zu schauen, war der Platz des Dichters verwaist.

2

Das Tonzeug flog gegen die Wand. Das Gefäß, in dem Marthas Mann sein Bister aufbewahrte, zerschellte glücklicherweise nicht, so dass nicht gleich alles von der teuren Tinte auslief, aber aus der Öffnung des Fässchens spritzte die goldbraune Flüssigkeit und hinterließ einen Fleckenregen auf dem weiß verputzten Holz neben dem Fenster.

Die Rehmin hob ihren Blick von dem Flickzeug, mit dem sie sich im Licht der einzigen Talgkerze beschäftigte, die sie entzündet hatte und die sowohl zur Beleuchtung ihrer Handarbeit als auch Sebastians Papier dienen musste. Entsetzt starrte sie auf die schmutzigen Tropfen, dann wanderte ihr Blick tiefer, wo das Tintenfässchen über den Boden rollte und schließlich in einer unappetitlich wirkenden Lache liegen blieb. Nun war wohl doch alles verloren, und Sebastian würde gleich morgen früh zur Apotheke eilen, um sich mit seinen notwendigen Schreibutensilien neu einzudecken.

Er tat, als habe es seinen Wutausbruch nicht gegeben. Jedenfalls erschien es Martha so. Wie sonst sollte sie erklären, warum Furcht in seinen Augen lag? Seine Miene war angespannt, die Züge waren bewegungslos. Er schien auf seinem Stuhl zur Salzsäule erstarrt, mit seinen Gedanken Gott weiß wo, aber ganz gewiss nicht in der Stube seiner bescheidenen Wohnung, beobachtet von seiner Frau. Er stierte aus dem Fenster über seinem Schreibtisch, blind gegen alles andere um ihn her – vor allem gegen die Verschwendung, die er angerichtet hatte.

»Was ist nur in dich gefahren?«, herrschte sie ihn an.

In dem Moment begann der kleine Johannes zu greinen. Das polternde Geräusch hatte das Kind geweckt. Es strampelte und schrie in seiner Wiege, die Martha neben den Herd geschoben hatte, in dem die Asche noch glühte und für ein wenig Wärme sorgte.

Unverzüglich sprang sie auf, legte die Flickwäsche beiseite und eilte zu ihrem neun Monate alten Sohn, bevor der durch sein eigenes Geschrei in Atemnot geriet. Johannes litt seit seiner Geburt unter einer Krankheit, welche die Hebamme als »Engbrüstigkeit« bezeichnet hatte und gegen die es keine Heilung zu geben schien. Es gab wohl Arzneien wie Campher, die dem Kleinen ein wenig Linderung verschafften, aber Martha war gezwungen, daran zu sparen, da die Lösung für eine regelmäßige Anwendung viel zu teuer war. Deshalb war sie dankbar, wenn Johannes einmal ohne die Tinktur schlief – und zutiefst verärgert, wenn er geweckt wurde.

Würde sie die Flecken auf der Wand überhaupt mit Wasser abwaschen können?, fragte sie sich, während sie das Kind aus dem Bettchen hob und in ihren Armen wiegte. Nicht auszudenken, wenn sie Farbe kaufen und malern müsste. Allein der Preis für ein neues Tintenfass war gleichzusetzen mit den Kosten für die Arznei …

»Ach, Sebastian«, seufzte sie. Wie soll es nur werden, wenn unser ungeborenes, zweites Kind auf der Welt ist?, fügte sie in Gedanken hinzu.

Endlich wandte ihr Mann seinen Kopf. Er wirkte ebenso erschrocken wie verstört. Seine Lider flatterten, seine Blicke wanderten unruhig umher, als sei er auf der Suche nach etwas. Dann blieben seine Augen an dem Missgeschick auf der Wand hängen und weiteten sich. Betroffen schlug er die Hände vors Gesicht.

Ihre Wut war verraucht. Sein Anblick hatte etwas Tragisches, und Martha hätte ihn gern getröstet, obwohl sie nicht einmal ahnte, was Sebastian neuerdings umtrieb. Er hatte seine Gelassenheit verloren, seinen Humor ebenso wie seine Freude an den kleinen Dingen, die ihr karges Leben bereichert hatten. Wahrscheinlich war es die fehlende Anerkennung als Schriftsteller, redete sie sich ein, die ihn melancholisch werden ließ. Doch warum er deshalb Tag und Nacht arbeitete, dabei ungewohnt geheimnisvoll tat und seine Papiere in eine Kassette einschloss, wenn er das Haus verließ, war mit Schwermut allein nicht zu erklären. War dieser Eifer nicht eigentlich das Gegenteil der vielen Fehlschläge, die ihn in der Vergangenheit getroffen hatten? Gab es etwa einen Auftrag, über den er nicht sprach, weil er seinem Glück noch nicht traute? Hoffnung flammte in Martha auf. Eine Zuversicht, die sie Sebastian alles verzeihen und sich auf die nächste Geburt in vielleicht sechs oder sieben Monaten freuen ließ.

Sie hätte Sebastian gern in den Arm genommen, konnte sich ihm jedoch nicht mit der gewünschten Zuwendung widmen, weil sie buchstäblich alle Hände damit zu tun hatte, ihren Sohn zu beruhigen. Den kleinen Finger anstelle eines Sauglätzchens zwischen die Lippen des Kleinen schiebend, wiederholte sie mit sanfter Stimme und etwas tiefer als zuvor: »Was ist nur in dich gefahren?«

»Ich habe den Teufel gesehen«, flüsterte Sebastian Rehm. Er nahm die Hände vom Gesicht und schüttelte den Kopf, als könne er es selbst nicht glauben. »Vor dem Fenster stand Satan in einem schwarzen Pelz.«

»Unsinn«, widersprach Martha, »das bildest du dir ein. Du bist ein erwachsener Mann und benimmst dich, als wärst du nur wenig älter als Johannes. Hast Angst vor dem schwarzen Mann wie ein Kind. Dabei war das bestimmt nur ein Herumtreiber, der sich einen Spaß daraus macht, anständige Bürger des Nachts zu erschrecken.«

Jenseits der Haustür polterte etwas. Es klang, als würde ein großes Fass die Gasse entlanggerollt.

Sebastian fuhr zusammen und zitterte. »Hörst du's? Der Teufel ist gekommen, um mich zu holen ...« Seine Stimme brach ab.

Als sie ihn geheiratet hatte, war ihr bewusst gewesen, dass sein Verstand phantasiebegabter war als der eines Handwerkers. Ein gelehrter Schriftsteller war eine andere Kategorie Mann. Die Einfälle, die ihn am Anfang ihrer Verbindung geleitet hatten, mochten manchmal verstiegen geklungen haben, aber Martha hatte gerade das an ihm fasziniert. Natürlich hatte sie ihr Oheim Hans Walser, der Stadtbrunnenmeister, vor den Gefahren des Irrsinns gewarnt – man wusste ja um die labile Gesundheit mancher geistreicher Menschen: Hatte nicht sogar Walther von der Vogelweide einst unter Melancholia und Mania gelitten? Nicht Sebastian, flehte Martha im Stillen, nicht mein Mann.

Sein flackernder Blick wanderte wieder zu den Tintenflecken an der Wand. »Verzeih mir, Martha, aber ich musste mich gegen den Teufel verteidigen.«

Ihr Magen krampfte sich zusammen. Johannes war eingeschlafen und röchelte leise, aber sie konnte sich nicht über die Ruhe des Kindes in ihren Armen freuen. »Es war niemand am Fenster!«, erklärte sie, und jedes Wort klang wie ein Hilfeschrei.

Ein leises Lachen entrang sich Sebastians Kehle. »Martin Luther hat auch einmal mit einem Tintenfass nach dem Teufel geworfen, wusstest du das? Nein, natürlich nicht«, beantwortete er sich seine Frage unverzüglich selbst, »wie solltest du? Katholiken wissen nicht, was damals auf der Wartburg geschah.«

»Dir ist nicht wohl, mein Liebster, du scheinst mir überarbeitet zu sein. Geh zu Bett.«

»Die Arbeit«, seine Hand fächerte die eng beschriebenen Bögen auf der Schreibtischplatte auf. »Ich kann die Arbeit nicht liegenlassen ...«

»Aber morgen ...«

»Nein!« Plötzlich veränderte sich seine Miene, und Sebastians irrer, verschwommener Blick löste sich auf. Er sah Martha ernst an, die Augen klar wie ehedem. »Es sind nur Schwindel und Kopfschmerzen, keine große Sache. Tut mir leid, wenn ich dich erschreckt habe ... Wahrscheinlich war das irgendein Tier in schwarzem Pelz vor dem Fenster. Oder herumstreunendes Gesindel, ganz wie du gesagt hast. Nichts als Einbildung.« Ohne ein weiteres Wort über seine Wahrnehmung zu verlieren, erhob er sich und bückte sich nach dem Tongefäß mit der ausgelaufenen Tinte.

Martha sah ihm schweigend zu. Sie befürchtete, der seit Tagen anhaltende Drehwurm könnte ihm vom Kopf in die Beine fahren und ihn niederstrecken, sobald er eine falsche Bewegung machte, doch sie hielt ihn von seinem Vorhaben nicht ab. Tu so, als sei alles in Ordnung, flüsterte ihr eine innere Stimme zu. Doch sie ahnte, dass überhaupt nichts in Ordnung war. Sie kannte nur den Feind noch nicht, gegen den sie würde ankämpfen müssen.

Sebastian hob das Tintenfässchen auf und wischte mit einem Tuch, das er aus seinem Wams zog, halbherzig über die Bisterlache am Boden. Anschließend setzte er sich wieder hin und begann, über seinen Schriftstücken zu brüten.

Wenn sie nur wüsste, überlegte Martha, warum Sebastian so verzweifelt war.

3

»Angeblich konnten der armen Person bis zu dreißig Teufel ausgetrieben werden«, schloss Christiane ihren Bericht. »Es hat keiner der Zuschauer etwas davon bemerkt, man muss sich dabei auf die Behauptung des Priesters verlassen, aber der war sich seiner Sache sicher.«

»Und du glaubst natürlich nichts, was du nicht selbst in Augenschein genommen hast?«, bemerkte Martha.

»Ach, es war grässlich. Das ist das Einzige, was ich wirklich weiß.«

Entschlossen, als könnte sie mit einer energischen Geste die Erinnerung an den vergangenen Abend auslöschen, zog Christiane das Laken in ihren Händen glatt, faltete es zusammen und legte es auf den Stapel sauberer Wäsche, die Martha zuvor von der Leine genommen und zum großen Teil bereits aufgeräumt hatte.

Angeblich auf dem Weg zu Besorgungen, war Christiane wie ein frischer Wind bei ihrer nur wenig älteren Cousine hereingeweht. Ihre Ausrede war eine Lüge, denn die Meitingerin tätigte ihre Erledigungen nicht in der Unterstadt. Aber auf diese Weise konnte sie behaupten, zufällig auf die venezianischen Marzipannaschereien gestoßen zu sein, die Martha so mochte und die sie gekauft hatte, weil sie unerschwinglich für die Rehmin waren. Christiane war stets bemüht, Martha eine Freude zu bereiten, doch stellte sie ihre Mildtätigkeit so dar, als wären ihre Einkäufe nur eine kleine Gefälligkeit; sie versuchte, der anderen jede Peinlichkeit zu ersparen.

Deshalb fragte Christiane auch nie, was etwa aus der Bahn Tuch geworden war, die sie Martha neulich hatte zukommen lassen. Eigentlich hatte Severin Meitinger den edlen Stoff für ein neues Kleid seiner Frau erworben, aber Christiane hatte ihn heimlich zerschnitten und mit Martha geteilt. Für sie würde ein Rock daraus geschneidert werden, Martha hatte damit wahrscheinlich eine gefüllte Speisekammer finanziert. Zwar hätte sie auch ihrer Cousine eine bessere Garderobe gewünscht, doch es war ihr egal, was diese aus ihren Geschenken machte – Hauptsache, sie konnte ihr eine Freude bereiten. Und dafür war Meitingers Großzügigkeit gerade recht.

Severin machte sich nicht viel aus Kleidung und Schmuck, wenn es um seine eigene Person ging, aber er geizte nicht daran, seine erst zwanzigjährige Gemahlin mit allem auszustaffieren, was es für Rheinische Goldgulden zu kaufen gab. Freilich ahnte Christiane, dass er nicht allein ihretwegen so freigebig war, sondern aus Gründen des eigenen Ansehens: Seine an sich selbst praktizierte Bescheidenheit ließ leicht Gerüchte aufkommen, seine Geschäfte gingen nicht so gut. Also musste der schöne, schlanke Körper seiner jungen Frau als Mittel zum Zweck dienen und beweisen, dass der Verkauf in der Druckerei Meitinger hergestellter Ritterromane, Schwanksammlungen und Ratgeber für alle Lebenslagen ganz vortrefflich lief. Glücklicherweise erkundigte er sich nur halbherzig, welche Kosten seine junge Gattin für den Haushalt oder sich selbst aufwendete. Er gab ihr Geld, machte ihr Präsente und ging ihre Abrechnungen dermaßen desinteressiert durch, dass Christiane in der Lage war, Martha an ihrem eigenen Wohlstand ein wenig teilhaben zu lassen.

In der bescheidenen Stube der Rehms wirkte sie wie ein Paradiesvogel unter gewöhnlichen Sperlingen. Wie bei jedem Ausgang hatte sie gegen die noch immer herrschende feuchte Winterkälte eine Husseke mit Marderbesatz um ihre Schultern gelegt, die ein kleines Vermögen gekostet hatte, zu dem der silberne Verschluss am Hals beitrug. Nach ihrem Eintreten hatte sie den Mantel abgestreift und scheinbar achtlos über die Wiege geworfen – hoffend, dass sie auf diese Weise ihren kleinen, hüstelnden Großcousin ein wenig wärmte.

Obwohl Martha nicht annähernd die vornehme Ausstrahlung Christianes besaß, war die Familienähnlichkeit an den schmalen Gesichtern mit den hohen Wangenknochen, ihren kleinen Nasen und den großen, bernsteinbraunen Augen erkennbar. Christianes wohlgeordnetes Haar, das sie unter eine perlenbesetzte Kalotte gesteckt trug, leuchtete indes wie poliertes Kupfer, während Marthas Frisur ein Wirrwarr aus mahagonifarbenen Locken war. Auch sah man Christianes vollem Mund eine gewisse Zufriedenheit an, Marthas Lippen dagegen waren in viel zu kurzer Zeit schmal geworden.

»Georg Imhoff war kurz in der Kirche«, brach es plötzlich aus Christiane heraus. »Aber er ist rasch wieder verschwunden. Ich wünschte …«, ihre Hände nestelten ungewohnt nervös an der geflickten Stelle einer Windel. »Ach, Martha, ich habe mir gewünscht, ich könnte mit ihm gehen.«

Ihre Cousine missverstand Christianes Bemerkung. Ob bewusst oder unabsichtlich, konnte sie nicht sagen. Jedenfalls antwortete Martha leichthin: »Das kann ich mir vorstellen, nachdem du die Teufelsaustreibung als solche Tortur empfunden hast.«

Christianes Finger zogen und zerrten an einem losen Faden. Während sie noch überlegte, ob sie Martha in ihre geheimsten Gefühle einweihen sollte, hörte sie die andere plaudern: »Sebastian und ich sind gestern Nachmittag zufällig an seinem neuen Haus vorbeigekommen. Ich finde ja auch, es ist ein wenig zu prunksüchtig, doch Sebastian war außer sich, weil er die Selbstdarstellung unseres Freundes als schamlos empfindet.«

»Du meinst, weil er das Mauerwerk mit seinen eigenen Texten beschreiben ließ, als wäre es aus Bütten?« Christiane brauchte die Antwort nicht abzuwarten, denn es war klar, dass Martha von dem Fassadenfresko gesprochen hatte. Deshalb fuhr sie nach einer kleinen Gedankenpause fort: »Na ja, andere

Hauseigentümer entscheiden sich für bildliche Allegorien der Antike. Wahrscheinlich wollte Georg Imhoff etwas ganz Spezielles, Eigenes als Zierde haben.«

»Das ist ihm jedenfalls gelungen«, murmelte Martha und nahm Christiane das Wäschestück aus den Fingern, bevor der Faden vollständig aufgelöst war.

Nachdenklich betrachtete Christiane ihre nun untätigen Hände. »Es muss schrecklich für deinen Sebastian sein zuzuschauen, wie der Freund aus Studientagen ein berühmter Dichter wird und er selbst das Nachsehen hat. Dabei sind Sebastians Verse bestimmt nicht schlechter als die von Georg Imhoff.«

»Wie heißt es so schön? *Machst du's gut, geht's dir gut, machst du's schlecht, geht's dir schlecht.* Offenbar macht Imhoff es besser.«

Die Bitterkeit in Marthas Stimme verwundete Christiane wie ein giftiger Pfeil. Niemals hätte sie geglaubt, dass Martha an ihrem geliebten Mann zweifeln könnte. Für Sebastian Rehm Partei ergreifend, hob sie an: »Aber das ist nicht wahr, und du weißt das. Sebastian schreibt sehr schön ...«

»Ja, die Liebesbriefe, die er im Auftrag deines Gatten verfasst, damit wir wenigstens einen geringen Lebensunterhalt haben. Wirkliche Dichtkunst ist Sebastian schon lange nicht mehr aus der Feder geflossen.«

Darauf hatte Christiane keine Antwort. Stumm beobachtete sie ihre Cousine, die mit trotziger Energie alltägliche Handgriffe verrichtete. Ungeachtet ihrer Besucherin räumte Martha die saubere Wäsche in eine Kommode und wandte sich anschließend dem Inhalt eines Topfes zu, der leise auf dem Herd köchelte. Es duftete schwach nach Kohl. Christiane nahm an, dass die Suppe noch nicht lange aufgekocht war, weil es sich Martha nicht leisten konnte, das Feuer anzufachen. Ebenso hilflos wie traurig über den erbärmlichen

Zustand dieses Haushalts trat sie an die Wiege, wo der kleine Johannes mit geröteten Bäckchen glücklich unter ihrer Husseke schlief.

»Warum versucht ihr nicht, eine Unterkunft in der Fuggerei zu finden? Die Siedlung ist schließlich angelegt worden, um Familien wie deiner zu helfen. Die Wohnungen sollen angenehm sein, und die Miete ist erschwinglich. Außer einem Rheinischen Gulden per annum und ein paar Gebeten für Jakob den Reichen und die anderen Fugger im Jenseits wird keine Gegenleistung erwartet.«

»Sebastian ist Protestant, hast du das vergessen? Die Fugger nehmen nur in Not geratene, fleißige Katholiken in ihrer Stiftung auf, für unsereins ist da kein Platz.«

Aber so leicht ließ sich Christiane nicht von ihrer Idee abbringen: »Ich habe gehört, dass Protestanten unter bestimmten Bedingungen durchaus Einlass finden können. Vater ist gerade damit beschäftigt, einen Brunnen für die Fuggerei zu bauen. Er würde sich sicherlich einsetzen …«

»Das glaubst du doch selbst nicht«, gab Martha nüchtern zurück. Sie griff nach einem hölzernen Kochlöffel und rührte eine Weile nachdenklich in dem Topf, sagte aber nichts mehr.

»Na ja, du hast wahrscheinlich recht. Vaters Meinung über Sebastian ist so fest wie die Wasserleitungen, die er baut. Aber Meitinger ist mit Conrad von Hallensleben gut bekannt, dem Bibliothekar Anton Fuggers. Ich bin sicher, er würde …«, Christiane brach ab, weil sie feststellte, dass Martha ihr nicht zuhörte, sondern die Kelle aus der Suppe hob und probierte.

»Hm«, machte Martha und neigte nachdenklich den Kopf. »Da fehlt etwas. Möchtest du kosten, Christiane?«

Eigentlich wollte sie das nicht, doch das sagte sie der anderen nicht. Als sei dies das köstlichste Mahl der Welt, trat sie näher und senkte den Kopf über den Löffel. Es fehlte an allem. Seltsamerweise roch die Suppe nach Kohl, sie schmeckte jedoch nach Wasser.

»Vielleicht könntest du ein wenig Salz hinzufügen«, schlug Christiane zaghaft vor.

»So ein teures Gewürz für eine so billige Suppe?«

Schweigend zuckte Christiane mit den Achseln.

Martha probierte noch einmal, dann lächelte sie versöhnlich. »Du hast ja recht. In jeder Beziehung. Ach, Christiane, ich bin so froh, dass ich mir dich anvertrauen kann. Sei mir bitte nicht böse, wenn ich ausgerechnet zu dir mürrisch bin.«

»Deine Sorgen nehmen überhand, da ist schlechte Laune doch verständlich«, erwiderte Christiane und legte den Arm um die Schultern ihrer Cousine. »Dennoch solltest du ...«

Martha winkte ab. »Die Fuggerei ist nichts für Sebastian. Er würde nie zugeben wollen, dass er auf Almosen angewiesen ist. Dabei wäre ich schon froh, wenn wir wenigstens die medizinische Versorgung der Stiftung in Anspruch nehmen dürften. Die soll nämlich gut sein, hat Georg Imhoff mal erzählt. Sie haben da ein Schneidehaus für Operationen und das Holzhaus, in dem die Französische Krankheit behandelt wird ...«

Christiane schnappte nach Luft. »Leidet etwa ...?«

»Nein, nein, so schlimm ist es nicht. Aber seit kurzem plagen Sebastian Kopfschmerzen, Übelkeit und Schwindel. Ich mache mir Sorgen, dass er ernsthaft erkrankt ist.«

»Es wird schon nicht so schlimm sein. Das Wetter tut zurzeit keinem gut.«

Martha lehnte ihre Wange gegen Christianes Gesicht. »Das ist nicht alles, weißt du, er ist ausgezehrt, übellaunig und verschlossen«, gestand sie so leise, dass Christiane Mühe hatte, die Worte zu verstehen. »Er sieht sogar den Teufel in der Nacht am Fenster vorbeiziehen.«

»Vielleicht ist er bloß überarbeitet«, erwog Christiane.

»Ja, möglich. Neuerdings schreibt Sebastian sogar in der Nacht, und ich habe nicht die geringste Ahnung, welches Werk er da verfasst. Er ist wie besessen. Wenn ich ihn frage, winkt er ab. Früher hat er mir seine Texte immer vorgelesen …«, ihre Stimme erstarb.

»Nun, es bewegt ihn halt ein zündender Einfall, über den er noch nicht sprechen möchte. Das kann doch sein, oder?«

»Ich weiß nicht … zufällig fand ich heute Morgen einen begonnenen Brief an einen Mann in Frankfurt. Weiß der Himmel, was Sebastian von dem will. Mehr als *verehrter Herr Delius* und ein paar belanglose Einleitungssätze habe ich jedoch nicht lesen können. Es war halt nur ein Entwurf.«

»Nun, ja, er könnte eine Bekanntschaft gemacht haben, die …«

»Davon wüsste ich!«

»Männer tun Dinge, von denen sie ihren Frauen nichts sagen. Das ist der Lauf der Welt. Deshalb brauchst du dir keine Sorgen zu machen.« Ihr Trost klang selbst in Christianes Ohren ziemlich unglaubwürdig, aber sie hatte nicht die geringste Ahnung, mit welchen Worten sie Martha sonst helfen sollte. Andererseits war es bei aller Offenheit ihres Verwandten sicher möglich, dass er einen Brief aufsetzte, über dessen Inhalt er seine Frau erst im Nachhinein informierte.

Eine Weile herrschte nachdenkliches Schweigen zwischen den Cousinen, dann fragte Martha plötzlich: »Sag mal, woher hat Georg Imhoff eigentlich so viel Geld? Er schreibt doch nur alberne Geschichten. Ich meine, er ist nicht Ariosto und dient keinem Herrscherhaus. Wieso kann er sich einen Lebensstil leisten, der dem eines Handelsherrn ähnlich ist?«

»Keine Ahnung. Bisher dachte ich, Erfolg drückt sich auch in Geld aus.«

»Seit wann werden Schriftsteller am Verkaufserlös ihrer Bücher beteiligt?«

»Ja, das ist unüblich, sicher, aber vielleicht hat er trotzdem eine solche Vereinbarung mit Meitinger getroffen. Möglicherweise erhält er auch ein Dedikationshonorar. Ich glaube gehört zu haben, dass er seinen letzten Roman einer hochgestellten Dame widmen wollte.«

»Also gibt es da gewisse Nebeneinkünfte«, resümierte Martha hoffnungsfroh. Sie sah Christiane flehend in die Augen. »Vielleicht gibt es ja eine Geldquelle, die Sebastian bislang verborgen blieb. Das wäre doch möglich, oder? Willst du mir helfen herauszufinden, worum es sich dabei handelt?«

Das wollte sie ganz gewiss nicht, denn sie würde nicht in Georg Imhoffs Angelegenheit schnüffeln. Christiane wich Marthas Blick aus. »Meitinger spricht mit mir nicht über seine Geschäfte ...«, hob sie an.

Außerdem konnte sie sich kaum vorstellen, dass ihre Nachforschungen von Nutzen für die Familie Rehm sein könnten. Es gab feste Regeln im Druckergewerbe, nach geheimen Finanzierungen zu fahnden, erschien Christiane deshalb vollkommen sinnlos. Wenn sich Martha an Hirngespinste klammerte, stand es noch schlechter um sie und Sebastian, als Christiane befürchtet hatte. Die Geschichte mit der Teufelserscheinung verdrängte sie rasch wieder. Das wollte und konnte sie sich nicht vorstellen. Nicht nach dem erlebten Exorzismus an dem Freudenmädchen.

»Ach, dann frage ich Georg Imhoff eben selbst«, unterbrach Martha ihre Gedanken. »Er kommt in letzter Zeit öfter vorbei. Neulich brachte er mir Schneeglöckchen mit. Sieh nur, wie hübsch die Blumen sind.«

Christiane spürte zu ihrem Entsetzen, wie sich die Eifersucht in ihrem Körper ausbreitete wie ein Flächenbrand unter Holzbuden. Ihr wurde heiß, und sie hätte gern darauf verzichtet, die zarten weißen Blütenkelche anzuschauen, die

Martha hübsch auf dem Tisch unter dem Fenster dekoriert hatte. Dennoch tat sie ihrer Freundin den Gefallen und bewunderte Georg Imhoffs Geschenk. Als sie die Stube betreten hatte, war es ihr seltsamerweise nicht aufgefallen.

Die Schneeglöckchen standen auf Sebastians Arbeitsplatz, den Christiane selten mehr als eines flüchtigen Blickes würdigte. Jetzt aber nahm sie das Arrangement wahr, als würde sie es durch das Glas eines Lesesteins betrachten: die kleine Tonvase neben dem Tintenfass aus Metall, mehrere Schreibfedern in einer zerbeulten Zinnschale, zwei Papierstapel, der höhere davon aus billigem Hadern, der niedrige war als feineres Bütten erkennbar.

Die Blumen ließen das Arrangement freundlich und einladend erscheinen. »Ja«, bestätigte sie leise, »sehr hübsch.«

Der Zauber, der ihr eigenes Sträußchen umgeben hatte, war zerbrochen.

Frankfurt am Main, zur selben Zeit

4

»Jede Seele unterwerfe sich den übergeordneten Mächten, denn es ist keine Macht außer von Gott und die bestehenden sind von Gott verordnet …«

Wolfgang Delius blickte von dem Buch auf, aus dem er gerade gelesen hatte, und in die Runde seiner aufmerksamen Zuhörer. Etwa zwei Dutzend Herren hatten sich in seinem Offizin im Schatten der Leonhardskirche versammelt, Männer in den Talaren der Gelehrten, Buchführer und Bibliothekare. Verglichen mit den Tausenden von Verlegern, Druckern, Händlern und Kunden, die sich zur Fastenmesse in der Buchgasse aufhielten, eine verschwindend geringe Zahl. Für ihn persönlich jedoch ein Erfolg, denn dies war seine erste Veranstaltung als Verleger.

Er hoffte inständig, sich als Erbe seines berühmten Vaters würdig zu erweisen. Dabei war für ihn eigentlich ein anderer Weg vorgesehen gewesen: Er hatte in Marburg Jurisprudenz studiert und beabsichtigt, als Fürsprecher zu arbeiten, doch im Januar waren sein Vater und sein älterer Bruder bei einem Schiffsunglück auf dem Main ums Leben gekommen – und plötzlich hatte er die Privilegien des alten Delius erhalten. Es war ihm nichts anderes übriggeblieben, als mangels eigener Kenntnisse und Zunftmitgliedschaft einen Druckermeister einzustellen und die verlegerische Seite des Geschäfts zu übernehmen. Die Tatsache, dass sein Vater vor allem religiöse Bücher oder antike Schriften im Nachdruck veröffentlicht hatte, kam seinem eigenen literarischen Geschmack entgegen.

Umso wertvoller war seine langjährige freundschaftliche

Verbindung zu einem Rechtsgelehrten wie Bernhard Ditmold, der als Rat am Reichskammergericht zu Speyer tätig war. Dessen neuestes Buch wurde heute in Delius' Gewölbe vorgestellt.

»Der eben zitierte Gedanke des Paulus von Tarsus«, fuhr Wolfgang mit seiner tiefen, melodischen Stimme fort, »wurde von Martin Luther aufgegriffen und findet Widerhall in der Peinlichen Gerichtsordnung des Kaisers. Von dieser Verbindung handelt das Werk von Bernhard Ditmold.«

Er verneigte sich und trat vom Pult fort, um Platz für den nächsten Redner zu machen. Höflicher Beifall verabschiedete ihn und begrüßte den Autor, der mit einem Nicken vortrat. Bernhard Ditmold war kleiner als sein einstiger Studienfreund Delius, der ihn um Haupteslänge überragte, besaß helleres Haar und einen Bart. Wolfgang setzte seine ganze Hoffnung auf das Werk des einstigen Kommilitonen, denn da in Augsburg gerade der Reichstag über die Rechte der Protestanten entschied, erschien ihm ein Buch angemessen, dessen Inhalt die Verbindung zwischen Paulus, den Thesen Martin Luthers und der *Carolina* Seiner Kaiserlichen Majestät aufstellte. Er war sicher, dass dieses Werk zu schriftlichen Antworten anderer Gelehrten aufforderte, die zur nächsten Buchhändlermesse erscheinen und den Verkauf von Ditmolds Buch dann noch einmal ankurbeln würden.

Während der Lesung lehnte sich Wolfgang gegen eines der mit Folianten vollgestopften Regale, die über die gesamten Wandflächen gebaut waren, dankbar, seinen schmerzenden Rücken ein wenig entlasten zu können.

In den vergangenen Tagen war er nahezu ständig auf den Beinen gewesen. Jede Stunde war ausgefüllt mit Erledigungen, der Bearbeitung von Registerbüchern, Aufträgen und der Kontaktpflege, dem Einkauf von Papier und neuer Bleilettern. Die Geschäfte wurden nicht nur in den Gewölben am ehemaligen Kornmarkt und am Hafen getätigt, wo die Fässer mit den Buchbögen entladen wurden, sondern auch in den Schänken, was dem jungen Verleger die Nachtruhe raubte. In den Wirtshäusern herrschte während der Buchhändlermesse zwei Mal im Jahr Hochbetrieb, denn Wolfgang Delius war nicht der Einzige, der einen Handel gerne begoss. Er beließ es jedoch bei einem Schoppen Apfelwein und folgte seinen unternehmungslustigen Kunden nicht in die Freudenhäuser, wo ein regelrechter Ansturm zu verzeichnen war, zumal der Rat zu Messezeiten nicht nur die Hurerei erlaubte, sondern auch die Polizeistunde aufhob.

An Schlaf war trotz der Abstinenz nicht zu denken, auch die restliche Nacht verlangte in der Regel Wolfgangs Aufmerksamkeit: Die Konten mussten ausgeglichen werden, was endlos scheinende Stunden kostete, in denen er die Kredite herausschrieb, die sein Vater den Buchführern zur Michaelismesse gewährt hatte und die nun fällig wurden; neue Darlehen wurden notiert, die entsprechend dem üblichen periodischen Zahlungsziel im September zurückgezahlt werden sollten. Das alles kostete Kraft, und entsprechend müde fühlte er sich, obwohl er jünger war als die meisten seiner Kollegen, aber vielleicht waren die erfahreneren den Handel, hochtrabende Gespräche, Trinkgelage und Hurerei mehr gewohnt als er. Bis zum Ausläuten waren es noch gut zwei Wochen hin – wie würde er sich wohl fühlen, fragte er sich, wenn er seine erste Buchhändlermesse als Verleger endlich hinter sich gebracht hatte?

Bernhard Ditmolds sonore, an Vorträge gewöhnte Stimme trug dazu bei, dass Wolfgang am liebsten die Augen geschlossen und sich ganz den vertrauten Tönen hingegeben hätte, die ihn einzulullen drohten. Aus Furcht, trotz der interessanten Inhalte einzuschlafen, konzentrierte er seine Gedanken auf das Tagesgeschäft.

Die Post hatte heute ein seltsames Schreiben aus Augsburg, adressiert an seinen Vater, gebracht. Da ihm der Absender nicht bekannt war, hatte er die Beförderungsgebühr nur halbherzig bezahlt. Im Nachhinein erschien ihm das Geld sogar schlecht investiert, denn offensichtlich handelte es sich bei dem Absender um einen Mann, der vom Wahnsinn befallen war.

Obwohl er den Brief nicht vor sich hatte, war ihm der Wortlaut wegen seiner Eigenartigkeit vertraut, als würde er die steile Handschrift auf dem billigen Papier vor sich sehen:

»Sehr verehrter Herr Delius,

ohne Eure Zeit über Gebühr in Anspruch nehmen zu wollen, erlaube ich mir, mein Anliegen in Erinnerung zu rufen.

Im Januar sandte ich ein Manuskript zu Euren Händen. Ich bat um Eure Aufmerksamkeit, und ich entschuldige mich auch für die Zeit, die ich Euch damit raube. Aber schon auf den ersten Seiten wird ein gebildeter Mann wie Ihr erkennen, um welch brisantes Werk es sich handelt. Ich bin sicher, Ihr wisst um die Wichtigkeit, vermisse jedoch Eure Antwort auf mein Schreiben. Wahrscheinlich seid Ihr erstarrt vor so viel Impertinenz.

Das könnte ich wohl verstehen, wenn die Angelegenheit, wie ich berichtet hatte, nicht von äußerster Wichtigkeit wäre. Es geht um Leben und Tod. Ich bitte Euch um Euer Eingreifen – im Namen der gesamten Christenheit.

Mit vorzüglicher Hochachtung

Euer Diener Sebastian Rehm.«

Wolfgang hatte den Nachlass seines Vaters noch nicht vollständig aufgearbeitet, da er sich zwischenzeitlich mit den aktuellen Vorbereitungen zur Buchhändlermesse befassen musste. Dennoch war er überzeugt, dass ein »brisantes Werk« nicht unentdeckt geblieben wäre. Wahrscheinlich hatte sein

Vater das Manuskript des unbekannten Herrn Rehm aus Augsburg in den Kamin geworfen.

»Im Namen der gesamten Christenheit« – der Mann war entweder ein Hochstapler oder verrückt.

Dummerweise drohte sich die Sache trotzdem in Wolfgangs Hirn einzunisten wie eine Laus auf seinem Kopf. Obwohl sich sein Verstand dagegen zur Wehr setzte, packte Sebastian Rehms Brief seine Neugier. Andererseits gab es derzeit Wichtigeres zu tun, als sich mit einem mysteriösen Werk zu befassen, das sich als Trugbild herausstellen könnte – als ein in der Wahnvorstellung eines Irren verfasstes Manuskript, das wahrscheinlich jeglicher Realität entbehrte.

Um Leben und Tod geht es immer, dachte Wolfgang grimmig. Irgendwie handelt jede Schrift davon, gleichgültig welchen Alters und welchen Inhalts.

Wolfgang entschied, den Brief unbeantwortet zu lassen. Was hätte er auch schreiben sollen? Dass Herr Rehm vorbeikommen und in Ermangelung des genannten Manuskripts andere Proben seines Könnens vorlegen sollte? Das kam nicht in Frage. Delius gehörte nicht zu den Verlegern, die Auftragsarbeiten an unbekannte Autoren vergaben. Buchdrucker, die vornehmlich Unterhaltungsliteratur herstellten, beschäftigten häufig eine ganze Schar von Schriftstellern, welche die beliebten Ritterromane verfassten. Aber das war nun einmal nicht sein Metier, und ein Dichter, der dermaßen penetrant auf sich aufmerksam zu machen versuchte, war mit Sicherheit kein Angestellter für ihn. Wenn ihn ein Rechtsgelehrter oder Kirchentheoretiker um einen Broterwerb als Lektor gebeten hätte – ja, eine derartige Zusammenarbeit hätte er sich vorstellen können. Das Anliegen des Herrn Rehm schien indes indiskutabel …

Eine zarte Berührung am Arm schreckte ihn auf.

Offensichtlich war er über seine Gedanken eingenickt. Er

fuhr zusammen und sah sich verlegen um. Hoffentlich hatte niemand seine Unhöflichkeit bemerkt.

»Amalie!«, entfuhr es ihm nicht ohne Vorwurf, als er den Störenfried erkannte – seine Schwägerin, die Witwe seines verstorbenen Bruders. Er neigte den Kopf leicht in Richtung des Vortrags, um ihr deutlich zu machen, dass sie nicht nur ihn selbst, sondern auch die anderen Zuhörer behelligen könnte.

Die auf diese Weise stumm Gescholtene kümmerte sich jedoch nur insofern um die Lesung Bernhard Ditmolds, als sie die Stimme senkte, um Wolfgang anzusprechen: »Der Illustrator schickt mich. Es gibt Probleme mit dem Goldaufrieb der Bibel-Ausgabe. Kannst du bitte kurz nach dem Rechten sehen.«

Amalie Delius, geborene Ammann, war eine ebenso ansehnliche wie tatkräftige junge Frau. Als Tochter eines Buchbinders war die hübsche Blonde eine unschätzbare Hilfe in der Werkstatt und im Gewölbe, da sie mit den Mechanismen des Buchdrucks und -handels von klein auf vertraut war. Wolfgang war überzeugt, dass sie das Erbe seines Vaters ohne weiteres hätte allein antreten können, und mehr als einmal hatte er darüber nachgedacht, sie zur Frau zu nehmen. Die Hochzeit war bei verschwägerten Paaren nach einem Todesfall nicht ungewöhnlich, vermutlich warteten Verwandtschaft und Angestellte bereits auf die freudige Nachricht. Dennoch zögerte er, ihr Avancen zu machen.

Er neigte sich zu ihr, wobei ihr Duft seine Nase kitzelte: Veilchen und der weiche Moschus einer Frau. Unwillkürlich überlegte er, wie es wohl wäre, neben ihrem weiblich wirkenden Körper, den nicht einmal Korsett und Reifrock verbergen konnten, zu ruhen und aufzuwachen.

Unsinn, schalt er sich im nächsten Moment, du bist müde, Junge, denke nicht dauernd ans Schlafen!

»Es wäre unhöflich, wenn ich die Lesung verließe«, flüsterte Wolfgang in das entzückende kleine Ohr, über das sich die goldenen Locken seiner Schwägerin kräuselten. »Geh und vertrete mich, manchmal bist du ein besserer Verleger, als ich es je sein werde. Du bist sehr geschickt im Umgang mit den Leuten der Druckerei, Amalie.«

Sie errötete tugendhaft. Das strahlende Lächeln, das sie ihm schenkte, strafte ihre rosafarbenen Wangen jedoch Lügen, denn in ihren Zügen wetteiferten Stolz und Selbstbewusstsein.

Diese Frau hat es faustdick hinter ihren süßen Ohren, dachte Wolfgang amüsiert.

»Wenn du meine Einmischung wünschst, Schwager«, erwiderte sie sittsam, »werde ich dem nicht widersprechen«, und fügte nach einer winzigen Pause keck hinzu: »Ich hoffe, du kannst derweil das Registerbuch mit den Verkäufen von Herrn Ditmolds Buch füllen, so dass sich dein Fernbleiben von der Werkstatt lohnt.«

Sein Schmunzeln wurde zu einem breiten Grinsen. »Davon wäre ich überzeugt, wenn du unsere Gäste nicht weiter mit deinem Gemurmel stören würdest.«

Darauf zwinkerte ihm Amalie fröhlich zu, raffte den Rock ihres Trauerkleides und rauschte beschwingt hinaus – ganz so, als sei sie nur gekommen, um sich ein Lob von ihm abzuholen.

Wolfgang sah ihr nach, und die Vermutung ging ihm durch den Kopf, dass sie wahrscheinlich bereits alle Probleme mit dem Buchmaler gelöst hatte und nur eine Art Absolution für ihr Handeln von ihm erwartete. Schließlich musste sie bei ihrem Erscheinen damit gerechnet haben, dass er unabkömmlich war. Eine tatkräftige Frau also, die trotzdem auf die Form achtete. Sie war fraglos die Richtige, die Druckerei wenigstens in seiner Abwesenheit selbständig zu leiten. Dass er wie die meisten anderen Verleger und Buchführer zwischen den Verkaufsmessen auf Reisen gehen würde, stand außer Frage. Das gehörte zu seinem neuen Beruf.

Ich werde sie heiraten, beschloss er.

Schade, dass er die Trauerzeit abwarten musste. Diese dauerte länger als die Fastenmesse, so dass er seine für den Mai geplante erste geschäftliche Fahrt nach Venedig noch als Junggeselle antreten würde. Aber zur Herbstmesse könnte er mit Amalie verlobt sein …

Plötzlich fiel ihm ein, dass ihn seine Reise in den Süden über Augsburg führen würde. Ein seltsames Zusammentreffen mit dem Schreiben des unbekannten Verrückten? Wohl eher nicht, sagte ihm die Vernunft. Denn die Reichsstadt am Lech war eine Drehscheibe des Buchhandels mit Süddeutschland, Tirol und Italien. Trotzdem wurde Wolfgang Delius das Gefühl nicht los, durch Sebastian Rehm in einem seltsamen, unsichtbaren Spinnennetz gefangen zu sein.

Augsburg,
Anfang April 1555

5

Das Haus in der Katharinengasse, in dem Christiane seit ihrer Hochzeit lebte, unterschied sich von dem der Rehms ebenso deutlich wie der Habitus der beiden Cousinen. Es befand sich seit langem im Familienbesitz, und Severin Meitinger hatte es samt Werkstatt von seinem Vater übernommen. Der greise Titus Meitinger wohnte inzwischen zurückgezogen in einem Raum unter dem Dach, beherrschte aber oftmals allein durch seine stille Anwesenheit den Alltag in dem ansehnlichen, zweistöckigen Gebäude in bester Gegend der Oberstadt. Und wenn er nicht durch Gesten und vieldeutige Augenaufschläge seine Meinung zum Besten gab, dann mittels lautstarker Vorwürfe.

Diese richteten sich meist gegen seine neue Schwiegertochter. Sie sei zu jung, zu lebendig, zu wissbegierig. Mit dieser Beschreibung unterschied er sich kaum von der ihres Vaters, der eine gewisse Verehrung durch den alten Druckerverleger erfuhr, weil der Stadtbrunnenmeister Walser ein hoch angesehener Bürger und seine Tochter daher eine gute Partie war.

Christiane wusste wenig über ihre Vorgängerin, aber sie mutmaßte, dass Severins erste Frau still, unterwürfig und ohne ein Interesse an der eigenen Person gewesen war. Vielleicht war sie ja grundsätzlich von nichts und niemandem sonderlich gefesselt gewesen, ignorante Weibsbilder gab es nun mal. Jedenfalls war sie vor Jahren einer Pestepidemie zum Opfer gefallen, und Christiane dankte Gott für das Verbot, Kleidung, Wäsche und Betten von Erkrankten zu verkaufen oder in öffentlichen Brunnen zu waschen und aufzubewahren. Da der

Rat sehr auf die Einhaltung dieses Gesetzes achtete, hatte Severin Meitinger die Habseligkeiten seiner Familie und viele Möbel verbrennen lassen. Christiane sah dies als Vorteil, denn so erinnerte in ihrem neuen Heim nichts an die Vergangenheit. Umso besser, dass ihre Mitgift auch aus einer Menge Leinenzeug und anderen Haushaltswaren bestanden hatte.

Dennoch wünschte sie, dass manches so geblieben wäre, wie sie es bei ihrem ersten Besuch vorgefunden hatte. Das Schlafzimmer sah mit dem neuen Bett, das Severin für seine Braut gekauft hatte, und ihrer eigenhändig bestickten Spitzenwäsche deutlich ansprechender aus als der unordentliche, vernachlässigte Raum, der er in ihrer Hochzeitsnacht gewesen war. Aber es war bedauerlich, dass Meitinger am nächsten Morgen die Bücherstapel entfernt hatte, die zuvor überall auf dem Fußboden verstreut gewesen waren; seine Literatur bewahrte er nun ausschließlich in seiner Schreibstube auf, einem Raum, den Christiane ohne sein Einverständnis nicht betreten durfte. Was sie aber doch tat, um heimlich zu schmökern, sobald sie Severin in seiner Druckerei unabkömmlich wusste. Dabei musste sie jedoch darauf achten, nicht von ihrem Schwiegervater ertappt zu werden, der es sich zur Freude gemacht hatte, ihr auf Filzpantoffeln nachzuspionieren.

Als sie zur Mittagszeit von einem Besuch bei der Schneiderin und anderen Besorgungen heimkehrte, hörte sie den alten Titus durch die Tür des Schreibzimmers mit hoher Stimme zetern. Seine Worte klangen auf der Treppe so laut und deutlich, als stünde sie neben ihm.

»Du bist ein Narr, Severin, dass du ihretwegen in Augsburg geblieben bist. Nach Frankfurt hättest du gehört, wie zu jeder Buchhändlermesse. Aber statt deinen Geschäften nachzugehen, umschmeichelst du deine junge Frau wie ein Hund die läufige Hündin.«

Die Deutlichkeit berührte Christiane. Es war ihr peinlich,

wie der Greis über ihre ehelichen Pflichten sprach. Einen alten Mann über die Lust eines anderen, jüngeren reden zu hören, ließ ihr die Galle hochkommen. Doch statt dem Gespräch zwischen Vater und Sohn zu entfliehen, blieb Christiane wie versteinert auf ihrem Horchposten stehen. Das neue, in ein Leinentuch gehüllte Kleid hing über ihrem Arm, den Korb mit den Einkäufen vom Markt hielt sie in der Hand, als spüre sie das Gewicht nicht mehr.

»Den Handel wird sie dir noch ruinieren«, polterte Titus Meitinger weiter.

»Ich glaube nicht, dass Christiane …«, hob eine vertraute Stimme an.

Eine steile Falte erschien auf Christianes Nasenwurzel. Sebastian Rehm war offenbar zu Gast in Severins Schreibzimmer, und sie fragte sich, was ihr angeheirateter Vetter mitten in einem Disput über die Leidenschaft ihres Gatten zu suchen hatte.

»Natürlich hält sie Severin nicht mit Worten vom Reisen ab«, unterbrach der Alte den Besucher. »Ihre Anwesenheit ist es, die ihn verstört. Ihre Anwesenheit«, wiederholte er, »und ihre ständige Abwesenheit, wenn sie wieder einmal in der Stadt herumscharwenzelt. Wo ist sie denn jetzt, die Meitingerin?«

»Christiane …«

»Seit du sie kennst, wird in meiner Werkstatt nichts Vernünftiges mehr gedruckt. Nur Schund. Das ist der Lohn einer blinden Liebe, und beides wird dich irgendwann ruinieren.«

»Du kannst dich nicht beklagen, Vater, wir erwirtschaften gute Erträge. Das, was du *Schund* nennst, lässt die Münzen in unseren Kassen klingen. Eine Nachricht des Buchführers bestätigte mir kürzlich, dass er in Frankfurt alle Buchbögen verkaufen konnte.«

»Warum Buchbögen?« Titus schien sich über alles aufzuregen, was gegen seine festgefahrenen Behauptungen sprach.

»Zu Messezeiten verlangen die Buchbinder am Main doppelt so viel wie hierzulande. Die Kosten könnten niedriger gehalten werden, wenn du die Bücher wie ich auch in Augsburg binden lassen würdest. Das ist Geldverschwendung. Ja, das ist es. Deine Frau verschwendet auch noch dein Geld.«

Damit mochte er vielleicht nicht Unrecht haben, räumte Christiane in Gedanken ein, die es sehr genoss, ein wenig freigebig sein zu dürfen. Aber auf den Arbeitsablauf in der Druckerei hatte sie keinerlei Einfluss. Das wusste Titus ebenso gut wie sie. Deshalb waren seine Anschuldigungen nichts als Bösartigkeit. Groll braute sich in ihrem Herzen zusammen wie ein bevorstehendes Gewitter.

»Du redest Unsinn, Vater!«, widersprach ihr Gemahl mit ruhiger Stimme. »Bücherkisten über Land zu transportieren ist ebenso teuer und dazu noch gefährlich, denn gerade zu Messezeiten lauern die Banditen vor den Toren Frankfurts. Dagegen hilft selbst der Geleitschutz der Räte nicht immer. Unser Handelsgut in Fässern über Wasser zu versenden ist bedeutend sicherer. Das ist nicht von der Hand zu weisen.«

»Schund in Fässern ist wie billiger Schnaps«, geiferte Titus.

»Ich sollte besser gehen«, entschied Sebastian, der als Verfasser von Ratgebern für Liebesbriefe sicherlich in die Kategorie fiel, die den alten Druckerverleger dermaßen aufregte, dass er jede Vernunft zu verlieren drohte.

»Nein, Ihr bleibt!«, widersprach Titus. »Euer Vorschlag, Reisegeschichten für lange Kutschfahrten zu verfassen, ist gut. Das ist etwas Neues.«

»Reisen in Postkutschen werden immer beliebter«, erklärte der Schriftsteller mit aufblühender Energie, einer Begeisterung für das eigene Werk, die aus jedem Ton herauszuhören war. »Die meisten Wagen sollen zwar etwas unbequem sein, aber geeignete Lektüre würde den Reisenden sicher die Zeit vertreiben und daher …«

Titus schien keinen Respekt vor der Rede eines anderen zu haben. Deshalb unterbrach er Sebastian schon wieder: »Geeignete Lektüre ist erbauliche Literatur. Ja, das ist es. Severin, du solltest einen Dichter finden, der anständige Bibeltexte im Namen des Herrn verfasst …«

»Aber …«

»Nichts da«, fuhr Titus dem Gast erneut ins Wort, »das ist nichts für Euch, lieber Rehm. Und ich lasse da nicht mit mir verhandeln. Schließlich seid Ihr ein Ket… ein Reformierter, nicht wahr?« Er schnaufte empört, um dann fortzufahren: »Warum, glaubt Ihr wohl, hat Kardinal Otto Truchsess von Waldburg in Dillingen eine eigene Druckerei gegründet? Zur Glaubenserneuerung. Katholische Schriften sind von Bedeutung, sage ich Euch, und werden es immer sein.«

Severin stieß einen tiefen Seufzer aus. »Es heißt, dass die Druckerei nicht genug abwerfen soll. Unserem Kardinal fehlt genau das, worauf du nicht zu verzichten bereit bist: Geld.«

Christiane wurde des Lauschens müde. Ihr Mann tat ihr leid, aber es war sein Vater, mit dem er sich herumschlagen musste. Ob Titus Meitinger in seinem Alter für die besten geschäftlichen Entscheidungen taugte, konnte sie nicht sagen. Vielleicht waren seine Vorschläge richtig, vielleicht auch nicht. Jedenfalls hatte Severin aus einer relativ kleinen Werkstatt im Laufe seiner Zeit eine florierende Buchherstellung geschaffen, die es mit den bedeutenden Augsburger Druckereien inzwischen aufnehmen konnte. Er war zwar schon ein wohlhabender Mann gewesen, als sie in sein Leben getreten war, aber die Geschichten, die sie über seine Mühewaltung und Energie gehört hatte, zollten ihr durchaus Bewunderung ab.

Sie stellte den Korb auf dem Boden ab und wandte sich zur Stiege, um ihr Kleid in ihr Schlafzimmer zu bringen, als die Tür zur Schreibstube ging. Und dann stand unerwartet Sebastian Rehm vor ihr, der offensichtlich die Gelegenheit zur Flucht vor Titus Meitingers Bösartigkeiten ergriffen hatte.

Erschrocken starrte Christiane ihren Vetter an. Sein unerwartetes Auftauchen schockierte sie nicht, wohl aber sein Aussehen. Sie war ihm schon lange nicht mehr begegnet – und konnte kaum glauben, dass der Mann mit der grauen Gesichtsfarbe, den eingefallenen Wangen und den trüben Augen derselbe war, den sie in Erinnerung hatte. War er schwerer erkrankt, als sie nach dem Gespräch mit Martha neulich befürchtet hatte? Oder war dies nur ein Ausdruck seiner Verzweiflung? Es stand ihm zu, sich maßlos über Titus Meitinger zu ärgern, der Sebastians Einfall mit der Reiseliteratur zu seiner eigenen Idee machte, um dann einen anderen Autor mit der Schreibarbeit zu betrauen. Dennoch konnte selbst der schlimmste Gram doch nicht solche Spuren hinterlassen.

Ihr Entsetzen überspielend, trat Christiane mit einem strahlenden Lächeln auf ihn zu. Sie hatte nicht vergessen, dass er in der Diskussion eben ihre Partei zu ergreifen versucht hatte. Deshalb kam ihre Fröhlichkeit aus ganzem Herzen: »Was für eine Freude, dich zu treffen, Cousin! Du hast dich rar gemacht in letzter Zeit. Ich würde dich gern umarmen«, sie machte eine Geste mit dem Kleid, »aber du siehst ja, dass ich etwas behindert bin.«

»Martha sagte, dass du ein oder zwei Mal zu Besuch warst«, erwiderte Sebastian schwach, als habe seine Stimme keine Kraft mehr nach dem wenig erfolgreich scheinenden Gespräch mit seinem Druckerverleger und dessen Vater. »Ich bin gerade viel unterwegs, tut mir leid, dass ich nicht so viel Zeit habe.«

Sebastian war in der Vergangenheit Christianes Mentor gewesen; er war der einzige Mann in ihrem Umfeld, der ihre Intelligenz erkannt hatte und heimlich zu fördern bereit war. »Ich verstehe nicht«, hatte er ihr einmal erklärt, »wieso die

Papisten ihre Frauen weiterhin auf Unwissenheit beschränken wollen. Nur ein Mädchen, das die Bibel selbständig lesen kann, wird sich wahrhaftig nach dem Wort Gottes richten. Schon allein deshalb sollten katholische Väter auf eine ordentliche Ausbildung ihrer Töchter achten, wie Protestanten dies selbstverständlich tun.« Diese Bemerkung traf zwar nicht vollständig auf Christiane zu, die von klein auf des Lesens, Schreibens und Rechnens mächtig war, aber ihr fehlten gewisse Kenntnisse der Philosophie und Geschichte, der Geografie und Astronomie, die Sebastian ihr nahebrachte. Mit diesen hatte er sie jedoch auch an die Thesen der Reformation herangeführt – und Christianes anerzogenen Glauben ins Wanken gebracht.

Sie schüttelte den Gedanken an die geistreichen Stunden, die sie mit Sebastian geteilt hatte, kurz entschlossen ab wie einen lästigen Mantel. »Ich hörte, du arbeitest an einem neuen Werk«, plauderte sie.

Sebastians Gesicht wurde so weiß wie die Wand, vor der er stand. »Wer sagt das?«

»Wer sagt was?«

»Mein neues Werk. Woher weißt du davon, Cousine?«

Irritiert von seinem Ton, zuckte Christiane mit den Achseln. Sie erwog, ihm zu beichten, dass sie gelauscht und von seiner Idee mit den Büchern für Reisende gehört hatte, verwarf diesen Gedanken aber rasch. Ein aufrichtiger Mensch wie Sebastian hätte sie getadelt. Deshalb erwiderte sie leichthin: »Ich glaube, Martha erzählte mir, dass du ständig am Arbeiten bist.«

»Was weiß sie schon …«

»Wie, bitte? Sie ist deine Frau!«

»Ja. Ja, genau. Und deshalb wäre es besser, wenn sie künftig den Mund hielte«, sprach er barsch und drehte sich abrupt um. Dabei geriet er ins Wanken.

Christiane war mit zwei Schritten neben ihm, griff nach seinem Ellenbogen. Dabei glitt das Kleid von ihrem Arm, doch sie achtete nicht darauf, zu sehr damit beschäftigt, Sebastian zu stützen, bevor der große, kräftige Mann umfiel wie ein gefällter Baum.

Ermattet lehnte er sich gegen das Stiegengeländer, wischte sich über das Gesicht. »Es ist der Schwindel«, murmelte er in sich hinein.

»Du solltest nach Hause gehen und dich ausschlafen. Ich werde einen Sänftenträger rufen, der dich …«

Er antwortete mit einer ablehnenden Geste.

Natürlich, dachte sie traurig, die Kosten. Er will die Kupfermünze sparen. »Dann bringe ich dich heim. In deinem Zustand kannst du unmöglich allein …«

»Lass mich, Christiane, lass mich einfach in Ruhe. Bitte!« Er sah sie an. Sein Blick tauchte in den ihren, als wollte er ihr auf diese Weise ein stummes Versprechen abringen. »Es geht nicht gegen dich«, fügte er kaum hörbar hinzu. »Ich liebe dich wie eine Schwester.«

Sie nickte. Es kostete sie Überwindung, ihn fortzuschicken, doch ihr fiel nichts ein, womit sie ihn halten oder zu Martha begleiten könnte. Außerdem würde sie Titus Meitinger wahrscheinlich noch mehr gegen sich aufbringen, wenn sie sich sofort wieder auf den Weg machte. Ihr Schwiegervater meinte ohnehin, dass sie sich viel zu oft alleine in der Stadt herumtrieb. Sein mangelndes Verständnis für ihren Freiheitsdrang teilte er unglückseligerweise mit Severin, den sie jedoch auf ihrer Seite wissen wollte, falls der Streit mit Titus eskalierte. Der eigensinnige alte Mann brachte es noch fertig, sie im Haus einzusperren.

»Dann geh, solange du dich noch auf den Beinen halten kannst. Ich werde vorbeikommen, sobald ich kann, und mich davon überzeugen, dass du dich im Bett befindest, wie es sich für einen von der Arbeit erschöpften Mann gehört. Versichere mir nur, dass du die Feder für heute ruhen lässt.«

»Wie könnte ich?«, raunte er, doch dann schenkte er ihr plötzlich ein ebenso überraschendes wie zuversichtliches Lächeln. »Das ist ein guter Gedanke. Ja. Ich werde mich ausruhen. Dann lassen sicher auch die Schmerzen nach. Mach dir keine Sorgen, Martha wird mich gut pflegen … Ade, Christiane.«

6

Wie jeden Samstagabend ging Christiane gleich nach dem Abendessen in ihre Schlafkammer und ließ sich von der Magd einen Zuber mit heißem Wasser bringen. Es war der Wochentag, den ihr Severin für die Körperreinigung vorschrieb. Nicht, dass sie etwas dagegen gehabt hätte, sich zu waschen. Auch genoss sie es, sich mit einem nassen Tuch abzureiben, das sie zuvor mit ein wenig Lavendelöl beträufelt hatte, und zuzuschauen, wie kleine Tropfen über ihre Brüste perlten. Es war die Regelmäßigkeit, die sie zermürbte: Denn in jeder Samstagnacht – und zu keiner anderen Stunde in der Woche – kam ihr Gatte ins Bett, um ihre eheliche Pflicht einzufordern.

Sein Vater irrt, wenn er glaubt, Severin verzehrt sich vor Leidenschaft, sinnierte Christiane, während sie ihren schlanken, drahtigen Körper in das Leinentuch wickelte, das sie zuvor in Ofennähe über eine Stuhllehne gehängt hatte und das deshalb wunderbar angewärmt war. Sollte ihr Mann unter großer Sehnsucht leiden, so konnte er sehr gut damit umgehen und problemlos etwa vom Dienstag bis zum Samstag mit der Erfüllung warten.

Vielleicht verzichtete er heute ausnahmsweise mal – und würde sie stattdessen am Sonntag nehmen …

Nein, das kam nicht in Frage. Nicht am Tage des Herrn.

Doch genauso ungewöhnlich war, dass die Pressen in der Werkstatt noch immer bedient wurden. Ihr Klappern und Rollen war sogar in der Schlafkammer zwei Stockwerke über der Druckerei zu hören. Hatte der Rat die Ruhegesetze aufgehoben? Möglich war das schon, denn während des Reichstags herrschten allerlei andere Bestimmungen. Und es gab immer wieder mal Neuigkeiten, die auf Flugblättern festgehalten wurden, die anderntags auf den Märkten ihre Abnehmer fanden. Bislang hatte die Herstellung derselben das Samstagabendvergnügen Severin Meitingers jedoch nie gestört.

Eingehüllt in das Leinentuch, trat Christiane ans Fenster und sah hinaus. Des Nachts war auch die gute Wohngegend in der Oberstadt dem Gesindel vorbehalten, den Huren und Hasardeuren, Betrügern und Bettlern, obwohl das Almosenamt schon vor Jahren das Hausieren verboten hatte. In den Wirtshäusern wurde reichlich ausgeschenkt, vor allem, seit so viele fremde Söldner durch die Gassen zogen, die mit den Herrschern aus dem Norden, aus Bayern und Württemberg nach Augsburg gekommen waren. Die jungen Männer suchten Zerstreuung und Unterhaltung.

Christianes Augen wanderten über die Dächer vor ihrem Fenster, das nach Südosten gerichtet war. Sie konnte natürlich nicht ungehindert zur Unterstadt blicken, sie wusste nur vage, dass sich hinter den vor dem dunklen Himmel sich abzeichnenden Silhouetten der vornehmen Bürgerhäuser das bescheidene Quartier der einfachen Handwerker, Tagelöhner und Juden befand.

Mit dem Augsburger Stadtplan vor ihrem geistigen Auge, landeten ihre Gedanken bei Martha und Sebastian Rehm. Was ihre Cousine wohl gerade tat? Hatte sie den kleinen Johannes noch einmal gestillt? Lag sie wach im Bett und beobachtete, wie Sebastian seine Gesundheit weiter schädigte und gegen jede Vernunft sein geheimnisvolles Werk verfasste? Oder kochte sie einen Kräutersud, dessen Genuss Kopfschmerzen und Schwindel Linderung verschaffte?

Voller Sorgen dachte Christiane an den schlechten Gesundheitszustand ihres Vetters. Sie war die einzige Person, die ihm tatkräftig helfen konnte. Martha war finanziell nicht in der Lage, einen anständigen Medicus zu holen, und Christiane konnte sich nicht vorstellen, dass ihre Cousine willens war, nach dem Henker zu schicken, der die armen Leute manchmal behandelte. Angeblich verstand sich der Scharfrichter sowieso wohl besser auf die Arbeit eines Chirurgen als auf die Verabreichung von Medikamenten gegen Sebastians Unwohlsein. Natürlich wusste sie nur vom Hörensagen von der Nebenbeschäftigung des Henkers, aber auch Armut hatte sie niemals am eigenen Leibe erfahren.

Ein Kälteschauer schüttelte ihren Körper. War es die Erinnerung an Sebastian, dessen Geldnot oder der Gedanke an den Folterknecht, der sie frösteln ließ? Unwillig schüttelte sie den Kopf. Sie sollte sich lieber um ihr eigenes Wohl kümmern und das Essigschwämmchen vorbereiten, das sie jeden Samstagabend heimlich in ihre Öffnung steckte, bevor Severin in sie eindrang. Eine weise Frau hatte ihr verraten, dass dieses Mittel dazu geeignet war, eine Schwangerschaft zu verhindern. Um ganz sicherzugehen, nahm sie auch jeden Tag einen Löffel von den Samen der Wilden Möhre ein. Sie konnte nicht genau sagen, warum, aber sie wollte einfach kein Kind. Im Moment jedenfalls nicht. Obwohl die Geburt eines Sohnes von ihr erwartet wurde und sie wahrscheinlich sogar im Ansehen des alten Titus steigen lassen würde.

Schwere Schritte auf dem Flur unterbrachen ihr Grübeln. Einen Augenblick später trat Severin ein, wie immer nach der Arbeit mit herunterhängenden Armen, als habe die Last der Druckplatte auf seinen Schultern gelegen. Der Geruch eines nassen Hundes umgab ihn wie stets nach einem Tag in der

Werkstatt. Sein schütteres Haar war zerzaust, die Linien in seinem Gesicht tiefer als sonst.

Seine Augen leuchteten einen Herzschlag lang auf, als er des ungewöhnlich freizügigen Anblicks seiner jungen Ehefrau gewahr wurde. Es war jedoch nur ein Hauch von Bewunderung, denn im nächsten Moment verdüsterte sich seine Miene wieder. »Warum bist du noch nicht zur Nacht angekleidet?«

Christiane blickte an sich herab. Unter dem Leinentuch zeichnete sich ihre Figur deutlich ab, ihr Rücken, ihre Schultern und die Arme waren unbedeckt. Severin war ihr Mann. Was war schändlich daran, dass er sie halb nackt sah und daran offenkundig Vergnügen empfand?

Sie zuckte entschuldigend mit den Achseln. »Ich habe nachgedacht.«

»Aber doch nicht am Fenster, wo dich jedermann sehen kann!«, protestierte ihr Gatte. Mit langen Schritten durchmaß er die Schlafkammer, schob sie zur Seite und zog mit energischen Griffen die Portieren vor die Scheiben. »Zieh wenigstens die Vorhänge zu, wenn du nachdenken möchtest. Du solltest wirklich ein wenig mehr auf deine Tugend achten, Christiane.«

Es erschien ihr sinnlos, mit ihm darüber zu streiten, ob sie von irgendwo beobachtet werden konnte oder eher nicht, wie sie indes vermutete. »Wie ich höre, werden die Pressen noch immer bedient«, sagte sie, während sie nach ihrem Nachtgewand griff und es überstreifte.

»Ja, der Geselle und der Lehrling werden die ganze Nacht durcharbeiten müssen. Es gibt Neuigkeiten vom Reichstag. Daher müssen bis morgen früh Flugblätter gedruckt werden.«

Christiane ärgerte sich, dass er ihr nicht unverzüglich berichtete, was geschehen war. Meistens war sie, wenn sie nicht an der Tür von Maitingers Schreibstube lauschte, auf Straßenklatsch oder die Ausrufer angewiesen. Severin berichtete so gut wie nie von sich aus, was derzeit in Augsburg vor sich ging. Im Erdgeschoss ihres Heims wurden die Informationen mittels Bleilettern festhalten und anschließend verbreitet, doch sie sollte am besten unwissend bleiben.

Der Groll stand ihr offenbar so deutlich im Gesicht geschrieben, dass ihr Mann überraschenderweise einlenkte: »Unser Bischof verlangt eine »Vertagung« des Reichstags.«

»Warum?«

»Die Frage der geistlichen Güter wiegt schwer. Die Parteien streiten um den Kirchenbesitz, also darum, was aus den Pfründen in den Ländern der Ketzer werden soll. Der Wert ist enorm. Das ist keine Kleinigkeit.«

»Hm«, machte Christiane, die ihre Meinung dazu lieber für sich behielt. Es war ebenso freundlich wie ungewöhnlich, dass Severin sie informierte. Sie wollte ihn nicht mit einem Kommentar, der ihm zweifellos nicht gefallen würde, gegen sich aufbringen. Statt die Unterhaltung weiterzuführen, streckte sie sich unter dem kalten Laken auf ihrer Bettseite aus. Noch immer durchlief ein Frösteln ihren Leib.

Versonnen beobachtete sie ihren Mann, der sich seines Wamses entledigte und das Leinenhemd abstreifte, um sich am Zuber mit dem Wasser zu waschen, das von ihrer Reinigung übriggeblieben war. Meitinger besprühte seine blasse, unbehaarte Brust mit ein paar Tropfen und rieb mit einem Tuch nach, bis die milchweiße Haut eine rötliche Farbe annahm. Dann tauchte er beide Hände in die Wanne, hob sie heraus und schob sie sich unter die Achseln.

»Du sollst mich nicht so anschauen«, murmelte er verlegen, als er den Kopf hob und ihren forschenden Blick bemerkte.

»Aber du bist mein Mann …«

»Das ist genauso wie das Nachdenken am Fenster – es ziemt sich nicht, Christiane«, seine Stimme hatte wieder an Festigkeit gewonnen, sein Ton war voller Tadel und seine

Miene ausdruckslos wie eh und je. »Ich frage mich, was heute Abend in dich gefahren ist, Weib.«

Ich sollte ihn nach Sebastian fragen, fuhr es Christiane durch den Kopf. Er hatte den Zustand ihres angeheirateten Vetters heute Mittag selbst erlebt. Sie sollte mit ihm besprechen, was für Sebastian zu tun war. Doch sie blieb stumm.

Severin ergriff sein Nachthemd und zog es an. Erst nachdem der Saum über seine Waden gefallen war, zog er seine Hose aus. Danach löschte er die Kerzen, die den Raum in ein warmes, gelbes Licht getaucht hatten. Es war stockdunkel, doch er fand sich in seiner Schlafkammer mühelos zurecht. Ohne gegen ein Möbel zu stoßen, erreichte er seine Seite des Ehebettes. Er tastete nach einem Zipfel des Betttuchs und kroch darunter.

Christiane schätzte jede seiner Bewegungen ab. Sie sah ihn nicht, hörte nur seinen Atem, aber sie begleitete seine Gesten, als würde sie sie mit eigenen Augen beobachten können. Es war immer dasselbe Ritual. Sie wusste, was jetzt kam, denn es war jeden Samstag dasselbe.

»Dreh dich um, mein Lieb'«, forderte ihr Gatte in ermüdender Wiederholung.

Es war zu spät, ein Gespräch auf Sebastian Rehm zu bringen.

Und das Essigschwämmchen hatte sie auch nicht präpariert!

Der Schreck schnürte Christiane die Kehle zu. Wie hatte sie das Wichtigste nur vergessen können? Verdammte Grübelei!

Wie er es von ihr erwartete, wälzte sie sich gehorsam auf den Bauch. Dann zählte sie im Geiste bis drei, verfolgte das leise Rascheln und Knistern des Bettzeugs, bis sie Severins Hände spürte, die sich unter ihr Hemd schoben und ihre Pobacken umschlossen. Gleich würde er die Haut kneten, zuerst sanft, dann stärker, und schließlich würden sich seine Finger in ihren Hintern graben, und sein Atem würde rascher kommen, bis er nur noch keuchte. Sie hob ihm ihre Hüften entgegen, wie er es ihr in der Hochzeitsnacht gezeigt hatte, und fügte sich in seine Wünsche – oder das, was die Erfüllung ihrer ehelichen Pflicht hieß.

Severin drang in sie ein. Sie spürte ihn, und er tat ihr weh – auch das war wie immer. Die Stirn in ihr Kissen gestemmt, die Augen zugekniffen, wartete sie darauf, dass sich seine Erregung steigerte, um dann endlich abzuflauen …

Im nächsten Moment dachte sie an Georg Imhoff. An seine Finger, die versonnen über den Rand eines Trinkbechers fuhren, und sie stellte sich vor, sie würden die Konturen ihrer Brüste nachzeichnen. Wie mochte es sein, seinen Körper auf ihrer Haut zu fühlen?

Christiane war mit all ihren Sinnen bei dem Mann, dem ihre Sehnsucht gehörte. Sie nahm kaum wahr, wie sich ihr Gatte Befriedigung verschaffte.

»Ahhh …«, Severin stöhnte leise. Er brach über ihr zusammen.

Aus ihrem Traum gerissen, begann sie wieder tonlos zu zählen. Es würde bald vorbei sein, und Meitinger würde sich von ihr lösen. Sie bekam zwar kaum Luft, das Gesicht in ihr Kissen gepresst, aber sie wusste, dass sie nicht mehr lange in dieser unbequemen Position ausharren musste.

»Gute Nacht, Christiane«, wünschte er freundlich, richtete sich auf und warf sich auf seine Seite des Bettes. Unverzüglich fiel er in einen tiefen Schlaf. Ein leises Schnarchen war der Beweis.

Sie legte sich auf den Rücken. Mit offenen Augen starrte sie gegen den Betthimmel. Das Herz war ihr schwer. Nicht nur, dass ihr Körper Georgs Nähe verzweifelt herbeiwünschte. Ehebruch war kein Vergehen, das sich auf die leichte Schulter nehmen ließ. Und die Probleme, die ihr ihre Vergesslichkeit verschaffen könnte, waren auch nicht ohne. Warum hatte sie das Essigschwämmchen nur nicht benutzt? In den bisherigen Monaten ihrer Ehe war es überaus nützlich gewesen. Würde sie sich auch in Georgs Armen vor einer Schwangerschaft in Acht nehmen?

Plötzlich rannen stumme Tränen über ihre Wangen. Doch sie hob keine Hand, um sie fortzuwischen.

7

»Richte die Stube her und tische ordentlich auf«, forderte Severin seine Gemahlin am nächsten Morgen unvermittelt auf, als sie sich auf dem Rückweg von der Sonntagsmesse befanden. »Vater und ich erwarten heute Abend Gäste, Meistersinger, die nach dem Gottesdienst auf einen Becher Wein vorbeikommen werden.«

»Wie viele Herren werden es sein?«, erkundigte sich Christiane höflich.

»Nicht mehr als ein Dutzend, vielleicht sogar weniger«, gab Severin zurück.

Viele Freunde hast du ja nicht mehr unter den Meistersingern, die immerhin weit über zweihundert Mitglieder zählen, fuhr es Christiane durch den Kopf, aber sie enthielt sich des bissigen Kommentars. Denn dieser Mangel lag weniger an Severins Persönlichkeit als an der Tatsache, dass die Sänger des elitären Chors vorwiegend der Reformation angehörten und ihr Mann sich eben selten mit Häretikern gemeinmachte. Seine Hinwendung zu Sebastian Rehm bildete da wahrlich eine Ausnahme. Deshalb fragte sie sich eigentlich jeden Sonntag, wenn Vater und Sohn Meitinger zur Barfüßerkirche aufbrachen, warum die beiden derart verbissen an der Tradition festhielten. Zu allem Überfluss fanden die Veranstaltungen auch noch ausgerechnet in einem protestantischen Gotteshaus vor der Abendpredigt statt. Aber der Brauch war offenbar stärker als die Abneigung gegen den evangelischen Teufel.

Die nächsten Stunden verbrachte Christiane in der Küche und damit, Meitingers betagte, ebenso vergessliche wie mürrische und eigensinnige Magd dazu zu bringen, ihr bei der Herstellung eines geeigneten Imbisses zur Hand zu gehen. Kein üppiges Mahl. Eine umfangreiche Speisefolge hatte Severin ausdrücklich untersagt, denn es war noch Fastenzeit, und womöglich nahm der eine oder andere Gast Anstoß, wenn die Meitingerin kurz vor Gründonnerstag mehrere Fleischgerichte servierte, wie er es allerdings zu einer anderen Jahreszeit erwartet hätte. So bereitete sie eine Saiblingspastete vor, Salbeitorte, gefüllte Eier im Teigmantel und schob den Teig für den über die Grenzen der Stadt berühmten schwäbischen Käsekuchen in den Ofen, dessen Rezept die Bürgersfrauen an ihre Töchter vererbten.

Bis zum Eintreffen der Gäste blieb Christiane wenig Zeit, ihr Haar zu richten und sich umzuziehen. Dennoch ging sie mit der gewohnten Sorgfalt vor. Severin wäre verärgert, wenn sie sich seinen Freunden nicht von der besten Seite präsentierte, und es schadete ja auch nicht, sich hübsch zu machen. Besonders dieser Gedanke erwies sich als glücklich, denn einer der ersten Besucher, die Einlass begehrten, war Georg Imhoff.

Der Dichter, der kürzlich eine Textsammlung für die Meistersinger zusammengestellt und bei Meitinger verlegt hatte, ergriff Christianes Hände, schob sie ein wenig von sich und betrachtete sie eingehend, maß ihr leuchtendes Haar unter der Kalotte und ließ seine Blicke halsabwärts über ihr besticktes, grünseidenes Mieder mit den bauschigen Ärmeln wandern.

»Ihr seid eine Augenweide, Meitingerin«, stellte er fest und ließ sie los. »Severin ist um Euch zu beneiden.«

Conrad von Hallensleben, der die Szene im Rücken des Dichters beobachtet hatte, klopfte Imhoff gutmütig auf die Schulter. »Ihr solltet Euch selbst nach einer Frau umsehen«, meinte der Bibliothekar von Anton Fugger, »dann macht Euch die Eifersucht auf einen anderen nicht mehr zu schaffen.«

»Wenn's das nur wäre«, erwiderte Imhoff scheinbar beiläufig und zwinkerte Christiane vertraulich zu. »Die Richtige zu finden, erscheint mir schwieriger, als einen Roman über die Liebe zu ersinnen.«

»Wenn Ihr Euch zu sehr mit Eurer Phantasie beschäftigt, verliert Ihr den Blick für die Realität«, behauptete Conrad von Hallensleben, der ein erfahrener Mann mittleren Alters war. Über seinem beeindruckenden Bauch spannte sich das Tuch, und sein gutes Leben – vielleicht auch die Kochkünste seiner Gattin – drohte die Nähte des Wamses zu sprengen.

Christiane senkte tugendhaft die Lider. Georgs Kompliment umschmeichelte sie wie eine laue Sommerbrise. Ihr kam der Gedanke, wie schön es wäre, an seiner Seite durch einen Park zu schlendern. Es gab da einen Garten mit Wasserspielen ... Unwillkürlich umspielte ein zartes Lächeln ihren Mund.

Das Eintreffen der anderen Gäste und schließlich auch der Hausherren lenkte sie von weiteren träumerischen Ausflügen ab. Severin und Titus hatten etwa zehn Männer auf einen Trunk eingeladen, und Christiane wusste aus Erfahrung, dass Meitinger bei solchen Gesellschaften nicht am Wein sparte. Deshalb leerte sich das Tablett, auf dem sie anfangs die Gläser herumreichte, ebenso rasch wie anschließend die Karaffe mit dem süffigen Tropfen, aus der sie nachschenkte.

Während sie an den Besuchern als aufmerksame Hausherrin vorbeischritt, hielt sie die Ohren offen, um wenigstens Fetzen von den Gesprächen aufzuschnappen und auf diese

Weise ein paar Neuigkeiten zu erfahren. Verstohlen beobachtete sie dabei Severins Umgang mit Georg Imhoff. Der gehässige Blick, den ihr Mann dem Dichter während der Teufelsaustreibung zugeworfen hatte, war ihr wie eine offene Wunde im Gedächtnis geblieben. Und tatsächlich schien der Hausherr diesem Gast auszuweichen. Seltsam, dachte Christiane. Warum hatte er ihn nicht gleich aus seiner Gesellschaft ausgeschlossen, wenn ihn irgendwelche Vorbehalte umtrieben?

Georg Imhoff schien sich indes ausgesprochen wohl zu fühlen in dem kleinen Kreis katholischer Meistersinger, die Severin in seiner Stube verköstigte. Er hielt große Reden, die Christiane aufsog wie ein Schwamm das Wasser.

»Der Reichstag treibt derweil so einige Personen um«, behauptete Georg Imhoff leutselig. »Mir scheint, unser Bischof hat recht, und die Verhandlungen sollten abgebrochen werden. Eines anderen Tags kann sicher mit kühlerem Kopf diskutiert werden.«

»Unmöglich«, widersprach Conrad von Hallensleben. »Ein Abbruch des Reichstags bedeutet Krieg, selbst wenn man es harmlos als Vertagung bezeichnete. Außerdem wird der König diesem Vorschlag niemals zustimmen. Er hat genug damit zu tun, die Türken von Wien fernzuhalten. Ferdinand hat kein Interesse an einem Aufflackern neuer Kämpfe zwischen seinen deutschen Untertanen.«

»Ihr müsst es wissen«, räumte Georg ein. Er ließ sein Glas von Christiane auffüllen und beschenkte sie mit einem ebenso heimlichen wie sehnsüchtigen Seitenblick, der ihre Hände bei der gewohnten Tätigkeit zittern ließ. »Der König wohnt in den Kaisergemächern im Fugger-Haus. War Seine Majestät denn schon einmal in Eurer Bibliothek?«

»Der Bruder des Kaisers ist sehr freundlich …«

»Haltet Euch nicht mit Weibergewäsch auf, wir sind kein Handarbeitszirkel«, mischte sich der alte Titus mit seiner gewohnten Übellaunigkeit ein. »Was spielt es für eine Rolle, ob der König nach einem Buch aus Anton Fuggers Bibliothek greift oder nicht? Tatsache ist, dass Unfrieden zwischen den Verhandlungsparteien gesät wurde.«

»Das stimmt«, sagte von Hallensleben milde. »Fünf Wochen haben die Vertreter der Kurfürsten und die Fürsten gebraucht, um sich auf den Religionsfrieden als ersten Punkt der Verhandlungen zu einigen, da …«

»Bei allem Respekt«, unterbrach Georg, »mir scheint, die Verhandlungsführer feiern und essen nur. Schon vor zwei Jahren wurde mit den Vorbereitungen zum Reichstag begonnen, und doch kommt man keinen Schritt weiter. Bei der Geschwindigkeit, mit der die Tagesordnung festgelegt wurde, nehme ich an, es gefällt den Herren Räten so gut in Augsburg, dass sie nimmermehr aufhören möchten, sich hier zu besprechen. Vielleicht ist allein aus Gründen der Enthaltsamkeit eine Unterbrechung der Verhandlungen vonnöten.«

Die Männer in der kleinen Gruppe, die um den Dichter herumstanden, fielen in sein leises Gelächter ein. Christiane verkniff sich ein Schmunzeln und spazierte weiter durch ihre Stube, um Maitingers Gäste angemessen zu bewirten. Schließlich füllte sie den letzten Tropfen aus der Karaffe in Severins Glas, der sie daraufhin bat, rasch in den Keller zu laufen und von dem Riesling zu holen, mit dem sich seine Freunde seit einer Weile betranken.

Christiane schickte sich zwar gehorsam an, die Runde zu verlassen, doch blieb sie hinter der Tür stehen, anstatt ihres Weges zu gehen. Da sie annahm, dass nicht alle Herren in ihrer Anwesenheit freiheraus sprachen, verharrte sie für einen Moment neugierig auf ihrem Lauschposten – und wurde belohnt.

»Ich hörte von Neuigkeiten vom Reichstag«, verkündete Conrad von Hallensleben mit erhobener Stimme, für die

Christiane ihm äußerst dankbar war. Der Geräuschpegel der anderen Unterhaltungen senkte sich, und plötzlich war es still in der Stube geworden. »Wie mir aus zuverlässiger Quelle berichtet wurde«, fuhr von Hallensleben nach seiner pointierten Pause fort, »kam es nunmehr zu der Entscheidung, dass Sekten von den Verhandlungen auszuschließen sind und auch niemals von den Ergebnissen profitieren dürfen.«

»Ha!« Ein Mann, dessen Tonfall Christiane keiner bestimmten Person zuordnen konnte, schien sich ob der Information vor Lachen zu biegen. »Dann müssen die Protestanten ja allesamt abreisen.«

»Die *secta lutherana* ist nicht gemeint«, widersprach von Hallensleben ruhig. »Vielmehr geht es um Sektierer wie Täufer und Juden.«

»In die Irre geleitete Menschen also«, konstatierte der Hausherr. »Vernünftig, sehr vernünftig.«

»Wo kämen wir hin, wenn jedem Prediger erlaubt wäre, ein Volk nach seinem Sinn zu formen?«, fragte ein anderer, den die Lauscherin ebenfalls nicht so gut kannte, dass seine Stimme ihr auf Anhieb vertraut war. »Der Katastrophe Martin Luther sollten keine weiteren Reformer folgen.«

Zustimmendes Schweigen senkte sich über die Männer. Dann klirrte plötzlich Glas, Schritte hallten über den Dielenboden.

Christiane raffte ihre Röcke und wandte sich rasch zur Stiege. Zu peinlich, wenn sie unverrichteter Dinge an der Tür angetroffen würde. So hörte sie nicht, welcher der Gesprächspartner die Schreibstube verließ, wahrscheinlich, um sich Erleichterung zu verschaffen.

Sie eilte in den Keller, wo Severin seine erlesenen Weine hütete wie einen Schatz. Es roch unangenehm muffig nach Kork, Staub und Alkohol, doch in den luftdicht verschlossenen Tonkaraffen und Holzfässern lagerten die süffigsten Getränke aus dem Rheingau, dem Burgund und der Toskana. Ihr Gatte erlaubte ihr nicht häufig, etwas anderes als Apfelmost zu sich zu nehmen, so dass bislang nur Christianes Phantasie trunken war von den geheimnisvollen Namen und blumigen Düften in den unterschiedlichen Gefäßen. Sobald er einmal auf Geschäftsreise gehen würde, das hatte sie sich fest vorgenommen, würde sie sich hierher zurückziehen und jede einzelne Rebsorte kosten.

Sie drehte den Hahn des Fasses, in dem der Riesling gereift war. Die helle, goldgelbe Flüssigkeit plätscherte in den Krug. Da traf sie ein Gedanke, und sie drehte erneut am Zapfen, bevor sie das Gefäß neben sich auf den Boden stellte. Wieder ein Griff an den Verschluss, diesmal vorsichtiger – und der Wein rann in ihre zu einem Kelch geformte Hand. Zufrieden hob sie ihre Linke, schlürfte daraus und leckte die letzten Tropfen von der Haut. Der Geschmack war überaus angenehm …

»Euch zuzuschauen kann einen Mann um den Verstand bringen«, bemerkte eine vertraute Männerstimme.

Christiane fuhr erschrocken herum.

Lässig gegen die Wand gelehnt, stand Georg Imhoff am Eingang des Weinkellers. Im Halbdunkel der Ölfunzel, die sie bei den Vorbereitungen für die Gesellschaft im Keller entzündet hatte, erkannte Christiane ein amüsiertes Funkeln in seinen Augen.

»Ich … ich habe Euch nicht kommen hören«, stammelte sie.

»Nein, natürlich nicht, denn Ihr ward ja gerade dabei, Euch zu betrinken.«

»Versprecht mir, dass Ihr meinem Mann nichts von meinem Geheimnis verratet.«

»Vor allem werde ich ihm nicht sagen, was Euer Anblick bei mir angerichtet hat.«

Langsam, als müsste er jeden Schritt überdenken, trat er vor sie hin. Seine Augen ließen ihr Gesicht nicht los, wanderten über ihre Züge, tauchten ein in ihre Blicke.

Ihr Herz veranstaltete einen Trommelwirbel, das Blut rauschte ihr in den Adern, und durch ihren Kopf stob ein Vogelschwarm. Hatte sie etwa zu viel des Weins gekostet? Unmöglich, es waren nur ein paar Tropfen gewesen. Verlegen wischte sie ihre von ihrem Speichel und dem Riesling feuchte Hand an ihrem Rock ab.

»Nicht ...!« Blitzschnell fuhr sein Arm vor, seine Finger umschlossen die ihren. »Lasst noch ein wenig übrig für mich«, er senkte seinen Kopf, drehte ihre Hand um und berührte die Innenfläche mit seinen Lippen.

Es war ein Kuss, nur so zart wie der Flügelschlag eines Schmetterlings, doch durch Christianes Körper schien ein Blitz zu fahren.

»Das dürft Ihr nicht«, wisperte sie kaum hörbar, während sie innerlich danach verlangte, seinen Mund überall auf ihrer Haut zu spüren.

»Ich weiß. Aber Ihr wollt es genauso wie ich – und auch das weiß ich«, in einer raschen Bewegung umfasste er mit dem freien Arm ihre Taille. Sein Atem streifte ihr Ohr, als er flüsterte: »Severin Meitinger ist nichts für eine so junge, schöne Frau. Er macht Euch nicht glücklich. Das sehe ich, und es zerreißt mir das Herz, dem zuschauen zu müssen.«

Darauf gab es nichts zu sagen – nur zu handeln. Sie legte ihren Kopf in den Nacken. Nicht, um Georg anzusehen, sondern um ihre Lider zu senken und ihre Lippen zu öffnen.

»Ich wünschte, Ehebruch wäre keine Sünde«, raunte er.

Im nächsten Moment ließ er sie los.

Christiane riss verstört die Augen auf, taumelte. »Ich ... ich weiß nicht ...«, haspelte sie, brach dann aber hilflos ab, weil sie wirklich nichts wusste. Weder, was sie eigentlich hatte sagen wollen – noch, was sie fühlen, denken und von der Situation halten sollte.

Er schien in ihr Innerstes blicken zu können: »Geht besser in Eure Kammer, meine Liebste, bevor Severin das Leuchten in Euch bemerkt. Es scheint mir, als hätte ich eine Kerze entzündet, die aus Euch herausstrahlt.«

Meine Liebste … das Leuchten in Euch … Kerze, die aus Euch herausstrahlt …

Christiane saugte die Worte in sich auf wie ein Schwamm das Wasser. Nie zuvor war Severin eingefallen, so mit ihr zu sprechen. In ihrer Jungmädchenzeit hatte es einen Nachbarsjungen gegeben, mit dem sie ein wenig getändelt und sich heimlich in der Scheune getroffen hatte, aber auch er war nicht so phantasiebegabt gewesen wie Georg Imhoff. Ihre Jugendliebe hatte wohl im Gegensatz zu ihrem Gatten – ihren Körper in Wallungen versetzt, nicht aber ihren Verstand mit Zärtlichkeiten überhäuft.

»Der Wein …«, hob sie an.

»Ich kümmere mich darum und werde Severin sagen, dass ich Euch zufällig begegnet bin und Ihr Euch mit einem Unwohlsein entschuldigt. Es ist besser, Ihr fasst Euch, bevor Ihr wieder zu der Gesellschaft stoßt.«

Erst auf der Treppe fiel ihr ein, dass Georg ein begnadeter Schriftsteller war. Natürlich konnte ausgerechnet der mit Worten umgehen. Sie sehnte sich jedoch nach mehr. Nicht zu lesen, sondern aus seinem Mund zu hören. Verbale Verlockungen, die eines Tages in der Vereinigung ihrer Leidenschaft münden würden. Seine Lippen auf ihrer Haut …

Christiane starrte auf ihre Handinnenfläche und benetzte sie zaghaft mit ihrer Zunge, als könne sie auf diese Weise von dem Mann kosten, der ihre Leidenschaft entfacht hatte.

8

Sebastians Finger umschlossen Marthas Hand. »Martin Luther meinte, Augsburg sei ein Sündenbabel. Er hatte recht.«

»I wo«, wehrte Martha leichthin ab. »Es ist bloß eine Stadt mit vielen reichen Menschen, die es verstehen, ihr Geld zu ihrem eigenen Nutzen auszugeben. Kann man ihnen das verdenken?«

Er versuchte, den Kopf zu schütteln, doch er konnte sich kaum rühren. Die Schmerzen waren zu stark. Sein Körper schien nach dieser kleinen Kraftanstrengung in sich zusammenzufallen und – schlimmer noch – in den Kissen zu schrumpfen. Der Druck seiner Hand blieb jedoch überraschend fest, ganz so, als würde er sich an sie klammern wie an einen Rettungsring.

Doch sie konnte ihn vor dem Untergang nicht bewahren. Der Strom des Todes riss ihn erbarmungslos fort. Martha spürte, dass ihrem geliebten Mann nicht mehr zu helfen war. Gott würde ihn vor ihr, dem kleinen Johannes und dem noch ungeborenen Kind holen. Das ist pure Grausamkeit, sinnierte sie verzweifelt. Sie hatte sich vorgenommen, nicht vor Sebastian zu weinen. Er sollte nicht sehen, was ihr mit seiner unerklärlichen Krankheit angetan wurde. Er konnte nichts dafür, aber das Schicksal war erbarmungslos. Sie biss die Lippen aufeinander und blinzelte energisch die Tränen fort, die sich in ihre Augen gestohlen hatten.

»Ich wette, es gibt mehr Menschen in dieser Stadt, die noch nie in ihrem Leben weißes Brot gekostet haben, als solche, die nicht wissen, wie ein Laib aus Roggenmehl schmeckt«, sagte Sebastian.

»Nun, ja, aber es wird doch auch gut für die Armen gesorgt. Wo sonst gibt es ein Almosenamt und eine Fugger-Stiftung?«

»Das ist nichts als Betrug«, Sebastian schnaufte verächtlich.

»Die Räte und ebenso die Fugger wollen sich doch nur selbst einen Platz im Himmel sichern. Die im irdischen Leben Bedürftigen sind ihnen egal.«

Martha gab es auf, seinem Lamento zu folgen. Was interessierten sie auch das Bettelverbot und die Verköstigung der Almosenempfänger auf Kosten von edlen Spendern, wenn aus Sebastians Körper das Blut strömte? Der rote Schleim, den sie mitsamt Sebastians Erbrochenem vorhin aus einer Schüssel in den Abort gegossen hatte, ängstigte sie mehr als jede finanzielle Not. Ihr brach das Herz, als sie sich vorstellte, wie stark die Schmerzen sein mussten, denen ein sich innerlich auflösender Leib ausgesetzt war. Sebastian brauchte dringend eine Arznei, die ihm wenigstens Linderung, wenn schon nicht Heilung verschaffte. Er hatte ihr zwar verboten, nach einem Arzt zu schicken, doch je länger sie sich fügte …

»Ich hätte dir gerne ein anderes Leben geboten, Martha. Es tut mir so leid, dass es nicht anders gekommen ist.«

Mit der freien Hand streichelte sie seine bleichen, unrasierten Wangen, die dunklen Bartstoppeln wirkten wie ein Trauerschleier. »Ich liebe dich, Sebastian«, sagte sie ernst. »Und deshalb werde ich jetzt einen Medicus rufen …«

»Nein!« Seine Fingernägel gruben sich in ihren Daumenballen. »Nein, geh nicht. Bitte. Ich möchte keinen Arzt. Er kann mir nicht helfen, das ist aus dem Fenster geworfenes Geld.«

»Du darfst dir keine Sorgen wegen der Kosten machen. Ich habe ein paar Münzen gespart, und auch Christiane würde sicher …«

»Nein! Ich habe ›nein‹ gesagt, hast du das nicht verstanden?«

Martha zuckte unter seinem barschen Ton wie nach einem Hieb zusammen. Sebastian hatte sie nie geschlagen, sie hatten sich nicht einmal besonders häufig gestritten. Dazu hatten sie wahrscheinlich nicht ausreichend Zeit zusammen verbracht, Auseinandersetzungen waren ihrer Ansicht nach wohl älteren Ehepaaren vorbehalten. In diesem Moment jedoch fühlte sie sich, als sei sie von ihrem Mann mit der Rute durch die Stube getrieben worden. Obwohl sie einem Sterbenden nicht zürnen wollte, konnte sie nicht umhin, ihm ihre Hand zu entziehen. Es geschah wie von selbst.

»Wie du wünschst«, entgegnete sie kühl.

Seufzend schloss er die Augen. Sie konnte nicht sagen, ob er über ihren kleinen Zwist stöhnte oder einfach nur ermattet war. Wenn er einschliefe, würde sie sich gegen seinen Willen hinausstehlen und einen Arzt oder einen anderen Heiler holen. Es war gut, dass sie den kleinen Johannes bei einer Nachbarin unterbringen konnte. So weckte das Kind seinen Vater nicht, und sie hatte ein wenig mehr Bewegungsfreiheit.

»Ich möchte einen Geistlichen sprechen«, verlangte Sebastian plötzlich. »Bitte, Martha, geh und hole einen Priester. Am besten den Jesuiten.«

Sie traute ihren Ohren nicht. »Ich soll einen katholischen Geistlichen an dein Bett rufen? Ein Jesuit soll unser Haus betreten?« Unwillkürlich schlug sie das Kreuz vor der Brust, obwohl sie Derartiges in Sebastians Gegenwart schon lange nicht mehr getan hatte.

»Ja … Ja, das ist der einzige Mensch, der mir vielleicht noch helfen kann.«

Jetzt wird er auch noch wahnsinnig, fuhr es ihr durch den Kopf. Sie dachte an die Teufelsaustreibung, von der Christiane ihr erzählt hatte, und daran, dass der Exorzist eben jener Bruder der Gesellschaft Jesu gewesen war, nach dem Sebastian nun verlangte. Hatte ihr Mann nicht neulich auch den Teufel gesehen? Wollte er etwa …? Vor Schreck schlug Martha die Hand vor den Mund.

»Du brauchst dich nicht zu fürchten«, behauptete Sebastian

schwach, als habe er ihre Gedanken lesen können. Er hob seine Lider und sah sie beschwörend an. »Jesuiten sind gebildeter und fortschrittlicher als andere Pfaffen. Ich muss mich aussprechen, verstehst du – und da kommt mir dieser Anhänger Ignatius von Loyolas gerade recht, auch wenn er Papist ist.«

»Ich möchte dich nicht alleine lassen«, murmelte sie ausweichend.

Sebastian lachte leise und bitter. »Martha, Martha, du konntest noch nie gut lügen. Für einen Arzt hättest du mich verlassen, aber meinen Wunsch nach einem Priester willst du nicht erfüllen. Du bist Katholikin, was erschreckt dich daran, einen Pfaffen zu holen?«

Weil es um dich geht, wollte sie ihm ins Gesicht schreien. Weil du du bist und stets ein überzeugter Anhänger der Reformation warst. Und weil ich deine Kompromisslosigkeit geliebt habe.

Doch sie sagte nichts von all dem. Zärtlich strich sie ihm eine Strähne seiner dunklen Haare aus der Stirn. »Gut. Ich gehe und tue, was du verlangst. Aber sorg dafür, dass du noch da bist, wenn ich wiederkomme.« Über die andere Möglichkeit wagte sie nicht nachzudenken. Dafür würde sie noch lange genug Zeit haben.

9

Die Dämmerung setzte langsam ein und begann die Dunkelheit und das Gesindel aus den Gassen zu vertreiben. Ein schiefergraues Himmelszelt neigte sich über die Stadt, als ein in Lumpen gekleideter Bub an das Tor pochte und die Meitingerin zu sprechen wünschte. Offenkundig bereitete es ihm Vergnügen, die vornehmen Herrschaften aus dem Schlaf zu reißen, denn als ihm die Magd öffnete, verkündete er selbstbewusst, die ihm aufgetragene Nachricht dürfe er nur persönlich übergeben, sofort. Unter dem Wutgeschrei des in seiner Nachtruhe gestörten Druckerverlegers reichte der Straßenjunge schließlich einen Brief an Christiane weiter, die in Nachtgewand und wehendem Hausmantel zur Tür geeilt war.

»Das Schreiben ist von meiner Cousine«, berichtete Christiane ihrem Mann zerstreut, während sie die wenigen Zeilen überflog.

Severin suchte derweil in seinen Taschen nach einem Kupferkreuzer, mit dem er sich den aufsässigen kleinen Boten vom Leib halten wollte. »Troll dich!«, forderte er das Kind auf und drückte ihm das endlich gefundene Geld in die Faust.

Gewitzt stellte der Bub den Fuß über die Schwelle. Bevor er dem feinen Herrn erlaubte, sein Tor wieder zuzusperren, schob er sich die Münze in den Mund. Da er kaum Zähne besaß, fiel die Prüfung recht halbherzig aus. Schließlich nickte er. Wo es ein Kupferstück gab, klapperten aber noch mehrere … Der kleine Lumpensammler fragte: »Welche Nachricht soll ich der Rehmin von Euch überbringen?«

Christiane hob ihren Kopf. »Keine«, erwiderte sie bestimmt und faltete das Papier zu einem kleinen Quadrat zusammen. »Ich werde selbst nach dem Rechten sehen.«

»Das ist eine gute Idee«, meinte ihr Mann, der es nunmehr der Magd überließ, den Botenjungen von seiner Schwelle zu vertreiben. Er nahm Christiane fürsorglich am Arm und führte sie zur Stiege. »Du kannst deiner Cousine am Vormittag einen Besuch abstatten.«

»Nein, ich gehe sofort. Martha schreibt, dass Sebastian im Sterben liegt.« Ihr war klar, dass Meitinger ihren Widerspruch nicht so ohne weiteres tolerieren würde. Sie legte all ihre Verzweiflung in den Blick, mit dem sie ihm in die Augen sah. »Ich hätte mich um ihn kümmern müssen …«

Severin erbleichte. »Wie hättest du …?«

»Ich habe Sebastian getroffen, als er vorgestern von dir fortging. Hast du ihm nicht angemerkt, wie schlecht es um ihn steht?«

Er presste die Lippen zusammen, bis sie genauso farblos waren wie seine Wangen, und blieb ihr eine Antwort schuldig. Den Mund machte er erst wieder auf, nachdem er Christiane mit einiger Verzögerung in die Schlafkammer gefolgt war, wo sie sich bereits ankleidete: »Du kannst nicht alleine gehen.«

»Nein, natürlich nicht«, sie hob nicht einmal den Kopf von den Stiefeln, in die sie ihre Füße gerade zwängte. »Du bist ja bei mir.«

»Das geht nicht, Christiane, ich kann nicht weg von hier. Ich habe versprochen, den Gesellen im Morgengrauen abzulösen. Nicht auszudenken, welche Fehler ihm beim Setzen der Lettern unterlaufen, wenn er müde und nicht mehr bei der Sache ist. Es ist bald Zeit für mich, in die Druckerei zu gehen. Daran ist nicht zu rütteln. Tut mir leid.«

»Das ändert nichts«, erwiderte sie kühn, wohl wissend, dass sie sich damit zum ersten Mal bewusst seiner Entscheidung und den üblichen Gepflogenheiten für eine anständige Bürgersfrau widersetzte.

Eine halbe Stunde später klopfte sie ungeduldig gegen die schief in den Angeln hängende Tür der Rehms in der Unterstadt. Um Atem ringend, den Herzschlag außer Kontrolle, stand sie da, blind gegen den Unrat in der Gasse, und wünschte nichts mehr, als dass Martha einem dramatischen Irrtum zum Opfer gefallen war und sie Sebastian mindestens bei Bewusstsein antreffen würde. Doch da ihr nicht in angemessener Zeit geöffnet wurde, musste sie wohl oder übel befürchten, zu spät gekommen zu sein. Die Vorstellung, dass ihr Mentor aus dem Leben schied, ohne dass sie von ihm Abschied nehmen durfte, ließ sie jede Erziehung, Takt und den

Respekt vor dem Tod vergessen. Ihre Fäuste veranstalteten einen regelrechten Trommelwirbel.

»Ihr habt Euch umsonst herbemüht, Herrin. Da ist niemand zu Hause.«

Christiane maß den Begleiter, den Severin ihr zum Schutz aufgedrängt hatte, mit einem knappen Blick. Ob der Junge die geeignete Wahl war? Der Druckerlehrling trat gegen die morgendliche Kälte von einem Bein auf das andere und schlang die Arme um seine magere Brust. Ein unangenehmer Ostwind pfiff durch die Gasse. Das war jedoch sicher nicht der einzige Grund für Antons Frösteln. Er hatte keinen Augenblick geschlafen in dieser Nacht, weil er dem Gesellen an der Presse zur Hand hatte gehen müssen; wahrscheinlich war er vollkommen übermüdet. Der Besuch in der Unterstadt war daher auch für ihn keine reine Freude, wie Christiane vermutete.

»Unsinn! Es ist jemand da.« Sie deutete auf die schmalen Einschnitte in dem Erker, der sich aus der Fassade zu drängen schien. »Siehst du das Licht nicht im Fenster? Es macht nur niemand auf, weil ... weil ...«, weil vielleicht gerade der Hausherr stirbt, setzte sie in Gedanken fort. Ihr Herz pochte bis in den Hals, und der Ton dröhnte ihr lauter in den Ohren als ihr Klopfen.

Plötzlich wurde die Tür aufgerissen. Das ging so rasch und unvermittelt, dass Christiane aus dem Gleichgewicht geriet und nach vorne fiel – geradewegs in die Arme eines Fremden.

»Ein wenig mehr Zurückhaltung, bitte«, forderte der streng.

Sie fand rasch auf ihre eigenen Füße zurück. Der Mann war unbestimmten Alters, zählte dreißig oder vierzig Jahre, war gepflegt und nicht unattraktiv. Auf dem braunen Haarschopf trug er ein viereckiges Barett, gegen die Kälte hatte er einen Mantel über den Gelehrtentalar geworfen, bis auf den weißen

Hemdkragen war er in schwarze Kleidung gehüllt. Er sah aus wie die Mischung aus einem Scholastiker und einem Geistlichen. Auf den zweiten Blick war Christiane sicher, dass dies der Priester war, der die Teufelsaustreibung an der Hübschlerin vorgenommen hatte.

Erschrocken wich sie zurück. »Was tut Ihr hier?«

In Gedanken formulierte sie direktere Fragen: Warum hatte Martha einen Jesuiten ans Lager ihres protestantischen Gemahls geholt? Warum ausgerechnet einen Exorzisten?

»Das könnte ich Euch fragen, Schwester. Mir schien, Ihr wolltet das Tor eintreten.«

Ungeduldig nestelte sie an ihrem Umhang. Sie musste ihren Händen eine Beschäftigung geben, um den Priester nicht von der Türschwelle zu stoßen. »Ich bin die Cousine von Martha Rehm und verlange …«

»Ah, die Meitingerin. Ja. Euer Trost wird ihr guttun. Gott hat Eurer Cousine eine schwere Prüfung auferlegt. Ich bin Pater Hieronimus Ehlert. Die Rehmin ließ mich rufen, als der Kranke die letzte Ölung wünschte.«

Der Jesuit gab so plötzlich den Weg frei, dass Christiane beinahe wieder gestrauchelt wäre.

Seine Worte verwirrten sie, doch würde sie später darüber nachdenken. Ohne Pater Ehlert eines weiteren Blickes zu würdigen, trat sie in die bescheidene Behausung ein. Sie kümmerte sich nicht darum, ob der Druckerlehrling Anton ihr folgte, sich die Zeit auf der Gasse vertrieb oder zurück zum Perlach lief. Sie vergaß schlichtweg, dass er sich in ihrem Gefolge befand, zu erschüttert über die Szene, die sich ihr bot:

Martha kniete vor Sebastians Lager, ihre Schultern bebten, die Stirn hatte sie auf die gefalteten Hände ihres Mannes gelegt, der mit geschlossenen Augen im Bett lag und bereits eine Reise angetreten zu haben schien, von der es keine Wiederkehr gab.

Als Christiane näher trat, bemerkte sie ein feines Lächeln auf Sebastians wächsernen, blau verfärbten Lippen. Trotz der bleichen Farbe waren seine Gesichtszüge entspannt. Offensichtlich war der Tod eine Erlösung für ihn.

Christiane schwankte zwischen Entsetzen und Fassungslosigkeit. Sie wusste nicht, ob sie gelähmt war von der Erkenntnis, nie wieder von Sebastian unterrichtet zu werden, seinen Ausführungen zu lauschen und seine Klugheit zu bewundern oder zu wünschen, ihren Kummer herausschreien zu dürfen. Der Verlust des angeheirateten Vetters, ihres Freundes im Geiste, zerriss ihr das Herz. All die albernen wie notwendigen Versäumnisse aus jüngster oder entfernter Vergangenheit gingen ihr durch den Kopf. Trauer, Hilflosigkeit und Selbstmitleid drohten, ihr die Kehle zuzuschnüren.

Doch sie nahm sich zusammen. Sanft strich sie Martha über das wirre, lockige Haar.

»Sebastian ruht in Frieden«, hörte sich Christiane zu ihrer eigenen Überraschung gemessen sagen. Sie hatte geglaubt, keinen Ton herausbringen zu können, der nicht mit einem Tränenausbruch einherging. Stattdessen klang sie klar und der Tragödie angemessen.

Martha antwortete nicht, ihr leises Wimmern wurde lediglich etwas lauter.

Christiane sank neben ihrer Cousine in die Hocke und legte den Arm um die andere. Auf diese Weise wollte sie ihr stummen Trost und Geborgenheit vermitteln. Worte zu verlieren, erschien ihr in diesem Moment unangebracht.

Als Martha den Kopf an ihre Schulter lehnte, wusste Christiane, dass die untröstliche Witwe verstanden hatte.

Eine Bewegung im Hintergrund zerstörte die einvernehmliche Stille zwischen den beiden Frauen.

Über die Schulter schauend, sah Christiane, dass Pater Ehlert näher getreten war, in seinem Rücken stand Meitingers

Lehrling. Anton knetete mit unglücklicher Miene die Mütze in seinen Händen.

Plötzlich fiel ihr auf, dass es ungewohnt ruhig war in der Stube. Nicht einmal das gleichmäßige Atmen des Kindes war zu vernehmen. Ein Blick in die Ecke zeigte Christiane, dass die Wiege leer war.

»Wo ist Johannes?«, fragte sie erschrocken. War dem Buben etwa auch etwas passiert? Hatte der Priester bereits dafür gesorgt, dass der kleine Leichnam fortgeschafft worden war? Ein Atemstillstand, vielleicht, Christiane hatte gehört, dass das bei Kleinkindern vorkam, und Johannes litt an Asthma.

Der Jesuit öffnete den Mund, doch bevor er zu sprechen begann, hob Martha ihr tränennasses Gesicht. »Dem Kleinen geht es gut«, versicherte sie. »Er ist bei einer Nachbarin untergebracht. Wenigstens Johannes geht es gut ... noch ... Wie soll er nur ohne Vater ...?« Ihre Frage ging in Weinen unter. Schluchzend senkte sie sich wieder über Sebastians Hände.

Christiane hatte selten das Bedürfnis nach der Nähe ihres Gemahls, in diesem Augenblick wünschte sie Meitinger inständig an ihre Seite. Ein Mann, noch dazu ein Familienmitglied, vermochte der verzweifelten Martha sicher mehr Zuversicht zu vermitteln als sie. Deshalb traf sie eine Entscheidung. Wenn der angeheiratete Vetter schon keine Zeit hatte, würde sie nach dem ältesten Freund des Toten schicken. Georg Imhoff mit seiner Begabung, immer das Richtige zu sagen, würde der geeignetste Beistand für Martha und die beste Unterstützung für sie selbst sein.

Sie richtete sich auf und wandte sich an den Priester: »Der Dichter Georg Imhoff war Sebastian Rehm eng verbunden. Er sollte die traurige Nachricht unverzüglich erhalten. Anton kann gehen und es ihm sagen, er weiß, wo Herr Imhoff zu Hause ist.« Auf diese Weise konnte sie wenigstens einem

Menschen in diesem Raum eine kurze Freude bereiten und den unglücklich dreinschauenden Lehrling fortschicken.

»Das ist ein guter Gedanke«, lobte der Jesuit.

»Ich eile, Herrin«, versicherte Anton.

Geistesabwesend begann Martha wieder zu sprechen, ihre Stimme klang glockenhell, und die Sätze flossen klar über ihre bebenden Lippen: »*Wie soll ich reden, so ich vor Weinen nicht wohl kann ein Wort finden? Ich werde ohne Zweifel mehr Heulens und Trauerns machen. Denn wie sollten wir nicht alle herzlich trauern, so Gott uns die Betrübnis zugeschickt und …*«

»Was ist das?«, fragte Christiane verblüfft. »Hat Sebastian das verfasst?«

»Nein, nicht wirklich, auch wenn es tatsächlich die letzten Sätze sind, die Sebastian niedergeschrieben hat, so sind sie doch von Johann Bugenhagen. Es sind Teile aus der Grabpredigt für Martin Luther …«

Christiane hörte Pater Ehlert in ihrem Rücken tief Luft holen, doch sie ignorierte ihn. »War ein Buch über Martin Luther sein neues, wichtiges Werk?«

»Sebastian beschäftigte sich bis zuletzt damit. Schau nur, an seinen Fingern kleben noch Tintenflecken.«

Ohne sonderlich darüber nachzudenken, fragte Christiane: »Und was waren seine letzten Worte? Was sagte Sebastian, bevor er starb?«

»*Revoco*«, erwiderte Martha leise. Der vergessene Tränenstrom schien nicht versiegt zu sein. Doch sie schluckte den Weinkrampf diesmal energisch hinunter. »Sein letztes Wort war ›revoco‹ … Weißt du, was das heißt, Christiane?«

Obwohl sie nur wenige Lateinstunden genossen hatte, konnte Christiane die Vokabel problemlos übersetzen. Sie zögerte jedoch, Martha die Wahrheit zu sagen, denn sie konnte die einzige Erklärung nicht akzeptieren, die sich angesichts der Umstände aufdrängte. Die Anwesenheit des Jesuitenpaters und Sebastians Wunsch nach dem Sterbesakrament waren jedoch der eindeutige Beweis, dass sie mit ihrer Vermutung richtiglag: Der Mann, der ihr den neuen Glauben nahegebracht hatte, bereute im Tod seine Hinwendung zur Reformation. Vielleicht hatte ihn auch die intensive Beschäftigung mit Martin Luther kurz davor klarer sehen lassen. Oder der Priester hatte ihn zum Abfall genötigt. So viele Gründe es für den Gesinnungswandel geben mochte, so schwer waren sie für Christiane zu akzeptieren. Für sie brach eine Welt zusammen.

Nach einer kleinen Pause antwortete sie: »Ich widerrufe! Revoco heißt: Ich widerrufe!«

Frankfurt am Main, eine Woche später

10

Zum zweiten Mal in kürzester Zeit bedauerte Wolfgang Delius, dass in seiner Werkstatt nur geistvolle Literatur und keine Flugblätter hergestellt wurden, welche die neuesten Nachrichten unter das Volk brachten. Ende März war Papst Julius III. verstorben, und nun berichteten die Zeitungen vom Tod der Mutter des Kaisers. Damit ließen sich zweifellos gute Geschäfte tätigen.

Die Händler der gedruckten Botschaften lagen im Wettstreit mit den Ausrufern, Moritatensängern und Trommlern, die sich im Schatten des Hauses zum Römer gegenseitig zu übertönen versuchten: »Hört, Ihr Leute! Königin Johanna von Kastilien und Aragon ging im fernen Spanien von uns. Eine Verbrühung raffte die Mutter Seiner Kaiserlichen Majestät Karls V. dahin. Scheitern nun die Verhandlungen beim Reichstag zu Augsburg?«

Das genau ist der Grund, weshalb ich keine Botschaften mit Neuigkeitswert herausbringe, grollte Wolfgang, als er an den von Menschen umringten Hausierern rasch und energisch vorbeischritt. Aufflammender Zorn ob der Sensationslust schnürte seine Brust zusammen.

Der Religionsfrieden hatte rein gar nichts mit dem Tod der Dame zu tun, die im Volksmund auch »Johanna die Wahnsinnige« genannt wurde. Es war allgemein bekannt, dass sowohl Kaiser Karl als auch sein Bruder, König Ferdinand, kein gutes Verhältnis zu ihr hatten, da sie bereits als Kinder in die Obhut von Verwandten gegeben worden waren. Daher wurde zwar die Form gewahrt und das Ableben der Kaisermutter entsprechend betrauert, aber Konsequenzen entstanden daraus nur in den Köpfen des neugierigen und für alles Böse und Dramatische aufgeschlossenen Publikums.

Wenn die Verhandlungen vertagt würden, dann eher wegen des Ablebens des Heiligen Vaters. Das anstehende Konklave zwang die Kardinäle, von Augsburg nach Rom zu reisen, und wenn sich die katholische Seite nicht ausreichend durch ihre Vertreter positioniert sah, könnte es Schwierigkeiten geben. Wolfgang hoffte jedoch, dass es nicht so weit kommen würde. Nicht nur aus Gründen politischer Vernunft: Einen Reichstag zu Augsburg erleben zu dürfen, besaß den Geschmack eines glanzvollen Abenteuers, und darauf würde er ungern verzichten, obwohl er nur ein Zaungast sein würde. In drei Wochen, so hoffte er, würde er alle Reisevorbereitungen abgeschlossen haben und sich auf den Weg in den Süden machen. Unterbrochen von einem Besuch bei seinem Freund Bernhard Ditmold in Speyer und den Tagen in Augsburg, wollte er Ende Mai in Venedig eintreffen. Schade nur, dass er ohne weibliche Begleitung sein würde. Amalie sollte ihn in Frankfurt vertreten – und es wäre auch nicht schicklich, als unverheiratetes Paar auf Reisen zu gehen …

»Herr Delius … Herr Delius …«, ein Postbote in schwarzgelber Kluft lief auf ihn zu, schob einen Spaziergänger grob beiseite und ignorierte die Flüche eines Reiters, dessen Bahn er gekreuzt hatte, ohne auf das herannahende Pferd zu achten. Schließlich setzte er sein Horn ein, um sich den Weg frei zu blasen. Dann stand er atemlos vor dem jungen Verleger, in der Hand einen Brief schwenkend. »Ein dringendes Schreiben … In Eurem Offizin wurde mir gesagt, dass ich Euch am Rathaus finde …«

Wolfgang wunderte sich, dass ihn der Mann inmitten der unübersichtlichen Menschenmenge erkannt hatte, machte sich aber nicht weiter die Mühe, sich danach zu erkundigen.

Vielleicht gab es Vertreter einzelner Berufe, die sich Gesichter besser merken konnten als andere. Immerhin dankte er dem Postboten mit ein paar Münzen, die weit über die Bezahlung des Beförderungsgeldes hinausgingen.

Er trat vom Platz fort und unter eines der Holzvordächer des Römers, warf einen Blick auf das Kuvert. Wer es so eilig hatte, ihm ein Billett zu schicken, musste ein wichtiges Anliegen haben. Das Schreiben war an seinen Vater adressiert. Einen Eilbrief an einen Mann zu senden, der vor vier Monaten verstorben war, zeugte jedoch von keiner besonderen Dringlichkeit.

Achselzuckend brach Wolfgang das Siegel – dann kam ihm die Schrift vage vertraut vor, und schließlich erkannte er bereits an den ersten Worten des Textes den Absender. Der Verrückte aus Augsburg meldete sich wieder, wahrscheinlich, weil er es nicht ertrug, ohne Antwort geblieben zu sein. So waren sie wohl, die armen Menschen, die von Gott mit dem Irrsinn geschlagen waren.

Wolfgang wollte das Papier schon ungelesen zerreißen, als seine Aufmerksamkeit plötzlich gefesselt wurde. Er konzentrierte sich auf jede Zeile, vergaß zunehmend seine Umgebung und konnte am Ende nicht fassen, was er da vor sich hatte:

»Verehrter Herr Delius,

verzeiht mir, wenn ich nochmals in Euch dringe. Ihr seid der einzige Mensch weit und breit, der mir helfen kann. Eure Reputation bezüglich der Herausgabe theologischer Werke reicht über die Grenzen Eurer Stadt. Ich wüsste niemand Besseren, an den zu wenden sich lohnte. Deshalb bin ich so impertinent und wage es, Eure Zeit auf ein Neues zu stehlen.

Vielleicht hatte ich mich in meinen vorigen Briefen nicht deutlich genug ausgedrückt, um Euer Interesse zu wecken.

Wahrscheinlich war mein Manuskript Eurer fachkundigen Meinung auch nicht würdig. Oder Ihr habt von Anfang an erkannt, dass es sich um eine Fälschung handelt. Ja, gewiss, um einen Betrug, der im Auftrag eines anderen von meiner Hand verfasst wurde. Fragt mich nicht, warum ich zum Betrüger wurde, fragt mich vielmehr, welcher Teufel in meinem Leib steckt, der mich ein Werk schreiben ließ, welches aus der Feder des Reformators geflossen sein soll. Ich bin stets stolz darauf gewesen, Protestant zu sein, doch nun habe ich meinen Glauben verraten, indem ich Martin Luther Worte in den Mund legte, die der ehrwürdige Doktor nicht einmal zu denken vermocht hatte.

Mir ist bekannt, dass bereits damals Fälschungen kursierten, nachdem Martin Luther im Jahre achtzehn aus Augsburg geflohen war. Als Kind hörte ich meine Eltern davon sprechen. Es erschienen verschiedene Versionen über die Diskussionen zwischen dem Reformator und dem Gesandten des Papstes – zensiert oder nicht, kopiert, beschönigt, entstellt oder nicht – Schriftstücke jedweder Art waren im Umlauf, auch die Originale. Die Wahrheit ist auf jeden Fall, dass Luther nicht widerrief. Doch hier liegt der Schlüssel zu dem Betrug, dessen man mich verpflichtete: Wenn ein Werk auftauchen würde, in dem sich Martin Luther von seinen eigenen Thesen distanzierte und ›revoco‹ ausriefe, könnte dies die gesamte Christenheit erschüttern – und den angestrebten Religionsfrieden vernichten. Es würde wieder zum Krieg kommen, Blutvergießen, Tod.

Ich befürchte, dass ich vergiftet werde und nicht mehr lange zu leben habe. Wer meine Auftraggeber sind, kann ich Euch nur sagen, wenn ich mich Eures Vertrauens versichert habe. Verzeiht mir diese Unzulänglichkeit, aber sie ist auch zu Eurem Schutz.

Vergesst, was ich geschrieben habe, wenn Euch die Sache zu unglaubwürdig erscheinen mag, um sie zu verfolgen. Ich habe versucht, zu retten, was noch zu retten ist. Wenn mir dies nicht gelingt, ist die Welt verloren – und ich mit ihr, aber das spielt dann ohnehin keine Rolle mehr.

In tiefster Verehrung und Hochachtung
gez. Euer ergebenster Diener
Sebastian Rehm.«

Nachdenklich fuhr sich Wolfgang mit der Hand über die Augen. Er ließ den Brief sinken, starrte ins Leere und fragte sich, was von diesem Schreiben zu halten war.

Sebastian Rehm konnte natürlich ein Verrückter sein. Ein Wahnsinniger, dem der Reichstag vor seiner Haustür zu Kopf gestiegen sein mochte.

Andererseits war die Geschichte zu plausibel vorgetragen, um erfunden zu sein. Besaß ein gewöhnlicher Irrer überhaupt die Phantasie, einen Betrug dieses Ausmaßes so verständlich darzulegen, wie es Sebastian Rehm niedergeschrieben hatte? Jedes seiner Worte ergab einen Sinn. Schlimmer noch, die Idee zu diesem unglaublichen Betrug war ebenso einfach wie genial. Was würde geschehen, wenn jemand ein Werk Martin Luthers fälschte und dem Reformator Sätze in den Mund legte, welche die Religionsgemeinschaften, die Kurfürsten und Fürsten der protestantischen Länder ebenso wie die katholischen Bischöfe und Kardinäle vor den Kopf stieße? Wer den Religionsfrieden verhindern wollte, hatte mit diesem Buch ein wirksames Mittel zur Hand. Zumindest wäre es ein wirksamerer Versuch, die Verhandlung zu stören, als auf die Unterbrechung aus Gründen der Trauer um Johanna von Kastilien zu hoffen. Wer immer den Plan ersonnen hatte, er war ein Genie. Sebastian Rehm selbst? Wohl kaum, Wolfgang glaubte ihm den Hintermann. Natürlich war es möglich, dass sich der Autor aus Angst vor den Folgen seines Handelns hinter der Behauptung einer Verschwörung versteckte, aber recht unglaubwürdig.

Der Wert des Betrugs hing natürlich von der Qualität des Drucks ab, denn es war zweifelsohne wichtig, die Fälschung nicht auf den ersten Blick zu erkennen. Doch Papier und Lettern konnten so präpariert werden, dass beides älter wirkte, als es tatsächlich war. Spätestens seit dem Erbe der Druckerprivilegien wusste Wolfgang um gewisse Geheimnisse der Zunft. Daher war es für ihn vorstellbar, wie der Schwindel unauffällig vollzogen werden konnte. Und dann würden sich vor allem die Gegner des Religionsfriedens für die Authentizität der angeblichen Urschrift verwenden – zunächst einmal war das also eine sichere Sache.

Wolfgang blickte über den Platz vor dem Rathaus. Die Stimmen der Ausrufer drangen wieder an sein Ohr, die Unterhaltungen der Passanten, das Knarren von Rädern und das Trappeln der Pferdehufe, irgendwo bellte ein Hund. Es schien ihm, als habe er das eigentliche Leben für ein paar Minuten ausgeblendet. Vor seinen Augen floss der Alltag zahlloser Menschen nun wieder dahin wie der Sand in einer Stundenuhr. Wie viel Zeit blieb diesen friedlichen Leuten noch, bevor die Katastrophe über sie hereinbrach?

Großer Gott, fuhr es ihm durch den Kopf, ich beginne, an die Apokalypse zu glauben. War er verrückt? Litt Sebastian Rehm möglicherweise an einer ansteckenden Krankheit, die mittels der Worte in einem Brief übertragen wurde?

»Revoco«, murmelte Wolfgang in sich hinein.

Er widerrief aus ganzem Herzen. Es tat ihm leid, dass er das Anliegen des Schriftstellers aus Augsburg nicht sofort verfolgt hatte. Wenn Sebastian Rehm die Wahrheit sprach, und davon ging Wolfgang aus, musste er ihm zu Hilfe eilen. Das war seine Pflicht. Als Mensch, als Christ, Protestant, wahrscheinlich auch als Verleger, denn er konnte nicht zulassen, dass seine Zunft in einem solchen Ausmaß aufs schändlichste benutzt wurde.

Bevor er Sebastian Rehm zur Rede stellte, wollte er sich jedoch mit Bernhard Ditmold beraten. Es war gut, dass der Besuch in Speyer ohnehin geplant war. Wie die Dinge lagen, war die Meinung eines Assessors hochwillkommen. Einen Fürsprecher brauchte Rehm ohnehin, wenn sein Betrug ans Licht kam. Der Autor konnte nicht ahnen, dass er sich in mehrfacher Hinsicht an den richtigen Mann gewandt hatte.

Mit einem bitteren Lächeln faltete Wolfgang den Brief zusammen und schob ihn in sein Wams. Dann wandte er sich um und betrat raschen Schrittes das Rathaus, um vom Rat ein Reisegeleit zu erbitten. Eigentlich war das schon vorhin sein Ziel gewesen, nun aber hatte sich die Situation insofern verändert, als dass er das Datum seines Auszugs aus Frankfurt so früh wie nur irgend möglich ansetzen wollte – musste.

Augsburg,
Mitte April 1555

11

»Die Leute meinen, die schwarze Galle habe Sebastian zerstört«, sagte Martha und wischte sich mit trotzigem Protest eine Träne aus dem Augenwinkel. »Er sei unbelehrbar in seiner Melancholie gewesen.«

Christiane hob ihren Kopf von der Truhe, in der sie Marthas Leinenzeug verstaute. Sie war am Morgen in die Unterstadt gelaufen, um ihrer Cousine beim Packen behilflich zu sein. Zwar besaß Martha nicht viel, aber es war doch genug, um vier Hände über Stunden beschäftigt zu halten.

Vor dem Haus stand ein Fuhrwerk, das von einem dürren Pferd gezogen wurde. Severin Meitinger hatte es in irgendeinem Mietstall ausgeliehen, und Anton schleppte Marthas Hausrat auf die Gasse und die Habseligkeiten dann auf die Ladefläche des Gefährts. Dabei ging er nicht sonderlich vorsichtig zu Werke, und in den Kisten und Truhen schepperte und klapperte es bedenklich. Bereits ein oder zwei Mal hatte Christiane den Druckerlehrling zu mehr Achtsamkeit ermahnen müssen, doch der Transport zerbrechlicher Güter war seine Sache nicht.

Martha reagierte indes mit Gleichmut. Sie schien seit Sebastians Tod sehr viel mehr in Schwermut versunken, als ihr Mann zu Lebzeiten darunter gelitten haben mochte. Christiane beobachtete mit Sorge, wie sich die junge Witwe von allen Alltagsproblemen zurückzog. Selbst ihre gewohnt liebevolle Zuwendung für den kleinen Johannes schien unter ihrer Trauer zu leiden. Auch das Kind unter ihrem Herzen war ihr offenbar kein Trost. Statt in die Zukunft zu schauen, wie es nötig wäre, ertrank Martha in einem Meer aus Tränen, Erinnerungen und Tatenlosigkeit.

»Glaub doch nicht den Unsinn, den irgendwer verbreitet. Niemand stirbt von einem Tag auf den anderen an der Melancholie«, entgegnete Christiane, obwohl sie sich ihrer Sache nicht ganz sicher war. Wenn sie Marthas bleiches Gesicht betrachtete und in die tiefliegenden, umschatteten, rot geränderten Augen sah, schien der Beweis für das Gegenteil ihrer Behauptung erbracht. Martha wirkte wie bereits vom Tod gezeichnet.

»Es ist doch aber bekannt, dass Trübsinn die schwarze Galle verbrennt und diese dann ins Blut befördert. Bluterbrechen und Blutdurchfall sind in der Regel die Folgen dieses Vorgangs«, beharrte Martha mit ihrer erschreckend tonlosen Stimme. »Ich hätte viel früher den Teufelsaustreiber holen müssen. Der Pater der Gesellschaft Jesu hätte Sebastian vielleicht retten können.« Stumme Tränen liefen aus ihren Augen, aber das schien sie nicht einmal zu bemerken.

Christiane hätte sie am liebsten bei den Schultern gepackt und die Unvernunft aus ihrem Körper geschüttelt. Ihre Finger krallten sich stattdessen in ein vom vielen Waschen fadenscheiniges Bettlaken. Der Tod eines nahestehenden Menschen machte die eigenen Unzulänglichkeiten immer deutlich sichtbar. Doch Marthas angebliches Versäumnis war ein Irrtum. Das, was über Sebastian Rehm geredet wurde, war üble Nachricht – und am schlimmsten erschien es Christiane, dass sich seine Witwe auf ihre Weise daran beteiligte.

Sie hatte ihr zwar anvertraut, dass Sebastian seit einer Weile den Teufel vor dem Fenster zu sehen geglaubt hatte – eine Gestalt in der Maske Luzifers, bekleidet mit einem schwarzen Fell. Aber Martha hatte damals ebenso wenig an diese Erscheinung geglaubt, wie Christiane es heute tat. Dennoch hatte sie nicht widersprochen, als Sebastian um einen Besuch von Pater Ehlers gebeten hatte. In die Wünsche eines Sterbenden fügte man sich, selbst wenn dieser nach einem Exorzisten rief.

Es war nicht von der Hand zu weisen, dass insbesondere diese Geschichte für einen melancholischen Anfall sprach. Dennoch erschien es Christiane unvorstellbar, dass sich Sebastian Rehm, der ein liebender Ehemann und fürsorglicher Vater gewesen war, einfach so aus dem Leben geschlichen haben sollte. Es hatte zwar eine Menge Gründe für seine Schwermut gegeben, aber Glücklosigkeit allein war in der Regel nicht tödlich.

»Er kann ebenso gut an Auszehrung, Wurmfieber oder einem Blutsturz gestorben sein. Das ist viel wahrscheinlicher als irgendeine Erkrankung des Geistes«, erklärte Christiane trotzig.

Martha schüttelte den Kopf. »Ich weiß es nicht. Mir ist nichts geblieben als ein belastetes Gewissen. Immer wieder sage ich mir, ich hätte mehr für Sebastian tun müssen. Ich hätte ihn retten können, wenn ich nur das Richtige getan hätte. Aber alles, was ich gemacht habe, war falsch.«

In einer Ecke der bereits fast vollständig ausgeräumten Stube klapperte etwas. Die Holzklötze, mit denen Johannes erfolglos einen Turm zu bauen versucht hatte, polterten über den Boden. Im nächsten Moment spuckte der Bub sein Saugläppchen aus und hob zu einem jämmerlichen Protestgeschrei an.

Dankbar, dem belastenden, mutlosen Gespräch ihrer Cousine entfliehen zu können, schickte sich Christiane an, das Kind zu trösten. Sie überließ das Leinenzeug der regungslosen Mutter, ging rasch zu Johannes, bückte sich und setzte den unerwartet schweren Kinderkörper auf ihre Hüfte. Sie umfasste den kleinen, warmen Leib mit ihren Armen. Unverzüglich verstummte Sebastians Sohn, schmiegte sich an sie. Seine ungeschickten Fingerchen tasteten über ihr Mieder und fanden in den dekorativen Perlschnüren ihres Blankscheits ein neues Spielzeug. Christiane ließ ihn trotz Marthas hochgezogenen Augenbrauen gewähren.

»Du wirst ihn noch verziehen!«

»Ach, nein. Er ist ein so lieber kleiner Kerl. Ich bin sicher, er wird Sonnenschein in unser Heim bringen«, behauptete Christiane.

Tatsächlich freute sie sich auf ihren neuen Mitbewohner. Sebastians Witwe und sein Sohn würden bei den Meitingers einziehen, das hatte ziemlich rasch festgestanden. Wo sollten die arme Frau und das Kind auch sonst hin? Ohne Mann konnte sie nicht in ihrem alten Zuhause bleiben, aber sie hatte nicht einmal genug von ihrem Haushaltsgeld gespart, um eine Leichensagerin loszuschicken, geschweige denn so viel, sich in eine Witwenwohnung einzumieten. In dieser Situation erwies sich Severin als Retter in der Not: Der Drucker behauptete, er schulde dem Toten noch ein Honorar – und dieses entsprach zufällig den Kosten des Begräbnisses, so dass er Sebastian das Armengrab ersparte. Auch schlug Christianes Gatte vor, ihre Cousine bei sich aufzunehmen, da Christiane eine Haushaltshilfe gut gebrauchen könne. Sie war ihm zutiefst dankbar für diese Mildtätigkeit. Eine Kammer neben dem Zimmer des griesgrämigen Titus war allemal einem Leben im Haus des bigotten Brunnenmeisters vorzuziehen, Marthas einzigen anderen Verwandten. Selbst auf Sebastians Beerdigung hatte Hans Walser keinen Hehl aus seiner Meinung gemacht, dass er den Ketzer Rehm lieber in der Hölle hätte schmoren als in geweihter Erde bestatten lassen.

Noch immer in die Beobachtung des kleinen Johannes versunken, der ganz hingerissen von ihren Perlen war, überlegte Christiane hochmütig, welches Glück es für den Buben war, in ihre Obhut zu gelangen. Trotz der Anwesenheit ihres Schwiegervaters und ihres Gatten wäre es ihr eines Tages sicher möglich, dem Kind ein wenig von Sebastians protestantischem Gedankengut nahezubringen. Das war sie ihrem Mentor schuldig, obwohl er angesichts des Todes – oder des Teufels – wohl selbst umgeschwenkt war.

»Das Leinenzeug ist verstaut«, verkündete Martha freudlos und überließ dem wieder aufgetauchten Anton das letzte Umzugsgut. »Nun gibt es nichts mehr einzupacken. Es erscheint mir seltsam zuzuschauen, wie ein ganzes Leben auf einem Fuhrwerk verstaut wird. Ich dachte, es wäre mehr übriggeblieben.«

Christiane wies auf die Kiste mit Papieren, die unter dem Fenster stand, wo einst Sebastians Schreibtisch Platz gefunden hatte. »Vergiss nicht …«

»Da sind Sebastians Aufzeichnungen drin, und die bleiben vorläufig hier«, erklärte Martha. »Georg Imhoff wird sie später abholen. Er hat sich angeboten, Sebastians Nachlass zu ordnen. Ich versteh davon ohnehin wenig, und vielleicht findet er ja noch ein zum Druck geeignetes Werk.«

Unwillkürlich fiel Christiane das rätselhafte Buch ein, mit dem sich Sebastian Rehm in seinen letzten Lebenswochen beschäftigt hatte. Sie beschloss, Georg Imhoff irgendwann danach zu fragen. Der Dichter würde den Wert dieses Manuskripts zweifellos erkennen, wenn er es denn fände. Es war jedoch nicht auszuschließen, dass Sebastian sein mysteriöses Werk ins Feuer geworfen hatte, als er den Tod in sich spürte. Zuzutrauen war's ihm jedenfalls, nachdem er solch ein Geheimnis darum gemacht hatte.

Christiane wollte Martha gerade fragen, ob sich Sebastian in seinen letzten Stunden am Herd zu schaffen gemacht hatte, als sich die Finger des kleinen Johannes in ihren Perlschnüren verhakten. Im selben Augenblick rissen die Ketten. Wie eine Kaskade rollten die Muschelsteinchen an Christianes Rock entlang und verteilten sich auf dem Boden.

Die Mutter des Kindes erbleichte. »Böser, böser Bub …!«

Johannes schien indes seine wahre Freude daran zu haben zuzuschauen, wie die schimmernden, weißen Kugeln über die Dielen rollten.

»Nicht schimpfen, der Kleine kann nichts dafür. Ich hätte besser aufpassen müssen«, Christiane sah sich ein wenig ratlos nach ihrem Schmuck um, zuckte mit den Achseln und lächelte dann gezwungenermaßen zuversichtlich. »Mit ein bisschen Mühe sammle ich alles wieder ein.«

»Ich helfe dir …«

Der zurückkehrende Anton unterbrach die junge Witwe: »Es ist alles verstaut, Herrin. Wir sollten gleich fahren. Wenn wir warten, wird das Gesindel wieder herunterholen, was ich aufgeladen habe.«

Wenn Christiane später darüber nachdachte, konnte sie sich niemals wirklich erklären, warum sie Martha und das Kind mit dem Lehrling fortschickte, ohne ihr Handeln zuvor überlegt zu haben. Nüchtern betrachtet, war es vollkommen unverständlich, dass sie alleine in der Wohnung der Rehms zurückbleiben wollte. Natürlich nur, um ihre verstreut herumliegenden Perlen aufzuheben. Aber mit Hilfe der anderen wäre die Suche nach ihrem Schmuck rascher vonstatten gegangen. Dennoch schlug sie Martha vor, unverzüglich zur Katharinengasse aufzubrechen. Anton hatte schließlich recht, in dieser Gegend war man vor dem Pöbel nicht sicher.

Sie schob den Kleinen in die Arme seiner Mutter.

Johannes, der sich wohl inzwischen um sein schönes Spiel mit den Perlen betrogen fühlte, brach in wütendes Geschrei aus, und Martha war vollauf damit beschäftigt, einen Zipfel ihres Rocks zwischen die Lippen ihres greinenden Sohnes zu schieben. Kein leichtes Unterfangen, denn Johannes wollte sich damit nicht zufriedengeben.

»Geh nur, Martha, er wird sich auf dem Fuhrwerk beruhigen«, meinte Christiane. »Ich komme schon allein zurecht.«

»Bist du sicher?«

»Ja, das bin ich.«

Mit hängenden Schultern, aber plötzlich in Eile, stob ihre Cousine davon, gefolgt von dem Lehrling, der Sebastian Rehms Sterbezimmer offensichtlich ebenso gerne verließ wie neulich in der Früh. Bald darauf erklang der Hufschlag des Zugpferdes.

Nachdenklich drehte sich Christiane um die eigene Achse. Nichts war so einsam wie eine Wohnung, aus der das Leben gerade gegangen war. Es roch nicht mehr nach der Süße der Kinderhaut, nach Marthas geschmackloser Kohlsuppe oder dem Moder der Papierstapel. Ihr Blick auf die Holzstückchen, mit denen Johannes zuletzt gespielt hatte, verstärkten das Gefühl des Verlassenseins. Christiane stand in einer Stube, die mit einem Mal so kahl wirkte, als sei nicht gerade eben erst die Hausfrau ausgezogen, sondern bereits vor längerer Zeit alles fortgeräumt worden. In gewisser Weise war es wohl so, dachte sie traurig: Mit Sebastian Rehms Tod war das Licht in diesem ohnehin finsteren Raum erloschen.

Und da war sie – die Eingebung. Plötzlich wurde Christiane bewusst, dass sie jetzt ungehindert und in Ruhe in der Truhe mit den Manuskripten nach dem besonderen Werk in Sebastians Nachlass suchen konnte. Es war ein Geheimnis – und sie war vielleicht in der Lage, es zu lösen. Jedenfalls besaß sie die Gelegenheit dazu.

Zuvor musste sie sich jedoch um ihren Schmuck kümmern. An Meitingers Vorhaltungen wollte sie lieber nicht denken. Den Verlust ihrer Perlen würde er trotz aller Großzügigkeit gewiss nicht unkommentiert lassen. Also sank sie in die Hocke und rutschte schließlich auf den Knien über den Boden, um die Kostbarkeiten aufzusammeln.

»Du lieber Himmel, was tut Ihr dort?«

Die unerwartete Männerstimme erschreckte Christiane dermaßen, dass sie ihr Gleichgewicht verlor, als sie über die Schulter zur Tür spähen wollte. Ziemlich unsanft landete sie auf ihrem Allerwertesten – und machte damit eine zutiefst lächerliche Figur zu Füßen von Georg Imhoff. Die Peinlichkeit ihrer Begegnung schnürte ihr die Kehle zu.

Er sank neben ihr auf die Knie. »Eine schöne Frau, die in einer verlassenen Wohnung auf allen vieren herumkriecht – was hat das zu bedeuten, Meitingerin?«

In einer hilflosen Geste deutete sie auf die verbliebenen Perlen am Boden, dann präsentierte sie ihm ihre geöffnete Faust, in die sie einen Teil ihres Schmucks bereits gesammelt hatte. »Meine Kette ist gerissen«, erklärte sie verlegen.

»Wenn das so ist, solltet Ihr Euch erheben und mir das Suchen überlassen«, schlug er vor, richtete sich auf und streckte ihr lächelnd die Hand entgegen.

Sie ließ sich aufhelfen. »Der kleine Johannes hat sich in den Schnüren verfangen, als ich ihn auf den Arm nahm. So etwas passiert eben, aber ich kann die Perlen natürlich keinesfalls liegenlassen …«

»Keinesfalls«, bestätigte Imhoff und bückte sich nach den noch herumliegenden Muschelsteinchen.

Lieber Gott, fuhr es Christiane durch den Kopf, worüber reden wir hier? Das ist absurd. Beschämt dachte sie an ihre Begegnung in Severins Weinkeller. Alles zusammengenommen musste Imhoff glauben, dass sie trunksüchtig, aufdringlich, unaufmerksam und dümmlich war. Dabei war sie hoffentlich nichts von all dem. Der Moment, in dem sie die Augen geschlossen und die Lippen geöffnet hatte, war ihr jedoch deutlich in Erinnerung geblieben. Ein wenig Zurückhaltung wäre rückblickend angemessen gewesen, obwohl er ihr höchst willkommene Avancen gemacht hatte.

Sie wollte gerade einen Schritt in Richtung Tür gehen und sich so aus Georgs physischer Nähe entfernen, als er plötzlich vor ihr stand. Sie fühlte seinen heißen Atem auf ihrer Wange, sein Duft stieg ihr in die Nase. Ohne dass sie etwas dagegen unternehmen konnte, schlang er seine Arme um ihre Taille, und bevor sie ihn abzuwehren imstande war, lag sein Mund auf ihren Lippen. Wie von selbst umfassten ihre Hände seinen Nacken, und sie erwiderte seinen Kuss mit einer Leidenschaft, die ihr irgendwann später, wenn sie darüber nachzudenken willens war, die Schamesröte ins Gesicht treiben sollte. Ihre begehrliche Hingabe war ihr zwar bewusst, aber statt einen letzten Rest Anstand zu wahren, stöhnte sie leise und presste ihre in das Korsett eingeschlossenen Brüste gegen seinen Körper. Vergessen waren ihre Befürchtungen, ihm neulich im Weinkeller zu entgegenkommend erschienen zu sein.

Die Perlen fielen wieder herab und rollten über den Boden.

Keuchend hob Georg den Kopf. »Ich wünschte, Ihr würdet Eure Röcke heben und mir Einlass gewähren in Eure Pforte«, flüsterte er rau.

Eine verlassene Wohnung, in die keine Menschenseele zurückkehren würde. Niemand hier als sie beide, ein Liebespaar, das vor Sehnsucht fast verging. Es war die perfekte Gelegenheit. Jeder Nerv in Christianes Körper schien in Flammen aufzugehen und sich danach zu verzehren, Erfüllung zu finden. In wie vielen Nächten hatte sie davon geträumt, von Georg Imhoff genommen zu werden? Jetzt war der Augenblick gekommen, in dem sie sich lustvoll unter ihm wälzen und Dinge erleben würde, die ihr in ihrer Ehe versagt blieben – und ihr fiel plötzlich ein, dass es gerade keine Möglichkeit gab, ein Essigschwämmchen aufzutreiben.

Zögernd versuchte sie, sich aus seiner Umarmung zu lösen, doch er hielt sie umschlossen wie ein Schraubstock. »Wir dürfen das nicht«, sagte sie leise. Sie ärgerte sich, weil ihre Stimme vor Verlangen zitterte und genau das Gegenteil dessen ausdrückte, was sie meinte. Auch brachte sie nicht die Kraft auf, sich gegen seine Umklammerung zu wehren.

Er antwortete ihrem Tonfall und nicht ihren Worten, indem er zarte Küsse auf ihren Hals hauchte, die kleine Schauer über ihren Rücken rieseln ließen. »Wir werden nichts tun, was Severin verärgern könnte«, raunte er, und seine Hand glitt ihre Hüften hinab. »Das verspreche ich. Allein meine Finger werden dich glücklicher machen, als er es je mit seinem Pfriem zu tun in der Lage war, der alte Mann.«

Die Derbheit, mit der er über ihren Gatten, seinen Druckerverleger und Freund, sprach, ernüchterte sie. Ehebruch war eine Sache, die sie vor Gott zu verantworten hatte, aber sie würde den arglosen Meitinger nicht ausgerechnet von ihrem Liebhaber beleidigen lassen.

Imhoff war damit beschäftigt, nach der Stelle zu nesteln, wo die Stoffbahnen ihres Rocks lose übereinander fielen. Dabei tastete er über die Rundung ihres Hinterteils. Durch diese aufreizenden Berührungen abgelenkt, bemerkte er zu spät, wie sich Christiane ihm entwand. Als sie ihn von sich stieß, taumelte er verwirrt.

»Ich möchte nicht von Euch *glücklich* gemacht werden, Herr Imhoff«, sagte sie mit klarer, fester Stimme. Dass ihr bei dieser Lüge das Herz zerriss, ließ sie sich nicht anmerken.

Seine Augen verengten sich. Die Leidenschaft in seinen Zügen wich blanker Wut, sein Lachen klang brutal und zynisch. »Das Kätzchen zeigt also die Krallen. Das gehört sich so für eine verheiratete Frau, nicht wahr? Dabei bist du wollüstig wie eine läufige Hündin, Meitingerin«, in einer raschen Bewegung umschloss er ihr Handgelenk mit den Fingern.

Sein Griff fühlte sich an wie eine eiserne Fessel. Nicht nur der Schmerz trieb ihr Tränen in die Augen. Sie biss die Zähne zusammen und bemühte sich tapfer, seinem Blick standzuhalten.

»Sei froh, dass ich deine Muschel nur anfassen will. Deine Tugend bleibt erhalten, wenn dir das Sorge bereitet.«

Gelähmt vor Entsetzen, ließ Christiane geschehen, dass er mit der freien Hand zielstrebig in ihren Rock griff. Wieso wusste er plötzlich, wo die Stoffbahnen zu teilen waren? Seine Finger bohrten sich schonungslos in ihr feuchtes Fleisch. Dieser Mann war nicht der zärtliche Dichter, den sie sich in ihr Bett gewünscht hatte. Georg Imhoff gab sich roh und primitiv. Sein Atem ging stoßweise, während er sich auf keusche Art in ihr bewegte. Zu allem Übel wusste er offenbar sehr genau, wie er eine Frau gefügig machen konnte. Christiane spürte, wie sich bislang unbekannte Saiten in ihren Schenkeln anspannten, deren Nervenenden sich zwischen ihren Beinen sammelten. Ihre Knie drohten nachzugeben.

»Deine Lust ist so feucht wie eine Rose im Morgentau«, wisperte er überraschend zärtlich in ihr Ohr.

Unwillkürlich entspannte sie sich ein wenig. Sie wollte es nicht … Doch, sie wollte sie … Es durfte nicht sein, aber ihr wurde schwarz vor Augen, und sie fühlte nur noch, was sie eigentlich nicht fühlen durfte … wollte … ersehnte … Ihrer Kehle entrang sich ein tiefer, animalischer Seufzer.

Augsburg, drei Wochen später

12

Das energische Pochen an der Haustür schreckte Christiane auf. Im ersten Moment wusste sie nicht, wo sie sich befand. Sie spürte nur ihre steifen Glieder und einen stechenden Schmerz, der durch ihre Halswirbel fuhr, als sie sich zu bewegen versuchte. Danach erst kehrten ihre Gedanken langsam aus dem Traum in die Wirklichkeit zurück. Sie schlug die Augen auf und stellte fest, dass sie auf einem Stuhl in ihrer Stube saß und über der Stickarbeit eingenickt war.

Seit geraumer Zeit schlief sie nachts schlecht. Genau genommen fand sie keine Ruhe mehr seit der Begegnung mit Georg Imhoff in Rehms verlassener Wohnung. Das Schlimmste daran war, dass sie nicht genau wusste, was sie tatsächlich getan hatte.

Irgendetwas hatte mit ihrer Atmung nicht gestimmt. Sie hatte gestöhnt, die Luft angehalten, weil sie ihre Lust nicht hinausschreien wollte, während ihr Geliebter sein Werk zwischen ihren Beinen vollendete. Das Korsett hatte auf ihre Lungen gedrückt, und der Kopf drohte ihr zu zerbersten. Dann war sie in Ohnmacht gefallen. Und die Erinnerung war ausgelöscht.

Der Geschmack von Salz auf ihren Lippen hatte sie wohl aus der Bewusstlosigkeit geweckt. Vielleicht waren es auch die Tränen, die unaufhörlich über ihre Wangen strömten. Christiane konnte nicht sagen, wann und warum sie plötzlich wieder bei Sinnen gewesen war. Sie hatte nicht die geringste Ahnung, wie lange sie auf dem Dielenboden gelegen hatte. Allein – die Röcke hochgeschlagen. Hatte sich Georg Befriedigung verschafft, als sie nicht mehr spürte, was er tat? Die Frage hämmerte fast ununterbrochen in ihrem Hirn, doch sie wagte nicht, sie der einzigen Person zu stellen, die sie ihr hätte beantworten können.

Als sie sich nach Hause geschleppt hatte und Martha sie fragte, wo sie denn so lange gewesen sei, behauptete sie, noch ein wenig über den Markt gebummelt zu sein. Selbst ihrer besten Freundin vertraute sie sich nicht an. Sie verbarg die Erinnerung an das, was geschehen war, in ihrem Innersten wie in einer Kassette, die sie verschloss und deren Schlüssel sie fortwarf. Die Sorge um das, wessen sie sich nicht entsinnen konnte, blieb jedoch gegenwärtig. Selbst ein ausgiebiges Bad hatte ihren Körper nicht zu reinigen vermocht – und ihre Gefühle nicht besänftigt. Denn da war die Wut auf den Mann, der sie genommen und dann einfach hatte liegen lassen wie eine Frucht, auf die er keinen Appetit mehr hatte. Er hatte sie benutzt und buchstäblich fallen lassen.

Es erschien ihr eine glückliche Fügung, dass sie bei Georgs einzigem Besuch in Meitingers Druckerwerkstatt zufällig nicht zu Hause war. Sie hatte mit Martha und dem kleinen Johannes einen Ausflug zum Roten Tor gemacht, weil die Ausrufer berichteten, die zur Ergötzung der Bevölkerung im Stadtgraben ausgesetzten Hirsche hätten Nachwuchs bekommen. Die weißen Rosen, die der Dichter als Aufmerksamkeit für die Hausherrin auf der Kredenz in der Stube zurückgelassen hatte, dufteten so süß und stark, dass Christiane nach ihrer Rückkehr übel wurde. Unter Marthas erstauntem Blick warf sie die Blumen in den Abfall; Severin schien ihr Verhalten nicht zu kümmern.

Sie schämte sich. Für das, was sie hatte geschehen lassen. Wegen ihres Mannes, der es nicht verdient hatte, von ihr hintergangen zu werden. Sie hatte geglaubt, dass Liebe und Leidenschaft Moral und himmlisches Recht beugen würden, und erfahren, wie verlogen und flüchtig das eine wie das andere sein konnte.

Es bedrückte sie, dass sich Severin von ihr zurückzog. Ahnte er etwas? Prahlte Imhoff etwa mit seiner Eroberung? Christiane versuchte, ihr schlechtes Gewissen zu besänftigen, indem sie ihrem Gemahl ungewöhnlich viel Aufmerksamkeit schenkte. Doch der schien sie nicht einmal wahrzunehmen. Severin Meitinger zog sich jeden Tag mehr in sich zurück, beachtete sie kaum noch. Selbst das Ritual am Samstagabend vollzog er nur noch, wenn sie ihn an die ehelichen Pflichten erinnerte. Nachdem er vor einigen Tagen zu einer Geschäftsreise aufgebrochen war, empfand sie eine gewisse Erleichterung, als könne sie plötzlich besser atmen. Sie nahm sich vor, vor seiner Rückkehr mit sich ins Reine zu kommen, um ihm anschließend eine treusorgende Frau zu sein, wie sie es im Dezember vor dem Altar gelobt hatte …

Das Klopfen nahm kein Ende. Christiane schien es, als trommelte die Person an ihrer Haustür auf ihren Kopf.

Warum öffnete die Magd nicht? Wo war Martha? Severins alte Hausangestellte flüchtete sich gerne in ihre angebliche Taubheit, wenn sie eine unerwünschte Arbeit übernehmen sollte. Aber wenigstens von ihrer Cousine könnte sie doch erwarten, dass sie den Störenfried von der Schwelle wies oder ins Haus einlud, je nachdem, wer sich Einlass zu verschafften suchte.

Begleitet von einem leisen Stöhnen erhob sich Christiane. Der Stickrahmen rutschte ihr vom Schoß und fiel zu Boden. Sie ließ die Handarbeit unbeachtet liegen und schleppte sich schlaftrunken in den Flur, um durch die Luke an der Treppe zu spähen.

»Christiane!«, brüllte der alte Titus aus der obersten Etage. »Kannst du nicht öffnen, bevor die Tür eingetreten wird?«

»Ja. Ja, doch«, rief sie und schob den Riegel des kleinen

Fensters zurück. Obwohl Frühling, war es ein wolkenverhangener, kühler Tag, und sie zog mit der freien Hand das Wolltuch fester um ihre Schultern. Sprühregen stach ihr mit feinen Nadeln ins Gesicht. »Wer ist dort?«

Conrad von Hallensleben legte seinen Kopf in den Nacken und sah zu ihr auf. Dabei verrutschte sein Barett, und die Ohrenklappen gaben ihm das Aussehen eines Kaninchens. Er hob eine Hand, um den Hut festzuhalten, während er zu Christiane hinaufrief: »Macht auf, Meitingerin. Ich will zu Eurem Gatten.«

Sie lehnte sich trotz des Regens aus dem Fenster. »Es tut mir leid, Ihr habt Euch umsonst herbemüht. Mein Mann ist nicht da.«

»Einerlei. Ich muss den Meitinger dringend sprechen. Sofort«

»Deshalb kommt er nicht rascher heim«, erwiderte sie, verärgert über seinen Ton. Seine Bemerkung klang, als bezichtige er sie einer Lüge. »Er ist auf Reisen, und ich erwarte ihn nicht vor morgen zurück.«

»Dann will ich seinen Gesellen sprechen.«

Warum ging er dann nicht durch das Tor zum Hof und zu dem rückwärtig gelegenen Eingang der Druckerei?, fragte sich Christiane wütend. Der Mann sprach mit ihr, als sei sie die Magd und nicht die Hausherrin. Ihr lag eine pampige Antwort auf der Zunge, doch gerade rechtzeitig besann sie sich, um die Lippen zusammenzupressen. Conrad von Hallensleben war ein Herr von hohem Stand, darüber hinaus ein guter Kunde ihres Gatten. Daher sollte sie ihn mit vorzüglicher Hochachtung behandeln und nicht wie einen lästigen Bittsteller. Meitinger wäre mit Recht verstimmt, wenn er erführe, dass sie diesen Besucher zur Hintertür geschickt hätte.

»Lasst mich ein!«, forderte von Hallensleben ungehalten.

»Ich werde noch nass bis auf die Knochen, wenn Ihr Euch nicht endlich beeilt.«

»Wie Ihr wünscht«, sie zog sich zurück, schloss das Fenster und raffte die Röcke.

»Das Wetter lädt nicht zum Verweilen im Freien«, verkündete er statt einer formvollendeten Begrüßung, als sie ihm die Tür aufschloss. Ungeachtet der Regentropfen, die durch den Flur flogen wie kleine Wasserperlen, schüttelte er seinen Umhang aus. Dann schien ihm aufzufallen, dass kein Personal zur Stelle war. Grimmig sah er sich um: »Und wohin soll ich meinen Mantel zum Trocknen tun?«

Christiane nahm ihm das nasse Kleidungsstück aus den Händen. »Eure Laune steht nicht zum Besten, Herr von Hallensleben«, sagte sie mit einem bemüht freundlichen Lächeln.

»Betrug, Meitingerin, hebt nie die Stimmung eines ehrlichen Mannes.«

Bestürzt sah sie ihn an. »Wovon sprecht Ihr?«

Er hob das in Wachstuch geschlagene Päckchen, das er unter seinem Mantel verborgen hatte. »Von Fälschungen aus der Druckerei Meitinger. Hier ist der Beleg.«

Christiane schnappte nach Luft. Der Vorwurf war ungeheuerlich. Spontan machte sie einen Schritt auf von Hallensleben zu, um ihm die Beweise für seine Anschuldigung abzunehmen, kam aber rechtzeitig zur Besinnung. Natürlich würde er ihr die Papiere, die er sicher verpackt in ihr Haus gebracht hatte, nicht freiwillig aushändigen. Wahrscheinlich würde er ihr nicht einmal sagen, worum es sich im Einzelnen handelte. Dass er überhaupt davon sprach, zeugte von dem unterdrückten Zorn, der ihn hierhergetrieben hatte.

»Ihr solltet Euch mit dem Schwäher unterhalten …«

»Den alten Titus lasst mal schön aus dieser Sache heraus. Ich bin sicher, dass er nichts damit zu tun hat. Schafft den Gesellen herbei. Wenn einer etwas weiß, dann der Karl.«

Obwohl sie eigentlich viel zu aufgewühlt war, um ihm diesen Wunsch zu erfüllen, fügte sie sich doch in ihre Rolle: »Wie Ihr möchtet. Ich bringe Euren Mantel rasch in die Küche zum Trocknen und hole dann den Gesellen Karl. Wenn Ihr bitte so lange im Schreibzimmer warten wollt.«

»Ich kenne den Weg«, grummelte der Bibliothekar Anton Fuggers und war schon unterwegs. Seine Schultern hingen herab, als trage er eine schwere Last. Dabei war es nur das Päckchen mit dem brisanten Inhalt, das er fest an die Brust drückte.

In diesem Moment war er Christiane erstmals richtig sympathisch – ein aufrechter Mann, der um den guten Ruf seines Freundes bangte. Denn das war sicher der Grund, weshalb er zuerst die Aussprache suchte und den Betrug nicht unverzüglich beim Rat anzeigte.

Allerdings: Von Hallensleben musste wissen, dass Severin Meitinger niemals Unrechtes tun würde. Er kannte ihren Gemahl ebenso wie sie, und Christiane war überzeugt davon, dass diesen keine Schuld traf. Dafür war er nicht nur viel zu rechtschaffen, sondern schlichtweg zu langweilig. Verbotenes zu tun, war ihrer Meinung nach mit Phantasie verbunden – und an der mangelte es dem Druckerverleger ganz erheblich. Doch von Hallensleben schien sich seiner Sache sicher zu sein – und deshalb ging sie in die Werkstatt und rief nach Karl.

Der Geselle war Mitte zwanzig und unverheiratet, weshalb er noch keinen Meisterbrief besaß. Er war ein wortkarger Mann, seinem Herrn zutiefst ergeben, und anscheinend gab es für ihn kein Leben außerhalb der Druckerei. Christiane hatte das Gefühl, er arbeite bei Tag und in der Nacht, genau wusste sie es nicht, da er neben der Presse schlief. Trotz aller Vorzüge, die Karl seinem Meister bot, mochte Christiane Meitingers Gehilfen nicht. Seine eigenbrötlerische Art wirkte verschlagen auf sie, und es wäre ihr lieber gewesen, er würde sich anderswo eine Bleibe suchen. Statt sich diesen Mann vom Leibe zu halten, war sie gezwungen, ihn nun in ihre Wohnung zu bitten.

Karl roch nach Schweiß, schlechten Zähnen, feuchtem Hund und Moder – eine Kombination, die Christianes Magen rebellieren ließ, als er an ihr vorbei ins Schreibzimmer seines Herrn trat. Sie gab dem Impuls, sich sofort zurückzuziehen und frische Luft zu atmen, nicht nach, sondern blieb in der Tür stehen. Zwar war sie nur eine Frau, aber es war ihr Heim, und wenn von Hallensleben meinte, von diesem in Severins Abwesenheit Besitz ergreifen zu können, irrte er gewaltig.

Der Bibliothekar störte sich nicht an ihrer Gegenwart – vielleicht bemerkte er sie nicht einmal. Kaum erschien Karl auf der Bildfläche, legte von Hallensleben sein Mitbringsel auf das ordentlich aufgeräumte Schreibpult. Er hatte das Siegel inzwischen gelöst und schlug das Wachstuch auseinander.

»Siehst du, was das ist?«, herrschte er den Druckergesellen an. »Es sind Briefe von Doktor Luther und Kardinal Cajetan!«

Karls Augen weiteten sich, und er schlug das Kreuz vor seiner Brust, sagte aber nichts.

»Die Schriftstücke sehen auf den ersten Blick aus, als wären es Originale, aber bei näherer Betrachtung erkennt man auf diesem das Wasserzeichen des Papierers Stellczer …« Von Hallensleben machte eine dramatische Pause, nahm einen Bogen von dem Stapel und hielt ihn gegen das Licht. »Es ist ein Blatt, mit dem dein Meister arbeitet. Hast du eine Erklärung dafür?«

Karl zuckte arglos mit den Achseln. Weder der Ton noch die unausgesprochene Anschuldigung des gelehrten Mannes schienen ihn einzuschüchtern. »Nein, Herr, warum sollte ich?«

»Weil es ein neues Blatt ist. Und weil dein Meister mir

selbst erzählte, dass er diesen Beschreibstoff erst seit kurzem benutzt.«

»Die Papiermühle an der Günz wird auch noch andere Druckereien beliefern ...«

In einem ungewohnten Zornesausbruch schlug von Hallensleben mit der Hand auf den Tisch. »Wenn's so einfach wäre, stünde ich nicht hier. Begreifst du das nicht, Mann?« In einer fahrigen, nervösen Bewegung zog er die schiefsitzende Gelehrtenkappe von seinem Kopf, warf sie auf einen Stuhl und fuhr sich mit der Hand durch das dichte, graue Haar.

»Ich weiß nicht, Herr«, murmelte Karl, sich offenbar bemüßigt fühlend, etwas zum Gespräch beizutragen, was sich jedoch als nicht sonderlich hilfreich erwies.

War es Verlegenheit?, fragte sich Christiane und beobachtete ihn scharf. Der Geselle wirkte so verschlossen wie immer – entdeckte sie nicht auch Verschlagenheit in seinen Augen? Karl war nicht dumm. Drucker mussten lesen und schreiben können, sie waren naturgemäß gebildeter als die meisten anderen Handwerker. Versuchte Severins Gehilfe, mit Naivität zu glänzen, um die eigene Verlogenheit zu überdecken? Christiane ballte die Faust.

»Aber ich weiß, dass diese Dokumente die gesamte Christenheit in Aufruhr stürzen, wenn sie in Umlauf gerieten«, brüllte von Hallensleben verdrossen.

Schweigend senkte Karl den Kopf.

Wohl im Gegensatz zu Severins Gesellen konnte sich Christiane sehr genau vorstellen, wie verzweifelt der Bibliothekar über seinen Fund war. Sie hatte zwar nicht die geringste Ahnung, was in den Schriftstücken stand, die von Martin Luther und dem berühmten Gesandten des Papstes verfasst worden sein sollten, aber ihr war auch ohne von Hallenslebens detaillierte Erklärung klar, dass diese brisanten Inhalts sein könnten. Andererseits war sie ebenso sicher, dass derlei

Druckerzeugnisse nicht von Meitingers Hand waren. Natürlich war das offenbar neue Wasserzeichen ein Beweis, aber doch nur für eine Fälschung. Damit stand keinesfalls fest, dass Severin der Urheber war. So ungern es Christiane zugab, weil sie den Gesellen trotz allem nicht mochte – Karl hatte recht, die Mühle belieferte sicher noch andere Drucker …

Als stünden Christianes stumme Zweifel in der Luft geschrieben, beugte sich von Hallensleben vor und griff nach einem anderen Bogen. Deutlich leiser, aber mit schwankender Stimme konstatierte er: »Willst du mir einreden, Karl, dass dies nicht die Druckermarke deines Herrn ist?«

Es war nur ein relativ kleines Signet, aber Christiane erkannte es selbst auf die Distanz, die zwischen ihr und dem Gast lag: eine verschnörkelt dargestellte Druckerpresse, die bei näherer Betrachtung den Buchstaben M ergab. Das war in der Tat ein erdrückender Beweis.

»Wie seid Ihr dazu gekommen?«, entfuhr es ihr. Einen Herzschlag später ärgerte sie sich über ihre vorlaute Frage. Es wäre besser, sie hätte schweigend weiter belauscht, was von Hallensleben zu sagen hatte, anstatt ihn auf sich aufmerksam zu machen.

Tatsächlich starrte der Bibliothekar sie an, als sehe er sie zum ersten Mal. »Ein mir gut bekannter Buchführer hat sie entdeckt«, erwiderte er nach einer Weile, in der er offenbar gegrübelt hatte, ob Meitingers Ehefrau einer Antwort würdig war. »Wahrscheinlich auf irgendeiner Messe. In Frankfurt war es nicht, aber das ist auch gut so, denn dann wäre viel zu viel Aufhebens um diese üblen Druckerzeugnisse gemacht worden …«

»Worüber plaudert Ihr derart ungehalten, Herr von Hallensleben?«, fragte eine Stimme in Christianes Rücken, die ebenso zerbrechlich wie herrisch klang.

Sie fuhr herum, starrte ihrem Schwiegervater ins Gesicht.

Das Auftauchen des alten Mannes schien auch von Hallensleben zu verwirren, denn er brach seine Erklärung abrupt ab. Das allgemeine Schweigen angesichts Titus' Auftritts war deutlich: Keiner in Severins Schreibstube wollte das Thema vor dessen Vater weiter erörtern.

Der Stock, auf den sich Titus stützte, schlug ungehalten auf den Boden. »Wenn Ihr schon in einem Ton in diesem Haus sprechen müsst, der die Wände erzittern lässt und bis in meine Kammer unter dem Dach zu hören ist, solltet Ihr schon eine Rechtfertigung zur Hand haben, Herr von Hallensleben.« Erst jetzt schien dem Alten die Anwesenheit des Gesellen aufzufallen: »Und du, Karl, warum vertrödelst du deine Zeit, indem du von einem Bein auf das andere trittst, anstatt die Presse zu bedienen?«

»Verzeiht mir, Meitinger, ich wollte Euch weder stören noch aufregen«, versicherte von Hallensleben gepresst. »Einige Unannehmlichkeiten ließen mich die Regeln der Höflichkeit vergessen.«

Titus schob sich an Christiane vorbei ins Zimmer. »Welche Unannehmlichkeiten?«

»Ich muss wieder an die Arbeit gehen, Herr«, mischte sich Karl ein, offensichtlich erleichtert über das Auftauchen des betagten Meisters und die indirekte Aufforderung, in die Werkstatt zu verschwinden.

»Nein«, bestimmte von Hallensleben ungeachtet des Alten barsch. »Zuerst sagst du mir, ob du eines dieser Werke kennst ...« Ungeduldig trommelte er mit den Fingern auf den Papierstapel.

Was für eine Frage!, dachte Christiane verärgert über das anmaßende Verhalten des Gelehrten, der noch immer nur Gast in Severins Schreibstube war. Selbst wenn Karl die Fälschung kannte oder sogar selbst heimlich in Meitingers Druckerei hergestellt hatte, würde er dies unter keinen Umständen zugeben. So dumm war niemand. Sie sah Karl an, doch dessen Miene blieb so unbeweglich wie das Pressfundament, an dem er arbeitete.

»Ja, Herr, ich sag's Euch. Und nein, ich kenn's nicht.«

Von Hallenslebens Gesichtsfarbe veränderte sich ob dieser impertinenten Formulierung. Rote Flecken verunzierten seine Wangen. Er rang um Atem, öffnete den Mund zu einer Antwort und schloss seine Lippen wieder.

»Du kannst gehen«, sagte Titus ruhig. Schwer atmend ließ sich der Greis auf einem Stuhl am Fenster nieder.

Christiane ahnte, dass er diesen Platz wählte, weil er sich am nächsten zum Licht befand. Kerzenschein allein reichte ihrem Schwiegervater schon lange nicht mehr zum Lesen, Sonne eignete sich am besten, aber selbst das grau-milchige Licht dieses Regentages war besser als eine Ölfunzel. Sie war geneigt, ihn für seine stoische Ruhe zu bewundern. Es kam nicht oft vor, dass er auf solche Art den Herrn im Haus herauskehrte; meistens benahm er sich griesgrämig und zänkisch.

Nachdem Karl gegangen war und seine Schritte auf der Treppe verklangen, fragte Titus: »Also, Herr von Hallensleben, was führte Euch hierher?«

»Ich möchte Euch mit dergleichen nicht belasten«, hob der Besucher an und ordnete die Blätter nervös, offenbar um Zeit zu gewinnen und mit sich kämpfend, ob er Titus Meitinger in seine Befürchtungen einweihen sollte.

Wohlüberlegt mischte sich Christiane ein: »Ich muss Euch im Namen meines Gatten danken, Herr von Hallensleben, dass Ihr mit den mysteriösen Druckwerken zuerst hierher gekommen seid und nicht gleich den Stadtrat angerufen habt. In Severins Abwesenheit wäre es jedoch, wie ich Euch bereits sagte, von Nutzen, wenn Ihr Euch mit dem Schwäher besprechen würdet.«

»Welch kluges Wort von diesem Weib!«, bemerkte Titus.

Von Hallensleben schien zu seiner gewohnten Kontenance zurückgefunden zu haben. Er verneigte sich leicht vor Christiane. »Meine Freundschaft zu Eurem Mann ist mir wertvoll und wichtig.« Danach wiederholte er die kleine Verbeugung vor dem alten Meitinger: »Euer Sohn ist meiner Meinung nach der beste Druckermeister in Augsburg, dem kann keiner das Wasser reichen. Deshalb bin ich so aufgebracht über meinen Fund. Handwerkliches Geschick für den Betrug zu missbrauchen, ist eine Sünde.«

»Nun lasst Gott mal aus dem Geschehen und berichtet, was Ihr wisst, Herr von Hallensleben.«

Christiane konnte sich ein Schmunzeln nicht verkneifen. Der alte Titus überraschte sie immer mehr. Um ja nicht von den beiden Männern hinausgeschickt zu werden, raffte sie ihre Röcke, schob mit der freien Hand einen Bücherstapel zur Seite und setzte sich auf die Bank neben dem Pult. Erwartungsvoll blickte sie zu von Hallensleben auf.

Dessen Augen flogen von ihr zu ihrem Schwiegervater, doch der Gelehrte kapitulierte wohl vor der eisernen Entschlossenheit des Alten und hielt sich nicht damit auf, zu diskutieren, ob die Anwesenheit der Hausfrau noch gerechtfertigt sei. Dann begann er im Raum auf und ab zu marschieren.

»Die Sache geht offenbar zurück auf das zweitägige Verhör durch Kardinal Cajetan, dem sich Martin Luther vor über sechsunddreißig Jahren hier in Augsburg unterziehen musste …«

»Haltet mich nicht mit Geschichten auf, die ich selbst erlebt habe«, unterbrach Titus ungehalten. »Ihr könnt Euch nicht an die Aufregung erinnern, die herrschte, als die Flucht des Ketzers bekannt wurde. Es wurde nie geklärt, wer die Helfershelfer des Wittenberger Doktors waren. Da gab es viel Gerede. Manche Leute behaupteten gar, der Gesandte des Papstes habe seine Hände im Spiel gehabt, weil dieser die

Verfolgung der Teufelsgeburt nicht zielstrebig genug angegangen sei …«

»Ihr sagt es«, von Hallensleben blieb vor dem Sitzplatz des älteren Mannes stehen. »Auf diesen Überlegungen scheinen die Fälschungen zu beruhen, die mir übergeben worden sind. Wie mir scheint, will ein dreister Betrüger die Christenheit täuschen. Deshalb behauptet man schwarz auf weiß, die *Actae Augustana* entsprechen nicht den Tatsachen.«

»Es gab gewisse Veränderungen an der Urschrift des Ketzers, die der Kurfürst von Sachsen aus Respekt vor der katholischen Kirche seinerzeit vornehmen ließ«, erwiderte Titus, seine Augen blickten so wach und klar wie selten zuvor. »Das wurde nach dem Tod der betroffenen Personen bekannt. Der Häretiker behauptete nämlich, das Schreiben des Papstes mit dem Befehl zu seiner Verhaftung sei eine Fälschung seiner Widersacher in Deutschland. Eine solche Äußerung hätte Krieg bedeutet, den Friedrich von Sachsen damals unbedingt zu vermeiden versuchte.«

»Einen Krieg, der unausweichlich scheint, wenn vor Ende der Verhandlungen zum Religionsfrieden Schriftstücke kursieren würden, welche den Kurfürsten von Sachsen der Willensbeugung und Kardinal Cajetan der Lüge bezichtigten«, stimmte von Hallensleben grimmig zu. »In diesen Briefen hier heißt es, Luther hätte die Thesen in Augsburg widerrufen, habe aber in Freiheit und unter dem Einfluss des Herrschers von Sachsen und anderer hoher Herren nicht zugeben können, dass er sich der Intelligenz des Kardinals gebeugt habe. So ergibt seine Behauptung, der Papst-Befehl sei eine Fälschung, durchaus Sinn.«

Christiane schnappte nach Luft. Der Betrug war ebenso perfide wie logisch. Wenn ich nur wüsste …!, fuhr es ihr durch den Kopf. Plötzlich unterbrach sie ihren Gedanken. Als hebe sich ein Nebelschleier von ihrem Gehirn, sah sie vor ihrem geistigen Auge das Wort stehen, welches von Hallensleben ausgesprochen hatte: Widerruf! Es stand in irgendeinem Zusammenhang mit einem Erlebnis in ihrer jüngsten Vergangenheit, das wusste sie genau. Dennoch konnte sie es nicht einordnen. Was war es nur? Da senkte sich der Dunst über ihre Erinnerungen.

»Ihr erzählt eine gute Geschichte«, befand Titus scheinbar ungerührt von Hallenslebens Bericht. »Wäre ich noch Verleger, ließe ich sie Euch aufschreiben und würde sie mit dem entsprechden Explicit herausbringen. Doch darum geht es nicht. Warum seid Ihr hier? Was hat dieser Betrug mit meinem Sohn, seiner Werkstatt oder seinem Gesellen zu tun?«

»Auf verschiedenen Papieren entdeckte ich das Wasserzeichen der Papiermühle, wo auch Severin einzukaufen beliebt ...«

Titus machte eine wegwerfende Handbewegung. »Das hat nichts zu sagen. Jedermann kann seinen Beschreibstoff überall erwerben. Würde eine Manufaktur nur einen Drucker beliefern, wäre sie bald bankrott.«

»Das Druckerzeichen spricht leider eine eindeutige Sprache«, von Hallensleben wandte sich zum Schreibtisch, ergriff den obersten Bogen seines Stapels und reichte diesen Titus. »Ich frage mich zwar, wieso Severin so dumm sein sollte, eine Fälschung dieses Ausmaßes zu kennzeichnen, aber vielleicht handelt es sich um einen Probedruck – oder Übermut. Wer weiß das schon?!«

Die Hände des alten Mannes zitterten. Christiane beobachtete mit Bestürzung, wie seine Gesichtsfarbe noch bleicher wurde und die Falten um seinen Mund zu tiefen Furchen wuchsen. Titus Meitingers Entsetzen war so deutlich, dass sie am liebsten aufgesprungen und ihn tröstend in die Arme genommen hätte. Gleichwohl spürte sie Unmut gegen ihn in sich aufsteigen. Er verurteilte seinen Sohn, ohne die Hintergründe zu kennen. Wieso glaubte er nicht an einen Irrtum, üble Verleumdung vielleicht, und an Severins Unschuld? Die Vorstellung, ihr Gatte könnte sich an Schriften Martin Luthers vergriffen haben, erschien Christiane unmöglich. Selbst wenn es sich um einen Widerruf handelte, waren die Worte des Reformators nichts als Teufelswerk für Severin. Schlimmer noch als die Sünde der Lüge.

»So es mir möglich ist, möchte ich versuchen, Schaden abzuwenden«, sagte von Hallensleben in die Stille. »Von Seiner Kaiserlichen Majestät, vom König, den Kurfürsten und Fürsten, ihren Untertanen, vom Reichstag und letztlich auch von der Druckerei Meitinger.«

»Ich möchte mit meinem Sohn sprechen«, verkündete Titus. Er hob seinen Kopf und sah Christiane aus Augen an, die zu ihrem größten Schrecken in Tränen schwammen. »Wann erwartest du ihn zurück?«

»Nicht vor morgen«, antwortete sie. »Er meinte, ihm reiche wohl die Zeit nicht aus, früher aus Ulm zurückzukommen. Ich glaube, er wollte in der Posthalterei zu Auerbach übernachten, wenn es zu spät zur Heimkehr würde.«

Titus schüttelte den Kopf. »Mein Gespräch duldet keinen Aufschub. Sorg dafür, Söhnin, dass ich unverzüglich auf Reisen gehen kann«, er mühte sich, auf den Stock gestützt, von seinem Stuhl hoch.

Ein alter Mann, der sich nur so schwerfällig bewegen konnte, war nicht in der Lage, ein paar Stunden in einem Sattel durchzuhalten, selbst wenn sein Ritt nur bis zur letzten Poststation vor Augsburg dauern würde, die bereits zum Herrschaftsgebiet der Reichsstadt gehörte. Und eine Kutschfahrt war kaum bequemer für seine morschen Knochen. Ebenso ratlos wie hilfesuchend schaute Christiane zu von Hallensleben.

Der verstand ihren Blick. »Nur gemach, Meitinger, überstürzt nichts. Auch ich möchte Severin so rasch wie möglich zur Rede stellen, aber die Zeit bis zu seiner Heimkehr habe ich wohl.« Er nahm Titus den Bogen ab und begann, die Papiere wieder in das Wachstuch zu verpacken. »Was immer mit diesen Schriften nicht stimmt, Meitinger, ich werde herausfinden, was es ist. Überlasst das Handeln mir.«

»Ich will es wissen«, murmelte Titus in sich hinein. Ohne sich von dem Besucher zu verabschieden, humpelte er in Gedanken versunken aus der Stube.

»Verzeiht, er ist …«, hob Christiane an, während sie sich erhob, und unterbrach sich gleich wieder. Was konnte sie schon sagen, um Titus' Unhöflichkeit zu verteidigen? Dass er verwirrt war? Verzweifelt ob der Schuld, von der er überzeugt war? Dass ihn die Scham übermannt hatte? Es war eine verständliche Reaktion angesichts der Druckermarke – und deshalb schwieg sie betroffen.

»Sobald Meitinger heimkehrt, sagt ihm, dass ich ihn deshalb sehen will«, von Hallensleben hielt ihr das Päckchen entgegen wie einem Hund den Knochen und zog es sofort zurück. »Ich erwarte eine gute Erklärung, was es damit auf sich hat.«

Christiane nickte. Doch ihre Geste galt weniger seiner Aufforderung als ihrer Überlegung, dass sie Severin zur Wahrheit drängen würde, bevor er mit einem anderen über die Fälschungen sprach. Sie wollte genauso wie der alte Titus oder von Hallensleben erfahren, wieso sich ihr Gatte in einen derartigen Betrug verstricken konnte. Oder ob er unschuldig war …

Auerbach bei Augsburg, am selben Abend

13

Tiefschwarze Nacht lag über der Landschaft. Es war ungewöhnlich kalt für die Jahreszeit. Von den Wiesen stieg dichter Nebel auf und hüllte die Wälder in einen weißen Schleier. Die beiden Reiter konnten kaum noch die eigene Hand vor Augen erkennen. Erleichtert registrierten die Männer deshalb, wie im Dunst die ersten Lichter des Dorfes aufleuchteten.

»Da ist die Posthalterei«, rief Wolfgang seinem Begleiter zu, nicht sicher, ob er mit seiner Vermutung richtiglag, aber hoffnungsfroh, endlich aus dem Sattel steigen zu dürfen. Sich selbst Mut zusprechend, fügte er hinzu: »In diesem gottverlassenen Weiler gibt es sicher nichts anderes als einen Stall und eine Herberge.«

»Aber das genügt mir vollkommen«, keuchte Bernhard Ditmold, atemlos vom Ritt.

Aber je näher sie den Lichtern kamen, desto deutlicher wurde, dass sie einer optischen Täuschung zum Opfer gefallen waren. Nicht die Kerzen in den Fenstern eines Hauses wiesen ihnen den Weg. Fackeln durchschnitten den dichten Nebel. Die in Pech getauchten Kienspäne leuchteten einer Gruppe Männer den Weg, die wie bei einer Prozession in geordneter Folge aus einer Lichtung heraus auf das Dorf zuschritten. Im Gegensatz zu einem gewöhnlichen Bittgang herrschte kein Schweigen unter den Leuten. Aufgeregtes Stimmengewirr war zu hören, doch der Dunst schluckte die einzelnen Worte.

Wolfgang beschlich das Gefühl, dass ihn und seinen Freund hier nichts Gutes erwartete. Er war ein Dummkopf gewesen, als er darauf bestanden hatte, die nächste Posthalterei aufzusuchen, statt bereits im Marktflecken Schappach Station zu machen. Aber er drängte darauf, sein Ziel zu erreichen. Trotz der Unannehmlichkeit des schlechten Wetters – und obwohl sein Hintern verdammt schmerzte.

Ein Aufstand der Bauern, erwog er angesichts des Aufmarschs und zügelte sein Pferd. Bernhard tat es ihm gleich. In gemächlichem Tempo folgten sie den Männern. Diese sammelten sich schließlich vor einem der ersten Gebäude einer Handvoll Gehöfte, die sich schemenhaft aus dem verschleierten Dunkel erhoben.

Die Gestalt eines Burschen löste sich aus dem Schatten des Scheunentors.

»Wir haben ihn gefunden!«, verkündete einer der Männer.

»... den Bader rufen«, hörte Wolfgang eine Stimme aus dem Hintergrund.

»Unsinn. Der braucht keine Behandlung mehr ...«

»Da kann nicht einmal der Prediger noch etwas ausrichten.«

»Den Schädel hat ihm die verdammte Diebesbande eingeschlagen ...«

Wolfgang spürte, wie sich ihm der Magen zusammenzog. Wenn Räuber in den umliegenden Wäldern ihr Unwesen trieben, waren er und sein Freund möglicherweise nur knapp einem Überfall entgangen. Nicht nur, dass er darauf bestanden hatte, im Dunkeln nach Auerbach zu reiten, er hatte auch auf die gewohnt schwere Bewaffnung verzichtet, mit der Herren seines Standes für gewöhnlich reisten. Er verstand, dass Verleger auf dem Weg zur Buchhändlermesse zur Verteidigung gegen Diebesgesindel gerüstet sein mussten – aber doch nicht unter dem Jahr und ohne jede Ware im Gepäck.

Unwillkürlich drehte er den Kopf zu Bernhard Ditmold. Dieser musste einen ähnlichen Gedankengehabt haben, denn im Lichtschein erkannte Wolfgang das blanke Entsetzen in dessen Miene. Ein Assessor war dazu gut, Verbrecher zu verurteilen, nicht aber, ihnen zu begegnen.

Wolfgang beschloss, dass ihn der Tote nichts anging. Er fror, war hungrig und litt unter seinen malträtierten Muskeln. Um dem eigenen Leiden ein Ende zu bereiten, sprang er aus dem Sattel. Der Boden schwankte unter ihm, als er mit den Stiefeln auftraf.

»Kann einer von Euch mein Pferd versorgen?«, fragte er in die Gruppe.

Er stand direkt vor den Männern. Die Fackelreihe teilte sich. Niemand sprach mehr ein Wort. In stummer Beklemmung gaben die Leute den Blick frei auf eine provisorisch aus Ästen zusammengebaute Trage, die von den vier stämmigsten Kerlen getragen wurde. Ein Kienspan beleuchtete den Leichnam darauf. Wolfgang ahnte, dass es besser war, den Blick abzuwenden. Dennoch starrte er auf den zertrümmerten Schädel – fasziniert und angewidert zugleich.

Das hagere, von Falten zerfurchte, wächserne Antlitz des Toten war noch relativ gut erkennbar. Nicht aber die Stelle, wo mal sein Haar gewachsen sein musste. Der Oberkopf war ein schrecklicher Brei aus verkrustetem Blut, gräulicher Hirnmasse, Knochen und irgendetwas anderem, was vielleicht Haarsträhnen gewesen waren. Er brauchte kein erfahrener Leichenbeschauer zu sein, um zu sehen, dass mit einem schweren Gegenstand hemmungslos auf den Unglücklichen eingeschlagen worden war.

Wolfgang hörte, wie Bernhard in seinem Rücken die Luft durch die Zähne zog. Sein Blick wanderte an der Kleidung des Toten hinab. Er registrierte einfache, aber gute Garderobe. Womöglich war es kein reicher Mann, offensichtlich gehörte er jedoch einem besseren Stand an. Ob es sich gelohnt hatte, diesen Menschen zu überfallen und zu töten? Vogelfreie waren hinter jeder Kupfermünze her. Manchmal waren sie nur auf der Suche nach einem Kleidungsstück gegen die Kälte im Wald. Über wen die Acht verhängt war, der hatte kein Geld und keine Bleibe. Wolfgang wusste zwar nicht, wie zahlreich die Stadträte von Augsburg diese Strafe durchsetzten, und jeder Verurteilte wurde auch nicht unmittelbar zum Räuber und Mörder, aber ganz offensichtlich hatte ein Schutzengel ihn und seinen Freund begleitet.

»Der Vogt sollte umgehend benachrichtigt werden«, erklärte Bernhard mit einer Sachlichkeit, die Wolfgang Bewunderung abnötigte. Er kämpfte indes mit seinem Magen, was sich besserte, als er den Blick von dem Erschlagenen abwandte.

»Das Dorf gehört zum Besitz des Heilig-Geist-Spitals zu Augsburg«, berichtete ein Mann mittleren Alters, bei dem es sich offenbar um den Anführer der Gruppe handelte. »Es untersteht nicht einem Vogt, Herr, sondern dem Rat der Stadt.«

Ditmold, der auf dem Pferderücken sitzen geblieben war und durch die erhöhte Position viel Autorität ausstrahlte, nickte.

»In solch einer Nacht kann ich keinen Mann guten Gewissens durch den Wald zur Stadt gehen lassen«, fuhr der Rädelsführer rasch fort, bevor ihn der vornehme Fremde genau dazu auffordern konnte. »Außerdem werden die Tore längst geschlossen sein.«

»Das ist sicher richtig. Dann muss die Angelegenheit also bis zur Morgenstunde warten. Es ist ein Glück, dass ich zur Stelle bin. Ich bin Assessor und werde Eure Aussagen aufschreiben, Männer, und in Augsburg dem Reichserbmarschall vorlegen.«

Ein überraschtes Raunen ging durch die Gruppe. »Aber warum wollt Ihr denn nicht zum Stadtrat, Herr?«, erkundigte sich einer der jüngeren Kerle im Hintergrund.

»Es ist Reichstag«, erläuterte der Jurist geduldig, »da untersteht die Gerichtsbarkeit in der Stadt nicht dem Rat, sondern eben dem Reichserbmarschall. Diese Bestimmung erstreckt sich auf alle Besitztümer auch außerhalb ... So, nun helft mir aus dem Sattel und berichtet, was geschehen ist.«

Einer der Männer bleckte sein zahnloses Gesicht, während Bernhard aus dem Sattel stieg und seine Zügel dem Wortführer übergab. »Erkennt Ihr das nicht, Herr? Halt die Fackel besser, Ulrich, der Herr sieht schlecht ...«

Bernhard winkte ab. »Das Offensichtliche ist mir bewusst. Ich bedarf keines Lichts, um die Todesursache des armen Teufels hier zu konstatieren.«

Ein erneuter Blick auf den Toten und sein daraufhin rebellierender Magen erinnerten Wolfgang daran, dass er dringend ein Bier und Abendessen brauchte, am besten zuerst einen Obstbrand. Während er lauschte, wie der Rädelsführer von dem Unglück berichtete, sah er sich vergeblich nach einem Stallburschen um, dem er endlich die Zügel seines Pferdes übergeben konnte. Das Tier scharrte mit dem Huf im Sand und hegte sicher ähnliche Bedürfnisse wie sein Reiter. Doch alle männlichen Anwohner des Weilers schienen abgelenkt von dem Trauerzug.

»Das Ross kam ohne Reiter zurück in den Stall«, schilderte der Anführer die Geschichte. »Da haben sich die mutigsten Männer auf die Suche nach dem Reisenden gemacht ...«

»Stunden waren wir bei diesem Sauwetter unterwegs«, unterbrach der vorderste der vierschrötigen Leichenträger. Während er sprach, verlagerte er sein Gewicht von einem Bein aufs andere. »Bis vor kurzem hat es geregnet. Wir haben gedacht, da hatte einer einen Unfall und er sei noch am Leben. Da ist es unsere Christenpflicht zu helfen, nicht wahr? Aber Ihr seht ja, Herr, dem kann auch der Herr Pfarrer nicht mehr beistehen.«

Durch die Bewegung des Mannes geriet die Trage ein wenig in Schieflage, und ein Lederbeutel fiel auf den Boden. Leise klirrten die Münzen, die sich darin befanden. Bevor einer der Bauern nachdrückliches Interesse anmelden und ihm zuvorkommen konnte, bückte sich Bernhard blitzschnell nach dem Säckchen. Nachdenklich wog er es in seiner Hand.

Wolfgang fragte: »Gehörte das dem Toten?«

»Ja«, versetzte Bernhard, »wem wohl sonst? Offensichtlich ist unser Freund hier keinem Raub zum Opfer gefallen. Ich schätze, in dieser Börse befindet sich eine Menge Geld ...«

»Wo ist der Wirt, der mir ein Bier ausschenkt?«, rief jemand durch den Nebel.

Gute Frage, fuhr es Wolfgang durch den Kopf. Neugierig spähte er zu dem Fremden, der aus dem nächstgelegenen Tor auf die Menge zumarschierte. Seinem weit ausholenden Schritt war anzumerken, dass seine Geduld am Ende und er das Warten leid war. Ein Reisender also, der nach ordentlicher Verpflegung verlangte. Es war kein junger Herr, dem Habitus nach ein bedeutender Mann in seiner Zunft, denn er war unter dem Zimmermannshut in feinstes Tuch gewandet und bewegte sich, als sei er es gewohnt, anderen Befehle zu erteilen.

Der Rädelsführer war anscheinend der Wirt der Posthalterei, denn er stellte sich dem Herbergsgast in den Weg. »Verzeihung, Herr. Es ist ein Unglück geschehen. Wir haben im Wald einen Toten gefunden.«

»Ist da jemand vom Pferd gefallen und hat sich das Genick gebrochen?«, wollte der Fremde ungerührt wissen. »Gott sei ihm gnädig, aber ...«

»Dem Mann ist der Schädel eingeschlagen worden«, meldete sich Bernhard zu Wort.

»Ach?« Der vornehme Zimmermann schien erleichtert, mit einem Reisenden sprechen zu können, der einem anderen Stand entstammte als die Bauern um ihn herum. Einen

Moment zögerte er, wusste wohl nicht, wie er auf die Mitteilung reagieren sollte. Dann lamentierte er, einen Blick auf die Trage mit dem Toten werfend: »Ein Unglück. In der Tat. Man sollte halt stets vorsichtig sein und …« Das Wort schien ihm buchstäblich im Halse stecken zu bleiben. Unvermittelt keuchte er, hüstelte atemlos. Er streckte die Hand aus und suchte nach Halt, fasste jedoch ins Leere.

Mit einem Schritt stand Wolfgang neben ihm. Er stützte den Älteren und wunderte sich insgeheim, wie leicht sich der Leib eines Mannes anfühlte, dessen Stimme schwer und gebieterisch klang.

»Das ist … das ist …« Jetzt entrang sich seiner Kehle nur noch ein Röcheln.

»Kennt Ihr den Mann?«, erkundigte sich Bernhard Ditmold.

Der Schweiß brach dem Ärmsten aus allen Poren. »Das ist mein Eidam«, plötzlich flossen die Worte über die schmalen, blutleeren Lippen. »Er heißt … hieß Severin Meitinger.«

Augsburg, Mai 1555

14

Alle Augen richteten sich auf den Tisch. Dieser hatte einen doppelten Boden und in der oberen Platte sieben Löcher. Die Spannung war zum Greifen, dicht an dicht drängten sich die Leiber der Schaulustigen und Wettbegeisterten um das Geschehen. Christiane glaubte, die Körperausdünstungen ihres Nachbarn einzuatmen, dem vor lauter Aufregung der Schweiß den Nacken hinabrann. Sie konnte seine Nervosität gut nachvollziehen, denn immerhin hatte sie beobachtet, wie der Mann den ungeheuerlichen Betrag von fünf Kronen auf Loch Nummer fünf gesetzt hatte.

Und da – die Maus steckte ihre Nase tatsächlich durch diese Öffnung …

Ein Raunen ging durch die Menge. Der Gewinner gab ein zufriedenes Grunzen von sich, einige Männer schlugen ihm anerkennend auf die Schulter, Christiane klatschte in die Hände.

Sie liebte den Jahrmarkt in seiner bunten Verrücktheit, den Lärm, die Musik, die Gaukler und ihre Spiele, die Auslagen der Gold- und Silberschmiede, der Schreiner und Tuchhändler. Schon als Kind war sie außer Rand und Band gewesen, wenn die Buden vier Mal im Jahr auf dem Perlachplatz aufgebaut wurden; später hatte sie auf dem Tanzboden im Rathaus die Röcke fliegen lassen, wenn die Stadtjugend die Kirchweihmesse feierte. Diese Zeiten waren seit ihrer Heirat leider vorbei, denn Severin tanzte nicht, und damit musste sie diesem Vergnügen entsagen.

Einen Spaziergang über die Kirmes ließ sie sich jedoch

nicht nehmen. Für sie gab es keinen besseren Ort, ihre Sorgen für eine Weile zu vergessen: Georg Imhoff verschwand aus ihren Gedanken, und die Sache mit den Fälschungen verlor an Wichtigkeit, als sie mit dem kleinen Johannes auf dem Arm, an einer Zuckerstange schleckend, über den Markt schlenderte. Das Mäusespiel hatte ihr Interesse geweckt, und so hatte sie sich dem Kreis der Zuschauer angeschlossen. Eine Münze zu riskieren, kam nicht in Frage, eine Dame ohne Begleitung setzte nicht in aller Öffentlichkeit auf ihr Glück.

Der Auftritt des Nagetiers bereitete dem Kind ebenso viel Freude wie ihr, denn Marthas Sohn jauchzte vor Vergnügen. Christiane schwang den Kleinen fröhlich durch die Luft.

»Ja, Meitingerin, was für eine Überraschung, Euch so gutgelaunt anzutreffen!«

Während dem Mann neben ihr der Gewinn ausbezahlt wurde – eine Summe, für die sich ein Bad im eigenen Schweiß sicher gelohnt hatte –, wandte sich Christiane langsam zu der Stimme um, die sie angesprochen hatte. Missfällig betrachtete sie den Geistlichen in der Gelehrtenkleidung, den sie bisher nur zweimal gesehen hatte, aber dennoch auf den ersten Blick erkannte.

»Pater Ehlert, nicht wahr?«, fragte sie höflich, obwohl sie den Namen des Jesuiten nicht vergessen hatte, der sowohl die Teufelsaustreibung an der Hübschlerin vorgenommen als auch Sebastian Rehm die Sterbesakramente verabreicht hatte. Das Strahlen in ihrer Miene verschwand und wich Achtsamkeit. Ihre bisherigen Begegnungen waren nicht dazu angetan, dem Priester Vertrauen entgegenzubringen.

Er schenkte dem Kind ein beifälliges Lächeln. »Das ist der Sohn von Martha und Sebastian Rehm«, stellte er fest. »Gesund sieht er aus. Die Pflege in Eurem Haus scheint ihm zu bekommen …«

»Woher …?«, hob Christiane an, biss sich dann jedoch auf

die Unterlippe. Was spielte es für eine Rolle, ob der Pater wusste, dass ihre Cousine und der Kleine bei ihr wohnten? Bestimmte Dinge sprachen sich rascher herum, als einem lieb war, selbst in einer so großen Stadt wie Augsburg.

Sie wandte sich von dem Spieltisch ab und schlenderte ein paar Schritte, wenig erstaunt, dass Pater Ehlert ihr folgte. »Seiner Mutter geht es weit weniger gut«, plauderte sie währenddessen. »Die Rehmin fühlt sich nicht wohl, sonst hätte sie uns begleitet.« Das konnte sie guten Gewissens erzählen, da er ja ohnehin alles zu wissen schien.

»Dann scheint Eure Cousine mehr mitgenommen von dem schrecklichen Todesfall als Ihr.«

Behauptete der Jesuit etwa, sie trauere nicht ausreichend um Sebastian? Christiane spürte Unbehagen in sich aufsteigen und eine abgrundtiefe Abneigung gegen den Pater. »Natürlich«, erwiderte sie kühl. »Wer könnte ihr das verdenken? Der Verstorbene war schließlich ihr Mann.«

Der Geistliche blieb abrupt stehen und hielt sie am Arm zurück, als sie weitergehen wollte. »Wisst Ihr es etwa noch nicht?«, fragte er.

»Was?«, Sie sah ihn argwöhnisch an, drauf und dran, seine Hand wie ein lästiges Insekt abzuschütteln. In ihrem Rücken brummte ein Tanzbär, und die Zuschauer applaudierten. Sie hätte Johannes das Spektakel gerne gezeigt, aber Höflichkeit und letztlich auch Neugier hielten sie davor zurück, einfach fortzulaufen.

»Dass Euer Gatte …«, der sonst so souveräne Pater Ehlert zögerte, dann erklärte er mit gesenkter Stimme: »Dies ist kein geeigneter Ort, um Euch zu unterrichten. Ich dachte, der Rat hätte Euch bereits informiert und deshalb …«

»Was ist los? Sprecht freiheraus!«

»Es geht um Severin Meitinger. Er wurde gestern tot im Wald aufgefunden.«

»Was für ein Unsinn!«, entgegnete sie. Sie umfasste das Kind auf ihrer Hüfte fester. »Ihr seid einem üblen Scherz aufgesessen. Mein Mann ist auf Reisen und lebt. Ich erwarte ihn heute zurück.«

Sein Griff lockerte sich. Nun wollte er sie nicht mehr aufhalten, sondern wohl eher stützen. Dennoch gewann seine Stimme an Förmlichkeit: »Es tut mir leid, Euch sagen zu müssen, dass der Druckermeister Severin Meitinger im Wald westlich der Stadt erschlagen wurde. Leute von der Posthalterei Auerbach haben ihn gestern Abend gefunden.«

Das ist absurd, dachte Christiane. Warum erschreckte Pater Ehlert sie mit solchen Lügen? Wollte er ihr Bösartigkeiten vom Teufel zuflüstern, um ihr Luzifer anschließend austreiben zu können? Brauchte der Exorzist ein neues Opfer?

Ihr Blick fiel auf seine Hand an ihrem Arm. »Lasst mich los, Pater Ehlert. Ihr könnt mich nicht einschüchtern mit Euren Schauergeschichten. Ich werde jetzt nach Hause gehen und der Rückkehr meines Gatten harren, wie es sich gehört. Und dann werde ich mich davon überzeugen, dass Eure Worte nichts als übles Gerede sind.« Für einen Priester ziemlich schändliche Behauptungen sogar, fügte sie in Gedanken hinzu.

Der kleine Johannes verstand ihre Worte noch nicht, aber er bemerkte den veränderten Ton, in dem sie sprach. Er begann zu zappeln, verlor dabei seine Zuckerstange und brach unverzüglich in Tränen aus, als die Schleckerei zu Boden fiel. Verzweifelt fuchtelte das Kind mit den Händchen herum und steckte seine klebrigen Finger in Christianes Frisur.

»Betet für die arme Seele«, sagte der Geistliche leise und gab sie frei.

Christiane starrte ihn an. Irgendetwas sagte ihr, dass seine Glaubwürdigkeit durch die Beharrlichkeit gewann. Deshalb ging sie nicht ihres Weges, ignorierte sogar den Buben, der langsam das Gewicht eines Getreidesacks annahm und stetig schwerer wurde und darüber hinaus in ihr Ohr schrie. Widerwillig formten ihre Lippen die Frage: »Woher wollt Ihr so genau wissen, was gestern geschah?«

»Ich war selbst auf Reisen, zu Ingolstadt bei meinem Oberhirten Pater Canisius. Die Posthalterei Auerbach war meine letzte Station vor dem Eintreffen in Augsburg. Somit konnte ich mich selbst überzeugen ...«, er brach ab, zauderte, überlegte wohl, wie weit er mit seiner Beschreibung gehen durfte, und sagte schließlich schlicht: »Ich habe Meitinger die letzte Ölung gegeben.«

Seltsam, fuhr es Christiane durch den Kopf. Es war seltsam, dass dieser katholische Geistliche sowohl Sebastian als auch Severin mit den Sterbesakramenten versorgt hatte, obwohl der eine Protestant gewesen war und der andere einen langjährigen Beichtvater besessen hatte. Wieso war Pater Ehlert bei beiden Todesfällen in der Nähe?

Unsinn!, schalt sich Christiane in Gedanken. Was soll das? Sie glaubte doch gar nicht, dass Severin tot war. Erschlagen. Was für eine furchteinflößende Geschichte! Sollte der Teufel doch den Jesuiten selbst holen.

Sie straffte die Schultern. Dabei hatte sie das Gefühl, unter Johannes' Gewicht einknicken zu müssen. Dann steckte sie dem Kleinen einen Finger in den Mund, an dem er sogleich gierig zu saugen begann. Glücklicherweise kehrte auf diese Weise Ruhe ein. In ihrem Ohr hallte ein leises Klingeln nach.

»Ich glaube Euch kein Wort«, erklärte Christiane hochmütig. »Es ist mir ein Rätsel, warum Ihr solche Sachen sagt, aber eigentlich ist das egal, denn schlussendlich zählt nur die Wahrheit. Ich werde meinem Mann erzählen, welchen Schrecken Ihr mir einzujagen versuchtet, und er wird dafür Sorge tragen, dass man Euch aus der Stadt jagt und ...«, die Stimme versagte ihr den Dienst. Verdammt, warum strömten plötzlich Tränen aus ihren Augen? Das kommt von meiner Wut, redete sie sich ein.

Jubel brach um sie aus. Von irgendwoher ertönten Trompetenklänge, formten sich zu einer Melodie, die immer lauter wurde. Bewegung kam in die Menge, sie wogte in eine Richtung, teilte sich, verschluckte den Tanzbären am Rande von Christianes Gesichtskreis. Die Stadtpfeifer in ihren bunten Uniformen bahnten sich unter dem Beifallssturm der Kirmesbesucher ihren Weg zum Rathaus: fünf Männer, die ein einzigartiges Privileg besaßen und es in Bayern und Schwaben zu einiger Berühmtheit gebracht hatten.

Johannes vergaß vor Verwunderung über die munteren Klänge, an Christianes Finger zu lutschen. Mit erstaunten Kinderaugen beobachtete er den Einzug der Musiker.

Das Gedränge um sie her wurde größer. Christiane wurde gestoßen und geschubst und hatte Mühe, nicht zu taumeln. Es wurde gefährlich, den eigenen Gedanken nachzuhängen. Am Ende würde ihr noch der Bub aus den Armen gerissen und von den aufgeregten, unachtsamen, begeisterten Leuten zertreten werden wie ein Wurm.

Tot, fuhr es Christiane durch den Kopf. Lieber Gott, mach, dass sich Pater Ehlert einen üblen Scherz erlaubt hat. Wenn das der Preis ist, werde ich eben nicht dafür sorgen, dass er der Stadt verwiesen wird.

Die Masse trennte sie von dem Geistlichen. Christiane ließ sich im Getümmel treiben wie ein herrenloses Boot auf dem Lech. Ihr wurde schwindlig von den vielen Menschen und der Lautstärke um sie her. Der Kopf dröhnte ihr, als sich die üblichen Jahrmarktsgeräusche mit den Trompetenklängen, dem Johlen der Zuhörer und dem Klingeln in ihren Ohren bis zur Unerträglichkeit mischten. Eiserne Hämmer trommelten gegen ihre Schläfen.

Sie sollte zusehen, dass sie schnell und sicher nach Hause

kam, obwohl sie sich dafür gegen den Strom stemmen musste. Den kleinen Johannes fest umklammernd, das Köpfchen des Buben mit einer Hand schützend umschlossen, kämpfte sich Christiane durch die Menge, plötzlich blind gegen die geliebten Attraktionen.

15

Wolfgang hatte die Verhältnisse, die ihm in der Unterstadt begegneten, nicht erwartet. Der Mann, der seinem Vater die verzweifelten, erschreckenden Zeilen geschrieben hatte, war gebildet und offenbar zu allerlei befähigt. Wieso wohnte dieser in einer derart heruntergekommenen Gegend? Zwar wusste Wolfgang natürlich, wie schlecht Schriftsteller zuweilen bezahlt wurden, aber bei einem Autor von der Qualität des Briefeschreibers war ein ordentliches Auskommen anzunehmen.

In der Nähe der Adresse, die er dem Absender entnommen hatte, wurde gehämmert, und von irgendwoher erklang das schrille Geräusch eines Schleifers, es stank nach einer Gerberei und dem Kot und Unrat in der Gosse. Dabei war ihm bei seiner Ankunft am Morgen aufgefallen, wie sauber die Straßen in Augsburg waren. Die Reinlichkeit schien sich allerdings nur auf die vornehme Oberstadt zu beschränken, wo die Stufen seines Gasthauses mit Tüchern belegt wurden, um die Treppen blitzblank zu halten. Den Spaziergang zu Sebastian Rehms Haus überstanden seine Stiefel weniger makellos. Einem Eimer schmutzigen Wassers, der unmittelbar vor seinen Füßen in den Rinnstein geleert wurde, wich er – in Gedanken versunken – zu spät aus. Das Weib, das ihren Abfall über Wolfgang ergoss, krümmte sich vor Lachen.

Argwöhnisch betrachtete Wolfgang das Schild mit der Hausnummer. »Wohnt hier der Dichter Sebastian Rehm?«, erkundigte er sich bei der Frau. Einen Blick nach unten verkniff er sich, obwohl seine Zehen eine gewisse Feuchtigkeit zu spüren schienen – diesen Gefallen tat er der hämischen Nachbarin seines Zieles nicht.

»Rehm?« Das Weib grinste breit, und eine Reihe brauner Stumpen kam in ihrem Mund zum Vorschein. »Kenn ich nich' …«

»Natürlich nicht«, seufzte Wolfgang und kramte in seiner Tasche nach einer Kupfermünze. Als wolle er das Metall prüfen, hielt er es ins Licht und bemerkte beiläufig: »Solltet Ihr wissen, wo Sebastian Rehm wohnt, gehört dies schöne Stück Euch.«

Sie schlug sich mit der Faust gegen die Stirn. »Vielleicht erinnere ich mich … is ja auch schon lange her …«

Ein Mann zog einen mit Weinfässern beladenen Karren durch den Unrat und rief der Frau etwas in tiefstem Schwäbisch zu, das Wolfgang nicht verstand, aber offensichtlich derb oder lustig oder beides war, denn sie wand sich erneut unter dem eigenen Gelächter.

Wolfgang steckte die Münze wieder in seine Tasche. »Ich habe keine Zeit, die ich verschwenden könnte …«

Der Weinhändler blieb stehen, ließ seinen Karren los und baute sich vor dem offensichtlich vornehmen Fremden auf. Aus kleinen, stechenden Schweinsäuglein in einem rot angelaufenen, feisten Gesicht musterte er Wolfgang vom Scheitel bis zur Sohle.

Der Blick war unangenehm, sogar bedrohlich, und das Bild des eingeschlagenen Schädels tauchte vor Wolfgangs innerem Auge auf. Er wünschte, Bernhard Ditmold hätte ihn begleitet. Doch sein Freund hatte nach ihrer Ankunft zur Mittagsstunde zuerst dem Reichserbmarschall Auskunft erteilen wollen, und da Wolfgang seine Zeit nicht auf dem Jahrmarkt vertrödeln und den Grund seiner Reise verfolgen wollte, hatte er sich unverzüglich aufgemacht, Sebastian Rehms Spuren zu folgen. Dummerweise trug er nur einen wunderschön gearbeiteten und mit Edelsteinen besetzten Dolch an seinem Gürtel, der mehr dekorativen Zwecken diente, als zur Verteidigung taugte.

Die Frau nuschelte etwas auf Schwäbisch, was für Wolfgang fremdländisch klang.

»Der Rehm ist tot«, übersetzte der Mann.

Wolfgang erstarrte.

»Ich befürchte, dass ich vergiftet werde und nicht mehr lange zu leben habe«, die Worte des Dichters schlugen in seinem Hirn Alarm. Er griff noch einmal nach der Münze und reichte sie dem Weinhändler.

»Wann ist Rehm gestorben? Woran?«

Der Mann beäugte den Fremden mit verschlagener Neugier. »Vor Wochen, vielleicht ist es auch schon einen Monat her. Die Zeit eilt, Herr, da kann ich nicht aufpassen, welcher Tag gerade ist. Auf jeden Fall war's vor Ostern.«

Die Gedanken überschlugen sich in Wolfgangs Kopf. Wo war der Nachlass des Schriftstellers? Wenn er schon zu spät gekommen war, um Sebastian Rehm selbst zur Rede zu stellen, musste er wenigstens versuchten, die Schriften zu finden, an denen der Autor zuletzt gearbeitet hatte. Verzweifelt versuchte er, sich zu erinnern, ob Rehm in einem der Briefe von einer Familie geschrieben hatte. Doch er wusste so gut wie nichts über den Mann, der behauptet hatte, das Schicksal des Reiches in Händen zu halten.

»Hatte er eine Frau? Wo kann ich seine Witwe finden?«

Das Weib schob den Weinhändler resolut zur Seite. »Zum Rehm kamen immer so feine Herren zu Besuch, wie Ihr einer seid«, mischte sie sich in verständlicherem Deutsch ein und schielte dabei demonstrativ auf Wolfgangs Tasche mit den Münzen. »Die Rehmin is eigentlich auch was Besseres, wohnt deshalb jetzt bei ihrer Cousine«, in ebenso deutlichem wie beredtem Schweigen brach sie ab.

Wolfgang spürte, wie Aufregung von ihm Besitz ergriff. Die Witwe würde ihm erzählen können, was geschehen war. Sicher bewahrte sie den Nachlass ihres Mannes auf – jedenfalls hoffte er dies. Über alle anderen Aspekte des Todesfalls würde er später nachdenken. Er fischte nach einer weiteren Kupfermünze und gab sie diesmal der Frau. »Nun? Wo kann ich die Rehmin finden?«

»Beim Meitinger«, erklärte der Weinhändler und nahm dem Weib rasch das Geld fort. Wütendes Protestgeheul begleitete seine Tat, doch er fuhr ungerührt fort: »Die Cousine der Rehmin ist die Frau vom Druckermeister Severin Meitinger. Fragt auf dem Perlach nach ihr, dann werdet Ihr sie schon finden.«

Wolfgangs Kehle trocknete aus, und Sand schien in seinem Hals zu kratzen. Ein plötzlich verstorbener Dichter, der behauptet hatte, vergiftet zu werden, zudem ein Druckermeister, der erschlagen im Wald aufgefunden worden war – selbst ein Blinder hätte die Wege gesehen, die sich im Tod der beiden Männer trafen. Wolfgang zwang sich, nicht den sich aufdrängenden, unbewiesenen Erklärungen zu verfallen. Er war Jurist, von Berufswegen niemand, der sich mit Hypothesen aufhielt, er orientierte sich an Fakten. Dennoch gewann die Phantasie des Buchmenschen langsam die Oberhand.

Es sollte mit dem Teufel zugehn, wenn es keinen Zusammenhang zwischen den beiden Todesfällen gab!

Er achtete nicht darauf, wie die Frau den Dieb ihrer wohlverdienten Münze mit Fäusten zu malträtieren begann und mit üblen Schimpfworten überschüttete wie zuvor Wolfgangs Füße mit ihrem Schmutzwasser. Kommentarlos drehte er sich um, seine Schritte eilig zurück zur Oberstadt lenkend.

16

Seit sie wusste, dass sie ein zweites Kind unter ihrem Herzen trug, wartete Martha auf die Übelkeit, die sie bei der Schwangerschaft mit Johannes jeden Morgen befallen hatte. Bis zu diesem Tage war davon jedoch nichts zu spüren gewesen. Als das Unwohlsein dann mit plötzlicher Heftigkeit einsetzte, fühlte sich die werdende Mutter so schlecht wie nie zuvor. Sie begleitete Christiane nicht zum Jahrmarkt, was sie bedauerte, weil ihr ein wenig Abwechslung sicher gutgetan hätte, und gab der Cousine den Sohn mit, um ein wenig Ruhe zu haben. Dass der alte Titus auf Reisen war, nahm Martha als Gunst des Schicksals, denn es war niemand mehr da, der ihrer Fürsorge bedurfte, und sie brauchte sich nur noch um sich selbst zu kümmern.

Es ging ihr von Stunde zu Stunde schlechter. Aus dem anfänglichen Grummeln im Bauch und einem gelegentlichen Ziehen im Unterleib wurden heftige Schmerzen. Schließlich lag Martha gekrümmt auf ihrem Lager, die Knie an die Brust gezogen – und dann entdeckte sie das Blut, das erst langsam aus ihrer Öffnung tropfte und später in Strömen an ihren Beinen entlanglief.

Panik erfasste sie. Sie wünschte, Christiane bei sich zu haben. Selbst Titus Meitinger war besser als gar keine Unterstützung. Die alte Magd, die Martha in der Küche mit den Pfannen klappern hörte, kam nicht, wenn sie nach ihr rief. Sie hielt die neue Hausbewohnerin für eine weitere Dienstbotin, und von ihresgleichen ließ sie sich keine Befehle erteilen. Bislang war Martha diesem Verhalten mit Gleichgültigkeit begegnet, doch nun sollte sich ihre Gutmütigkeit rächen. Zwar versuchte sie, um Hilfe zu rufen, doch wie nicht anders zu erwarten war, passierte nichts – das Hausfaktotum stellte sich taub. Vielleicht war ihre Stimme auch zu schwach, um gehört zu werden.

Martha verlor ihr Zeitgefühl. Sie sah zwar eine blasse Maisonne hinter den Wolken durch ihr Fenster scheinen, aber sie konnte die Stunde nicht von den Strahlen ablesen. Beim Schlagen einer Kirchturmuhr verzählte sie sich. Sie berechnete die Zeiträume jedoch richtig, als ihr klar wurde, dass Wehen ihren Körper durchfuhren.

Das Ungeborene war ein letztes Geschenk von Sebastian. Sie wollte es nicht verlieren. Doch ihr Körper konnte es nicht mehr beschützen. Sie spürte den verzweifelten Kampf zwischen dem Kind und ihrem Leib, er zerschnitt ihren Bauch mit jenen Schmerzen, die eigentlich mit dem intensiven Glücksgefühl einer Geburt verbunden sein sollten. Nie hätte sie für möglich gehalten, dass dies in einem so frühen Stadium ihrer Schwangerschaft möglich war – dass es so weh tun und ihre Seele zerstören würde.

Das Blut strömte aus ihr heraus und durchweichte das Bettzeug. Sie lag in ihrer eigenen warmen, klebrigen Flüssigkeit, konnte sich kaum bewegen und wünschte sich nichts sehnlicher, als mit dem ungeborenen Kind zu sterben.

Atemlose Schreie, mehr ein Keuchen, entrangen sich ihrer Kehle. Sie konnte die Pein nicht mehr stumm ertragen. Nie zuvor hatte sie sich so einsam gefühlt.

Ein dumpfes Pochen an der Haustür drang in ihre Dachkammer hoch. Stimmen. Mehrere Männer sprachen auf die Magd ein, Worte waren jedoch nicht zu verstehen. Dann ein spitzer Klagelaut, von dem Martha zunächst annahm, er käme aus ihrem Mund, doch tatsächlich war es wohl die Magd, die ihrem Entsetzen Luft gemacht hatte. Für einen Moment war Martha von sich selbst abgelenkt. Sie versuchte zu lauschen – vergeblich, das Gespräch wurde zu leise geführt.

Eine dicke, feuchte Masse schwemmte aus ihrem Unterleib. Martha biss sich die Lippen blutig. Sie wusste, dass dies das Kind war, welches die Geborgenheit ihres Schoßes verließ –

verlassen musste. Das Schicksal entriss es ihr, wie es ihr Sebastian genommen hatte. Sie zwang sich, ihre Finger nicht suchend über das Lager gleiten zu lassen, um das Letzte, das sie von Sebastian hatte, wenigstens einmal zu berühren.

Ihr Verstand lag im Nebel, aber sie war nicht bewusstlos, und eine vernünftig klingende, innere Stimme flüsterte ihr zu, dass mit der Fehlgeburt vielleicht ein Rückgang der Blutungen einhergehen könnte.

Woher sollte sie wissen, dass es tatsächlich so war? Sie war keine Hebamme, hatte noch keiner nahen Verwandten oder Freundin bei einer ähnlichen Situation beigestanden. Junge Weibsbilder lernten, eine gute Hausfrau zu werden, aber sie wurden nicht über die Vorgänge in ihrem Körper unterrichtet. Wahrscheinlich war es gut, dass dieses Kind gestorben war. Möglicherweise wäre es ein Mädchen geworden, dem sie ein Erlebnis wie dieses ersparte. Diese Überlegung setzte sich in ihrem Hirn fest, während der Lebenssaft wie ein Wasserfall aus ihrer Mitte floss, schlimmer als zuvor.

Es würde nicht mehr lange dauern, und sie würde verblutet sein. Sie musste etwas unternehmen, wenn sie überleben wollte. Doch ging es ihr tatsächlich darum? Wollte sie leben? Wollte sie nicht vielmehr Sebastian und dem Ungeborenen in die andere Welt folgen, von der die Priester sagten, sie sei das Himmelreich?

Das Bild ihres Sohnes trat vor ihr geistiges Auge. Seit sie in der warmen Behaglichkeit dieses Hauses lebten, litt er seltener unter Atemnot. Sein Lachen klang in ihr Ohr, als krabble er neben ihrem Lager auf dem Fußboden herum. Sie sah seine ausgestreckten Ärmchen, wenn er von ihr getragen werden wollte, was sie ihm viel zu häufig verweigerte. Unter Christianes Obhut würde er zu einem kräftigen Buben heranreifen, später ein gutaussehender Mann wie sein Vater werden. Ihre Cousine würde wie eine Mutter für Johannes sorgen, doch konnte sie ihm Martha tatsächlich ersetzen? Konnte sie, Martha, darauf verzichten, ihren Sohn aufwachsen zu sehen, das Einzige, was ihr nunmehr von Sebastians geblieben war? Verriet sie nicht ihre Liebe zu ihrem verstorbenen Mann, wenn sie jetzt aufgab?

Ohne Hilfe schaffte sie es nicht, der Grausamkeit des Schicksals zu entfliehen.

Mit einer fast unmenschlichen Kraftanstrengung raffte sich Martha auf. Ihr Hemd war blutdurchtränkt, klebte an ihren Schenkeln, aber das war ihr einerlei. Sie konnte sich kaum auf den Beinen halten, schaffte es überraschenderweise jedoch irgendwie vorwärtszukommen. Jeder Schritt kostete Mühe, aber schließlich erreichte sie den obersten Treppenabsatz.

Sie hob ihre Stimme, um nach der Magd zu rufen. Vielleicht hörte man sie auch in der Werkstatt, wenn sie nur laut genug war. Doch mehr als ein Flüstern kam ihr nicht über die Lippen, und Martha wurde schwarz vor Augen.

Auf ihrem Weg nach Hause war Christiane blind gegen die anderen Passanten, schenkte Bekannten nur einen geistesabwesenden Gruß und übersah sogar beinahe ein Fuhrwerk, als sie den Weinmarkt überquerte. Obwohl sie sich sicher war, dass Severin am Abend bei guter Gesundheit heimkehren würde, erschreckte sie die Mördergeschichte des Jesuiten zutiefst. Nicht nur, dass es gotteslästerlich war, den Tod eines anderen Menschen herbeizureden – es war Teufelswerk und eine Herausforderung des Schicksals.

Christiane fühlte dieselbe panische Angst in sich aufsteigen, die sie während des Exorzismus an der Hübschlerin erlebt hatte. Zum ersten Mal seit jenem Erlebnis konnte sie sich leibhaftig vorstellen, angesichts des Geistlichen und seines Schabernacks in verzweifeltes Geschrei auszubrechen, zu toben und den Verstand zu verlieren. Es war helllichter Tag, doch während sie durch die Gassen lief, den kleinen Johannes auf dem Arm, glaubte sie, von bösen Mächten verfolgt zu werden.

Das Tor stand offen, was ungewöhnlich war und ihrem neu entflammten Aberglauben nicht bekam. Obwohl sie inzwischen schweißgebadet war, lief ihr ein eisiger Schauer über den Rücken.

Das vertraute Geräusch der Druckerpressen beruhigte sie etwas. In der Werkstatt ging anscheinend alles seinen gewohnten Gang.

Als sie die Diele betrat, herrschte jedoch unnatürlich tiefe Stille. Anders konnte es auch in einer Gruft nicht sein …

Zögernd stieg sie die Treppe hinauf. Das Kind war an ihrer Schulter eingeschlafen und schnarchte leise. Unwillkürlich umfasste sie den kleinen, warmen Körper fester, wobei sie sich nicht ganz klar war, ob sie den Buben beschützte oder Johannes ihr Halt gab.

Etwas Feuchtes traf sie. Vom oberen Treppenabsatz tropfte eine Flüssigkeit herab. Es dauerte eine Weile, bis Christiane begriff, dass es sich um Blut handelte. Entsetzt starrte sie auf den roten Flecken auf ihrer Hand.

»Der Druckermeister Severin Meitinger … erschlagen wurde …«, die furchtbaren Worte von Pater Ehlert hallten durch ihren Kopf.

Christiane begann zu schreien.

17

Das Getränk, das der Fremde ihr einflößte, schmeckte bitter und süß zugleich, es brannte in ihrer Kehle – und plötzlich wurde Christiane von einem Hustenanfall geschüttelt. Widerwillig schob sie die Hand, die den Becher an ihre Lippen geführt hatte, von sich.

»Geht es wieder?«, fragte eine tiefe, wohlklingende Stimme.

»Nein«, gab sie patzig zurück.

Sie fühlte sich elend und aufgewühlt, konnte die verwirrenden Eindrücke nicht ordnen, welche die vergangenen Minuten rasend schnell hatten vorübergehen lassen. Ihre Hand fuhr über ihre Augen, aber das Bild davor veränderte sich nicht.

Es war kein Traum. In Severins Schreibstube stand jener gut gekleidete, attraktive Mann, der in die Diele gestürmt war, als sie zu schreien begonnen hatte. Sein Gesicht war schmal und fein geschnitten, die Augen tiefblau und von dichten Wimpern umkränzt, das dünne, bis über die Ohren fallende, braune Haar gepflegt. Offensichtlich handelte es sich um einen Herrn von Stand – aber er war ein Fremder und hatte in Meitingers Haus nichts zu suchen. Zumindest nicht in dieser Weise. Er hatte nach der Karaffe im Buchregal gegriffen, als sei dies seine eigene Bibliothek, und er behandelte Christiane, als wäre er der Hausherr und sie ein Gast, den es zu bewirten galt.

Außerdem saß der Schock zu tief, um vernünftig zu erfassen, was geschah. Mit ihrem Schrei war Leben in das stille Haus gekommen. Nicht nur der Herr war aus Severins Schreibstube gelaufen, auf dem oberen Treppenabsatz erschien eine adrette Frau mittleren Alters, die nicht minder erschrocken war als Christiane über die unerwartete Begegnung.

So viele fremde Leute in ihrem Haus – Christiane hatte gezittert und nicht aufgehört zu kreischen. Der kleine Johannes war natürlich aufgewacht und greinte ebenfalls, wobei seine kräftige Stimme mit ihrem Wehklagen in Wettstreit geriet. Aufgescheucht von dem ungewohnten Lärm, war der Druckerlehrling ausgeschickt worden, nach dem Rechten zu sehen. Anton stand stumm am Fuße der Stiege und starrte die Meitingerin an, die sich nicht fassen konnte.

»Ruhe!«

Es war wie ein Donnerhall.

Christianes Lippen schlossen sich nicht, aber aus ihrem Mund drang kein Laut mehr. Auch das Kind war plötzlich still.

»Gibt's nichts anderes zu tun, als hier Maulaffen feilzuhalten?«, brüllte der Unbekannte, der sich zuvor offenbar in Severins Schreibstube aufgehalten hatte.

Seltsamerweise fühlte sich Christiane ebenso angesprochen wie die Frau im oberen Stockwerk und der Lehrling am anderen Ende des Hauses. Doch im Gegensatz zu den anderen beiden rührte sie sich nicht und verließ auch nicht den Schauplatz. Sie starrte den Fremden an und wunderte sich, welches Recht er zu besitzen glaubte, in Meitingers Heim mit dieser Selbstverständlichkeit zu agieren. Da nahm er sie am Arm und führte sie in die Schreibstube, griff nach dem Kind und drückte sie auf einen Stuhl. Widerstandslos ließ sie es geschehen. Selbst Johannes schien von der Autorität des Herrn überzeugt: Er starrte ihn verwundert an und blieb stumm, als er auf den Boden gesetzt wurde.

»Wer seid Ihr? Was tut Ihr hier?«, fragte Christiane matt.

»Das könnte ich Euch auch fragen«, antwortete er, während er nach der Karaffe im Buchregal griff, einen kleinen silbernen Becher füllte und wieder vor Christiane trat. »Aber die Formalitäten können wir später klären. Nehmt zuerst einen kräftigen Schluck. Der Obstbrand wird Eure Nerven beruhigen.«

Seine Worte brachten die Erinnerung an den Blutstropfen zurück. Christiane begann wieder zu zittern und verspürte erneut den Wunsch, sich Schock und Verzweiflung von der Seele zu schreien – oder zu würgen. Doch da setzte er den Kelch an ihre Lippen und erstickte Laut und Brechreiz. Schließlich schüttelte sie der Hustenanfall.

»Geht es wieder?«

»Nein.«

Er lehnte sich mit dem Rücken gegen das Schreibpult, kreuzte die Beine und betrachtete sie eingehend. »Dies scheint ein seltsames Haus zu sein«, meinte er im Plauderton. »Als ich es betrat, traf ich niemanden an außer einer bewusstlosen Frau, die in einer Blutlache lag …«

Christiane schlug sich die Hand vor den Mund. Trotz zittriger Knie versuchte sie aufzuspringen, doch der Mann trat behende vor und drückte sie auf den Stuhl.

»Bleibt sitzen! Eine zweite Ohnmacht ertrage ich nicht … Für die Dame ist gesorgt. Kalte Umschläge, eine kleine Operation, die Verabreichung von Mutterkorn – was weiß ich. Ich habe mich hierher zurückgezogen, als die Hebamme kam.«

»Seid Ihr ein Medicus?«, erkundigte sich Christiane, um Fassung ringend.

»Nein«, er lächelte freudlos. »Nein, ich habe kürzlich ein Buch über Frauenheilkunde veröffentlicht. Interessante Lektüre.« Er verneigte sich leicht. »Ich bin Wolfgang Delius, ein Reisender aus Frankfurt, mit den Buchprivilegien eines Verlegers ausgestattet.«

Der Name kam ihr bekannt vor, aber sie konnte sich nicht erinnern, wo sie ihn schon einmal gehört hatte. »Und in welcher Angelegenheit seid Ihr hier?«

»Das verrate ich Euch nur, wenn Ihr mir sagt, wer Ihr seid.«

»Werdet nicht unverschämt. Ihr befindet Euch in meinem Haus.«

»Oh! Ich dachte, die Dame …«, er unterbrach sich und starrte sie verwundert an, offenbar zu keinem weiteren Wort mehr fähig.

Christiane hatte das Gefühl, mehrere Dinge gleichzeitig tun zu müssen, doch sie wusste nicht, wo sie beginnen sollte. Die Vernunft versagte ihr den Dienst. Sie musste nach Martha sehen. Sie sollte den Fremden hinauswerfen, obwohl er ihrer Cousine zweifellos einen Dienst erwiesen hatte. Aber er benahm sich ihr gegenüber äußerst rüpelhaft. Sie musste die Magd suchen und den Fußboden gründlich wischen lassen. Es war an der Zeit, Vorbereitungen für Severins Heimkehr am Abend zu treffen. Warum war der alte Titus noch nicht von seinem Ausflug heimgekehrt? Es war wichtig, sich um seinen Verbleib zu kümmern, Severin würde danach fragen ... Die Pflichten wurden zu einem Karussell, das sich in ihrem Kopf drehte – immer schneller, immer verwirrender. Ihr schwindelte.

Der Fremde schien seine Sprachlosigkeit überwunden zu haben: »Ihr seid die Meitingerin?«, erkundigte er sich förmlich, doch es klang nicht wie eine Frage, sondern wie eine Feststellung, die keiner Antwort bedurfte. Trotzdem nickte sie stumm. »Verzeihung, ich nahm an, die Frau, die ich fand, sei die Witwe des Druckermeisters ...«

Christiane riss ihre Augen auf.

»Denkt nicht, ich sei unhöflich«, fuhr er ruhig fort. »Die Ereignisse haben sich ein wenig überschlagen. Mein ursprüngliches Anliegen war ein Besuch bei dem Dichter Sebastian Rehm. An seiner alten Adresse sagte man mir, dass ich seine Witwe bei Euch finden könne. Ich war nicht auf den Gedanken gekommen, dass sie ... nun ja, ich fürchtete, die schreckliche Nachricht habe die Fehlgeburt ausgelöst. Deshalb verwechselte ich sie irrtümlich mit Euch. Sie ist doch Frau Rehm, oder?«

»Es gibt keine *Witwe des Druckermeisters*, jedenfalls keine in diesem Haus«, sagte Christiane schwach, die dem Wortschwall kaum gelauscht hatte. »Mein Gemahl ist auf Reisen. Ich erwarte ihn heute Abend zurück.«

Er erbleichte. »Wisst Ihr es denn noch nicht? Himmel, wie langsam sind die Ratsboten zu Augsburg, dass eine Frau bald einen Tag nach dem Tod ihres Mannes noch nichts von dem Unglück erfahren hat?« Er schluckte seinen Ärger hinunter und fügte sanft hinzu: »Es tut mir leid.«

Christiane konnte nicht verhindern, dass Tränen aus ihren Augen liefen. Ihr kam es vor, als sei ihr der Boden unter den Füßen fortgezogen worden. Sie konnte sich nicht erklären, warum sie diesem Fremden mehr Glauben schenkte als dem Jesuiten, aber sie bezweifelte nun keinen Herzschlag lang mehr, dass Pater Ehlert die Wahrheit gesprochen hatte: Severin Meitinger war tot, ums Leben gebracht von fremder Hand. »Dann ist es also wahr«, murmelte sie in sich hinein.

Wolfgang Delius räusperte sich. »Es tut mir leid«, wiederholte er. »Ihr habt Euren Gatten sicher sehr geliebt ...«

»Nein«, sie hob ihr tränennasses Gesicht zu ihm empor. »Das habe ich nicht«, gestand sie leise und redete drauflos, als sei ein Damm gebrochen: »Aber er war da. Er war mein Mann. Er hat für mich gesorgt, und ich konnte mich um Martha kümmern. Was soll nun aus uns werden ohne seine Unterstützung? Obgleich er streng war und stets ein wenig unfreundlich, öffnete seine Großzügigkeit mein Herz, er war ein guter Mensch. Das hätte genug sein müssen für eine glückliche Ehe, nicht wahr? Ich habe ihm unrecht getan ... und nun kann ich nichts mehr gutmachen«, ihre letzte Bemerkung erstickte in einem Schluchzen.

Stille senkte sich über Christiane und den Fremden. Lediglich das zufriedene Geplapper des kleinen Johannes unterbrach ihr Schweigen. Das Kind ließ einen Silberbecher hin und her rollen, den ihm Wolfgang Delius aus der Sammlung auf dem Regal zum Spielen gegeben hatte.

Nach einer Weile schien es Christiane, als erwache sie aus einem Traum. Sie fühlte den Blick ihres Gastes auf sich ruhen, und langsam kehrte sie in die Wirklichkeit zurück. Peinlich berührt erkannte sie die Unangemessenheit der Situation.

Ohne darüber nachzudenken, hatte sie einem unbekannten Mann Einblick in ihre Seele verschafft. Geleitet von Schock und Verzweiflung, war sie in ihrer Mitteilsamkeit zu weit gegangen. Schamesröte zog über ihre Wangen, die ohnehin bereits vom Weinen mit roten Flecken gesprenkelt waren.

Doch mit dem Entsetzen über die eigene Unzulänglichkeit kehrte die Vernunft wieder zurück. Christiane wischte sich mit den Fingern über die Augen und richtete sich so schwerfällig auf, als sei sie in den vergangenen Minuten um Jahrzehnte gealtert.

»Was müsst Ihr nur von mir denken?«, nuschelte sie mit noch immer erstickter Stimme und rang die Hände. »Vergesst, bitte, was ich gesagt habe. Eure Bestätigung der schrecklichen Nachricht hat mich jede Gastfreundschaft vermissen lassen. Könntet Ihr vielleicht ein andermal wiederkommen? Ihr müsst verstehen – dies ist nicht der geeignete Moment für einen Besuch.«

Langsam gewann ihre praktische Art wieder die Oberhand. Wusste Titus schon vom Tod seines Sohnes? War er deshalb noch nicht im Haus? Sie sollte umgehend mit ihrem Schwiegervater sprechen. Wenn sie nur wüsste, mit welchem Ziel er aufgebrochen war. Und sie sollte den Zunftmeister informieren. Was würde nur aus der Druckerei werden ohne Severin? Obwohl Drucker zu den freien, akademischen Berufen wie etwa Juristen und Ärzte gehörten und damit keiner Zunftbeschränkung unterlagen, hatte sich Severin einer Gilde angeschlossen, das war sicher, aber ihr war der Meister nicht bekannt, der die Hand über die Mitglieder hielt. Der Geselle würde ihr wahrscheinlich sagen können, an wen sie sich wenden musste. Oder natürlich Titus …

Delius stieß sich vom Schreibpult ab, gegen das er sich während ihres Gesprächs wieder gelehnt hatte. »Es ist keine Undankbarkeit, wenn Ihr mich jetzt fortschickt, gewiss nicht«, versicherte er ihr. »Eigentlich war die Begegnung mit Frau Rehm für mich der Grund, Euer Haus aufzusuchen, und sie ist derzeit ohnehin nicht in der Lage, mich zu empfangen.«

»Nein, wohl nicht.«

Er blickte sie nachdenklich an, schien den Abschied hinauszuzögern. Als wolle er sie berühren, hob er die Hand, doch er unterließ diesen Trost, sein Arm sank wieder herab. »Ich habe Quartier im Gasthaus *Zu den drei Mohren* in der Steinhausgasse genommen. Ihr könnt mich dort jederzeit benachrichtigen, wenn es Frau Rehm gut genug geht, mit mir zu sprechen ... und falls ich Euch irgendwie helfen kann.«

Sie nickte und trat schweigend zur Seite, um ihm den Weg zur Tür freizumachen. Erst nachdem er gegangen war, fiel ihr eine Frage ein, die die ganze Zeit über irgendwo in ihrem Kopf gelauert hatte, von ihr jedoch übersehen worden war. Dafür beschäftigte sie die fehlende Antwort nun aber umso mehr: Woher wusste der unbekannte Reisende aus Frankfurt von Severin Meitingers gewaltsamem Tod?

18

»Nach den Statuten der *fräulichen Rechte* seid Ihr Severins Alleinerbin und könnt die Werkstatt als Witwenbetrieb fortführen«, erklärte Kaspar Bäumler, der Zunftmeister des Druckerhandwerks, und beugte sich auf seinem Stuhl vor, Christiane ebenso neugierig wie erwartungsvoll betrachtend.

Sie trug das schwarze Kleid, das sie sich zu Sebastians Beerdigung hatte schneidern lassen. Sein Stoff war eigentlich zu warm, doch Christiane besaß keine Trauergarderobe, die der Jahreszeit angemessen war. Bis die Schneiderin ihren eilig erteilten Auftrag erfüllt hatte, würde sie sich mit diesem Gewand zufriedengeben müssen. Sie sah sehr adrett darin aus.

Severin wäre zufrieden mit ihr, und sie wusste, wie wichtig ihm der Eindruck gewesen wäre, den sie als Witwe vermittelte. Keine Sorge, Meitinger, sinnierte sie und setzte sich ihrerseits noch ein bisschen aufrechter, ich mache eine gute Figur und dir keine Schande.

Inzwischen hatte sie erfahren, dass der Ratsbote in ihrer Abwesenheit vorstellig geworden war. Die traurige Nachricht hatte der alten Magd derart zugesetzt, dass sie kopflos in die nächste Kirche gelaufen war, um für ihren verstorbenen Herrn zu beten. Deshalb war sie nicht im Haus gewesen, als Wolfgang Delius an die Tür geklopft hatte. Christiane fragte sich zwar, welch drängendes Interesse der Herr aus Frankfurt an einer Begegnung mit Martha besaß, dass er in ein fremdes Heim eindrang, in dem offensichtlich gerade niemand anwesend war. Aber letztlich spielte die Antwort darauf keine Rolle, denn durch seine Tatkraft hatte er ihre Cousine womöglich vor dem Verbluten gerettet. Durch seine Hilfe ging es Marthas Körper gut, über ihre Seele konnte Christiane indes nur Vermutungen anstellen, da Martha jede Nachfrage geschickt überspielte.

Der alte Titus blieb den ganzen Abend über verschwunden, selbst in der Nacht kehrte er nicht heim, und Christiane begann sich Sorgen zu machen. Mit einer gewissen Erleichterung stellte sie fest, dass der Schmerz erträglicher wurde, solange sie sich um das Wohl der anderen ängstigte.

Sie war dazu erzogen worden, eine gute Tochter zu sein und eine treusorgende Ehefrau zu werden. Mehr hatte ihr das Leben nach Meinung ihrer Eltern nicht zu bieten, und die Verheiratung mit Sebastian Meitinger war dabei die allerbeste Wahl. Doch Christiane hatte sich nicht damit abfinden wollen, nichts anderes als die Dekoration eines wohlhabenden, für sie viel zu alten Mannes zu sein. Sie hatte von ihrem Wissensdurst nicht lassen können, der ihrem Vater als Sünde galt, und ihre Sehnsucht nach Romantik und Leidenschaft gelebt, was eine herbe Enttäuschung gewesen war.

Vielleicht war es die Strafe für ihre überheblichen Sehnsüchte, plötzlich ohne den Schutz ihres großzügigen Gatten dazustehen – und sich all jenen Entscheidungsfindungen ausgeliefert zu wissen, die sie sich im Grunde ihres Herzens stets gewünscht hatte. Ihr Zauberwort hatte immer *Selbständigkeit* geheißen, doch zwei Tage nach Meitingers Tod verstand Christiane nicht mehr, welche Magie sie einst dahinter vermutet hatte.

»Selbstverständlich müsst Ihr Euch an gewisse Auflagen halten«, fuhr der Zunftmeister fort, nachdem die Witwe seine Botschaft mit Schweigen zur Kenntnis genommen hatte. Er schien beunruhigt, weil Christiane so still war, und vielleicht fragte er sich bereits, ob die Gesetze sinnvoll waren, die es der Frau eines Handwerkers erlaubten, dessen Werkstatt im Todesfall zu übernehmen. Andererseits kannte er die schöne, junge Meitingerin nicht und konnte sich kein Bild von ihr machen, was die Situation nicht vereinfachte. Da er Protestant war, hatte er nicht zum engeren Kreis des Verstorbenen gehört.

Bäumler räusperte sich. »Zunächst einmal werdet Ihr alle Schulden bezahlen müssen. Eure Mitgift solltet Ihr dafür nicht verwenden und mögliche Morgengaben auch nicht, so sieht es das Recht vor. Aber ich vermute, dass das Vermögen Eures Gatten – Gott hab ihn selig – ausreichen wird, um die Verbindlichkeiten zu tilgen. Er war ja nie kleinlich und schien nicht unter den finanziellen Schwierigkeiten anderer Druckermeister der Stadt zu leiden.«

»Davon werdet Ihr überzeugt sein, nachdem Ihr die Buchhaltung studiert habt«, erwiderte Christiane. Sie wagte nicht zuzugeben, dass sie nicht die geringste Ahnung davon hatte, wie es um die Kontostände ihres Mannes stand. Umso erleichterter war sie, als sich Bäumler angeboten hatte, die Bilanzen zu prüfen.

»Ja. Gut. Dieser Punkt ist damit geklärt … Des weiteren ist für den Fortbestand einer Witwenwerkstatt die Beschäftigung eines Gesellen notwendig.«

»Karl arbeitet seit vielen Jahren für die Druckerei Meitinger, er war meinem Gatten treu ergeben und wird sicher in seinem Sinne weiterhin tätig sein.«

»Den Lehrling müsst Ihr entlassen. Witwen ist die Ausbildung nicht gestattet.«

Christiane erbleichte. Nervös verflocht sie die Finger ihrer sittsam gefalteten Hände in ihrem Schoß. Es war ihr nicht wohl dabei, Anton fortzuschicken. Der Lehrbub war stets freundlich, anstellig und willig gewesen, jeden Auftrag zum Besten zu erledigen. Meitinger hatte Verantwortung für ihn getragen, eine Verpflichtung, die sie selbstverständlich übernehmen wollte. Wie aber konnte sie ihre Schuldigkeit guten Gewissens erfüllen, wenn sie Anton von einem Tag auf den anderen vor die Tür setzen musste? Wo sollte der Junge überhaupt hin?

»Natürlich würde ich mir niemals anmaßen, einen Lehrling anleiten zu wollen«, hob Christiane an, »aber die Dinge liegen gewiss anders, wenn in Betracht gezogen wird, dass diese Werkstatt nicht ohne Meister ist. Der Schmäher lebt in diesem Haus und erfreut sich nach wie vor bester Gesundheit.«

»Titus Meitinger hat alle Rechte und Pflichten an seinen Sohn abgetreten. Abgesehen davon, dass die Statuten des Rates geändert wurden und bei einem Erbe Witwenschaft und gegebenenfalls Kinder unbedingt vor Blutsverwandtschaft stehen, ist seine Entscheidung gültig. Er mag den Erbverzicht unter anderen Voraussetzungen eingegangen sein, aber das ändert nichts.« Bäumler sah sich demonstrativ um, als wüsste er nicht, dass sich außer ihm und Christiane niemand in

Meitingers Schreibstube befand. »Wo ist er eigentlich? Sollte er an dieser Unterredung nicht dennoch wenigstens teilnehmen? Ihr werdet den Rat des alten Titus brauchen, Meitingerin.«

O ja, dachte Christiane bitter, genau das ist es. Ich brauche ihn. Zum ersten Mal seit ihrer ersten Begegnung vor etwa einem halben Jahr hatte sie den Wunsch nach der Nähe ihres Schwiegervaters. Wo war er nur hingegangen? Hatten ihn die Anschuldigungen Conrad von Hallenslebens so verwirrt, dass er sich ruhelos in der Weltgeschichte herumtrieb? Wann genau war er eigentlich abgereist? Hatte er Severins Spur noch aufnehmen und den Sohn zu einer Aussprache stellen können? Christiane wurde übel bei dem Gedanken, dass Titus in seiner Wut handgreiflich geworden sein könnte. Vernünftigerweise war jedoch kaum anzunehmen, dass der alte Mann die Kraft besaß, einen anderen niederzuschlagen. Welche Schuld oder Tragödie versperrte Titus den Weg nach Hause?

Als sie ihm wieder nicht antwortete, schien der Zunftmeister tatsächlich verärgert. Er straffte die Schultern, legte die Hände auf die Stuhllehne und signalisierte damit das Ende des Gesprächs. Als käme ihm noch ein Gedanke, sagte er im Aufbrechen: »Ach, und wegen der Beerdigung, Meitingerin ...«

»Darüber möchte ich im Moment nicht sprechen«, unterbrach sie ihn rasch.

Er runzelte die Stirn. »Der Verstorbene gehört in geweihte Erde. Es ist Eure Pflicht ...«

»Natürlich ist es das. Ich würde Meitinger niemals ein anständiges Begräbnis verwehren«, protestierte sie schwach. »Es ist nur ...«, sie biss sich auf die Unterlippe, weil sie nicht wusste, wie sie erklären sollte, dass Titus verschwunden war. Doch unter dem argwöhnischen Blick des Zunftmeisters entschied sie sich für die Wahrheit: »Der Schwäher ist abgereist und noch nicht zurück. Ohne ihn möchte ich keine Verabredungen in einer so wichtigen Angelegenheit treffen.«

Überraschenderweise schien Bäumler erleichtert. Er stieß die Luft aus und schenkte ihr ein aufmunterndes Lächeln. »Das ist es also, was Euch Sorge bereitet. Ich hab doch gleich gemerkt, dass Ihr auffallend verschlossen seid, Meitingerin. Nun, grämt Euch nicht. Titus wird schon heimkommen. Er wird halt in seiner Trauer ein wenig über die Stränge schlagen, das müsst Ihr verstehen, auch wenn Ihr eine Frau seid.«

Sie begleitete ihren Gast gemessenen Schrittes zur Tür, wo sie ihm die Hand zum Abschied reichte, um ihn in die graue Abenddämmerung zu entlassen. »Ich danke Euch für Eure Unterstützung, Meister Bäumler.«

Er nickte zuversichtlich und ging, die Kladden mit der Buchhaltung Severin Meitingers unter dem Arm, seines Weges.

Seufzend lehnte Christiane ihre vor Verwirrung glühende Stirn gegen die kühlen Beschläge des Tors. Es gab so vieles zu bedenken und zu erledigen. Wie sollte sie nur in der neuen Situation ihren Mann stehen? Niemand hatte sie je darauf vorbereitet, eine Druckerei zu führen, am allerwenigsten ihr Gatte. Dann war da noch die Sache mit den angeblichen Fälschungen, deren Aufklärung nun ebenso auf ihr lastete wie Antons drohende Entlassung; auch musste sie sich damit auseinandersetzen, ob sie sich nach einem anderen Gesellen als Karl umschauen sollte. Was würde Titus überhaupt davon halten, dass sie sein Lebenswerk übernahm? Ausgerechnet die zweite Frau seines Sohnes, von der er niemals sonderlich viel gehalten hatte. Unwillkürlich wallte Zorn in ihr auf, weil sie sich von Severin im Stich gelassen fühlte.

Die Treppe in das Gewölbe des Hauses übte plötzlich eine magische Anziehungskraft auf Christiane aus. Severins Weinkeller fiel ihr ein. Nun gehörten die Fässer ihr, und sie durfte nach Herzenslust jeden Tropfen probieren, nach dem sie gelüstete. Was für eine merkwürdige Vorstellung, etwas tun zu dürfen, ohne um Erlaubnis zu bitten oder einen Tadel befürchten zu müssen, wenn sie trotz eines Verbots ihren Willen durchsetzte. Dieser neue Aspekt ihres Lebens gehörte gefeiert – ein Schoppen von Severins Lieblingsriesling war dafür gerade recht.

Christiane lauschte. War sie für eine Weile abkömmlich? Martha war gut versorgt, wahrscheinlich schlief sie gerade. Die Hebamme hatte darüber hinaus eine Kinderfrau herbeigeschafft, die sich um den kleinen Johannes kümmerte. Die Magd hantierte wie stets in der Küche mit den Töpfen, und aus der Werkstatt drang das vertraute Klappern der Pressen an Christianes Ohr. Es war die beste Gelegenheit, den Weinkeller einer gewissen Inspektion zu unterziehen. Also raffte sie kurzerhand die Röcke und stieg mit leichtem Schritt in den Untergrund.

Modrige Dunkelheit empfing sie. In ihrer Aufregung, etwas Neues und bislang Unerlaubtes zu tun, hatte sie versäumt, eine Kerze mitzuführen. Die Laterne, die Severin üblicherweise entzündet hatte, sobald sich Besucher ankündigten, war natürlich erloschen. Doch Christiane wollte nicht umkehren und tastete sich entschlossen voran. Durch ein Oberlicht fiel gerade so viel Helligkeit, dass sie die Umrisse der Fässer erkennen konnte und sich nicht andauernd den Knöchel an irgendwelchen Gegenständen stieß.

Christianes Finger glitten das brüchige Mauerwerk entlang und ertasteten das Bord mit den Karaffen. Ein Gefäß gefunden zu haben, war schon einmal gut. Zufrieden wandte sie sich den Fässern zu. Sie konnte sich zwar nicht genau erinnern, wo der wohlschmeckende Riesling lagerte, aber ein anderer Tropfen war sicher auch eine Kostprobe wert. Severin hatte seinen Weinkeller wie einen Schatz behandelt, darin hütete er gewiss keinen Fusel. Sie hielt den Krug unter den erstbesten Hahn, drehte erwartungsvoll die Spindel und schloss mit sich selbst eine Wette ab, ob eine goldene oder rote Flüssigkeit heraussprudeln würde.

Nichts.

Das Weinfass schien so leer wie ein ausgetrockneter Brunnen.

Oder war der Verschluss kaputt? Vielleicht klemmte etwas. War es möglich, dass ein solches Ventil verstopfte? Griff Severins Geist ein, um zu verhindern, dass seine Witwe sein Verbot überschritt?

Ihre Weinprobe begann nicht gerade vielversprechend.

Enttäuscht versetzte Christiane dem Fass einen Tritt. Mit einiger Überraschung registrierte sie, dass es nicht so schwer war wie erwartet. Es schaukelte, fiel von dem Schemel, auf dem es stand, und rollte über den Boden. Dabei öffnete sich der Deckel wie von selbst – und mehrere Papierbündel ergossen sich über die Steine. Einzelne Bögen flatterten durch die Luft und blieben schließlich irgendwo liegen. Fassungslos vor Staunen starrte Christiane auf ihren Fund.

Nur langsam begriff sie, dass sie ein Geheimnis entdeckt hatte. Was immer auf den Papieren stand, Severin hatte einen Grund für so viel Heimlichkeit gehabt. Ein leeres Weinfass war ein guter Ort, anderen Rätsel aufzugeben. Wo ein Versteck war, gab es Leute, die nach dem Inhalt suchten.

Christiane spürte die Neugier bis in die Haarspitzen, als sie sich bückte, um die Schriftstücke aufzuheben. Es war zu finster, um an Ort und Stelle zu lesen, worum es sich handelte. In der Dunkelheit konnte sie kaum alle Blätter ausmachen und wusste daher nicht einmal, ob der Stapel in ihren Händen vollständig war. Sie würde die Kellertür, die Severin stets mit größter zur Schau gestellter Gleichgültig unverschlossen gelassen hatte, in Zukunft verriegeln.

Die Papiere so fest umklammert, dass der Beschreibstoff zu

knittern begann, stieg sie wieder nach oben. Ihr Ziel war Severins Schreibstube. Diesen Abend würde sie mit einer umfangreichen Lektüre verbringen, das stand bereits bei einem ersten Blick auf die mysteriösen Dokumente fest – sie waren mit einer ihr unbekannten Handschrift eng bekritzelt oder mit altmodisch verschnörkelten Buchstaben bedruckt. Sie würde sich anstrengen müssen, den Text zu entziffern. Aber nichts auf der Welt konnte sie davon abhalten.

19

»Warum schläfst du nicht?«

Marthas weiche Stimme schreckte Christiane auf, als wäre es ein Donnerhall. Sie starrte ihre Cousine aus rot geränderten Augen an, gleichzeitig todmüde und aufgeregt. Ihr Zeitgefühl war verlorengegangen in den vergangenen Stunden, die sie über den geheimnisvollen Papieren aus dem leeren Weinfass verbracht hatte. Einmal hatte sie die Kerzen in dem zweiarmigen Leuchter auf Severins Schreibtisch auswechseln müssen, als die alten Lichter zu Stumpen heruntergebrannt waren. Ansonsten hatte sie – fasziniert, angezogen wie entsetzt von dem Text – über ihrem Fund gebrütet und die Welt um sich her vergessen. Das nun bei der kleinsten Bewegung stechende Ziehen in ihrer Halsmuskulatur erwies sich als schmerzhafter Beweis ihrer Anspannung.

Erstaunt registrierte sie, dass der Himmel vor ihrem Fenster von einem schiefer- zu einem perlfarbenen Ton wechselte. Sie fuhr sich mit der Hand über die Augen. »Ist schon Morgen?«, fragte sie matt.

»Nein, noch nicht. Nirgendwo kräht der Hahn. Es ist noch Schlafenszeit«, Martha trat zögernd näher. Offensichtlich fühlte sie sich nicht wohl bei der Erkenntnis, ihre Cousine gestört zu haben. Christiane konnte ihr ansehen, dass sie am liebsten wieder auf ihren barfüßigen Sohlen umgedreht und in ihr eigenes Zimmer gelaufen wäre. Doch eine gewisse natürliche Neugier schien Martha zurückzuhalten: »Was tust du hier?«

»Ich habe Unterlagen gefunden …«, hob Christiane an, brach dann aber wieder ab, unschlüssig, ob sie sich Martha anvertrauen sollte oder ihr in den vergangenen Stunden erworbenes Wissen besser vorläufig für sich behielt. Nachdenklich knabberte sie an ihrer Unterlippe, bevor sie hinzufügte: »Es sind Papiere vom Meitinger.«

»Das hätte ich mir denken können. Verzeih meine Aufdringlichkeit …«

Christiane machte eine wegwerfende Handbewegung. »Red keinen Unsinn. Was treibt dich um?«

Martha zuckte mit den Schultern. »Ich glaube, ich habe achtundvierzig Stunden ununterbrochen geschlafen. Irgendwann brauchte mein Körper wohl keine Ruhe mehr. Deshalb bin ich herumgelaufen und habe dann Licht in diesem Raum gesehen. Aber was ist mit dir? Du solltest die Nacht zum Schlafen nutzen, für Papiere ist am Tag Zeit. Es wird bestimmt noch so viel auf dich zukommen, dass jeder Augenblick Entspannung nötig ist.«

»Nach allem, was ich inzwischen über Severin erfahren habe, werde ich in absehbarer Zeit sicher kein Auge mehr zutun.«

Ihre Cousine und beste Freundin runzelte die Stirn. »Wovon sprichst du?«

Einer Eingebung folgend beschloss Christiane jetzt doch, von ihrer Entdeckung zu erzählen. Sie musste sich einfach einem anderen Menschen anvertrauen, um ihr weiteres Vorgehen zu planen, Möglichkeiten zu überdenken und Befürchtungen abzuwägen. Es war ihr unmöglich, die anstehenden

Entscheidungen allein zu treffen. Und wer eignete sich da besser als Martha?

Christiane deutete auf den Stuhl, der dem Schreibtisch am nächsten stand. »Setz dich her und schau dir das an. Ich bin zu verwirrt, um mir eine Meinung zu bilden. Es scheint mir einzig klar, dass dieses Material für einige Unruhe sorgen könnte.«

Bevor sie sich setzte, warf Martha einen Blick über Christianes Schulter. Erstaunt hielt sie in der Bewegung inne. »Das kenne ich …!«

»Was?«

»Ja. Ich bin mir sicher, dieses Schriftbild schon einmal gesehen zu haben.«

Die Witwe des Druckers schob ihrer Cousine das Blatt zu, das zuoberst auf dem Stapel gelegen hatte. »Schau dir den Text genau an. Erinnerst du dich, wo du ihn schon einmal gelesen hast? Es ist eine Abhandlung über den Sinn oder Unsinn der Kindstaufe.«

Martha nahm den Bogen in ihre zitternden Hände und hielt ihn ins Licht. *»Nicht das Sakrament, sondern der Glaube bringt uns in den Genuss der Vergebung der Sünden«*, las sie mit tonloser Stimme, *»im Worte Gottes, nicht im Sakrament hat der Mensch teil an der Gnade Gottes, an Gottes Reich und Leben …«*

»Das ist eine der Thesen von Wittenberg«, unterbrach Christiane das Zitat ein wenig ungehalten. »Bis dahin ist nichts Ungewöhnliches an den Zeilen, aber wenn du den Text weiter betrachtest, wirst du eine Formulierung finden, die mehr nach dem Teufel als nach Martin Luther klingt.«

»Woher weißt du das alles?«

»Sebastian hat mich dazu angehalten, die Worte des Reformators auswendig zu lernen, deshalb kenne ich jedes einzelne. Hat er dich denn nicht darin unterrichtet?«

»Nein«, Martha schüttelte den Kopf. »Nein, er hat meinen katholischen Glauben respektiert.«

Einen Moment lang herrschte Schweigen zwischen den Cousinen. Christiane fühlte sich unwohl, weil sie fürchtete, tiefer mit Sebastian Rehms Geisteswelt verbunden gewesen zu sein als seine Gemahlin. Unwillkürlich kehrte der eigene Ehebruch in ihre Gedanken zurück. Sie schluckte die unerwünschte Erinnerung herunter und forderte energisch: »Lies weiter!«

»*Vor der Taufe muss der Glaube da sein. Dies ist unsere Pflicht zu Gott. Die Taufe der kleinen Kinder muss deshalb in Frage gestellt werden, denn diese verstehen die Verheißung Gottes nicht, auch den Glauben der Taufe können sie nicht haben. Man kann Kinder nicht auf ihren zukünftigen Glauben taufen, denn der Glaube muss vor oder in der Taufe sein …* Das verstehe ich nicht. Eltern, die ihr neugeborenes Kind nicht taufen lassen, begehen ein Verbot und werden von der Inquisition bestraft, das stellt niemand in Frage.«

»Stimmt, auch Protestanten nicht …«

»Was sollen dann diese blasphemischen Worte?« Marthas blasse Wangen färbten sich vor Aufregung rot, in ihren zuvor noch antriebslosen Körper kehrte die Lebendigkeit zurück wie in die Glieder einer Marionette während des Spiels. Aufgebracht wedelte sie mit dem Papier herum. »Glaubst du, das hier stammt wirklich von Martin Luther? Das wäre furchtbar, nicht wahr?«

»Ich weiß nicht, was die Wahrheit ist, aber ich möchte es gerne herausfinden.«

»Wie kannst du das? Du bist nur eine Frau, du hast nicht studiert, Christiane. Woher willst du wissen, was die gelehrten Herren geschrieben haben?«

Christiane lächelte traurig. »Nun, fangen wir doch einfach damit an, dass du mir verrätst, wo du dieses Pamphlet schon einmal gesehen hast.«

Martha zögerte, senkte die Lider – und im nächsten Augenblick ahnte Christiane, dass Marthas Antwort etwas mit Sebastian zu tun hatte. Ihr Herz trommelte gegen ihre Brust, ihre Hand fuhr hoch und umschloss Marthas Finger – tröstend, aber auch drängend.

»Das hat Sebastian geschrieben«, presste Martha zwischen zusammengebissenen Zähnen hervor.

Christianes Hand sank herab. »Das kann nicht sein. Dein Mann hätte niemals das Wort Luthers …«

»Woher willst du wissen, dass das nicht die Worte des Doktors waren?«, fuhr Martha ungewohnt heftig auf. »Vielleicht war er der Teufel, den der Heilige Vater in ihm sah … Sebastian hätte niemals ein falsches Zeugnis in einer so wichtigen Angelegenheit abgelegt. Dennoch bin ich sicher, dass ich Teile des Textes auf einem Bogen sah, den ich einmal zufällig halb verkohlt in der Glut unseres Ofens fand.«

Christiane konnte Marthas Anschuldigung nichts entgegenhalten. Natürlich war es möglich, dass ihr toter Freund irgendwo auf eine Schrift gestoßen war, die zumindest Martin Luthers Haltung gegenüber der Taufe in einem neuen Licht erschienen ließ. Unter diesen Umständen wäre verständlich, warum Sebastian angesichts des Todes nach einem Priester und den Sterbesakramenten gerufen hatte. Dennoch mochte Christiane nicht so recht an diese Möglichkeit glauben. Vor allem war da ein Gespräch mit Sebastian, das ihr seit ihrem ersten Blick auf den Text nicht mehr aus dem Sinn ging.

»Sagt dir die Sekte der Wiedertäufer etwas?«, fragte sie nach einer Weile.

»Das sind Leute, die vor Jahren für ziemlich viel Wirbel in der Stadt sorgten. Einige wurden eingekerkert und vom Rat ausgewiesen, glaube ich. Dein Vater nahm mich zur Hinrichtung eines Mannes mit, der zur Täufergemeinde gehörte. Aber damals war ich noch klein und kann mich deshalb kaum noch erinnern. Diese Sektierer wollten ihre Neugeborenen nicht taufen lassen, weil diese noch nicht glauben können und deshalb die Erwachs…«, Martha schlug sich erschrocken die Hand vor den Mund. »Großer Gott, das ist ja der Text von Martin Luther!«

»Ganz genau. Weißt du, nachdem ich dies alles hier Zeile für Zeile gelesen habe, frage ich mich, ob jemand absichtlich das Wort Luthers schmähen möchte. Die Zeit ist günstig. Es ist Reichstag, und es wird der Religionsfrieden debattiert.«

»Aber Sebastian kann damit nichts zu tun haben! Er war kein Aufrührer …!«

»Das behauptet niemand«, parierte Christiane rasch. Sie blätterte in dem Stapel Papier und zog einen Bogen heraus. Es sah aus wie ein Flugblatt – und es trug das Siegel der Druckerei Meitinger. »Schau dir diesen Text einmal an«, forderte sie ihre Cousine auf.

»*Martin Luther beging Selbstmord*«, Martha erstarrte. Obwohl ihr der Vortrag sichtlich schwerfiel, fuhr sie fort: »*Ein Zeuge bestätigt, dass alle Hausleute, die um den Vorgang wussten, eidlich verpflichtet wurden, die Sache nicht auszubreiten zur Ehre des Evangeliums* … Das ist ungeheuerlich! Dann hat sich Luther also versündigt, und der Papst hat recht, wenn er vom Teufel in Menschengestalt spricht.«

»Ich glaube nicht, dass dieser Text der Wahrheit entspricht«, versetzte Christiane ruhig.

»Wie? Aber es steht doch hier schwarz auf weiß …«

»Schon, doch ich hörte bereits von Gerüchten über Fälschungen aus unserer Druckerei …«, Christianes Stimme verlor sich in ihrer Nachdenklichkeit.

Es schien unmöglich, aber wenn sie an die Anschuldigungen Conrad von Hallenslebens dachte, war es durchaus wahrscheinlich, dass es sich bei ihrem Fund um bösartige Verleumdungen Martin Luthers handelte. Warum hatte Severin diese in seinem Weinkeller versteckt? War er am Ende so fanatisch in seinem katholischen Glauben gewesen, dass er das Wort des Reformators gebeugt hatte? Nein, sie konnte sich nicht vorstellen, dass er so weit gegangen wäre. Seine Berufsehre war Meitinger heilig gewesen, er hätte niemals etwas getan, was seinem Privileg widersprach.

Da fragte Martha prompt: »Wie konnte Meitinger so etwas tun? Ich meine, wie konnte er diese schändlichen Behauptungen überhaupt drucken, so sie denn eine Lüge sind?«

Christiane schlug mit der flachen Hand auf den Tisch, dass der Leuchter zitterte und Wachs von der Kerze tropfte. »Schluss damit. Herr von Hallensleben wird jetzt mit mir reden müssen. Unter den gegebenen Umständen habe ich ein Recht darauf, zu erfahren, was vor sich geht.«

Marthas Lippen bebten. »Glaubst du, Sebastian hat Schuld auf sich geladen?«

»Nein, keinesfalls«, Christianes Stimme war wieder so sanft wie immer, wenn sie von ihrem verstorbenen Freund sprach: »Er war ein guter Mann … Auch Severin war das. Ich hatte viel an meinem Gemahl auszusetzen, aber niemals würde ich seinen Anstand in Zweifel ziehen. Deshalb verspreche ich dir herauszufinden, was Sebastian und der Meitinger mit dieser Sache zu tun haben.«

20

Ihre Augen waren rot gerändert nach der durchlesenen Nacht, aber Christiane störte sich anfangs nicht an ihrem wenig attraktiven Äußeren, als sie die beiden Besucher empfing, die am Vormittag vorsprachen. Sie war schließlich gerade erst verwitwet, und es stand ihr allemal besser zu Gesicht, nicht wie das blühende Leben zu wirken. Sollten die Herren doch glauben, sie habe sich die Augen ausgeweint. Erst unter dem neugierigen Blick von Wolfgang Delius spürte sie eine kleine Wunde. In ihrem Herzen stach plötzlich der Wunsch, sich dem gutaussehenden Gast aus Frankfurt und seinem Freund in prächtigerer Aufmachung präsentieren zu können. Meitinger hätte es so gewollt, redete sie sich ein, aber tatsächlich spielte hier ihre Eitelkeit eine gewisse Rolle.

Seltsam, dachte Christiane, wie wichtig ihr die eigene Schönheit angesichts dessen war, was seit heute Nacht in ihrem Kopf herumspukte. Dabei wusste sie besser als je zuvor, dass sich so manches Ungemach hinter einer vorbildlichen Larve verbarg.

Nachdem sie ihren Fund wieder versteckt und den Weinkeller diesmal abgeschlossen hatte, war sie in ihr Schlafzimmer gegangen, um ein wenig zu ruhen. Wie gerne hätte sie ein Bad genommen, doch die Kirche versagte einer jungen Witwe das Recht darauf. Statt sich in duftendem, warmen Wasser auszustrecken, lag Christiane auf ihrem Witwenbett und grübelte.

Wie sollte sie es anstellen, die Hintergründe einer infamen Lüge aufzudecken? Zunächst überlegte sie, wer Zugang zur Druckerei hatte und Meitinger gleichzeitig Übles wollte. Aber als sie die Namen aus seinem Umfeld durchging, fiel ihr niemand ein. Genau genommen kam einzig Sebastian Rehm als Täter in Frage: Nach Marthas Auskunft hatte der ja einen gleichwertigen Text zu verbrennen versucht und war damit – neben von Hallensleben – der einzige Mann aus Severins Kreis, der mit der Sache zu tun gehabt hatte. Aber kam Sebastian wirklich als Fälscher in Frage? Wie weit wäre ihr toter Freund gegangen, wenn die Bezahlung ausreichend war? Der Verdacht gärte in Christiane und warf sie mit ihrer Verzweiflung, den unbeantworteten Fragen und ihrer Loyalität in ein tiefes, dunkles Loch, aus dem es kein Entkommen zu geben schien – es sei denn, sie fand den wahren Urheber.

Es gab so viel zu tun und zu bedenken, da kam ihr der Besuch am Vormittag gänzlich ungelegen, doch ihr fiel kein Grund ein, die beiden Herren abzuweisen.

»Habt vielen Dank für Eure Gastfreundschaft«, sagte Wolfgang Delius. »Ich weiß wohl um unsere Impertinenz, denn es wäre natürlich angemessen gewesen, nicht noch einmal ohne Eure Einladung vorzusprechen. Mein Freund hier wollte jedoch keine Zeit verlieren und Euch so rasch wie möglich seine Aufwartung machen.«

Der andere Mann verneigte sich. »Bernhard Ditmold, Rat am Reichsgericht zu Speyer.«

Nervös nestelte sie am Gürtel ihres einzigen schwarzen Kleides. Ihre Finger ertasteten das kühle Metall des Kellerschlüssels, was nicht gerade zu ihrem inneren Gleichgewicht beitrug. Sie holte tief Luft und bot den Herren einen Platz in Meitingers Schreibstube an. »Tretet näher, bitte. Ich würde Euch gerne etwas Wein anbieten, aber …«, sie räusperte sich, »die Vorräte meines armen Mannes sind nicht groß. Möchtet Ihr vielleicht von unserem Apfelmost kosten?«

Der Assessor wirkte den leiblichen Genüssen nicht abgeneigt, er schien ein Genießer zu sein, was ihn Christiane ausnehmend sympathisch machte. Dennoch schüttelte er den Kopf, und in seinen gütigen, grauen Augen lag unendliches Bedauern. »Vielen Dank, aber wir müssen Euer freundliches Angebot ablehnen. Genau genommen beabsichtigen wir nicht lange zu bleiben.«

»Nun, dann haltet Euch nicht auf und sprecht freiheraus, was Euch zu mir geführt hat. Nehmt zuvor aber doch wenigstens bitte Platz.«

»Reichserbmarschall zu Pappenheim übertrug mir das Recht«, verkündete Ditmold, nachdem beide Herren ihrer Aufforderung nachgekommen waren, »Nachforschungen im Fall des Todes Eures Gatten anzustellen.«

Mit zusammengebissenen Zähnen bemühte sie sich, ihr Erstaunen nicht zu zeigen. »Warum Euch?«, fragte sie.

»Weil mein Freund Delius und ich zufällig zur Stelle waren, als Severin Meitinger gefunden wurde. Durch unseren Aufenthalt in der Poststation Auerbach sind wir in die Sache verwickelt.«

Christiane atmete tief durch. Damit war zumindest geklärt, warum der Verleger aus Frankfurt von Meitingers Tod wusste, bevor sie selbst erfahren hatte, was geschehen war. Der Beantwortung dieser Frage würde sie nun nicht mehr nachjagen müssen. Hoffentlich gab ihr Gast noch weitere Informationen preis, die ihren eigenen Nachforschungen weiterhalfen. Sie nickte ihm auffordernd zu.

»Wir haben Grund zu der Annahme, dass es sich nicht einfach um einen Raubüberfall handelte.«

Offenbar erwarteten die Herren, dass die trauernde Witwe vor Schreck in Ohnmacht fiel, denn Wolfgang Delius sprang von seinem Stuhl auf, und Ditmold wirkte, als befände er sich in Habachtstellung. Beide wollten Christiane wohl auffangen, wenn sie denn von dem Hocker sank, auf den sie sich gesetzt hatte.

Tatsächlich war sie lediglich überrascht, dass sie nicht selbst auf diese Möglichkeit gekommen war: Den Fälschungen war ein Mord gefolgt – ja, das passte. Severin war nicht einfach einem tödlichen Raubüberfall zum Opfer gefallen, sondern einem böswilligen Menschen in die Arme gelaufen, der ihn bis zum Tod für seine Zwecke missbraucht hatte. Wieso aber waren der Reichserbmarschall und die beiden Fremden zu diesem Resultat gelangt? Hatte von Hallensleben seinen Fund entgegen seinem Versprechen gemeldet?

»Wie kommt Ihr zu Eurer Annahme?«, erkundigte sie sich und bemühte sich dabei um einen höflichen, wenn auch distanzierten und kühlen Tonfall.

»Ihr seid nicht überrascht«, stellte Delius fest und nahm mit hängenden Schultern Platz, als sei er beleidigt, dass er ihr nicht zu Hilfe hatte eilen können.

Der Assessor schien sich an Christianes Gelassenheit nicht so zu stören. »Der Beutel Eures Gemahls ist uns als Beweis gut genug«, erklärte er und zog ein Ledertäschchen hervor, in dem die Münzen klapperten. »Dies befand sich in seinem Besitz, als er gefunden wurde. Erkennt Ihr es?«

»Ja ... nein ... es ist eine Börse wie jede andere ... sie sieht aus, als wäre es die vom Meitinger, aber genau kann ich Euch das nicht bestätigen.«

Delius grummelte: »Das könnt Ihr gewiss, wenn Ihr erfahrt, dass sich einhundert Gulden in der Börse befinden, die der Erbin gehören, also Euch.«

Christianes Augen weiteten sich. »So viel Geld?«

»Ja, es ist viel Geld«, bestätigte Ditmold emotionslos. »Der Überfall hätte sich für einen Räuber gelohnt. Andererseits ist es ziemlich ungewöhnlich für einen Reisenden, mit solch prall gefüllter Börse ohne Begleitung unterwegs zu sein. Wohin wollte Euer Gemahl, Meitingerin?«

»Das weiß ich nicht. Er sprach so gut wie nie von seinen Geschäften. An dem Abend, als ... nun ja, er befand sich auf dem Heimweg, ich erwartete ihn bereits.«

»Wer könnte außer Euch wissen, welches Ziel diese Reise hatte?«, insistierte der Assessor.

»Ich nehme an, mein Schwäher, aber der ist nicht da. Er ist seit Tagen unterwegs ... und ich weiß ebenfalls nicht, wohin.« Sie stieß einen zornigen Seufzer aus. »Die Männer der Familie Meitinger reden nicht gerne über ihre Angelegenheiten, wie Ihr bemerken dürftet. Es ist nicht meine Schuld.«

Delius suchte ihren Blick. »Das behauptet niemand. Hoffen wir, dass Euer Vater in der Stadt ist. Könntet Ihr uns seine Adresse geben, bitte?«

Christiane starrte ihn an. »Mein Vater? Was hat der denn damit zu tun?«

»Brunnenmeister Walser war ebenfalls in Auerbach an jenem Abend«, berichtete Ditmold. »Er sagte uns, Euer Gatte habe ihn einbestellt.«

»Was?«

Ihr Erschrecken war so deutlich, dass die Herren verblüfft schwiegen. Noch ein Mann, der mir nicht sagt, was er tut, fuhr es Christiane durch den Kopf.

Die Posthalterei war offenbar ein beliebtes Ziel gewesen, denn ihr drängte sich die Erkenntnis auf, dass auch der Jesuitenpater zugegen gewesen war. Es schien fast wie auf einem Empfang alter Bekannter, als ob Meitinger in Auerbach Hof gehalten hätte. Wie vertraut war er eigentlich mit dem Priester gewesen? Sie wusste es nicht, hatte ihn niemals danach gefragt und konnte es nun nicht mehr nachholen. Aber der Jesuit würde sich mit ihrer Neugier auseinandersetzen müssen. Ebenso ihr Vater.

Christiane beschlich das Gefühl, dass es eine Verbindung zwischen den drei Männern gegeben hatte, die zu dem Treffen in Auerbach mit seinen schrecklichen Folgen geführt hatte. Du bist verrückt, warnte sie eine innere Stimme. Für deine willkürlich gedeuteten Zusammenhänge gibt es eine einfache Erklärung. Doch Christiane schob die vernünftigen Gedanken energisch beiseite.

Obwohl sie annahm, dass ihr Vater tagsüber bei der Arbeit war – genau wusste sie ja inzwischen wohl gar nichts mehr –, nannte sie ihren Besuchern eine andere Adresse: »Die Amtswohnung des Stadtbrunnenmeisters befindet sich am Roten Tor.« Hans Walser war mit dem Bau eines neuen Brunnens in der Fuggerei beschäftigt, und dorthin wollte sie eilen, um ein ernstes Wort mit ihm zu sprechen, sobald ihr Besuch gegangen war und den Weg zu ihrem Elternhaus einschlug. Vielleicht würde dieser Vorsprung ein wenig Licht ins Dunkel bringen.

Bernhard Ditmold reichte ihr unvermittelt den Beutel mit den Münzen. »Nehmt dies. Es gehört Euch, Meitingerin.«

Sie fühlte das Gewicht der einhundert Gulden in ihrer Hand und wunderte sich, wie leicht es im Verhältnis zum Wert war.

Da forderte Wolfgang Delius plötzlich: »Dann würden wir gerne noch mit der Witwe des Dichters Sebastian Rehm sprechen. Ist Eure Cousine wohlauf und so weit wieder hergestellt, dass sie meinen Freund und mich empfangen würde?«

Ihr Herz zog sich zusammen. Hatten die beiden Fremden vielleicht mehr in Erfahrung gebracht, als sie zugaben? Christiane fiel ein, dass der Verleger aus Frankfurt bereits bei seinem ersten Besuch in diesem Haus auf ein Gespräch mit der Rehmin ausgewesen war. Aber da hatte er bereits von Severins Tod gewusst und – möglicherweise Kenntnisse erlangt, die nicht zu ihrem Andenken an den Freund passten. Du darfst nicht hinter jedem und allem Feindschaft und Verschwörung vermuten, warnte die innere Stimme. Doch Christiane verdrängte sie erneut.

»Sie ist wohlauf, aber ich weiß nicht, ob sich meine Cousine einer Befragung durch Euch gewachsen fühlt«, erwiderte sie langsam. »Ich werde mich erkundigen. Bitte wartet hier. Möchtet Ihr nicht vielleicht doch einen Becher Apfelmost zur Erfrischung?«

Ihre Besucher schüttelten einvernehmlich die Köpfe. Wahrscheinlich nahmen sie an, die gewünschte Person umgehend sprechen zu können. Tatsächlich mussten die Herren dann den Glockenschlag zur nächsten Viertelstunde abwarten, bevor Christiane mit Sebastian Rehms Witwe an der Seite in die Stube zurückkehrte. Martha war bleich im Gesicht, was, wie Christiane sehr wohl wusste, mittlerweile wohl weniger die Folge der Fehlgeburt war, sondern von den dramatischen Entdeckungen dieser Nacht herrührte. Die Gedanken kreisten ebenso durch Marthas Hirn wie durch ihr eigenes, mit dem Unterschied freilich, dass ihrer Cousine vor Verzweiflung schwindelte, während Christiane zur Lösung der offenen Fragen beizutragen versuchte. Tatkraft war in diesem Fall wohltuender als Ratlosigkeit.

Obwohl sie sich einverstanden erklärt hatte, mit den beiden Fremden zu sprechen, schien Martha angesichts der Gäste von Verlegenheit überwältigt zu werden. Stumm versank sie in einem Knicks, den Christiane als viel zu unterwürfig empfand. Energisch griff sie nach Marthas Ellenbogen und schob ihre Cousine auf einen Stuhl, so dass diese sich in Augenhöhe mit den Männern befand, die sich ebenfalls wieder setzten.

»Es ist sehr freundlich von Euch, unserer Bitte zu folgen«, hob Wolfgang Delius an, und Christiane fiel auf, dass sein Ton viel sanfter war als bei der Unterhaltung mit ihr. Er nannte seinen Namen und fügte hinzu: »Erinnert Ihr Euch an mich?«

Martha errötete. »Natürlich. Wie könnte ich vergessen, wer mein Retter war? Verzeiht, dass ich Euch noch nicht gedankt habe. Es ist so viel geschehen in der Zwischenzeit, dass mir der Kopf schwirrt und …«, sie spürte Christianes warnenden Blick und verstummte unverzüglich.

Delius sah verwundert zwischen den beiden Cousinen hin und her, während sein Freund interessiert den Kopf hob. Als das betretene Schweigen peinlich zu werden begann, wandte sich Delius wieder an Martha: »Mein Beruf als Verleger führte mich nach Augsburg. Ich bin hier, weil ich Eurem Gemahl einen Besuch abstatten wollte. Es ist sehr traurig, dass er nicht mehr unter uns weilt …«, er brach ab, lauschte dem Nachhall seiner Worte, als stelle er auf diese Weise die stumme Frage nach Sebastians Todesumständen.

»Der Verlust schmerzt uns alle«, beendete Christiane energisch das Schweigen.

»Sein Tod kam recht plötzlich, nicht wahr?« Wolfgang Delius sah nicht Christiane an, sondern blickte eindringlich zu Martha. »Verzeiht meine Frage, aber es ist keine bloße Neugier, sondern ein tiefes, persönliches Interesse: Woran ist Euer Gemahl gestorben?«

Martha rang die Hände, ihre Augen füllten sich mit Tränen. »Mein armer Mann fühlte sich schon eine Weile lang nicht wohl. Er litt unter Brechdurchfällen und dergleichen, wurde immer schwächer. Wahrscheinlich hat ihn die böse Galle vergiftet.«

»Wahrscheinlich«, murmelte Delius.

»Mein Freund ist gekommen, weil er großes Interesse an den Werken des Verstorbenen hat«, warf Ditmold unvermittelt ein.

»Das ist großartig«, rief Christiane freudig aus, erleichtert, weil sich das traurige Thema zum Positiven kehrte. »Wenn Sebastians Dichtkunst posthum zu Berühmtheit gelangt, wird er nicht vergessen und sein schriftstellerisches Erbe anerkannt werden.«

Zu spät fiel ihr ein, dass sie inzwischen selbst die Möglichkeit in Händen hielt, Sebastian Rehms Geist über den Tod hinaus am Leben zu erhalten. Sie besaß ein Druckerprivileg und konnte nach Herzenslust jeden Text vervielfältigen, der ihr auf der Seele brannte, was immer der Inhalt war … Das Strahlen erlosch in ihren Augen.

»Ja, in der Tat, das wäre sehr schön«, bestätigte Martha zögernd.

»Euer Gemahl schrieb mir vor geraumer Zeit«, fuhr Wolfgang Delius fort. »Seine Briefe weckten mein Interesse an seiner Arbeit. Leider habe ich kein Manuskript von ihm gelesen. Wäre es möglich, dass Ihr mir Einblick in seinen Nachlass verschafft?«

»Das kann ich nicht, Herr. Ich bin nicht mehr im Besitz desselben.«

»Seid Ihr denn nicht Rehms Erbin?«, erkundigte sich Ditmold.

»Natürlich ist sie das«, mischte sich Christiane ungeduldig ein. »Meine Cousine übergab den schriftstellerischen Nachlass ihres Gemahls an einen Freund, den bekannten Dichter Georg Imhoff«, ärgerlicherweise errötete sie bei der Nennung dieses Namens. Trotzig fuhr sie fort: »Wir werden ihn verständigen, und dann wird er Euch Einblick gewähren.«

»Ich könnte Herrn Imhoff ein paar Zeilen schreiben«, beschloss Martha unerwartet tatkräftig, sprang auf und wandte sich zum Schreibpult, um nach Papier und Feder zu greifen. »Ich werde ihn bitten, Euch weiterzuhelfen.«

»Ein guter Gedanke«, befand Wolfgang Delius. »Wenn Ihr so freundlich sein wolltet, das Billett zu verfassen, würde ich mich unverzüglich auf den Weg machen.«

Ditmold erhob sich und verneigte sich vor Christiane. »Da nun alles geklärt ist, werden mein Freund und ich Euch nicht weiter behelligen. Ich wünsche Euch alles Gute, Meitingerin.«

Sie lächelte schwach. »Mir scheint, ich kann jeden Zuspruch gebrauchen. Habt vielen Dank für Eure Freundlichkeit.« Wenn er wüsste, fuhr es ihr durch den Kopf. Wenn er nur wüsste …

21

»Eine ist hübscher als die andere«, murmelte Wolfgang Delius, als er neben seinem Freund Ditmold die sauber gefegte Gasse entlangschritt. Hier türmte sich kein Abfall wie vor der einstigen Wohnstatt von Sebastian und Martha Rehm. Überall waren Abortkehrer damit beschäftigt, die Straße zu reinigen. Seine Stiefel hatten den Besuch bei Christiane Meitinger in deutlich besserer Beschaffenheit überstanden als den in der Unterstadt. Dennoch beschlich ihn das Gefühl, dass Martha

Rehm in den ärmlichen Verhältnissen glücklicher gewesen war. Nicht nur, weil offensichtlich war, dass die tatkräftige Druckerwitwe das Zepter in Meitingers Haus führte und dabei wenig Widerspruch duldete. Er schätzte, dass diese eher eine ungeduldige Natur war, die zu zähmen nur die Aufgabe eines starken Mannes sein konnte …

»Und wer ist die Eine? Die zarte, schüchterne Martha Rehm oder die kultivierte, energische Christiane Meitinger?«

Wolfgang grinste. »Rate!«

»Woher soll ich wissen, was in dir vorgeht? Ich für meinen Teil würde eine sanftmütige Person vorziehen, aber du spielst gerne mit dem Feuer, nicht wahr?«

»Rötliches Haar besitzen beide …«

»Gott sei gedankt, dass ich nicht auf der Suche nach einer Frau bin.«

»Das bin ich auch nicht!«, protestierte Wolfgang.

Ditmold verstand sofort. »Amalie?«

»Warum nicht?«

»Das ist eine vernünftige Wahl: Sie ist ansehnlich, kennt sich in deinem Gewerbe aus und ist in keinen Mord verwickelt …«

»Glaubst du, Christiane Meitinger hat ihren Mann erschlagen?«, fragte Wolfgang verblüfft.

»Temperamentvoll genug wäre sie, denke ich, aber natürlich ist das ausgeschlossen. Eine Frau folgt ihrem Gatten in der Regel nicht heimlich in irgendeinen Wald meilenweit entfernt, um ihm dort den Schädel zu zertrümmern. Giftmorde kommen unter Eheleuten weit häufiger vor.«

Unwillkürlich erbleichte Wolfgang. Sein Freund hatte recht. Christiane Meitinger war über jeden Verdacht erhaben, aber wie stand es um ihre Cousine? Wer garantierte ihm, dass Ditmold nur einen Mord aufzuklären hatte und nicht zwei? Rehm hatte befürchtet, vergiftet zu werden. Tatsächlich war er relativ plötzlich verstorben – an Symptomen, die auch bei Giftmorden zutrafen. Bekanntermaßen konnte niemand einen Mann so einfach ins Jenseits befördern wie eine Ehefrau, die seinen Mahlzeiten eine tödliche Droge beimischte. Spielte die schüchterne Martha ihre Sanftmütigkeit vielleicht nur? Lebte hinter der Fassade des Engels der Charakter einer Teufelin? Wolfgang schüttelte den Kopf. Die Vorstellung, Martha Rehm als Mörderin am Strang zu sehen, erschütterte ihn.

»Was ist los mit dir?«, erkundigte sich Ditmold.

»Oh … nichts. Ich dachte über die beiden schönen Witwen nach …«

»Warum schüttelst du dabei unaufhörlich den Kopf?«

Wolfgang hätte nie für möglich gehalten, dass er einmal in Erwägung ziehen würde, Bernhard Ditmold zu belügen. Er wusste jedoch, dass er alles tun würde, um Martha Rehm Leid zu ersparen. Allein die Verdächtigung in einem Mordfall genügte, um sie einem peinlichen Verhör zu unterziehen. Sie unter der Folter zu wissen, verursachte ihm Übelkeit – sofern er jedenfalls nicht überzeugt von ihrer Schuld war. Deshalb durfte er seine Befürchtungen mit niemandem teilen, am allerwenigsten mit dem Mann, der den Fall aufzuklären beabsichtigte.

Er würde seine eigenen Nachforschungen anstellen müssen, um die Wahrheit herauszufinden. Allein um Christiane Meitingers willen musste er handeln. Würde die schöne Druckerwitwe noch so resolut auftreten, wenn herauskäme, dass ihre Cousine eine Mörderin war? Ich werde sie noch einmal allein aufsuchen und jede für sich zur Rede stellen, beschloss Wolfgang. Bei diesem Gedanken fühlte er sich erstaunlich wohl.

»Ich frage mich«, sagte er zu seinem Freund und hielt den Kopf gerade, »warum eine Witwe den schriftstellerischen Nachlass ihres Gemahls fortgibt.«

»Was sollte sie sonst damit tun? Warten, bis ein Narr von einem Verleger aus dem Nichts auftaucht und die Werke posthum drucken will? Das ist gänzlich unwahrscheinlich. Ich finde es übrigens erstaunlich, dass die beiden Frauen deine Geschichte so ohne weiteres geglaubt haben.«

»Ich bin eben ein vertrauenswürdiger Mensch«, gab Wolfgang schmunzelnd zurück. Ernst fügte er hinzu: »Immerhin aber sind die Texte das einzige Erbe, das die Witwe von Sebastian Rehm besaß. Mehr war sicher nicht da. Warum also gibt sie das aus der Hand?«

»Vielleicht hat ihr dieser Imhoff ein kleines Salär dafür gegeben. Ein Schriftsteller wird mit dem Werk eines anderen mehr anfangen können als eine mittellose Witwe ...«

»Vor allem, wenn es sich um Fälschungen über Martin Luther handelt«, versetzte Wolfgang grimmig.

»Ja. Diese Sache sollten wir keinesfalls aus den Augen verlieren ... Komm, hier entlang. Das Haus dort drüben sieht mir aus, als gehöre es einem berühmten Dichter.«

»Du lieber Himmel«, entfuhr es Wolfgang angesichts des Gebäudes auf der anderen Seite der vornehm mit kleinen Kieseln gepflasterten Straße. »Was hat der sich denn dabei gedacht?«

Die Prachtentfaltung war atemberaubend, aber auf gewisse Weise abstoßend, denn es handelte sich hierbei um nichts anderes als um die Verherrlichung des eigenen Talents. Es gehörte seit geraumer Zeit ganz allgemein zum guten Ton der besseren Gesellschaft, die Fassade des eigenen Hauses mit Fresken zu schmücken. Diese Darstellungen waren häufig Legenden aus der Antike, manchmal orientierten sie sich an Jagdszenen, häufig an Rittermärchen. Wolfgang hatte erwartet, dass sich ein Autor für Malereien entscheiden würde, die von den Musen erzählten, nicht aber, dass Georg Imhoff die Vorderfront seines Hauses mit seinem eigenen Werk zieren lassen würde: Als wäre es aus Bütten, war das Mauerwerk Zeile um Zeile mit Versen beschrieben, und es stand außer Frage, dass diese dem Geist des Hausbesitzers entsprangen.

»Man nennt es Eitelkeit«, kommentierte Bernhard trocken. »Der Mann scheint in Augsburg eine Berühmtheit zu sein. Andernfalls hätte ihm der Rat eine solche Zurschaustellung des eigenen Talents sicher untersagt. Kennst du die Werke dieses Georg Imhoff?«

»Nein. Nie gehört. Aber das hat nichts zu bedeuten. Unterhaltungsliteratur ist nicht mein Metier ...«, Wolfgang reckte den Hals, um die Verse unter dem Dachfries lesen zu können: *»Deine Augen leuchten wie Sterne, deine Lippen wie Rosen, und ich will der Tau auf deinen Blättern sein, dein Himmel ...* ganz nett – für einen verliebten Ritter.«

Ditmold murmelte etwas Unverständliches, was eher wie das Knurren eines Hundes klang, dem ein Knochen vorenthalten wurde, denn als Zustimmung. Er hob die Hand und betätigte die schmiedeeiserne Schelle neben der Eingangstür. Ein melodisches Glockenspiel erklang. »Musikalisch ist der Hauseigentümer also auch«, grummelte der Reichsgerichtsrat.

Wolfgang wusste, dass sein Freund nichts so sehr schätzte wie die Bescheidenheit ruhmreicher Männer. Was immer Georg Imhoff an Charme, Witz, Klugheit und Begabung auszeichnen mochte – Ditmold hatte sich bereits ein Urteil über den Dichter gebildet, und dies war ganz gewiss nicht freundlich. Unwillkürlich entschied er, dem Besitzer von Sebastian Rehms Nachlass ein wenig mehr Unvoreingenommenheit entgegenzubringen.

Zu beider Überraschung öffnete ein kleiner Mohr in leuchtend roter Livree die Tür. »Bitte?«, fragte der Junge höflich nach einer tiefen Verbeugung.

Bernhard Ditmold reichte ihm Martha Rehms Schreiben. »Wir möchten deinen Herrn sprechen. Mit diesem Billett werden wir ihm empfohlen.«

»Der Herr wird den Brief erhalten, sobald er wieder zu Hause ist«, versprach der Junge mit den hübschen, dunkelhäutigen Gesichtszügen und der geschliffenen Ausdrucksweise: »Leider habt Ihr ihn verpasst. Er ist vor eine Weile ausgegangen. Wenn Ihr vielleicht am späten Nachmittag noch einmal vorsprechen wollt, solltet Ihr ihn antreffen.«

»Bedauerlich. Dann ...«

Aus einer unerklärlichen Eingebung heraus fiel Wolfgang seinem Freund ins Wort: »Weilte dein Herr die vergangenen Tage immer in Augsburg oder war er auf Reisen?«

In den dunklen Augen lag unendliche Verwunderung. »Warum wollt Ihr das wissen? Er war jeden Tag, den Gott werden ließ, in der Stadt.«

»Nun, dann ist es nicht notwendig, mit Herrn Imhoff persönlich zu sprechen. Wir sind eigentlich hier, weil wir Einblick in den Nachlass des Dichters Sebastian Rehm nehmen möchten. Die Witwe gestattet uns dies. Wenn du uns die Texte zeigst, wird dies nicht zu deinem Schaden sein.«

»Ich darf niemanden einlassen, wenn der Herr nicht im Hause ist«, erklärte der kleine Diener würdevoll und schloss rasch die Tür, als befürchte er, einer der beiden Fremden würde den Fuß in den Rahmen stellen, um sich auf diese Weise in Imhoffs Wohnung zu drängen. Der Vorhang hinter dem kleinen Erkerfenster bewegte sich leicht, und Wolfgang nahm an, dass sich Imhoffs Faktotum dort auf seinem Posten befand, um das Geschehen auf der Straße zu beobachten.

»Dann bleibt uns vorläufig nur der Weg zum Vater der Meitingerin«, meinte Bernhard Ditmold und wandte sich achselzuckend ab.

»Netter kleiner Kerl«, murmelte Wolfgang zusammenhanglos in sich hinein – und: »Wieso hält sich ein Schriftsteller einen Mohren?«

»Warum nicht?«, fragte Ditmold zurück.

»Das Geld, mein Freund. Imhoff scheint über Mittel zu verfügen, von denen seine Berufskollegen nur träumen können«, erklärte der Verleger und redete sich in Rage, als er fortfuhr: »Nimm nur Luthers Bibelübersetzung, das wohl erfolgreichste Buch unseres Jahrhunderts. Davon sind inzwischen etwa zweihunderttausend Exemplare verkauft worden, das entspricht einem Wert von rund zweitausend Gulden.«

»Aha«, warf der andere fast gelangweilt ein, doch Wolfgang ließ sich von seinem Vortrag nicht abbringen: »Wie ich hörte, hatten die Drucker zu Wittenberg dem Doktor ein jährliches Honorar in Höhe von vierhundert Gulden für seine Manuskripte angeboten. Martin Luther wollte jedoch mit seinem Wort kein Geld verdienen und lehnte ab. Umso höhere Einnahmen scheint dieser Imhoff mit seiner Dichtkunst zu erzielen. Sein Haus ist gut und gerne mehrere hundert Goldstücke wert.«

»Und wenn schon, so ist sein protziges Gebaren peinlich, aber gewiss nicht verboten.«

Die Unvoreingenommenheit, die sich Wolfgang zuvor geschworen hatte, war hinsichtlich der finanziellen Lage Imhoffs geschmolzen wie Eis in der Sonne. »Es erscheint mir merkwürdig«, teilte er seine Überlegungen weiter mit, »dass ein so reicher Mann der beste Freund Sebastian Rehms gewesen sein soll, der seinerseits in bitterster Armut hauste. Das passt nicht zusammen. Das passt ganz und gar nicht.«

»Ach was. Freundschaften entstehen aus anderen Gründen als aus wirtschaftlichen Interessen. Wir sollten Martha Rehm bei Gelegenheit danach fragen. Sicher gibt sie uns eine vernünftige Erklärung. Und was den kleinen Mohren betrifft:

Entweder hat der Dichter andere Neigungen als du und ich, und der Junge ist sein Lustknabe ...«

Wolfgang schnitt ihm eine angewiderte Grimasse.

»... oder er hat die Mutter in irgendeinem Hafen geschwängert und den Jungen zu sich genommen. In Venedig verkaufen schwarze Prinzessinnen ihre Unschuld und noch mehr, auf dem Sklavenmarkt ebenso wie auf der Straße. Weiß der Himmel, was Imhoff zu diesem Hausfaktotum bewogen haben mochte. Letztlich ist das gleichgültig. Hauptsache, wir finden in diesem Gebäude die brisanten Texte deines Freundes Rehm. Gedulden wir uns also und nutzen die Zeit bis zum späten Nachmittag. Hoffentlich treffen wir wenigstens den Stadtbrunnenmeister an.«

Einige Schritte gingen sie schweigend nebeneinanderher. Die Blicke vorbeieilender junger Mägde blieben schwärmerisch an Wolfgang Delius hängen, doch dieser ignorierte die Bewunderung. Er starrte auf die blank polierten Spitzen seiner Stiefel, lauschte dem Klappern seiner Absätze auf den Pflastersteinen. Der unerfreuliche Gedanke stellte sich ein, dass die Manuskripte, von denen Sebastian Rehm geschrieben hatte, gar nicht mehr existieren könnten. Vielleicht hatte der Schriftsteller sie verbrannt, als er den Tod nahen fühlte. Nein, fuhr es Wolfgang durch den Kopf, dann hätte er mir nicht geschrieben, dass er fürchtete, vergiftet zu werden. Seine Worte waren ein Hilferuf!

»Warum hast du gefragt, ob Imhoff auf Reisen war?«, unterbrach Ditmold das gedankenverlorene Schweigen. »Wäre er in der Nähe der Posthalterei gewesen, hätten wir ihm begegnen müssen. Und wenn nicht, wäre den Wachen an den Stadttoren bekannt, ob und wann er Augsburg in den vergangenen Tagen verlassen hatte. Ich hätte mich schon noch danach erkundigt, glaub mir.«

»Ja, stimmt. Tut mir leid. Ich wollte dir nicht ins Handwerk pfuschen. Ich dachte nur ...«, er brach achselzuckend ab, weil er sich eigentlich selbst nicht erklären konnte, warum er sich für Georg Imhoffs Reisegewohnheiten interessiert hatte.

22

Unerwartet kräftige Sonnenstrahlen stachen Christiane in die Augen, als sie durch den Torbogen in die Siedlung der »Arme-Leute-Wohnungen« trat. Vor dem Eingang zur Fuggerei war der Himmel noch verhangen gewesen, ein paar Schritte weiter war es dann so dunkel, dass sie die Stiftertafeln im Eingang nicht einmal hatte entziffern können. In der Zeit musste die Sonne eine Lücke zwischen den Wolken gefunden haben, denn nun überflutete grelles Licht die Herrengasse.

Sie kniff die Lider zusammen, zwinkerte und versuchte, ihren Vater inmitten der Handwerker auszumachen, die damit beschäftigt waren, keine fünf Fuß entfernt den Brunnen auszuheben, der die Anwohner mit Wasser versorgen sollte.

Das stete Hämmern der Zimmerleute, die den ausgehobenen Schacht mit Holzbalken abstützten, und das Knirschen des Seils, das durch die Winde am Drehbock rollte und das gegrabene Erdreich nach oben beförderte, klangen unangenehm laut in ihren Ohren; die Stimmen der Männer, die sich Anweisungen zuriefen, und dazu die üblichen Geräusche einer lebendigen Wohnanlage dröhnten in ihren Schläfen.

Doch waren es eigentlich nicht die Alltagsklänge, die für ihren Kopfschmerz verantwortlich waren. Sie hatte das Gefühl, ihr Kopf würde unter der Last der Gedanken zerspringen. Statt Antworten zu finden, tauchten immer neue Fragen auf.

Warum etwa wusste Martha nichts von dem nach Frankfurt versandten Brief Sebastians? Wieso interessierte sich ein offensichtlich wohlhabender Verleger für die Texte eines weithin unbekannten Autors? Vor allem fürchtete Christiane einen Zusammenhang zwischen ihrer nächtlichen Entdeckung und dem Besuch der Fremden. Sie konnte sich zwar nicht erklären, was sie auf diese Idee brachte, aber sie glaubte nicht, dass alleine Nachforschungen über den Mord am Meitinger und ein unbekanntes Schreiben Sebastian Rehms die beiden zu ihr geführt hatten.

»Tochter!« Hans Walsers Ausruf war nicht eitel Freude, sondern eher vorwurfsvoller Natur. Er löste sich aus der Gruppe seiner Männer. »Was willst du hier, Christiane?«

»Es tut mir leid, wenn ich dich störe«, hob sie höflich an und massierte mit den Fingern ihrer rechten Hand ihre Nasenwurzel, um den Kopfschmerz ein wenig zu lindern. »Ich muss mit dir sprechen. Können wir uns irgendwo in Ruhe unterhalten?«

Walsers Augen flogen zu dem ausgehobenen Brunnenschacht. »Jetzt? Siehst du nicht, dass ich bei der Arbeit bin. Ich habe keine Zeit für Geschwätz.«

Er würde sich keine Elle fortbewegen, das war gewiss. Ihr Anliegen erschien ihm nicht wichtig genug, worum immer es sich auch handeln mochte. Christiane begann, sich über die Selbstgerechtigkeit ihres Vaters zu ärgern. Wenn er es nicht anders wollte, würde sie eben keine Diskretion walten lassen.

Ihre Hand sank herab, und sie sah ihm fest in die Augen. »Warum hast du mir nicht gesagt, dass du in der Posthalterei warst, als Meitinger starb?«

»Woher weißt du …?«, japste er, fasste sich jedoch rasch: »Einerlei … Es spielt keine Rolle, nicht wahr?« Hans Walser trat von einem Bein aufs andere, und Christiane konnte nicht sagen, ob dies eine Geste der Verlegenheit oder Ungeduld war. Er schwieg einen kurzen Moment, dann erklärte er barsch: »Ich wollte dich nicht beunruhigen.«

»Mein Gatte ist erschlagen worden, und du wolltest mich

nicht *beunruhigen*? Was, bitte schön, könnte mich mehr kümmern als Meitingers gewaltsamer Tod?«

Der Stadtbrunnenmeister erbleichte, dann färbten sich seine Wangen puterrot.

Christiane beobachtete verwundert das Farbenspiel in seinem Gesicht, obwohl die Krempe des Zimmermannshuts, den er ihretwegen natürlich nicht abgenommen hatte, Schatten auf sein Antlitz warf.

»Es geht dich nichts an, was ich mit deinem Mann zu besprechen hatte«, zischte ihr Vater zwischen zornig zusammengebissenen Zähnen. »Überdies dulde ich nicht, dass du in diesem Ton mit mir sprichst.«

»Mir magst du die Wahrheit vorenthalten, aber dem Beauftragten des Reichserbmarschalls wirst du Rede und Antwort stehen müssen.« Zu ihrer Erleichterung beobachtete sie in seinem Mienenspiel Verwirrung und – Vorsicht. Augenscheinlich hatte Hans Walser einen Grund, Obacht walten zu lassen. »Willst du mir nicht lieber anvertrauen, warum du nach Auerbach gegangen bist, bevor ich es von einem Fremden erfahre?«

»Von wem?« Sein Zögern war der Beweis dafür, dass er etwas Wichtiges vor ihr verbarg.

»Assessor Bernhard Ditmold«, erwiderte sie mit einer Selbstverständlichkeit, als handle es sich um einen alten Bekannten. »Er sprach bei mir vor und ist bereits auf dem Weg hierher.«

Walser holte tief Luft. »Dieses eine Mal werde ich über dein anmaßendes Benehmen hinwegsehen«, schnaubte er. »Aber nur dieses eine Mal, Christiane, weil ich annehme, dass dich deine traurige Lage verwirrt. Nun geh, lass mich in Ruhe, und misch dich nicht in Angelegenheiten, die dich nichts angehen.«

»Meitingers Tod geht mich sehr wohl etwas an«, widersprach sie empört. Ihr Ton schwoll zu einem Kreischen an. Als ihr Vater ihr demonstrativ den Rücken kehrte, stampfte sie wütend mit dem Fuß auf. Doch Walser zeigte sich von ihrem Zornesausbruch unbeeindruckt und ignorierte ihre Anwesenheit, indem er die Sicherheitskette eines Flaschenzugs prüfte.

Lediglich der Arbeiter, der ihr am nächsten stand und die Winde am Drehbock bediente, schenkte ihr ein anzügliches Grinsen. Und es hatte offenbar noch einen weiteren Zuhörer gegeben. Denn eine vertraute Stimme bemerkte hinter Christiane: »Behauptet etwa irgendwer, das schreckliche Ende Eures Gemahls sei nicht Eure Sache, liebe Meitingerin?«

Christianes Herz veranstaltete einen Trommelwirbel. Sie spürte, wie das Blut in ihre Wangen schoss. Einen Moment war sie geneigt, sich einfach in Ohnmacht fallen zu lassen und alle Unannehmlichkeiten für eine Weile zu vergessen. Es würde sich schon jemand finden, der sie vor einem Sturz auf den Boden bewahrte.

Doch Christiane erinnerte sich nur allzu gut eines anderen betäubenden Augenblicks. Noch einmal würde sie nicht die Nerven verlieren und auch nicht die Kontenance. Glücklicherweise stand sie so im Licht, dass Imhoff unmöglich in ihren Zügen lesen konnte. »Grüß Gott, Herr Imhoff«, sagte sie aufgeräumt und straffte tapfer die Schultern. »Was für eine Überraschung, Euch ausgerechnet hier zu treffen.«

Er ging auf ihre Bemerkung über den für seinesgleichen ungewöhnlichen Ort nicht ein. Mit einer tiefen Verbeugung griff er nach ihrer Hand, die er an seine Lippen führte. »Oh, liebe Meitingerin, welche Schrecklichkeit ist meinem Freund und Druckerverleger geschehen? Ich bin zutiefst bestürzt. Darf ich Euch mein Beileid aussprechen? Ihr seht mich untröstlich.«

»Ja, es ist ein harter Schicksalsschlag für uns alle«, erwiderte sie und bemühte sich, ihm ihre Rechte zu entziehen, die er jedoch fest umklammert hielt.

»Kann ich etwas für Euch tun, Meitingerin?«

Sie zog und zerrte und versuchte vergeblich, ihre Finger aus der Umklammerung zu befreien. »Ihr könntet meine Hand loslassen, bitte.«

Es waren nicht ihre Worte, die ihn veranlassten, sich von ihr zu lösen. Während sie noch sprach, verlor er sein Interesse an ihr. Seine Aufmerksamkeit richtete sich auf einen älteren Mann, der aus dem Eckgebäude kam, wo die Ochsengasse in die Hauptstraße mündete, und, ohne rechts und links zu schauen, direkt auf Imhoff zustürzte.

»Herr Dichter, Sie haben die Medikation vergessen!«, rief der Unbekannte, eine Phiole aus braunem Glas wie einen Siegespokal in der Hand schwenkend.

Obwohl Christiane bisher niemandem begegnet war, der an der Französischen Krankheit litt und erst recht noch niemals selbst im sogenannten *Holzhaus* der Fuggerei gewesen war, wusste sie, welche Art von Hospital sich hinter dem Tor verbarg, aus dem Imhoffs Bekannter getreten war. Jedermann in Augsburg wusste, dass hier an Syphilis erkrankte Männer behandelt wurden. Die meisten von ihnen hatten Glück, denn der von der Fugger-Stiftung angestellte Bader betreute seine Patienten besser als die Leute im Städtischen Blatternhaus. Jedenfalls hatte sie mal bei einem Einkauf beim Stadtmetzg reden hören, dass es für jeden Kranken auf »Holzkur« regelmäßig saubere Bettwäsche und andere Annehmlichkeiten gab …

Verwundert beobachtete sie Imhoffs Reaktion, die von tiefster Unruhe und Verärgerung gekennzeichnet war. Sie war überzeugt davon, dass er dem Heiler das Reagenzglas aus der Hand geschlagen hätte, wäre er nicht in Gesellschaft gewesen. Er bebte förmlich und konnte seine aufgebrachten Gefühle nur schwer unter Kontrolle halten.

»Was fällt Euch ein? Lauft mir nach wie ein räudiger Hund und schreit die ganze Stadt zusammen?«, herrschte er den anderen an. »Lasst mich in Ruhe!«

»Ich sah, wie Ihr das Haus durch den Hintereingang verlassen habt«, verteidigte sich der Bader. Von Christianes Anwesenheit nahm er keine Notiz und fuhr sich rechtfertigend fort: »Deshalb habe ich rasch die Vordertür genommen, um Euch noch zu erreichen. Nehmt die Quecksilberlösung, Herr. Ihr braucht sie.«

»Eine Verwechslung!«, rief Georg Imhoff. »Ich kenne Euch nicht und bedarf Eurer Hilfe nicht. Geht mir besser aus den Augen, bevor ich die Wachen rufe.«

Würde ein Herr zugeben, dass er an der Franzosenkrankheit litt, nachdem er Verbotenes mit jener verheirateten Frau getrieben hatte, die sich nun in seiner Gesellschaft befand? Christiane versuchte, diesen Gedanken rasch zu vergessen, doch die unerwünschte Eingebung zementierte sich in ihrem Geist. Obwohl Imhoff bestritt, den Bader auch nur zu kennen, war deutlich, wer hier die Wahrheit sagte.

Ihr Magen zog sich zusammen. So fühlt man sich wahrscheinlich, wenn man einen Tritt in den Bauch versetzt bekommt, dachte sie. Übelkeit stieg in ihr auf und vermischte sich mit dem Hämmern in ihren Schläfen. Sie schob die Hand, die Imhoff eben geküsst hatte, in die Falten ihres Rocks und wischte sie dort heimlich ab.

Dann fiel es Christiane wie Schuppen von den Augen. Die Franzosenkrankheit galt als sehr ansteckend. Wenn Georg Imhoff wirklich darunter litt, war dies nicht nur für ihn schrecklich – dann befand auch sie sich möglicherweise in Lebensgefahr. Vorausgesetzt, er hatte mehr mit ihr getrieben, als sie mit seinen Fingern gefügig zu machen …

Ihre Blicke flogen zu ihrem Vater. Er schien ihre Begegnung mit dem Schriftsteller nicht zu beobachten, da er seinen Arbeitern geschäftig neue Tätigkeiten aufgab – oder er ignorierte seine Tochter. Natürlich verteilt Hans Walser in erster Linie Befehle, sinnierte sie. Das lag in seiner Natur, Nachsicht und Fürsorge waren ihm nicht gegeben. Warum sonst hatte er sie mit einem so viel älteren Mann verheiratet und damit ihre Sehnsucht nach Leidenschaft geschürt? Nein!, widersprach eine innere Stimme. Dein Vater ist nicht schuld an deinen Sünden.

»Schweigt!«, unterbrach Imhoffs donnernde Stimme ihre innere Zwiesprache, doch meinte er natürlich den Wundarzt: »Geht endlich Eures Weges.«

Der Bader zog den Kopf ein, rührte sich aber nicht von der Stelle. Geduldig hielt er dem zornigen Blick seines Gegenübers stand, als leide dieser unter einer geistigen Verwirrung, die ihm bestens vertraut war. Offensichtlich würde er nicht von Imhoffs Seite weichen, bevor dieser nicht das Medikament angenommen hatte.

Imhoff erkannte diese Beharrlichkeit. Er riss dem anderen die Phiole aus der Hand. »Dann gebt schon her, wenn Ihr nichts Besseres damit anzufangen wisst.«

Er wog das Glasröhrchen in der Hand, sah sich um, als suche er etwas. »Ich finde keinen Ort, wo ich dieses Zeug ablegen könnte«, wandte er sich mit einem Hilflosigkeit ausstrahlenden, zerknirschten Lächeln an Christiane. »Deshalb nehme ich es besser an mich«, sprach er und ließ die kleine Arzneiflasche in den Ärmeln seines Umhangs verschwinden.

»Ade!«, verabschiedete sich der Bader und ging mit zufriedener Miene seines Weges.

Was hatte sie getan, dass ihr Gott nach allen anderen Problemen nun auch noch diese Prüfung auferlegte? Zum ersten Mal seit langer Zeit verspürte Christiane den Wunsch nach einer Beichte. Vielleicht half es, den Rosenkranz zigmal zu beten. Oder einen Ablassbrief zu kaufen. Vielleicht sollte sie einen Pfarrer um Rat bitten …

»Grüß Gott, Meitingerin!«

Sie erschrak so heftig, als sehe sie den Leibhaftigen vor sich. Eben hatte sie sich noch geistlichen Beistand herbeigewünscht – und nun schob sich die dunkle Gestalt Pater Ehlerts in ihr Blickfeld. Er schien aus dem Nichts gekommen zu sein. Genauso wie auf dem Jahrmarkt, als er ihr von Severins Tod berichtet hatte. Was hatte er ihr heute zu sagen? Welche Schrecklichkeiten lagen ihm auf der Zunge, dass er wieder so unvermittelt an sie herantrat? War er vielleicht doch Luzifer, der kam, um sie, die sich Imhoff hingegeben hatte, in die Hölle zu holen? War er gar kein Exorzist, sondern der Teufel selbst? Sie erschauerte.

Ohne sich an ihr Gespräch mit Wolfgang Delius und Bernhard Ditmold zu erinnern und daran, dass sie Pater Ehlert nach seinem Aufenthalt in der Posthalterei Auerbach fragen wollte, raffte sie ihre Röcke. Sie wollte fort, weg von ihrem Vater, der sich nicht für ihre Seelenpein interessierte, Imhoffs Dunstkreis entfliehen, der sie schmerzlich an seinen Charme und seine Leidenschaft wie an ihre gefährlichen Sehnsüchte erinnerte, und ganz gewiss suchte sie nicht die Nähe des Jesuitenpaters, der immer dann in ihr Leben trat, wenn Verzweiflung und Tod nahe waren. Ohne ein weiteres Wort zu verlieren, rannte sie davon – zurück zum Haupteingang der Siedlung und in Sicherheit.

23

Christiane fühlte sich schlecht, als sie einsam neben Severins aufgebahrten Sarg stand und die Beileidsbekundungen ihrer Nachbarn und Bekannten entgegennahm. Ihre Beklemmung rührte weder von ihren Begegnungen am Vortag in der Fuggerei oder der Unterredung davor her noch von der Zeremonie der Leichenfeier in ihrer Stube – es war vielmehr Titus Meitingers Abwesenheit, die ihr Unbehagen bereitete. Der alte Mann gehörte an ihre Seite, beim Abschiednehmen in Severins Haus ebenso wie bei der sich anschließenden Totenmesse und dem nachfolgenden Leichenschmaus. Sie hatte ihren Gatten verloren, er aber seinen Sohn – und wenn sie die Trauer in Zuneigung maß, war Titus ihr sicher weit überlegen.

Es war ihr jedoch nicht möglich, länger mit der Bestattungszeremonie zu warten: Severins Leichnam musste in geweihte Erde gelegt werden, die Leute redeten schon, und die Kosten für den Eiskeller überstiegen jede vernünftige Investition. Da Christiane nicht wusste, wohin Titus gegangen war, konnte sie nicht einmal einen Eilboten aussenden, um ihn zu informieren. Also hatte sie den Toten endlich in seiner Stube aufbahren lassen, wie es sich gehörte – allerdings mit einer Einschränkung: Sie hatte darauf bestanden, dass der Sarg vor Eintreffen der Besucher geschlossen wurde.

»Was sind das für Sitten, Tochter?«, beschwerte sich Hans Walser prompt. »Es ist Tradition, dass der Leib des Verstorbenen sichtbar ist, während von ihm Abschied genommen wird.«

Christiane schluckte die Bemerkung, die ihr auf den Lippen lag, grollend hinunter. »Das Schicksal hat es mit dem Kopf meines lieben Mannes nicht eben gut gemeint.« In Gedanken fügte sie hinzu, dass sie den Leichengeruch wahrscheinlich auf Monate nicht aus den Vorhängen waschen und von den Wänden schrubben konnte, wenn der Sarg offengeblieben wäre; zwischen Severins Tod und seiner Beerdigung lag einfach zu viel Zeit.

Der Stadtbrunnenmeister knurrte einen unverständlichen Protest. Er warf einen Zustimmung heischenden, flüchtigen Blick über die Schulter, aber Christianes Mutter hielt sich wie immer still im Hintergrund und mischte sich in den Disput nicht ein.

»Es ist besser«, fügte die Tochter schneidend hinzu, »mein lieber Mann wird allen, die um ihn weinen, so in Erinnerung bleiben, wie er vor dem Unglück aussah. Das solltest du eigentlich am besten wissen, Vater.«

»Obwohl wir die sterblichen Überreste unseres Bruders Severin Meitinger nicht sehen können, dürfen wir hoffen, dass er im Jenseits mit Leben erfüllt sein wird«, erklang die freundliche Stimme eines Priesters hinter Hans Walser.

Christiane fühlte sich von Pater Ehlert verfolgt. Schon wieder stand er ohne Vorwarnung vor ihr. Was tat er in ihrer Stube? Ihr kam es vor, als würde ihr Heim von dem Teufelsaustreiber entweiht. Sie hatte ihn nicht eingeladen. Aber sicher hatte der Jesuit von der Beerdigung erfahren und wollte seinen Anteil daran haben – er schien ja ohnehin überall gegenwärtig zu sein.

Sie rettete sich in alberne Gastfreundschaftsfloskeln und winkte das Dienstmädchen herbei, das sie eigens für diesen Tag eingestellt hatte, um den Trauergästen Kelche gefüllt mit Apfelmost oder Wein servieren zu lassen. Zwar hatte sich Martha angeboten, die Bewirtung zu übernehmen, doch Christiane hielt die zusätzliche Ausgabe für sinnvoll: Meitinger hätte sich ein prunkvolles Begräbnis gewünscht – er sollte es haben. Auch wenn das hieß, den verhassten Priester zu bewirten. »Möchtet Ihr eine Erfrischung, Pater?«

»Gerne. Vielen Dank. Ich nehme von dem Wein. In Meitingers Keller lagern eine Menge Schätze, nicht wahr?«

Christianes kleines, höfliches Lächeln gefror. Entsetzen trat an die Stelle ihrer vorgeschobenen Freundlichkeit. Was wusste Pater Ehlert über die Werte in Meitingers Keller? Der Mann schien überall Augen und Ohren zu haben. Ahnte er etwas von den Fälschungen? Nein, unmöglich!, dachte Christiane einige aufgeregte Herzschläge später und atmete tief durch. Der Priester meinte sicher den tatsächlichen Inhalt der

Fässer und nicht die Geheimnisse darin. »Mein verstorbener Gatte war ein Liebhaber guter Weine.«

»In der Tat. Das schmeckt man beim ersten Nippen von diesem köstlichen Tropfen.«

Der Gang des Gesprächs missfiel ihr. Sie fühlte sich nicht wohl bei dem Thema, und der aufmerksame Blick des Geistlichen trug nicht dazu bei, ihre Nerven zu beruhigen. Er sah sie an, als suche er im tiefsten Winkel ihrer Seele nach etwas ... wonach?

Ein Geistlicher suchte in der Regel nach der Wahrheit. In diesem Fall war jedoch nicht klar, welche Lügen – oder Fälschungen – er bereits entlarvt hatte. Es war sicher nicht das beste Gespräch, das sie an Meitingers Sarg führen konnte, doch erschien der Ort Christiane plötzlich ebenso gut wie jeder andere auch, um Pater Ehlert nach seinem Aufenthalt in der Posthalterei zu fragen. Sie warf einen raschen Blick auf ihren Vater, der sich seinerseits mit einem Glas zu Severins Meistersinger-Freunden gestellt hatte. Dann neigte sie sich zum Ohr des Jesuiten:

»Ich hörte, Ihr habt meinem armen Mann die letzte Ölung verabreicht«, behauptete sie aufs Geratewohl, obwohl sie tatsächlich gar nicht wusste, wer Severin die Sterbesakramente gegeben hatte.

»Ihr seid gut informiert«, gab er trocken zurück. Weiter sagte er jedoch nichts.

Seine Schweigsamkeit verärgerte sie. »Findet Ihr es nicht ein wenig seltsam, dass Ihr immer gerade dann zur Stelle seid, wenn ein Mitglied meiner Familie zu Tode kommt?«

»Gottes Wege sind unergründlich.«

»Was hat Euch nach Auerbach geführt, Pater?«, platzte sie heraus, obwohl sie nicht so direkt fragen wollte, denn er würde ihr zweifellos keine Antwort darauf geben. Gäbe es eine einfache Erklärung für seine Anwesenheit an dem Ort, an dem Severin erschlagen wurde, hätte er sie ihr sicher schon längst gegeben. Doch Christiane irrte.

»Euer Gatte hat mich in die Posthalterei gerufen«, erwiderte Pater Ehlert unumwunden, nachdem er sich einen Schluck Wein gegönnt hatte. »Bedauerlicherweise kam er nicht mehr dazu, mir den Grund für seine Bitte zu nennen. Ich tappe ebenso im Dunkeln wie Ihr, Meitingerin.«

Sie sog scharf die Luft ein. Irgendetwas an seiner Bemerkung missfiel ihr, aber sie konnte nicht sagen, was genau es war. Ihre Augen wanderten ziellos umher, als könne sie auf ihren Möbeln einen erhellenden Anschlag finden. Über Pater Ehlerts Schulter spähend, entdeckte sie jedoch Georg Imhoff, dessen Erscheinen sie zwar erwartet hatte, der ihr jedoch insgesamt keine große Unterstützung war. Immerhin befreite er sie aber aus dem Gespräch mit dem Jesuiten.

»Meine liebe Meitingerin«, er trat mit ausgestreckten Armen auf sie zu, »Ihr seht mich untröstlich über den Verlust meines liebsten Freundes und des besten Druckerverlegers, der meine höchste Wertschätzung genoss ...« Er schniefte ein wenig, als müsse er aufsteigende Tränen unterdrücken.

Es war eine Szene, die einer Bühne würdig gewesen wäre. Imhoff war ganz in Schwarz gekleidet und so bleich wie der Tod selbst. Die umstehenden Trauergäste unterbrachen ihre Gespräche, um sich dem berühmten Mann zuzuwenden, der angesichts des Sarges kaum an sich halten konnte. Hätten seine Hände nicht Christianes Finger umklammert, er hätte sich sicher eine Träne aus dem Augenwinkel gewischt. Doch so hielt er sich an sie und schob ihre Begegnung damit in den Mittelpunkt des Geschehens. Jeder im Raum sollte offenbar sehen, wie sehr sich der Freund um die Witwe zu kümmern beabsichtigte – und dass er mit ihr gemeinsam um den Verstorbenen trauerte.

Doch Christiane hatte nicht die geringste Absicht, auf die Rolle des edlen Ritters hereinzufallen. Ein Mann, der sich dermaßen dreist die Frau eines anderen nahm, war ganz gewiss nicht ohne Tadel. Ihr Gemüt hatte sich zwar in der vergangenen Nacht etwas abgekühlt, und sie sah Imhoffs Part in ihrem Leben nüchterner, aber sie konnte ihm einfach nicht ohne Vorbehalte begegnen. Genau das musste sie jedoch, wie ihr bewusst geworden war, denn Severins Tod hatte ihr Verhältnis zu dem Dichter auf eine andere Basis gestellt: Er war ein erfolgreicher Autor – als Witib des Druckermeisters musste sie mit diesem Mann zusammenarbeiten; keinesfalls durfte sie sich erlauben, seine Werke an einen Konkurrenten zu verlieren.

Sie entzog ihm ihre Hände, um gleich darauf mit den schwarzen Bändern zu spielen, die vom Mieder ihres neuen, pünktlich zur Beerdigung fertiggestellten Trauerkleides herabhingen. »Ich danke Euch, dass Ihr gekommen seid«, sagte sie förmlich. »Es ist sehr freundlich, dass Ihr von meinem armen Gemahl Abschied nehmt. Er wäre gewiss glücklich, würde er von Eurer Anwesenheit wissen.«

»Seid Ihr es auch?«

Christiane wurde blass und puterrot zugleich. Was wollte er? Sie vor den anderen Bekannten des Toten bloßstellen? Oder versuchte er bereits, ein Recht auf sie einzufordern? Vielleicht war sie als verheiratete Frau für einen leichtsinnigen Galan begehrenswert gewesen, als Witib des wohlhabenden Druckermeisters Meitinger stellte sie jedoch eine ausgesprochen gute Partie dar. Severin hatte Imhoff viel Geld für seine Werke bezahlt, das erkannte man allein am Lebenswandel des Dichters – als ihr Ehemann würde er jedoch noch mehr an den Veröffentlichungen verdienen als ein großzügiges Autorenhonorar. Sie kannte die Summen nicht, aber ihr war klar, dass die Münzen in ihrer künftigen Beziehung von Bedeutung sein würden.

»Natürlich ist es eine große Ehre für mich, dass Ihr meine Trauer teilt«, erwiderte sie.

Er nahm sie beim Arm und zog sie ein paar Schritte weiter, als wolle er die Zuhörer wieder ausschließen.

Christiane zögerte, entschied sich dann aber für die Kapitulation. Gleichgültig, welchen Eindruck ihr heimlicher Dialog machte, sie würde nichts tun, was nicht von Dutzenden Augenpaaren beobachtet werden durfte. Stumm ließ sie sich also von Imhoff in den kleinen Erker schieben, wo er sich nah an sie drängte und ihr mit gesenkter Stimme verschwörerisch zumurmelte: »Auf ein Wort, meine Teure …«

Der Platz, auf dem sie standen, war eng. Sie spürte seinen heißen Atem auf ihrer Wange, und dies löste die widersprüchlichsten Emotionen in ihrem Körper aus. Nach ihrer Begegnung in Rehms alter Wohnung hatte sie eigentlich gehofft, davor gefeit zu sein, doch allein der Blick auf seine Hände brachte die Erinnerung zurück.

»Vielleicht ist dies der falsche Zeitpunkt«, flüsterte er rau, »aber wir sollten keine Zeit verschwenden, die Zukunft zu planen …«

Seine Sätze klangen nach einem Heiratsantrag. Wenigstens bot er sich nicht als heimlicher Liebhaber an. Zwar hätte sie sich dafür einen romantischeren Ort gewünscht als die Stube, in der ihr verstorbener Gatte aufgebahrt war, doch war es nicht wundervoll, dass Imhoff keine Zeit verlieren wollte? Einerlei, was zwischen ihnen gewesen war, er wollte ihre Freundschaft legalisieren, und allein das zählte. Christiane wurde schwindlig vor Aufregung – doch seltsamerweise jubilierte ihr Herz nicht. Es überwog das Gefühl von Betroffenheit.

»Georg, ich …«, hob sie an.

Er unterbrach sie hastig: »Wir sollten über die Werke sprechen, die künftig in Eurer Druckerei hergestellt werden. Habt

Ihr schon alle Manuskripte sichten können, die mein Freund Severin aufbewahrt hatte?«

»Was?« Sie konnte nicht glauben, was sie eben gehört hatte. Am liebsten wäre sie im Boden versunken. Wie peinlich anzunehmen, er habe um ihre Hand anhalten wollen. Er war nur ein unmoralischer Verführer, der verheirateten Frauen nachstellte. Kein Ritter in goldener Rüstung, der keine Zeit verlieren wollte, sich der Dame seines Herzens zu offenbaren. Georg Imhoff war ein Mann, der nur auf den eigenen Vorteil aus war. Sie spürte, wie etwas in ihr zerbrach.

»In Severins Schreibstube oder in der Druckerei müssen zahlreiche Schriftstücke liegen, die darauf warten, gedruckt zu werden«, erklärte er geduldig, offenbar nicht bemerkend, wie tief beleidigt sich Christiane fühlte. »Ich bin gerne bereit, Euch bei der Durchsicht behilflich zu sein ...«

Energisch schüttelte sie seine Hand ab, die noch immer auf ihrem Arm ruhte. »Ihr hattet recht: Dies ist nicht der geeignete Zeitpunkt, um über das Geschäft zu reden«, schleuderte sie ihm entgegen und hatte dabei Mühe, ihren Ton nicht vor verletztem Stolz zittern zu lassen. »Besucht mich ein anderes Mal, damit wir uns ungestört unterhalten können.« Verärgert biss sie sich auf die Zunge. Ihre Worte klangen höchst zweideutig.

Tatsächlich zog ein unverschämtes Grinsen über sein zuvor ernstes Gesicht. Er verneigte sich leicht. »Ich stehe wie immer jederzeit zu Euren Diensten, Meitingerin. Als Schriftsteller wie auch als Verehrer Eurer Schönheit.«

Tiefe Röte überzog ihr Gesicht. Sie fühlte die Hitze in sich aufsteigen und ballte die Fäuste.

»Frau Meitinger ...«

Die inzwischen vertraute, tiefe Stimme versetzte ihr einen weiteren Schock. Es war lächerlich, natürlich, aber sie fühlte sich von Wolfgang Delius ertappt. Wie viel von ihrem Gespräch hatte er belauscht? Wie kam er überhaupt dazu, sich anzuschleichen? Sie schickte Blitze aus ihren Augen und hoffte, ihn mit ihrem bösen Blick zu treffen.

Wolfgang Delius ließ sich nicht anmerken, was ihm durch den Kopf ging. In seinem Mienenspiel war nichts als dem Anlass angemessene Ernsthaftigkeit zu erkennen. »Ich möchte Euch nochmals mein Beileid aussprechen«, verkündete er formvollendet.

»Es ist sehr freundlich von Euch, dass Ihr Abschied von meinem Gatten nehmen möchtet«, erwiderte sie monoton und wunderte sich selbst über die Falschheit in ihrer Stimme.

»Wo Ihr ihn doch gar nicht persönlich gekannt habt«, fügte Imhoff leise hinzu.

Delius' Brauen hoben sich. »Im Tod schließt man die nachhaltigsten Bekanntschaften«, behauptete er. »Außerdem bin ich hier, um Euch meiner Unterstützung zu versichern, Frau Meitinger.«

Mit flackernden Augen blickte Christiane zwischen den beiden Männern hin und her und suchte verzweifelt nach einer geeigneten Antwort, doch sie war so durcheinander, dass ihr nichts Passendes einfallen wollte.

Marthas Erscheinen unterbrach das peinliche Schweigen. Sie trat zu der kleinen Gruppe hin, nickte den Gästen zu und fragte höflich: »Haben sich die Herren bereits bekannt gemacht?«

»Dafür habt Ihr mit Eurem Brieflein gesorgt, liebe Martha«, sagte Sebastian Rehms Freund.

»Herr Imhoff war so freundlich, mich zu empfangen und mir das Werk Eures verstorbenen Gatten zu zeigen«, erwiderte Delius, und wieder einmal fiel Christiane auf, wie sanft sein Ton wurde, wenn er mit ihrer Cousine sprach: »Leider ist ja nicht sehr viel übrig.«

»Nicht?« Martha versuchte vergeblich, ihre Irritation zu verbergen.

»Liebelein …«, Imhoff griff begütigend nach ihrer Hand, »es schien viel Material in den Kisten zu sein, aber die Durchsicht hat ergeben, dass wenig von dem zu verwerten ist, was Sebastian aufgehoben hat, Gott hab ihn selig. Ich habe mir daher erlaubt, den wertlosen Teil der Manuskripte zu verbrennen. Damit wollte ich Euch nicht behelligen.«

Martha biss sich erbleichend auf die Unterlippe.

»Wie schade«, entfuhr es Christiane, ohne dass ihr wirklich bewusst war, was sie sagte. Sie wünschte sich, endlich einen klaren Kopf zu bekommen und nachzudenken. Irgendetwas an diesem Dialog stimmte nicht. Sie fühlte die Anspannung fast körperlich – ebenso die Lüge. Hatte Imhoff Kenntnis von Sebastians Fälschungen und diese Schriften vernichtet? War es ein Freundschaftsdienst, der ihn dazu gebracht hatte, das Andenken des Toten zu bewahren, indem er dessen letztes Werk ins Feuer warf? Hatte er sie nach Meitingers Druckerzeugnissen gefragt, weil er ahnte, dass es Kopien und weitere Pamphlete gab?

Christiane war so in ihre Grübeleien vertieft, dass sie den Mann nicht bemerkte, der die Stube betrat. Sie hörte das Hämmern seines Stocks auch nicht gleich. Erst als die Geräusche um sie her – die längst wiederaufgenommenen, leisen Gespräche, das Klirren der Gläser und das Scharren Dutzender Füße, die sich in einer Prozession an Meitingers Sarg entlang bewegten –, erst als diese Geräusche plötzlich abebbten und schließlich verstummten, sah sie zur Tür. Die Besucher hatten eine Gasse gebildet, so dass der Neuankömmling sowohl einen freien Blick auf die Totenlade wie auf die Witwe hatte.

»Was ist hier los?«, brüllte Titus Meitinger.

Niemand antwortete ihm – und er brauchte auch keine

Erklärung, die Szene war allzu klar. Er hob seinen Stock und richtete ihn mit der Spitze auf Christiane, als halte er einen Degen in der Hand. Seine Gestalt wirkte ebenso zerbrechlich wie entschlossen, seine Geste verzweifelt und bedrohlich.

»Du hast ihn umgebracht!«, schrie er. »Du Schlampe hast ihn ruiniert und umgebracht!«

Eine schallende Ohrfeige hätte nicht mehr schmerzen können. Die bitteren Worte hallten in Christianes Ohren wie das Echo eines Peitschenhiebs. Die Augen aller Anwesenden richteten sich auf sie. Sie achtete jedoch kaum darauf, war viel zu beschäftigt, ihren Körper unter Kontrolle zu halten und nicht zusammenzubrechen.

Auf der Suche nach Halt griff sie hinter sich. Eine Faust schloss sich um ihre kalten Finger. Die Wärme der anderen Hand schenkte ihr Kraft.

Dankbar wandte sie den Kopf. Sie dachte, es sei Martha, die sie auf diese Weise ihrer Unterstützung versicherte. Aber es war nicht ihre Cousine, die sie festhielt. Entsetzt stellte Christiane fest, dass sie die Hand eines fremden Mannes umfasste.

Sie starrte Delius an und wusste nicht, was sie mehr schockierte – seine körperliche Nähe oder das, was Titus ihr vorwarf.

24

Fassungslosigkeit brachte die Gesellschaft zum Schweigen. Es wurde jetzt wirklich totenstill. Doch Titus Meitinger begnügte sich nicht mit diesem Ende seines dramatischen Auftritts. Tränen strömten plötzlich über die Wangen des alten Mannes, er schien die Kontrolle über seine Gliedmaßen zu verlieren und sackte wie eine Marionette, deren Schnüre durchgeschnitten worden waren, in sich zusammen. Der

Stock fiel mit einem unangenehm lauten Geräusch zu Boden.

Dann ging alles so schnell, dass Christiane erst später die einzelnen Bewegungen in ihrer Erinnerung zu sortieren vermochte. Conrad von Hallensleben war Titus offenbar zufällig auf dem Fuß gefolgt und stand daher direkt hinter ihm, als dieser zusammenbrach. Es gelang ihm, die Arme im richtigen Moment auszustrecken und den Alten unter den Achseln zu fassen, bevor dieser vollständig umkippen und möglicherweise sogar mit dem Kopf auf dem Sarg aufschlagen konnte.

Mit von Hallenslebens Tatkraft kam wieder Leben in die Gesellschaft. Hilfreiche Hände betteten den Greis auf eine Liege, Christianes Mutter zerrte ein Riechfläschchen aus ihrem Beutel, Martha eilte hilfsbereit an die Seite ihrer Tante, und Imhoff schickte sich ebenfalls an, die allgemeine Aufmerksamkeit vom Geschehen auf sich zu ziehen. Niemand kümmerte sich anfangs um Christiane, die verschämt ihre Finger aus Wolfgang Delius' Hand zog.

Regungslos blieb sie im Erker, wie eine Zuschauerin am Rande des Geschehens. Und doch wurde sie langsam wieder zur Hauptperson. Verschämte Blicke trafen Christiane, und die Augen wandten sich rasch ab, wenn sie in die entsprechende Richtung sah. Niemand schien zu wagen, sie direkt anzuschauen. Gesenkte Stimmen erhoben sich, Fragen machten die Runde, leise Diskussionen zeugten von dem Aufruhr, den Titus' Beschuldigung ausgelöst hatte. Seltsamerweise schien für jedermann festzustehen, dass der alte Mann die Wahrheit gesprochen hatte: Eine schöne, junge Witwe als Angeklagte zu sehen, entsprach wohl den geheimen Wünschen und Phantasien so manchen Mannes. Christiane fielen die lüsternen Zeugen der Teufelsaustreibung ein – und Panik überkam sie angesichts dessen, was ihr Schwiegervater angerichtet haben mochte.

Wie kam Titus nur zu diesem unglaublichen Vorwurf? *Ruiniert und umgebracht.* Sie hatte weder das eine noch das andere getan. Und was hatte Titus eigentlich mit *ruiniert* gemeint? Severin war wohlhabend gewesen, sogar reich, immerhin war er mit einhundert Gulden in der Börse durch die Lande gezogen. Wahrscheinlich hatte sich der alte Mann in der Wahl seiner Worte getäuscht. Er hatte sicher nicht von finanziellem Ruin gesprochen, sondern vom Bankrott des Lebens.

Denk nach!, forderte eine Stimme in ihrem Kopf, doch Christiane hatte das Gefühl, statt eines Hirns nur eine leere Masse in ihrem Kopf zu fühlen.

»Geht es Euch gut?«

»Was?« Ihre Blicke flogen zu Wolfgang Delius, der mit sorgenvoller Miene an ihrer Seite ausharrte. Für einen Moment hatte sie seine Anwesenheit vergessen – umso erstaunter war sie, ihn neben sich zu finden.

»Das war ein ziemlich dramatischer Auftritt«, stellte er leise fest.

»In der Tat«, stimme sie verdrossen zu. »Meint Ihr, dass mir seine Anklage Ärger bereiten wird?«

»Mein Freund Ditmold und ich sind überzeugt davon, dass Ihr nicht für den Tod Eures Gatten verantwortlich seid.«

»Hm«, machte sie und senkte die Lider zu ihren Händen, die wieder nervös mit den Bändern an ihrem wunderschönen schwarzen Kleid spielten. Ach, Severin, dachte sie mit einem Mal, überwältigt von Trauer. Der Glanz, den sie sich für seine Beerdigung gewünscht hatte, war dahin. Nicht der Tote war mehr die Hauptperson der Zeremonie des Abschiednehmens, sondern dessen Vater. Das hatte Severin Meitinger nicht verdient. Und sie auch nicht. Immerhin hatte sie sich stets Mühe gegeben, eine gute Ehefrau zu sein und eine rechtschaffene Schwiegertochter. Titus war ständig über sie hergezogen, aber genau genommen hatte sie ihm niemals Anlass dafür gegeben.

Nüchtern betrachtet gab es nur einen Weg, die katastrophalen Beschuldigungen zu entkräften: Sie musste so schnell wie möglich den wahren Mörder finden! Doch wo suchte man nach einem skrupellosen Täter? Wie sollte sie es anstellen, ganz alleine auf sich gestellt, jemanden ausfindig zu machen, der einen anderen Mann erschlug, um die eigenen Interessen zu wahren? Plötzlich erschienen ihr alle Pläne, die sie inzwischen mutig gefasst hatte, in einem anderen Licht: Es war nicht so einfach, eine Sache aufzuklären, wenn das eigene Leben davon abhing.

»Ich würde gerne …«, hob Delius an, doch Christiane erfuhr nie, was er wollte, denn er unterbrach sich, als er Pater Ehlert herannahen sah. »Ihr erscheint zur rechten Zeit«, begrüßte er den Priester. »Frau Meitinger scheint mir geistlichen Beistand gut gebrauchen zu können.«

»Immerhin habt Ihr bereits für weltliche Unterstützung gesorgt«, erwiderte der Jesuit, dessen scharfe Augen ebenso flüchtig wie wissend an Christianes Gestalt hinabwanderten.

Zumindest er hatte beobachtet, dass sie die Hand von Wolfgang Delius ergriffen hatte. Das machte er überaus deutlich. Wer noch mochte dieses kurze Zeichen von Vertrautheit bemerkt haben? Eine Nähe, die ihr wohlgetan hatte, ihr aber ebenso fremd war wie der Mann, der sie ihr geschenkt hatte. Was für ein Skandal, wenn aus dieser Situation die falschen Schlüsse gezogen würden! Christiane hatte das Gefühl, der Himmel stürze über ihr ein. Nur mühsam konnte sie Haltung bewahren. Sie spürte die Tränen aufsteigen und schluckte sie tapfer hinunter.

Sie räusperte sich, um dann entschlossen und mit erhobener Stimme zu verkünden: »Denkt denn niemand mehr daran, warum wir eigentlich hier sind? Dies ist die Totenwache meines Gemahls und kein schmieriges Theaterspiel mit falscher Rollenverteilung.«

Ihre Worte waren nicht nur für Delius und Pater Ehlert bestimmt gewesen, und sie hatte laut genug gesprochen, um ein größeres Publikum zu erreichen. Die Trauergäste, die dem Erker am nächsten standen, erstarrten, zeigten Erstaunen, Verständnis und wirkten sogar ein wenig beschämt. Eine Veränderung ging durch die Runde, die vielleicht so etwas wie Anerkennung für Meitingers Witib beinhaltete. Wer immer sie für schuldig halten mochte und die eigene Phantasie damit beflügelte, angesichts der Umstände würden die meisten Leute mit einem Urteil bis nach der Beerdigung warten. Alles andere wäre Störung des Totenfriedens – und damit wollte sich niemand belasten.

Christiane dankte stumm dem Herrn, der ihr die richtigen Sätze zur rechten Zeit zugeflüstert hatte.

»Eigentlich bin ich nicht wegen der Meitingerin gekommen«, hörte sie Pater Ehlert neben sich sagen, »sondern Euretwegen. Ich bitte Euch um ein Gespräch, Herr Delius.«

»Gerne. Aber lasst uns erst die Beisetzungsfeierlichkeiten hinter uns bringen. Morgen wäre gut. Wollt Ihr mich morgen aufsuchen?«

Ein Geistlicher mit Ambitionen, dachte Christiane verächtlich. Waren Jesuiten nicht als die Wissenschaftler Gottes bekannt, die ehrgeizig für die schriftliche Verbreitung ihrer Glaubensauffassung sorgten? Was konnte Pater Ehlert unter diesen Umständen stärker entgegenkommen als die Bekanntschaft mit einem Verleger? War der Wunsch nach einer Veröffentlichung der Grund gewesen, sich mit Severin in Auerbach zu verabreden? Warum in der Posthalterei und nicht in der Werkstatt?

Weil es ketzerische Schriften waren, für deren Verbreitung

der Priester sorgen wollte! Für ein solches Vorhaben war ein heimliches Treffen allemal besser.

Christiane beobachtete aus den Augenwinkeln, wie sich die Meistersinger-Freunde ihres Gatten anschickten, den Sarg anzuheben. Und sie sah ihren Vater auf sich zukommen. Wollte er sie tadeln oder ihr seinen Arm bieten, um sie in die Kirche zu begleiten? Einerlei, sie musste etwas erledigen, bevor er sich einmischen würde.

Rasch wandte sie sich an den Jesuiten: »Ich kann im Moment nicht genau sagen, ob ich Eures geistlichen Beistands bedarf, Pater, aber ich würde unsere Unterhaltung von vorhin gerne fortsetzen. Mir scheint, Ihr habt mir einiges über meinen armen Mann zu berichten.«

Seine Augenbrauen hoben sich erstaunt. »Ich wüsste nicht, was dies sein sollte, Meitingerin, aber selbstverständlich stehe ich Euch jederzeit zur Verfügung.«

»Dann soll es so sein«, erwiderte sie und trat Hans Walser entgegen, der ihren Arm nahm und ihr leise zuraunte: »Das hast du besser gemacht, als ich zu hoffen gewagt hatte, Tochter.«

Wenn Christiane später an diesen Tag zurückdachte, erschien ihr die Erinnerung wie im Nebel verschwommen und unwirklich. Sie sah sich selbst wie in einem Traum, fühlte sich seltsam seelenlos, eine Frau in der Hülle ihres Körpers, die agierte, aber nicht mit dem Herzen bei der Sache war und längst die Kontrolle über ihren Verstand verloren hatte. Als Kind war sie einmal an einem Fieber erkrankt, und sie entsann sich während der Totenmesse und der Bestattungszeremonie an ihre längst vergessenen Empfindungen von damals. Es kam ihr vor, als sei sie nicht anwesend, als wäre sie nicht von dieser Welt.

Als Sebastian Rehm beerdigt worden war, hatte Martha den Altarschmuck für die Trauerfeier sparen können, da die

Kirche mit schwarzen Bändern, Blumen und Kerzen wegen des Todes von Papst Julius III. geschmückt gewesen war. Seltsamerweise befand sich Christiane zwei Monate später in derselben Situation wie ihre Cousine: Die katholischen Gemeinden Augsburgs gedachten mit dem üblichen Prunk eines verstorbenen Pontifex. Drei Wochen nach seiner Krönung war Marcellus II. plötzlich verstorben, und die Kardinäle, die sich von Rom wieder auf den Weg zum Reichstag gemacht hatten, mussten für ein erneutes Konklave umkehren. Und während hinter verschlossenen Türen darüber verhandelt wurde, ob es überhaupt noch Sinn habe, den Reichstag fortzusetzen, fand die Totenmesse für Druckermeister Meitinger statt.

Christiane hörte jedoch nicht auf die Predigt. Sie nahm die Rede des Zunftmeisters nicht auf, der volltönende Abschied von Severins Meistersinger-Freunden ließ sie kalt. Schließlich stand sie mit den Trauergästen auf dem Friedhof, und Erde und Weihwasser wurden auf den in das Grab versenkten Sarg verteilt, aber sie war mit ihren Gedanken noch immer nicht bei der Beerdigung ihres Gatten. Mit verschlossener Miene stand sie neben Titus und nahm die Beileidsbezeigungen an. Dann zerstreute sich die Menge, die Prozession ging zum Leichenschmaus – und Titus führte diese, nunmehr bei bester Gesundheit und gestützt von Martha, an. Christiane indes blieb mit gesenktem Kopf allein neben der letzten Ruhestätte ihres Gatten zurück. Endlich ließ sie das Zittern zu, das durch ihre Glieder lief.

Stumme Tränen rannen über ihre Wangen. Erschöpfung und Hoffnungslosigkeit übermannten sie. Unfähig, sich zu rühren, weinte sie in sich hinein. Betrauerte den Verstorbenen und am meisten wohl sich selbst. Sie wünschte, es hätte jemanden gegeben, dem sie sich in die Arme hätte werfen können.

Da bemerkte sie das Spitzentüchlein, das ihr kommentarlos unter die Nase gehalten wurde. Sie hatte die Schritte des Mannes nicht gehört, der neben sie an die Grabstätte getreten war. Erst jetzt fiel ihr der süße Duft der Blumen auf und der scharfe, modrige Geruch frisch aufgeschaufelter Erde, der sich mit Delius' Aroma mischte, das zart nach würzigen Hölzern und Zitrone roch. Diese eigentümliche Mischung brachte wieder Leben in Christiane und ließ ihre Tränen versiegen.

»Wie kommt es, dass Ihr so erstaunlich oft zur Stelle seid, um mir Trost zu spenden?«, fragte sie mit einem kleinen, dankbaren Lächeln und nahm ihm das Taschentuch aus der Hand, um sich die Augen damit zu trocknen.

»Ich helfe gerne«, antwortete er freundlich. »Außerdem wartete ich auf eine Gelegenheit, Euch alleine anzutreffen.«

»Ich bin nicht alleine. Ich stehe am Grab meines Mannes.«

»Es gibt keinen besseren Ort, um Euch zu fragen, was Ihr verschweigt.«

Erschrocken fuhr sie zusammen. Die Deutlichkeit seiner Frage traf Christiane ins Mark. Für einen Moment hatte sie sich in Sicherheit gewiegt, seine Nähe war ihr angenehm gewesen, und sie hatte sich in dem flüchtigen Gefühl verloren, das Böse vergessen zu können. Mit einem Mal fühlte sie sich jedoch, als sei ihre Seele entblößt. Wieso ahnte er, dass sie ein Geheimnis barg? Ja, er hatte recht: An Severins Grab wäre sie nicht so leicht zu einer Lüge bereit – es sei denn, sie würde ihren toten Gatten damit schützen und die Erinnerung an den besten Freund, den sie je besessen hatte, dazu.

Sie rettete sich in vorgetäuschte Hilflosigkeit. »Ich verstehe nicht, was Ihr meint.«

Er wurde ungeduldig: »Sagt mir die Wahrheit. Vertraut mir, Meitingerin ... Christiane ... Es geht um Leben und Tod, nicht um die Rolle der naiven Witwe.«

Seine Worte waren wie eine Schlinge, die sich um ihren Hals zog. Was wusste er? Christiane war versucht, sich ihm anzuvertrauen, doch schließlich überwog ihre Vorsicht. Um Sebastian Rehms Andenken willen würde sie vorläufig nichts über die Fälschungen verlauten lassen. Sie musste herausfinden, was es damit auf sich hatte, bevor sie Marthas Mann posthum an den Pranger stellte. Ein Zittern durchlief ihre Glieder, als wollte ihr Körper ihr auf diese Weise mitteilen, dass sie viel zu schwach war, um den Weg zu beschreiten, den sie sich zu gehen vorgenommen hatte.

»Ich glaube, Ihr phantasiert, Herr Delius«, versetzte sie kühl und hielt ihm das Taschentuch hin. »Nehmt dies mit Dank zurück. Ich will derweil vergessen, dass Ihr mir zu nahe getreten seid.«

Statt nach dem Tüchlein zu greifen, umklammerte er ihr Handgelenk. »Ihr lauft in Euer Verderben, wenn Ihr Euch mir nicht anvertraut.«

Ein bitteres Lachen entrang sich ihrer Kehle. »Was macht das schon, nach allem, was geschehen ist?«

»Genau das möchte ich wissen: Was ist passiert?«

»Was?«

»Ja, was treibt Euch um? Was belastet Euch mehr als der Tod Eures Gatten?«

Konnte er in ihren Gedanken lesen wie in einem Buch? Die Frage drängte sich ihr auf, ob sie sich strafbar machte, wenn sie das Wissen um die Fälschungen für sich behielt? Sie wusste es nicht, und das machte ihre Situation nicht besser. Christiane versuchte seine Hand abzuschütteln, doch er hielt ihren Arm mit eiserner Härte umschlossen. So fühlte man sich wohl in Stahlfesseln, wenn man zur Folter geführt wurde. Ein Schauer rieselte über Christianes Rücken, sie fing an zu schwitzen.

»Ihr geht zu weit«, fuhr sie ihn an, zog und zerrte, um ihn

abzuschütteln, was ihr jedoch nicht gelang. »Ich schreie um Hilfe, wenn Ihr mich nicht auf der Stelle loslasst.«

»Wie nanntet Ihr das Schauspiel des alten Meitinger? Ein schmieriges Theaterstück, nicht wahr? Was Ihr veranstaltet, ist nicht besser.«

Plötzlich sank seine Hand herab, und sie hatte Mühe, das Gleichgewicht nicht zu verlieren.

»Ich will Euch helfen«, insistierte er. »Begreift Ihr das nicht? Oder fürchtet Ihr noch immer, wir würden den Worten des alten Meitinger Glauben schenken?«

Daran hatte sie nicht gedacht, sie nickte trotzdem.

»Würden mein Freund und ich Euch für schuldig halten, würdet Ihr nicht mehr wie ein wild gewordenes Huhn herumflattern können. Dann hätte Ditmold Euch einkerkern lassen, bevor Ihr auch nur einen Fuß zur Beerdigung aus dem Haus gesetzt hättet.«

»Woher soll ich die Gewissheit nehmen, dass Ihr die Wahrheit sprecht? Ihr könnt mir alles sagen und etwas anderes meinen. Vielleicht erwartet Ihr ja ein Geständnis, indem Ihr Euch in mein Vertrauen schleicht.«

Zu ihrer größten Überraschung erhellte sich seine angespannte Miene. »So ist es gut«, er schenkte ihr ein offenes Lächeln. »Ihr zeigt endlich wieder, wie geschliffen Euer Geist ist. Venezianisches Glas kann sich vor Euch verstecken, Christiane Meitinger, … in jeder Hinsicht.«

»Das beantwortet meine Frage nicht«, zischte sie hinter zusammengebissenen Zähnen. Bloß dieses Lächeln nicht erwidern, fuhr es ihr durch den Kopf.

»Nein, natürlich nicht … Niemand will Euch zu einem Geständnis zwingen. Weder mein Freund noch ich sind von der Inquisition. Ihr müsst auch nichts widerrufen, was Ihr einmal …«

»*Revoco!*«, entfuhr es Christiane unvermittelt. Sie starrte

Delius an, als sei er ein Geist. »Es war Sebastians letztes Wort … und es stand irgendwo in diesem Manuskript … ich weiß nicht, wo … ich …«, sie unterbrach sich bestürzt, als ihr klar wurde, dass sie im Begriff stand, dem Fremden nun doch die Wahrheit zu offenbaren. Sie musste die Texte im Weinkeller unbedingt noch einmal sichten. Und dann sollte sie so rasch wie möglich herausfinden, welchen Inhalts die Fälschungen waren, die Conrad von Hallensleben besaß. Offenbar ahnten schon zu viele Männer von irgendwelchen Machenschaften im Hintergrund. Aufklärung war die einzige Rettung.

Doch dabei konnte Wolfgang Delius ihr nicht helfen. Vorläufig jedenfalls nicht. Hastig drückte sie ihm das Spitzentuch in die Hand, das sie noch immer festgehalten hatte. »Ich muss gehen …«

»Nein. Bitte nicht. Zuerst …«

»Man wird sich wundern, wenn ich zu spät zum Leichenschmaus komme. Der Schwäher könnte in der Zwischenzeit weitere Verleumdungen über mich verbreiten. Das kann ich nicht zulassen. Und überhaupt … Ihr seid übrigens eingeladen, Herr Delius, und Euer Freund auch …«

»Frau Meitinger … Christiane …«

»Lass sie!«, hörte sie Bernhard Ditmold hinter sich.

Der Assessor hatte sich irgendwo zwischen den Gräbern verborgen gehalten. Als Zeuge des angeblich vertrauensvollen Gesprächs zwischen ihr und Wolfgang Delius? Christiane dankte dem Himmel, dass sie dem Verleger aus Frankfurt nicht gesagt hatte, was sie belastete. Nicht auszudenken, wenn Ditmold sie belauscht und die Wahrheit gegen sie verwendet hätte. Und gegen Martha. Vom Andenken an Sebastian Rehm ganz zu schweigen.

25

»Es ist kein Geld mehr da«, verkündete Titus mit grimmiger Miene. »Nur Schulden.«

Martha presste die Hand auf den Mund und biss sich vor Schreck in den Daumenballen. Panik erfüllte sie und drohte sie zu überwältigen. Alles, wovon ihr Leben und das des kleinen Johannes abhing, war Severin Meitingers Vermögen. Sie starrte den alten Mann entsetzt an. Dann wanderten ihre Augen zu Christiane, die mit keiner Wimper zuckte, als sei diese Nachricht keine Überraschung für sie. Wahrscheinlich, dachte Martha, trägt sie einen Schild, welcher sie vor weiteren Tragödien schützen soll. Doch wie lange würde ihre Cousine noch Ruhe bewahren angesichts immer neuer Enthüllungen?

Die Witwe wandte ihren Kopf hoheitsvoll dem zweiten Mann an ihrem Tisch zu. »Meister Bäumler, seid Ihr bei der Durchsicht der Buchhaltung zu demselben Ergebnis gekommen?«

»Nein, Meitingerin, das bin ich nicht«, erwiderte der Drucker. Nervös ließ er seine Fingergelenke knacken. »Allerdings ist mir aufgefallen, dass regelmäßig hohe Beträge in den Bilanzen auftauchen, die sich aus den Saldenlisten nicht erschließen. Hättet Ihr mich nicht zu dieser Zusammenkunft gebeten, wäre ich gezwungen gewesen, Euch darauf anzusprechen und den Rat zu informieren.«

»Den Rat?«, wiederholte Christiane.

»Wenn Bücher gefälscht werden, muss der Rat informiert werden«, antwortete Titus anstelle des Zunftmeisters.

Martha zuckte zusammen. Sie senkte die Lider, um ihre Unsicherheit nicht zu verraten. Unter den Wimpern beobachtete sie ihre Cousine, die auch auf diesen Kommentar reglos blieb. Dabei jagte die Doppeldeutigkeit der Worte zumindest Martha einen gehörigen Schrecken ein. Wie schaffte es

Christiane nur, so ruhig zu sein? Sie ist eine gute Geschäftsfrau, fuhr es Martha schließlich anerkennend durch den Kopf. Sie wird uns retten! Und ihr Herz füllte sich mit Liebe, als sie an den kleinen Johannes dachte, den sie beim Eintreffen des Gastes mit der Kinderfrau in der Küche zurückgelassen hatte, wo er süßen Haferbrei in sich hineinstopfte. Ja, auf Christiane konnten sich ihr Kind und sie selbst verlassen. Ihre Cousine würde niemals zulassen, dass sie Unterkunft in einem Seelhaus suchen mussten.

»Natürlich«, Severin Meitingers Witib nickte ihrem Schwiegervater unterwürfig zu. »Es war dumm von mir, danach zu fragen. Verzeih.«

»Mein Sohn hat den Verstand verloren, nicht du«, grollte Titus. »Macht Schulden ohne Ende, um dir ein Leben in Saus und Braus zu bieten, hat bei den Geldverleihern in Ulm Haus und Werkstatt verpfändet. Dorthin bin ich gereist, als von Hallensleben …«, er brach kopfschüttelnd ab und schlug die von Altersflecken fast braunen Hände vor sein Gesicht, als könne er verhindern, auf diese Weise der Realität ins Auge zu blicken.

Bäumler schien für die junge Witwe Partei ergreifen zu wollen, denn er sagte begütigend zu Christiane: »Ihr braucht Euch keine Sorgen zu machen, für die Verbindlichkeiten sollt Ihr nicht aufkommen. Jedenfalls nicht mit Eurer Mitgift und auch nicht mit möglichen Morgengaben. Diese Dinge gehören Euch ganz allein.«

»Wie schön, dass wenigstens sie gut schlafen kann«, brummte Titus. »Was nun aus mir wird – darum schert sich niemand …« Kraftlos ließ er seine Hände auf den Tisch fallen, seine Augen hatten sich mit Tränen gefüllt.

»Ich weiß nicht, ob es dich beruhigt, Schwäher, aber ich werde dich nicht deinem Schicksal überlassen.« Christiane schluckte hörbar, und Martha ahnte, wie unangenehm ihr diese Worte waren. Dennoch fügte sie hinzu: »Dieses Versprechen bin ich meinem armen Mann schuldig.«

Titus hob drohend den Zeigefinger. »Das war die Strafe Gottes, weil dieser Narr eine neue Bibel drucken wollte …«, er stockte, da ihm die Blasphemie ketzerischer Schriften wohl die Sprache verschlug. Nach einer Pause setzte er hinzu: »Jedenfalls schien er den Geldverleiher mit unsinnigem Gerede überzeugen zu wollen, dass er vor einem großen Geschäft stünde. Der Bankier hat's mir selbst gesagt. Doch Karl, der Geselle unten, weiß von keinem Auftrag für ein solches Buch.«

In Marthas Hirn überschlugen sich die Gedanken. Am liebsten wäre sie aufgestanden und zu ihrem Kind in die Küche gegangen. Dort hätte sie sich geborgen und auf eigenartige Weise beschützt gefühlt; hier am Tisch in Christianes Stube kam sie sich sonderbar verletzlich vor. Titus mochte sich über die Worte seines Sohnes wundern, sie hingegen tat es nicht. Ebenso wie Christiane wusste sie um das Druckwerk, das Severin heimlich hergestellt hatte – mit Sebastians Hilfe, dachte sie verdrossen. Waren die Papiere so viel wert, dass Meitinger damit alle seine Schulden hätte begleichen können? Martha brauchte nicht in Christianes Miene nach einer Antwort zu suchen, sie wusste ja selbst, dass ein Pamphlet wie Christianes Fund von ungeheurer Bedeutung für den Reichstag war, gleichgültig, ob es sich um das Original oder eine Fälschung handelte. Es gab sicherlich Interessenten für ein solches Werk, auf der einen wie auf der anderen Seite.

»Mit Speck fängt man Mäuse«, hörte Martha die geduldige Stimme des Zunftmeisters durch das Netz ihrer Gedanken hallen. »Wahrscheinlich hat er sich um Geld und Leben geredet. Das eine ist ihm jedoch ebenso abhandengekommen wie das andere. Armer Teufel, Euer Sohn, Meitinger, Ihr solltet ihm nicht Übles nachreden.«

»Warum nennt Ihr Severin eigentlich den *Armen*?«, gab Titus zurück. »Der einzig wirklich Arme in dieser Tragödie bin ich – oder seht Ihr hier jemanden, der unter der Verschuldung dieses blinden Bocks mehr leidet als ich?« Demonstrativ blickte er sich in der Runde um, seine Augen blieben für einen deutlichen Moment voller Verachtung an Christiane hängen, dann sah er den Zunftmeister Zustimmung heischend an.

»Die finanzielle Lage ist also denkbar schlecht«, fasste dieser sachlich zusammen. »Witwen erhalten zwar keine Kredite, aber Ihr seid ein guter Bekannter Conrad von Hallenslebens, Meitinger. Kann der Bibliothekar nicht ein Wort für Euch bei Anton Fugger einlegen?«

»Es ist bereits alles an die Fugger-Bank in Ulm verpfändet. Kein Nagel in der Wand ist mehr zu beleihen.«

Stille setzte ein. Offenbar hatte Bäumler nun auch keinen Ratschlag mehr zur Hand. Titus wischte sich in einer müden Geste über die feuchten Augen. Unwillkürlich spürte Martha Mitleid für den alten Mann in sich aufsteigen. Sein Lebenswerk war zerstört. Irgendwann würden die Schuldeneintreiber kommen und ihn aus dem Haus weisen. Er wusste gewiss nicht, wie er nun sein Alter verbringen sollte.

Da hob ihre Cousine zuversichtlich an: »Es scheint mir noch nicht alles verloren. Da ist die Werkstatt, Bücher werden gekauft. Wenn es zur Michaelismesse in Frankfurt genügend Exemplare …«

»Woher willst du das Papier zum Druck nehmen?«, unterbrach Titus. »Wenn sich herumspricht, dass die Meitingers bankrott sind, wird dir niemand mehr den Beschreibstoff geben, den du brauchst.«

»Die meisten Papiermühlen befinden sich im Besitz von Druckermeistern«, pflichtete ihm Bäumler bei. »Die Konkurrenten werden froh sein, einen weniger in der Zunft zu wissen. Zudem habe ich der Buchhaltung entnommen, dass die Bezahlung hoher Papierrechnungen noch aussteht.«

»Ihr könnt gerne hier herumsitzen und klagen«, entgegnete Christiane, »ich hingegen beabsichtige, etwas zu tun, um unsere Situation zu verbessern.« Sie erhob sich unvermittelt und raffte ihre Röcke. Ohne die Anwesenden eines weiteren Blickes zu würdigen, stolzierte sie zur Tür.

»Wo willst du hin?«, entfuhr es Martha. Kaum dass sie gesprochen hatte, wunderte sie sich über den Klang der eigenen Worte. Sie hatte sich diese Frage doch nur in Gedanken stellen und keinesfalls die Stimme erheben wollen. Sie hatte ja ohnehin nichts beizutragen zu diesem Gespräch.

»Ich werde Geld besorgen!«, verkündete Christiane, und Martha war sich sicher, ein leises Zittern vernommen zu haben. Ganz so arglos und bestimmt, wie sie tat, war Christiane offenbar nicht. Marthas Herz zog sich zusammen. Was würde nur aus ihr werden, wenn selbst Christiane aufgab?

Während ihre Cousine hoch aufgerichtet und stolz die Stube verließ und die beiden Männer ihr stumm nachsahen, ging Martha plötzlich die Überlegung durch den Kopf, dass Christiane Hilfe bei dem attraktiven Herrn Delius suchen könnte. Es wäre immerhin möglich, dass dieser interessiert daran war, der Druckerei Meitinger eine Teilhaberschaft anzutragen und damit die finanziellen Probleme fürs Erste zu beseitigen.

Martha hatte die Blicke bemerkt, die er Christiane zuwarf, wenn er sich unbeobachtet fühlte. Sie hatte bislang keinen Gedanken daran verschwendet, aber es war gut möglich, dass Christiane ihm gefiel. Warum auch nicht? Sie war eine schöne Frau und Witwe noch dazu. Ärgerlicherweise spürte Martha einen kleinen Stich in ihrem Herzen, als sie darüber nachdachte, dass der Verleger aus Frankfurt Christiane den Hof machen könnte.

26

Noch auf der Treppe brachen die Dämme. Christiane ließ ihren mühsam zurückgehaltenen Tränen freien Lauf. Sie biss die Zähne zusammen, um nicht laut aufzuschluchzen, während sie Stufe um Stufe nach unten stolperte – auf der Flucht vor den Klagen ihres Schwiegervaters, seinen Anschuldigungen und der grausamen Realität: Severin hatte sie nicht nur zu einer schutzlosen Witwe gemacht, er hatte sie einer Situation ausgesetzt, der sie nicht gewachsen war. Er hatte sie bettelarm zurückgelassen und ihr damit auf gewisse Weise das Leben genommen.

Panisch machte sie im Geiste eine Bestandsaufnahme ihres Besitzes: Ihre Mitgift hatte sich in Grenzen gehalten, wie sie wohl wusste, aber einige Möbel gehörten ihr, etwas Leinenzeug, und sie besaß natürlich den Schmuck, den Severin ihr im Laufe der wenigen Monate ihrer Ehe geschenkt hatte, auch war noch ein Rest der hundert Gulden da, die ihr von Bernhard Ditmold ausgehändigt worden waren. Sie hatte davon die Beerdigung bezahlt und ihre Trauerkleidung. Sollte sie die Differenz an Titus abtreten oder damit hauszuhalten versuchen?

Auf der Straße empfing sie eine überraschend warme Sommerbrise, die ihr Gesicht sanft streichelte. Die Sonne gab ihr ein wenig Hoffnung zurück. Ein Spaziergang würde ihre Gedanken klären. Sie wusste zwar nicht, wo sie Geld auftreiben konnte, aber sie ahnte, dass ein paar Schritte hilfreich sein würden, die richtigen Entscheidungen zu treffen. Sich die Tränen von den Wangen wischend, marschierte sie ohne Ziel drauflos. Einfach nur fort von Meitingers Haus, ihrem Heim, das sie als Gefängnis empfand, dessen Gitterstäbe Severins Schulden waren.

Christiane wanderte durch das Gewirr der Gassen in Richtung Perlach. Ihre Füße trugen sie wie von selbst, sie achtete kaum auf den Weg, war fast blind gegen ihre Umgebung, andere Passanten, Reiter, Sänften und Fuhrwerke auf der Straße sah sie kaum. Sie konzentrierte sich darauf, in sich hineinzuhorchen und ihre innere Stimme zu hören, die ihr eine Lösung anbot.

Eine Hand griff nach ihrem Arm. »So passt doch auf! Ihr rennt mir ja noch den Stand um«, schalt eine Männerstimme.

Wie aus einem Traum geweckt, starrte sie auf einen Fremden. Es war ein Mann fortgeschrittenen Alters, der eine gewisse Würde ausstrahlte, obwohl sein Talar ziemlich zerschlissen war und eindeutig die besten Tage hinter sich hatte. Er hielt sie durch seine Geste davon ab, kopflos in seine Verkaufsbude zu laufen und den Tisch umzuwerfen, auf dem er mit beachtlicher Kunstfertigkeit die verschiedensten Druckerzeugnisse aufgebaut hatte.

Neugierig betrachtete Christiane alte, abgegriffene Bücher, die der Buchführer wahrscheinlich zu einem geringen Preis anbot, wissenschaftliche Werke in kostbaren Ledereinbänden, schmale Folianten mit Ratschlägen für den Alltag und Unterhaltungsromane, deren Illustrationen im Sonnenlicht in leuchtenden Farben schimmerten. Daneben lagen Flugblätter, deren Titel das Wort »Reichstag« beinhalteten. Christiane nahm jedoch an, dass der Sensationswert dieser Nachrichten gering war: Der Rat hätte dem Händler keinen so zentralen Verkaufsplatz genehmigt, wenn die Gefahr bestand, dass er mit der Zensur in Konflikt geraten könnte.

Als er ihr Interesse bemerkte, ließ er von ihr ab. »Sucht Ihr nach einer bestimmten Lektüre, Herrin? Oder kann ich Euch empfehlen, was für eine Dame …«

»Nein, nein«, unterbrach sie ihn rasch, »ich bin selbst …«, doch dann biss sie sich auf die Zunge. Sie war zwar mit einem Druckerprivileg ausgestattet, hatte aber – wie die Dinge lagen – gewiss weniger davon als dieser Buchhandels-Gerechtsame. Seufzend blätterte sie in einem Buch.

»Das ist ein Werk mit Spottversen, nichts für eine Dame«, behauptete der Händler und schob den Band geschickt zur Seite unter einen Stapel anderer Werke. »Darf ich Euch ein Büchlein mit Liedern von Orlando di Lasso zeigen, der Herzog Albrecht von Bayern mit seiner Musik erfreut?«

Verwirrt sah Christiane auf. Die harmlose Frage weckte eine der wenigen Bemerkungen Meitingers über seinen Beruf aus dem Tiefschlaf ihrer Erinnerung. Der Buchhandel war in der Regel auf bestimmte Regionen begrenzt, hatte Severin einmal gesagt, ebenso wie das Druckerprivileg. Buchführer, die über Land reisten, verkauften den Bestand ihres Meisters aber auch anderswo – das nannte man Sortiment.

»Verzeihung, Herrin«, beeilte sich der wackere Mann, der sich missverstanden fühlte und wohl meinte, in ein Fettnäpfchen getreten zu sein. »Musik ist sicher die falsche Wahl für Euch. Steht Euch der Sinn vielleicht nach erbaulicher Literatur? Wie ich sehe, seid Ihr in Trauer.«

Ein Gedanke blitzte in Christianes Geist auf. Es wäre ein Zufall, ausgerechnet in diesem älteren Gerechtsamen den Buchführer zu treffen, der Conrad von Hallensleben die Fälschungen mit Meitingers Druckersiegel anvertraut hatte. Andererseits standen nicht an allen Ecken der Stadt Bücherbuden. Ihre Neugier war einen Versuch wert, fand Christiane und fragte: »Beliefert Ihr denn auch die Bibliothek der Patrizier von Augsburg? Das Haus Fugger etwa?«

»O ja, gewiss. Und das ist keine Überheblichkeit, wenn ich das als selbstverständlich voraussetzen darf. Mein Herr, der Druckerverleger Johann Schobser, stammte ursprünglich aus dieser wunderschönen Stadt hier, bevor er in München eine Konzession erhielt.«

Ein Katholik, fuhr es Christiane durch den Kopf, der vernünftigerweise an die Isar ging, als die protestantischen Drucker Augsburg zu beherrschen begannen. Hätte Severin es ihm doch gleichgetan und nicht diesen Schuldenberg angehäuft, der ihn womöglich dazu gezwungen hatte, sich auf einen Handel mit dem Teufel einzulassen.

Im nächsten Augenblick hielt sie den Atem an. Beinahe hätte sie übersehen, dass sie offenbar vor dem Mann stand, der von Hallensleben die Texte mit dem verräterischen Kolophon übergeben hatte. Sie lächelte ihn gewinnend an. »Dann haben wir einen gemeinsamen Bekannten, glaube ich. Herr von Hallensleben war vertraut mit meinem leider kürzlich verstorbenen Gatten. Kanntet Ihr Severin Meitinger vielleicht auch?«

Seine Reaktion war der Beweis, dass sie auf der richtigen Spur war: Er erbleichte, und seine berufsmäßige Anbiederung verwandelte sich in Argwohn. »Ja, vielleicht ... Meister Schobser hat viele Bücher im Angebot, die er in anderen Gegenden und auf den Messen anbietet. Es kann schon sein, dass er seine Werke auch mit Kollegen tauscht.«

»Hm«, sie knabberte nachdenklich an ihrer Unterlippe. »Mir ist zu Ohren gekommen, dass Ihr Herrn von Hallensleben vor nicht allzu langer Zeit ein Manuskript mit seltsamem Inhalt gegeben habt, welches unsere Druckermarke trug. Ich würde gerne wissen, woher Ihr diese Texte habt.«

In aufflammender Hektik begann er, die Bücher auf seinem Tisch zu sortieren, die Dekoration umzustellen und irgendetwas zwischen den Flugblättern zu suchen. Er war so beschäftigt, dass Christiane ihn kaum verstand, als er in sich hineinnuschelte: »Erinnert mich bloß nicht an diese Werke, ich will davon nichts wissen. Es war eine Gefälligkeit, dass ich sie einem guten Kunden zeigte. Vergesst am besten, dass Ihr mich je gesehen habt.«

»Das werde ich gerne tun, aber erst beantwortet bitte meine Frage.«

Er strich sich nervös über den Bart. »Vielleicht war's in Ingolstadt, möglicherweise auch in Landsberg. Ich komme viel herum, Herrin, manchmal kann ich mir nicht einmal merken, in welcher Stadt ich gerade bin.«

Sie war nahe daran, mit dem Fuß aufzustampfen. Der Buchführer würde ihr keine weitere Auskunft geben. Vielleicht war das in Anbetracht seiner Gefälligkeit und des Inhalts der Texte auch verständlich. Aber die Enttäuschung saß tief, denn sie hatte gehofft, Licht ins Dunkel bringen zu können. Sie musste sich anderswo nach einer Informationsquelle oder – besser noch – nach einem Ratgeber umsehen, der ihr helfen würde, Meitingers Mörder und den Auftraggeber für die Fälschungen zu finden.

Ihre Finger griffen fast zwangsläufig nach den Perlschnüren, die sie trotz ihrer schwarzen Garderobe am Mieder befestigt hatte. Es waren die Ketten, die der kleine Johannes damals in Rehms alter Wohnung zerrissen hatte; sie waren längst wieder aufgefädelt …

Georg Imhoff.

Der Name des Dichters erschien in goldenen Lettern vor ihrem geistigen Auge, gleich der glänzenden Rüstung eines edlen Ritters, der herbeigeritten kam, um sie vor den Unbilden des Lebens zu retten.

Er war zwar längst nicht mehr ihre erste Wahl, aber er war wohlhabend und sowohl an einer weiteren Zusammenarbeit mit der Druckerei Meitinger wie auch an ihrer Person interessiert. Was lag also näher, als diesen Mann sowohl um finanzielle Hilfe zu bitten wie auch um seine Unterstützung bei ihrer Suche nach der Wahrheit?

»Gehabt Euch wohl«, wünschte Christiane dem Buchführer und wandte sich entschlossen ab, um den Weg in Richtung Obstmarkt einzuschlagen.

Georg Imhoff war in vielerlei Hinsicht die erste Wahl.

Wieso war sie darauf nicht sofort gekommen? Mit ihm würde sie die wirtschaftliche Krise meistern. Sicher wäre er an einer Teilhaberschaft interessiert, und als Mitinhaber der Druckerei würde er an seinen Werken noch mehr verdienen denn als Autor. Außerdem war ihm sicher daran gelegen, den Namen seines Verlegers nicht durch Pamphlete beschmutzt zu wissen ... Und wenn er die schöne Witwe noch als Draufgabe bekam, sollte seiner Hilfsbereitschaft eigentlich nichts im Wege stehen. Ja, eine Verbindung mit dem berühmten Schriftsteller war die beste Lösung.

26

Georg Imhoff empfing seine Besucherin in einem leuchtend roten, mit goldenen Bordüren bestickten Seidenmantel, der farblich zur Uniform seines kleinen, schwarzen Dieners passte. Der Aufwand, den er mit dieser Garderobe trieb, war eines Königs würdig, aber Christiane wunderte sich angesichts der Pracht, mit der sein Haus überschüttet war, nicht einmal mehr darüber. Der Schriftsteller lebte in Verhältnissen, welche die der meisten Menschen, die sie kannte, weit überstiegen. Brokat, schimmernde Hölzer und silberne Leuchter, wohin sie sah. Es duftete nach Bienenwachs und Rosenwasser, die dick gewebten orientalischen Teppiche schluckten jeden Schritt, die mit Stoff bespannten Wände dämpften ihre Stimmen. Seltsamerweise waren nirgends Bücher zu entdecken. Nirgendwo wurden wertvolle, in Leder gebundene und mit Goldschnitt versehene Folianten als Schätze in einem Schrank gehütet, keine Kisten oder Fässer mit Papierbögen standen herum, kein Regalbord bog sich unter Neuerscheinungen. Christiane wunderte sich über diesen Mangel an Literatur in einem Schriftstellerhaushalt, aber vermutlich verwahrte der Hausherr seine Lektüre in einem speziellen Raum und nicht im Eingangsbereich oder dem Empfangszimmer, in das sie von dem kleinen, dunkelhäutigen Diener geführt wurde.

»Was für eine Freude, Euch zu sehen, meine liebe Christiane Meitinger«, Georg streckte beide Arme nach ihr aus und ergriff ihre Hände. Das Lächeln in seinen Augen verdunkelte sich, als er sie betrachtete: »Es mag unhöflich sein, und ich sage es ungern … dennoch: Ihr seht nicht wohl aus. Muss ich mir Sorgen um Euch machen?«

»Nicht mehr, als ich es selbst tue.«

»Dann besteht reichlich Anlass dazu.«

Sie war enttäuscht, denn eigentlich wähnte sie sich trotz der vorhin vergossenen, längst versiegten Tränen recht attraktiv. Sie trug ihr elegantes Trauerkleid, welches natürlich hochgeschlossen war, so dass sie ihn nicht mit einem tiefen Ausschnitt beeindrucken konnte. Allerdings stand ihr der halsferne, schwarze Spitzenkragen sehr gut, die Farbe ließ ihr Gesicht noch schmaler wirken und harmonierte mit ihrem wie altes Kupfer schimmernden Haaren unter der Witwenhaube. Sie konnte sich zwar nicht vorstellen, dass sie so aussah, wie sie sich fühlte, wenn Imhoff jedoch den Hauch einer Ahnung besaß, musste sie ihre Strategie ändern.

»Ich bin vor Titus Meitingers bösem Blick geflohen«, behauptete sie und schenkte Georg ein absichtlich zerknirscht wirkendes Kleinmädchenlächeln.

»Titus ist ein unangenehmer Mann. Ich hatte schon befürchtet, dass es zu einem Streit zwischen Euch kommen würde, nachdem Severin – Gott hab ihn selig – nun nicht mehr seine schützende Hand über Euch halten kann.«

»Nun, ja, niemand konnte erwarten, dass es *so* schlimm kommen würde. Ihr habt seine Vorwürfe gehört, sie waren niederschmetternd.«

»Erinnert mich bitte nicht daran, der Gedanke verdirbt mir den Tag«, Imhoff grinste über seine theatralischen Worte. Er führte Christiane zu einem türkischen Diwan, wo er sie mit sanfter Gewalt niederdrückte. »Nehmt Platz und ruht Euch aus. Ich werde Euch einen Kräuteraufguss zubereiten lassen, der Eure Nerven beruhigt. Und dann könnt Ihr mir erzählen, was Euch auf der Seele brennt.«

Sie hielt ihn fest, als er sich abwenden wollte, um seinem Diener die Bestellung aufzugeben. »Bleibt, bitte. Ich möchte nichts trinken. Ich möchte einfach nur reden, wenn es Euch recht ist …« Sie schluckte. »Ich brauche Euren Rat.« Dass sie auch seine Hilfe benötigte, verschwieg sie ihm vorläufig lieber.

Er setzte sich neben sie, mit einem sittsamen Abstand, aber nah genug, um seine enge Verbundenheit zu dokumentieren. »Ihr wisst, dass ich stets für Euch da bin, Liebste«, säuselte er. »Sicher kann ich Euch nicht ausreichend Trost für den Verlust des armen Severin spenden, wohl aber mag es mir gelingen, Euch Ermunterung zu schenken, wenn es um den griesgrämigen alten Mann geht. Was hat er getan, um Euch aus dem Haus zu treiben?«

Plötzlich fiel es ihr unendlich schwer, Imhoff die Wahrheit anzuvertrauen. Allein Meitingers Schulden würden sein Andenken beschädigen, von den Druckerzeugnissen aus dem Weinkeller ganz zu schweigen. Sie fühlte sich schuldig, weil sie Severin zu ihrem eigenen Vorteil diskreditieren musste, obwohl es sich um nichts anderes als die Wahrheit handelte. Während sie die Lider senkte und darüber grübelte, wie sie den Freund des Toten mit den Fakten vertraut machen sollte, seufzte dieser:

»Ach je. Da hat Euch der alte Trottel wohl wegen ein paar Gulden aus dem Haus getrieben. Ich bin kein Magier, aber ich sehe Euch an der Nasenspitze an, dass es Streit wegen des Erbes gegeben hat.«

»Ihr habt recht – es ging um Geld.«

Georg seufzte noch einmal. »Das ist übel, meine Liebe.«

»Das liegt im Sinne des Betrachters, fürchte ich, denn so einfach ist die Lage nicht.« Christiane fuhr sich mit der Zungenspitze nervös über die Lippen. Sie wünschte, das angebotene Getränk angenommen zu haben. Ihre Hände hätten etwas zu tun, wenn sie den Becher hielten, und sie könnte die Trockenheit in ihrer Kehle lindern. Zu spät. Sie zwang sich, ihre Finger ruhig zu halten, und schluckte schwer.

Du bist nicht hier, um über den Schwäher zu debattieren, fuhr es ihr durch den Kopf, du willst ihn für dich gewinnen! Sie blickte unter ihren Wimpern zu ihm auf. »Das Leben ist für eine alleinstehende Frau recht schwierig, vor allem, wenn es darum geht, einen Betrieb fortzuführen.«

»Das glaube ich gerne, meine Liebe, aber wie könnte ich Euch in dieser Sache raten? Ich bin kein Druckermeister. Sofern es die Werkstatt betrifft, dachte ich, würde Euch der alte Titus unter die Arme greifen. Er war gut in seinem Gewerbe, wisst Ihr. Wenn Ihr allerdings Fragen bezüglich irgendwelcher Manuskripte …«

»Nein«, unterbrach sie ihn rasch. »Nein, nein. Das belastet mich nicht so sehr …«

»Oh«, rief Imhoff triumphierend aus. »Es geht um diesen Vorwurf, den er Euch vor die Füße geworfen hat, als wäre es ein Fluch.« Er rückte ein wenig näher und ergriff ihre Hand. »Das darf Euch das Herz nicht schwer machen. Natürlich ist es Unsinn anzunehmen, Ihr hättet Euren Gatten erschlagen.«

»Glücklicherweise sieht es der Beauftragte des Reichserbmarschalls ebenso. Nicht auszudenken, wenn Herr Ditmold dem Glauben schenken würde, dessen mich der Schwäher beschuldigte.«

Er drückte aufmunternd ihre Finger. »Titus war verwirrt. Alte Menschen verlieren häufig ihren Verstand, und es ist kein Wunder, wenn ihm dies angesichts des Sarges seines Sohnes passierte.«

»Dennoch hatte er nicht ganz unrecht mit dem, was er sagte«, gestand sie und benetzte noch einmal ihre Lippen, während sie den Blick hob und Imhoff fest in die Augen sah.

Einen Moment herrschte Schweigen. Das Empfangszimmer lag nach hinten, und daher war kein Straßenlärm zu vernehmen. Anscheinend bewegten sich Imhoffs Dienstboten so geräuschlos wie Vögel, denn nichts war zu hören, was auch nur entfernt klang wie das ewige Geklapper von Meitingers Magd. Es war so still, dass Christiane ihren eigenen Atem als zu laut empfand.

Unvermittelt brach der Hausherr in schallendes Gelächter aus, und Christiane zuckte unter diesen Tönen zusammen wie unter einem Peitschenhieb.

»Dann ist es also wahr: Der gute Severin hat sich Euretwegen ruiniert.«

Es war ein Schlag. Christiane wusste nicht, was sie mehr verletzte, Georg Imhoffs bittere Erheiterung oder dass er den Vorwürfen des alten Titus ohne jedes Wenn und Aber Glauben schenkte. Gekränkt entzog sie ihm die Hand. »Ich bin nicht dafür verantwortlich, dass sich mein armer Mann finanziell übernommen hat. Zu keiner Zeit habe ich ihn um irgendetwas gebeten.«

»Bei mir wollt Ihr dies jedoch ändern, nicht wahr? Ihr seid bankrott und hofftet, dass ich Euch aus Euren Schwierigkeiten helfe.«

Der Verlauf des Gesprächs war ganz und gar nicht so, wie sie es geplant hatte. Vielleicht war es am besten, ihre Pläne zu ändern. Sie überging seine Unhöflichkeit und antwortete zuvorkommend: »Wir führten an der Bahre meines armen Mannes ein Gespräch über die Werke, die zum Druck anstehen. Erinnert Ihr Euch?«

»Ich fragte Euch, ob Ihr Severins Nachlass schon gesichtet

habt«, korrigierte Imhoff. »Was hat es damit auf sich? Habt Ihr bedeutsame Manuskripte gefunden?«

»Nein«, log Christiane und sah ihm weiterhin stolz in die Augen, »das habe ich nicht.«

Sein Blick verdunkelte sich. Er sagte jedoch nichts, sondern wartete schweigend darauf, dass sie fortfuhr.

»Genau genommen interessiere ich mich nicht mehr für die Vergangenheit, sondern für die Zukunft. Ich möchte so viele Bücher wie möglich von Euren neuen Werken drucken. Ihr seid ein berühmter Dichter, davon sollten wir beide profitieren. Ich biete Euch dafür nicht nur ein Honorar, sondern eine Beteiligung an der Druckerei an. Es ist ein gutes Geschäft und hat nichts mit Almosen oder dergleichen zu tun.«

»Bedauerlich, dass Ihr so wenig Verstand zeigt, wie Euer Schwäher immer von Euch behauptet«, seine Stimme klang so hart wie der Stahl eines Schwerts, und Christiane fühlte sich, als durchbohre er damit ihr Herz. »Was soll ich wohl mit einer bankrotten Werkstatt anfangen, hmmm?« Er hielt ihren Blick fest, als sie ihre Augen abwenden wollte. »Oder bekomme ich Euch als Draufgabe?«

Obwohl er sie unverändert ansah, veränderte er ein wenig seine Haltung. Christiane registrierte, dass durch die Bewegung der Mantel auseinanderfiel und seine unbekleidete Brust offenbarte. Er trug kein Hemd unter dem rotseidenen Gewand. Unwillkürlich starrte sie auf die nackte Haut. Weißes Fleisch, auf dem ein Ekzem mit kupferfarbenen Flecken und eitrigen Knoten leuchtete. Wie magisch angezogen von der Unappetitlichkeit dieses Ausschlags glotzte sie darauf, bis er es bemerkte. Mit einer fahrigen Geste bedeckte er sich wieder, hielt den Kragen am Hals fast krampfhaft zusammen.

»Ihr verkennt die Situation«, seine Stimme klang nur mühsam beherrscht, »ich kann nichts für Euch tun.«

Ich sollte gehen, dachte Christiane. Die Szene war von

äußerster Peinlichkeit geprägt, und angesichts der widerlichen Flechte war sie sogar – ohne sonderlich darüber nachzudenken – ein wenig von ihm abgerückt. Die Vorstellung, diesen Körper zu berühren, verursachte ihr Ekel. Schmerzlich entdeckte sie, wie wenig von ihren einstigen Gefühlen für Imhoff übriggeblieben war. Sie verspürte den widersprüchlichen Wunsch, in Grund und Boden zu versinken und gleichzeitig diesem überheblichen Mann die Stirn zu bieten.

»Ich lebe in besonderen Verhältnissen«, unterbrach er ihre Überlegungen, er sprach leiser als zuvor und nicht mehr so schneidend: »Natürlich erweckt mein Haus Neid und den Anschein, als besitze ich ein Vermögen. Aber dem ist nicht so. Alles, was ich habe, gehört … meiner Kirche.«

Vor Überraschung vergaß sie ihren Vorsatz zu gehen. Seine Erklärung nötigte ihr Verwunderung ab. Nie hätte sie Georg Imhoff für dermaßen gläubig gehalten. Menschen, die ihren Besitz zu Lebzeiten der Kirche vermachten, waren in ihrer Vorstellungswelt aus anderem Holz geschnitzt als ein Lebemann, der seines Freundes Ehefrau begehrt hatte.

Oder war dies eine Form des Ablasses? Die Erinnerung an ihre Begegnung vor dem Holzhaus der Fuggerei stellte sich mit unerwünschter Deutlichkeit ein. Litt er womöglich doch an der Franzosenkrankheit? Versuchte er seinen Sünden und einem frühen, qualvollen Tod durch eine großzügige Spende zu entfliehen? Dann musste es ihm weitaus schlechter gehen, als sie ahnen konnte.

»Es tut mir leid«, murmelte sie. »Ich wusste nicht, dass …«

»Natürlich nicht. Es ist ein Geheimnis, das ich nicht mit vielen Leuten teile.« Sein Tonfall war wieder schmeichlerisch wie zuvor. Mit der freien Hand, die andere umklammerte noch immer den Kragen seines Mantels, fasste er wieder nach Christianes Fingern. »Glaub mir, meine Liebe, wenn ich in der Lage dazu wäre, würde ich die Druckerei schon allein deshalb übernehmen, um Euch an mich zu binden. So viel Schönheit bekommt man nicht alle Tage angeboten.«

Vor ihrem geistigen Auge tauchte der Ausschlag auf seiner Brust auf, und Christiane schluckte entschlossen den Würgereiz hinunter, der bei seiner Berührung in ihrer Kehle aufgestiegen war. »Ich suchte nur einen Rat«, erinnerte sie ihn und fügte ebenso trotzig wie gedankenlos hinzu: »Keinen Ehemann.«

Er lächelte milde und ließ ihre Hand los. »Ihr habt recht«, erwiderte er ruhig, »ich habe mich in meinen Phantasien verloren. Die Situation hat mich wohl etwas überfordert.«

Wie konnte ihn ihre Not so belasten, dass er deutlich mehr aus der Ruhe geriet als sie selbst? »Es scheint so«, meinte sie ungerührt.

Da hob er weinerlich an: »Meine Schaffenskraft hat stark unter dem Tod Sebastian Rehms gelitten. Seit dieser alte Freund nicht mehr unter uns weilt, habe ich keine Zeile mehr zu Papier gebracht. Ich bin sicher, Ihr könnt verstehen, was das für mich bedeutet.«

Das konnte sie nicht, aber sie schwieg. Sein Lebensstil erweckte nicht den Eindruck, als würde er so bald Not leiden und auf die Spenden des Almosenamts angewiesen sein. Ihre eigene Lage erschien ihr in einem erheblich dunkleren Licht. Während sie über die wirtschaftlichen Konsequenzen grübelte, dämmerte ihr jedoch langsam, welche Folgen Sebastians Ableben unter den gegebenen Umständen für den Dichter Imhoff haben mochte. Ein Schriftsteller, den die Muse nicht mehr küsste, würde sicher bald in tiefe Schwermut versinken. Worten keine Lebendigkeit mehr einhauchen zu können, wog für einen schöpferischen Geist sicher schwerer als jede andere Last. Sie hatte nie geahnt, dass die spirituelle Verbindung zwischen Sebastian und Georg so mächtig gewesen war, aber was spielte ihr Verständnis schon für eine

Rolle, angesichts dieses gebrochenen Mannes? Mitleid überflutete ihr Herz.

»Da komme ich zu Euch und bitte Euch um Hilfe, während Ihr selbst ...«, sie brach ab, war nicht in der Lage, ihre Gefühle auszudrücken ohne verletzend zu klingen.

»Ach, Liebste, belastet Euch nicht mit meinen Sorgen. Mir scheint, Ihr habt selbst genug davon. Wollt Ihr mir nicht in aller Ausführlichkeit berichten, was überhaupt geschehen ist? Es wäre gut, wenn ich mir ein Bild von der Sache machen könnte.«

Seine Stimmungsschwankungen irritierten sie. Eben war er noch hart und kaltherzig gewesen, nun die Liebenswürdigkeit selbst. Sie ergab sich aber seiner Freundlichkeit. Es tat wohl, mit jemandem zu reden.

»Wo soll ich anfangen?«, fragte sie. »Es ist so viel geschehen in den vergangenen Tagen ... genau genommen weiß ich selbst nicht, wie alles zusammengehört ...« Trotzdem begann sie mit ihrer Geschichte. Sie erzählte Imhoff von dem Besuch des Bibliothekars von Hallensleben, den Fälschungen und Titus' überstürzter Abreise, dann setzte sie bei seiner Heimkehr an, dessen Zeuge der Dichter gewesen war, und sie sprach von der demütigenden Unterhaltung im Beisein des Zunftmeisters vor nicht einmal einer Stunde. Nur ihren Fund im Weinkeller ließ sie aus. Sie wusste selbst nicht, warum sie Imhoff die Pamphlete verschwieg, denn er zeigte sich als der verständnisvolle Zuhörer, den sie anzutreffen gehofft hatte. Schließlich verstummte sie, und es setzte für einige Herzschläge jenes von fast unnatürlicher Stille begleitete Schweigen ein wie zuvor.

Diesmal beendete er es jedoch nicht mit einem Lachen, sondern mit einem verbalen Paukenschlag: »Es ist eine schreckliche Vorstellung, aber nach Eurem Bericht bin ich mir sicher ... Ich glaube, meine Liebe, dass Titus der Mörder Eures Gemahls ist.«

Sie lauschte dem Hall seiner Stimme nach und hoffte, irgendetwas missverstanden zu haben. Doch der Dichter wiederholte oder korrigierte nichts.

»Natürlich seid Ihr schockiert«, konstatierte er, »das ist verständlich, aber ich rate Euch dringend, Euch mit der Wahrheit auseinanderzusetzen. Man weiß schließlich nie, zu welch schändlichen Taten ein verirrtes Greisenhirn fähig ist. Und ich darf Euch nur daran erinnern, dass ausgerechnet er es war, der Euch am Totenbett des armen Severin für dessen Tod verantwortlich machte.«

»Wie ...?« Christiane konnte kaum sprechen, ihr Hals fühlte sich rau an, die Zunge eigenartig pelzig. »Wie kommt Ihr dazu, dem Schwäher eine solche Schuld anzulasten? Ein Vater erschlägt doch seinen Sohn nicht!«

»Das tut er wohl, wenn er die Schande rächen will, die der Junge über die Familie brachte«, versetzte Georg Imhoff. Er legte eine Pause ein, dann fuhr er fort: »Es muss für den Alten schrecklich gewesen sein, zu erfahren, dass Severin mit seinem Druckersiegel Fälschungen herstellte. Also ist er der Spur gefolgt und hat Severin in der Posthalterei zu Auerbach angetroffen. Oder jedenfalls in der Nähe, sei es nun Zufall oder nicht. Es kam zum Streit – und die Folgen sind tragisch, aber wahr.«

Christianes Gedanken verloren sich in tiefdunkler Leere. Imhoffs Behauptung klang zu plausibel, um sie einfach von der Hand zu weisen. Es war die wahrscheinlichste aller Lösungen, und ihr fiel nichts ein, was sie dem entgegenzusetzen hatte. Dennoch hauchte sie in einem letzten Versuch, das Offensichtliche zu verdrängen: »Aber Titus war nicht in Auerbach, er war in Ulm und hat sich bei der Bank nach Severins Verbindlichkeiten erkundigt.«

»Seid Ihr sicher? Ich glaube kein Wort davon. Was der Alte Euch aufgetischt hat, ist eine Lüge. Woher will er etwa von den Schulden gewusst haben, wenn nicht von Severin selbst? Außerdem sehe ich keinen Zusammenhang zwischen dem, was von Hallensleben herausgefunden hat, und der Filiale der Fugger-Bank zu Ulm. Titus' Geschichte ergibt keinen Sinn.«

Er hatte recht. Dennoch war die Vorstellung, dass der Vater seinen Sohn erschlagen haben mochte, zu grausam, um sie widerspruchslos hinzunehmen. Der Mord an sich war schon schlimm genug, wenn dieser von einem namenlosen Räuber oder irgendeinem Verschwörer ausgeführt worden wäre. Das eigene Kind zu richten deutlich tragischer.

»Ich bin sicher nicht die geeignete Person, den Schwäher in Schutz zu nehmen, doch einen Mord traue ich ihm nicht zu. Sicher, er hat mir das Leben schwergemacht, aber deshalb ist er doch kein Mörder.«

»Das könnt Ihr gewiss nicht beurteilen. Wer weiß schon genau, wie das Ende der Welt aussehen wird? Die Apokalypse ist nah, und was könnte dies deutlicher machen als die Gestalt eines Vaters, der die Hand gegen seinen Sohn erhebt?«

Obwohl sie deutlichen Widerwillen spürte, versuchte sie sich bildlich vorzustellen, wie die unheilvolle Begegnung zwischen Titus und Severin ausgesehen haben mochte: Der Alte war viel schmächtiger als sein Sohn und deshalb körperlich der Unterlegene, aber Severin wäre niemals handgreiflich gegen seinen Vater geworden, nicht einmal, um sich zu verteidigen. Ohne Gegenwehr und mit einem geeigneten Gegenstand, etwa einem Ast, wäre es Titus wohl möglich gewesen, dem Jüngeren den Schädel einzuschlagen ... er brauchte nur seinen Stock zu heben ... Diese Erkenntnis verursachte ein Dröhnen in Christianes Schläfen, ihr Magen begann zu rebellieren.

Sie schüttelte den Kopf, als könne sie auf diese Weise den Schmerz und die bösen Gedanken vertreiben. »Ich weiß nicht, was ich denken soll. Ich ... Mein Gott«, brach es schließlich aus ihr heraus, »es ist unvorstellbar, dass der Schwäher diese Sünde auf sich geladen haben soll.«

»Natürlich können wir eine solche Handlungsweise nicht nachvollziehen«, stimmte Imhoff sanft zu und schloss seine Finger erneut um ihre eiskalte Hand. »Und doch geschah es sogar in der Bibel, dass ein Vater bereit war, seinen Sohn zu töten. Denkt nur an die Opferung des Isaak.«

Alles, was er sagte, klang vernünftig. Christiane wusste dem nichts entgegenzusetzen, auch wenn ihr einfiel, dass Abraham seinen Erstgeborenen letzten Endes doch nicht umgebracht hatte. Aber die Auslegung der biblische Legende war wahrscheinlich ebenso kompliziert wie die Gefühle des alten Mannes, der zum Mörder geworden war. Sie stellte sich die Frage, wieso Georg Imhoff eigentlich vom nahen Weltuntergang gesprochen hatte, aber sie verwarf diesen Gedanken angesichts einer viel drängenderen Überlegung: Sie musste den Rat oder zumindest Bernhard Ditmold benachrichtigen.

Titus Meitinger würde der Angeklagte eines Gerichtsverfahrens sein, er würde gefoltert und hingerichtet werden, wie es sich für einen Mörder gehörte. Doch seltsamerweise spürte sie keine Genugtuung in sich, keinen Hass auf den Greis, keinen Wunsch nach Rache oder Vergeltung, weil er ihr den Gatten genommen hatte. Einen Mann, der sie hoch verschuldet und unversorgt zurückgelassen hatte, der wohl ein Fälscher und Betrüger gewesen war und seinerseits eine Menge Schuld auf sich geladen hatte, die letztlich zu dieser Tat geführt hatte. War es daher so einfach, zwischen Gut und Böse zu unterscheiden?

Bitterkeit stieg in ihr auf. Tatsächlich glaubte Christiane, eine gallige Flüssigkeit auf ihrer Zunge zu schmecken. Sie entzog Imhoff ihre Hand und richtete sich auf. »Es ist Zeit für mich. Ich muss gehen.«

»Ihr solltet den Reichserbmarschall verständigen«, insistierte er. »Je eher Titus dingfest gemacht wird, desto besser. Nicht auszudenken, wenn er Euch auch noch etwas antäte …«

»Welche Rolle würde das denn jetzt noch spielen?«, fragte sie matt und wandte sich zum Gehen.

27

Als die Tür hinter ihr ins Schloss fiel, erschien es Christiane, als hätte einen Herzschlag lang die Erde sich zu drehen aufgehört. Selbst die Luft schien stillzustehen. Die Welt hielt den Atem an, um sich im nächsten Moment mit einem Wolkenbruch aus der Bewegungslosigkeit zu befreien. Heftige Böen fegten durch die Gassen, Regen prasselte auf das Pflaster, weichte die Sandwege auf, ließ das Wasser durch die Leitung strömen und den Lech binnen kürzester Zeit zu einem wilden Fluss anschwellen. Wer sich noch auf der Straße befand, floh unter den Schutz eines Torbogens, und Christiane überlegte, ob sie klopfen und in Imhoffs Haus zurückgehen sollte.

Statt Unterschlupf zu suchen, zog sie jedoch den Kopf ein, schickte sich an, ihres Weges zu gehen – und prallte gegen eine dunkle Gestalt.

»Verzeihung.« Der Mann, von dessen Barett die Regentropfen auf einen schwarzen Talar perlten, trat beiseite.

Doch Christiane blieb ungeachtet des Unwetters stehen. Sie sah Pater Ehlert verblüfft an. »Was tut Ihr hier?«, fragte sie.

»Ich versuche, dem Wolkenbruch zu entkommen«, erwiderte er ungehalten und wischte sich mit dem Zipfel seines Ärmels über das feuchte Gesicht, was ein hoffnungsloses Unterfangen war, denn sein Mantel war durchnässt. »Ihr solltet dasselbe tun, Meitingerin. Dies ist kein Augenblick für Konversation. Lauft heim, so schnell Ihr könnt, bevor noch ein Gewitter über uns hereinbricht.« Dann wandte er sich rasch ab.

Verwundert folgten Christianes Augen dem Priester. Sie sah ihn durch den Regenschleier an der Ecke in eine Seitengasse biegen, dann verlor er sich aus ihrem Blickfeld, war so schnell fort, wie er zuvor aufgetaucht war.

Ihre zufälligen Begegnungen mit dem Jesuiten häuften sich. Christiane war so verwundert darüber, dass sie für kurze Zeit nicht einmal mehr die Tropfen spürte, die der stark auffrischende Wind durch die Gassen trieb. Erst als der Regen mit Nadeln in ihr Gesicht stach und die Feuchtigkeit durch ihr Kleid in ihre Glieder kroch, raffte sie die Röcke, die klamm um ihre Beine schlugen, und stemmte sich gegen das Unwetter.

Bald sah sie nichts mehr, an ihren Wimpern klebten Tropfen, Wasser spritze auf, als ihre inzwischen durchweichten Schuhe in eine Pfütze traten. Ihre Schritte klatschten auf feuchtem Grund, das unaufhörliche Prasseln des Regens begleitete sie auf ihrem Weg.

Wie blind lief Christiane durch das enge Netz der Gassen und über die Plätze nach Hause. Dorthin, wo der Mörder ihres Gatten sie erwartete. Tränen strömten über Christianes Wangen und mischten sich mit den Fluten, die vom Himmel fielen. Aus irgendeinem Grunde fiel ihr ein, was Sebastian Rehm einst über die Sicht Martin Luthers auf die biblische Sintflut gesagt hatte: Es war die Strafe Gottes für die Sünden der Menschen. Das Unwetter hätte zu keinem besseren Zeitpunkt hereinbrechen können, dachte sie bitter.

Meitingers Haus lag still da und wirkte verlassener als die anderen Gebäude daneben, in deren Fenstern Lichter schimmerten. Als Christiane am Tor der Werkstatt vorbeilief, registrierte sie die ungewöhnliche Stille in der Druckerei. Sie hielt in ihren Schritten inne, lauschte, doch schien das Klappern der Pressen verstummt. Dabei war es noch nicht einmal später Nachmittag und deshalb noch nicht an der Zeit für Karl oder Anton, Feierabend zu machen. Eine unangenehme Erinnerung bemächtigte sich Christianes: Sie musste den Lehrling entlassen, der Junge wusste noch nicht, wozu die Gesetze Meitingers Witib zwangen; zu viel anderes war seit Severins Tod geschehen, und sie hatte sich um alles, nur nicht um die Druckerei gekümmert.

Ein fernes Grollen kündigte das erwartete Gewitter an. Dann zuckte ein erster Blitz. Christiane nahm es als Zeichen. Letztlich war einerlei, wann sie begann, ihre Pflichten wahrzunehmen – und wie lange sie dies überhaupt tun konnte. Sie wusste ja gar nicht, ob der Betrieb wegen der Schuldenlast nicht bald geschlossen würde. Und sie hatte auch noch nicht bedacht, welche Folgen die Schande mit sich brachte, in der eigenen Familie einen Mörder zu haben.

Energisch stieß sie das Portal auf und trat, nass bis auf die Haut, in die Werkstatt. Vor dem Bild, das sich ihr bot, wich sie jedoch unverzüglich wieder zurück. Erstaunt erblickte sie Karl, der sich, die Augen reibend, unwillig von seinem Lager erhob. Offenbar hatte ihn das Knarren der Tür aus tiefsten Träumen gerissen.

Von der einstigen Betriebsamkeit, die Christianes Alltag in Meitingers Haus mit stundenlangem Klappern und Stampfen begleitet hatte, war nichts mehr zu erkennen. Außer dem schlaftrunkenen Karl befand sich niemand in der Werkstatt, die Tagelöhner und Gehilfen waren ebenso ausgeflogen wie Lehrling Anton. Die beiden Pressen schienen bereits Staub anzusetzen, selbst die neue, mit einer Druckrolle betriebene Maschine, die geschwinder über das Papier fahren konnte, stand still. Nirgendwo hingen frisch bedruckte Bögen zum Trocknen aus, das zum Befeuchten der Blätter benötigte, teure Hundeleder war achtlos in einen Korb geworfen worden. Im schlimmsten Zustand befand sich jedoch der Setzkasten: Die in Christianes Erinnerung ordentlich aufbewahrten Bleilettern fielen auf dem großen, mit Tintenflecken übersäten Holztisch in der Mitte der Werkstatt wild durcheinander.

»Was ist denn hier los?«, brach es aus ihr heraus. Sie ließ den Türgriff los, und das Tor fiel mit einem lauten Krachen hinter ihr ins Schloss. »Warum bist du nicht bei der Arbeit? Wo sind die anderen?«

»Fort«, Karl gähnte. »Der alte Meister hat alle Leute nach Hause geschickt und den Lehrling entlassen.«

Die Verzweiflung, die in Christiane gegärt hatte, verwandelte sich in Zorn. »Wie kann er es wagen ...«, fuhr sie auf, biss sich jedoch rechtzeitig auf die Unterlippe. Unbedachtheit war das Letzte, was sie in ihrer Situation gebrauchen konnte. Es stand dem alten Titus nicht zu, über ihren Kopf hinweg Entscheidungen zu treffen, es war aber nicht nötig, ihn deshalb einen Mörder zu schimpfen. Der Geselle sollte besser nichts von der Entwicklung der Dinge erfahren. Immerhin hatte sie selbst noch nicht die geringste Ahnung, wie sie mit ihrem neu erworbenen Wissen umgehen würde.

Sie zwang sich zur Ruhe. »Und du?«, fragte sie gepresst. »Warum gehst du deiner Arbeit nicht nach?«

»Kein Mensch kann ohne Hilfe das Druckerhandwerk ausführen, Herrin. Man braucht mindestens vier Hände, um die Presse zu bedienen.«

Selbst wenn ich Severin ruiniert hätte, dachte sie grimmig, dann gibt Titus dem Ganzen nun den Rest. Wovon sollten sie leben oder auch nur ansatzweise die Schulden bezahlen, wenn die Druckerpressen stillstanden? Den Lehrling zu entlassen, wie es das Gesetz vorsah, war eine Sache – die Gehilfen fortzuschicken, eine Katastrophe.

»Dann werde ich dir eben helfen«, beschloss sie. »Weniger Wissen als ein Tagelöhner habe ich nicht, dafür wohl aber mehr Verstand. Schwing dich endlich auf, Karl, und lass uns das Papier einlegen.«

Er sah sie von oben bis unten an, dann wanderten seine Augen wieder an ihrer Gestalt hinauf. »Mit Verlaub, Herrin, Ihr solltet Euch umziehen. Ihr seid vollkommen durchnässt. Am besten, Ihr fragt den alten Meister, was zu tun ist. Genau genommen ist nämlich keine Arbeit mehr da.«

Verblüfft schwieg Christiane. Eine derart lange Rede hatte sie Karl nicht zugetraut. Sie war so erstaunt über die Sprache ihres Gesellen, dass sie den Inhalt seiner Worte anfangs nicht aufnahm. Auch bemerkte sie nicht gleich, wie sein Blick am Oberteil ihres Kleides hängenblieb. Die Regentropfen, die aus ihren Haaren und von der Witwenhaube perlten, hinterließen große Flecken auf ihrem Hemd, und ihre Brüste zeichneten sich unter der Feuchtigkeit deutlicher ab, als es ihr angesichts des jungen Mannes angenehm sein konnte. Mit einiger Verzögerung schlang sie die Arme um ihre Brust.

Karl wertete ihre Sprachlosigkeit als Aufforderung und fuhr fort: »Seit alle Welt über den Tod des Meisters klatscht, kam niemand mehr mit einem Auftrag herein. Selbst der Buchführer hat sich nicht mehr gemeldet, dabei ist er in der Stadt. Ein Fluch liege über der Druckerei Meitinger, heißt es, und damit will niemand etwas zu tun haben.«

Ein Donner krachte, und der fast zeitgleich folgende Blitz warf unheimliches, blau schimmerndes Licht durch das Fenster. Christiane zuckte unwillkürlich zusammen. Konnte Imhoff recht haben mit seiner Warnung vor der Apokalypse? Zumindest ihre eigene Welt schien gerade zusammenzubrechen.

»Ich werde mit dem Schwäher sprechen«, entschied Christiane und wandte sich um.

Mit hängenden Schultern stieg sie die Treppe hinauf. Durch die offenstehende Tür entdeckte sie Martha und den kleinen

Johannes in der Küche. Ihre Cousine hatte eine Talgkerze entzündet und saß über einem Korb mit Flickwäsche am Tisch, während sich das Kind unter größter Kraftanstrengung am Stuhlbein der Mutter hochzog und schließlich mit einem Jauchzer feststellte, dass es aus eigener Kraft stehen konnte. Unwillkürlich huschte ein Lächeln über Christianes Gesicht, der Anblick von Sebastians Sohn erwärmte ihr Herz. Nein, dachte sie, das Ende der Welt ist noch nicht gekommen. Solange Gott uns mit derartiger Fröhlichkeit beglückt, wird er uns das Leben nicht nehmen.

Johannes entdeckte seine Tante, bevor seine Mutter Christianes ansichtig wurde. »Tatata«, rief er strahlend, ließ die Stuhlbeine übermütig los, verlor prompt das Gleichgewicht und landete einen Atemzug später auf den Knien. Lautes Geschrei erhob sich aus Marthas Rocksaum.

»Ach, du kleiner Dummkopf«, tadelte sie liebevoll. Sie legte die Handarbeit beiseite, bückte sich und zog Johannes auf ihren Schoß. Über die Schulter warf sie Christiane einen halb gestrengen, halb besorgten Blick zu. »Du siehst aus, als wärst du unter einen Wasserfall gekommen …«

»So könnte man meinen. Es regnet in Strömen.«

»Das höre ich«, erklärte Martha und nickte zum Fenster, wo das Unwetter an den Läden zerrte und gegen die Butzenscheiben prasselte. »Wechsle deine Kleider, bevor du noch krank wirst. Ich koche derweil Apfelwein auf. Du brauchst jetzt etwas Heißes.«

Endlose Müdigkeit überfiel Christiane. Der Gedanke, in ihre Schlafkammer zu gehen und sich unter ihrer Bettdecke zu verkriechen, besaß etwas Tröstliches. Die Nässe auf ihrer Haut ließ sie erzittern. Ein Schauer lief durch ihren Körper. Doch statt sich um ihr eigenes Wohlergehen zu kümmern, fragte sie: »Wo ist der alte Titus? Ich muss dringend mit ihm sprechen.«

»Nicht da. Er hat mit Meister Bäumler das Haus verlassen und ist noch nicht wieder zurück.«

Dann wird er bei diesem Regen irgendwo anders Unterschlupf suchen und vorläufig auch nicht wieder heimkommen, resümierte Christiane in Gedanken. Wie zur Bestätigung krachte ein Donner scheinbar direkt über dem Dach.

Ich sollte ins Bett gehen, dachte sie. Doch ihre Glieder versagten ihr den Dienst. Sie schien wie festgewurzelt an ihrem Platz im Türrahmen, müde lehnte sie sich gegen die Zarge.

Eine Weile lang schwiegen die beiden Cousinen. Martha beruhigte den kleinen Johannes mit einem Stückchen Stoff, an dem er begeistert zu nuckeln begann und Schmerz, Schreck und Enttäuschung schnell zu vergessen schien. Sie wiegte das Kind auf ihrem Schoß, sah zu Christiane hin und starrte doch ins Leere. Plötzlich platzte sie heraus: »Hast du etwas erreichen können?«

Verwirrt hob Christiane ihre schweren Lider. »Erreichen? Was erreichen?«

»Hast du nicht mit Herrn Delius gesprochen?« Martha bemerkte die steigende Verwunderung in Christianes Miene und erbleichte. »Warst du denn nicht bei ihm? Ich dachte«, fügte sie enttäuscht hinzu, »der Herr Verleger aus Frankfurt würde dir helfen.«

Christiane verstand noch immer nicht. Es dauerte, bis sie ihren ermatteten Geist so weit wieder unter Kontrolle hatte, dass sie die Zusammenhänge begriff. Hin und her gerissen zwischen aufsteigender Wut, weil ihr die Cousine unterstellte, dass sie sich einem Fremden andiente, Verständnis für Marthas Verzweiflung und Belustigung über ihre irrwitzige Annahme, ein anderer würde freiwillig und ohne Vorteilsnahme ihre Schuldenlast übernehmen, antwortete sie: »Ich kenne Herrn Delius kaum und denke nicht daran, ihn in meine Angelegenheit zu ziehen. Wie kommst du nur auf einen solchen Unsinn?«

»Nun«, Martha kaute beleidigt an ihrer Unterlippe, »immerhin hat er dir schöne Augen gemacht ...«

»Ach was. Er ist viel zu vornehm, um einer Witwe nachzustellen. Was du immer siehst!«

»Außerdem ist er Verleger«, fuhr Martha trotzig fort, »und könnte Interesse daran haben, Teilhaber einer Druckerei zu werden. Meitingers Werkstatt ist ein guter Betrieb. Warum also sollte er ein Angebot ausschlagen?«

»Weil er in Frankfurt zu Hause ist und nicht in Augsburg«, versetzte Christiane verärgert.

Die beiden Frauen schwiegen, sahen sich in die Augen und funkelten sich streitsüchtig an.

Christiane konnte sich den Zorn, der sich ihrer bemächtigte, nicht erklären. Auf wen war sie eigentlich so wütend? Auf Martha, die einen nicht einmal unvernünftig zu nennenden Vorschlag machte? Auf sich selbst, weil sie nicht auf diesen Einfall gekommen war? Oder auf Wolfgang Delius, der die Unverschämtheit besitzen sollte, ihr schöne Augen zu machen, wovon sie jedoch noch nichts bemerkt hatte? Die Erinnerung an ihr unerfreuliches Gespräch mit Georg Imhoff stellte sich ein. Wer garantierte ihr, dass der Fremde freigebiger sein würde? Marthas Vorschlag war absolut indiskutabel, entschied sie bei sich.

»Ich gehe in meine Kammer und ruhe mich aus. Richte dem Schwäher bitte aus, dass ich ihn unbedingt sprechen möchte, wenn er nach Hause kommt.«

»Wo warst du denn dann?«, rief Martha ihrer Cousine nach, doch Christiane war bereits auf dem Weg nach oben und antwortete nicht.

Was hätte sie auch sagen sollen? Dass sie Georg Imhoff besucht und dort nichts anderes erreicht hatte, als den Mörder ihres Gatten zu finden? Dass Imhoff die losen Fäden verknüpft und Titus in seinem Netz gefangen hatte? Wie würde Martha angesichts der Wahrheit reagieren? Wahrscheinlich würde sie sofort zum Rat oder zum Reichserbmarschall persönlich laufen und Anzeige erstatten. Doch wem half es eigentlich, wenn Christiane den alten Mann verriet? Die finanzielle Not würde nicht geringer – im Gegenteil. Mit Severins Vater im Haus bestand noch eine – wenn auch geringe – Möglichkeit, irgendwo einen Kredit zu erhalten; vielleicht könnte sie ihn dazu bringen, ihr einige Kenntnisse des Druckerhandwerks zu vermitteln, so dass sie eines Tages doch auf eigenen Beinen zu stehen in der Lage war.

Natürlich war es eine Frage des Rechts, Titus Meitinger dem Gericht auszuliefern. Doch was war schon gerecht in ihrem Leben? Bitterkeit überschwemmte Christiane wie zuvor der Regenschauer. Sie öffnete die Tür zu ihrem Schlafzimmer und verharrte einen Moment, den Blick wie gebannt auf das breite Bett gerichtet, das fast den ganzen Raum einnahm. Vor ihrem geistigen Auge sah sie Severin und sich selbst wie auf einem Bild: der ältere Mann, der seine viel zu junge Frau in beständiger Eintönigkeit von hinten nahm und nicht das geringste Bedürfnis zu haben schien, ihr Lust zu bereiten oder auch nur Zärtlichkeit zu schenken. Er hatte nicht einmal registriert, dass er ihr Schmerzen zugefügt hatte.

Hatte er eigentlich jemals an sie gedacht? Er hatte ihr zahlreiche Geschenke gemacht, aber hatte er sie dadurch auch abgesichert? Ja, fuhr es Christiane plötzlich durch den Kopf, genau das hat er. Severin musste gewusst haben, dass seine Morgengaben nicht zur Rückzahlung der Schulden verwendet werden durften. Damit hatte er ihr ein gewisses Auskommen gesichert, das ihr wenigstens bis zu einer zweiten Heirat den Lebensunterhalt garantierte. Er hatte jedoch auf diese Weise den Verlust der Druckerei beschlossen – und Titus auf indirektem Wege in eine der Almosenanstalten geschickt. Eine Schande, befand Christiane, den eigenen Vater im Alter bitterster Armut auszuliefern. Und warum das Ganze?

Was war nur in Severin vorgegangen, dass er ungerecht gegen seinen eigenen Vater gehandelt hatte? Christiane hatte niemals auch nur das kleinste Gerücht gehört, das eine derartige Haltung rechtfertigte. Freilich hatte sie sich niemals für die Geschichte von Vater und Sohn näher interessiert, sondern die Vergangenheit bewusst ruhen lassen. Sie bedauerte ihr Versäumnis zutiefst, denn möglicherweise hätte sie unter anderen Umständen besser verstanden, warum Severin sterben musste.

Christiane trat ins Zimmer und zog sich langsam aus. Die feuchten Sachen ließ sie achtlos auf dem Boden liegen. Nackt kroch sie unter die Decke. Die Kanten eines Buches stachen ihr in die Schulter. Gähnend griff sie nach der Lektüre, die sie am Morgen auf Meitingers Kopfkissen gelegt hatte, um sie am Abend vor dem Schlafengehen wieder zur Hand zu nehmen. Sie betrachtete die mit Blattgold in feinstes Leder gestanzten Buchstaben auf dem Einband, der Titel verschwamm vor ihren Augen, doch den Namen des Autos konnte sie deutlich lesen: Georg Imhoff.

Einem spontanen Gefühl nachgebend, schleuderte sie das Buch von ihrem Bett. Dann fiel sie in tiefen, erschöpften Schlaf.

28

Es war ein Traum. Dessen war sich Christiane sicher. Woher sonst sollten diese unangenehmen Geräusche kommen, die in ihrem Kopf hämmerten wie ein Beil auf dem Schinkenknochen des Metzgers? Niemand würde es wagen, dermaßen laut die Stiege hochzupoltern. Es kam ihr vor, als sei eine Heerschar ungehobelter Söldner in Meitingers Haus eingedrungen. Was war das für ein Geschrei? Eine Männerstimme ... oder mehrere ... Eine Frau ... die klang nach Martha. Warum träumte sie denn nun auch noch von ihrer Cousine – ohne ein Bild von ihr vor sich zu sehen? Genau genommen schaute sie ins Nichts.

Vorsichtig zwinkernd öffnete Christiane ihre Augen. Dunkelheit umfing sie. Die Nacht war hereingebrochen. Oder war es erst Abend? Noch immer prasselte Regen gegen das Fenster, aber das Unwetter schien abgeflaut zu sein. Es blitzte und donnerte nicht, und die Schauer waren offenbar abgeschwächt. Die Wassertropfen konnten an den Scheiben keinen solchen Lärm verursacht haben, dass Christiane davon geweckt worden war ...

Eine Tür schlug. Nahe genug, um sie als den Eingang zum Nebenzimmer auszumachen. Martha schrie auf. Christiane hörte es deutlich. Verwundert zog sie die Augenbrauen zusammen, rührte sich ansonsten aber nicht. War der alte Titus mit übler Laune zurück, oder hatte die Magd den Verstand verloren, dass sie ein derartiges Spektakel aufführte? Vielleicht brauchte Martha ihre Hilfe. Doch Christiane war zu ermattet, um ihr Bett zu verlassen.

Im nächsten Moment knarzte das Schloss zu ihrer Kammer.

»Das könnt Ihr nicht tun!«, rief Martha aus.

Ungeachtet ihrer Worte betrat jemand den Raum. Das helle Licht eines dreiarmigen Kerzenleuchters blendete Christiane. Sie konnte die hochgewachsene Gestalt nicht erkennen, die in ihr Schlafgemach eingedrungen war, nur eine Silhouette ausmachen. Gelähmt vor Schreck angesichts des Überfalls rollte sie sich zusammen und zog die Decke bis zum Kinn.

»Steht auf!«, herrschte eine tiefe Stimme. »Steht auf und erklärt Euch. Ich möchte endlich die Wahrheit erfahren.«

Bevor Christiane reagieren konnte, tauchte Marthas zierliche Figur hinter dem Mann im Türrahmen auf. »Bitte, Herr, lasst meine Cousine in Frieden. Sie ist krank. Ein Infekt. Sie kann Euch nichts sagen.«

»O doch«, widersprach Wolfgang Delius, ohne sie auch nur eines Blickes zu würdigen. Seine Stimme bebte vor Zorn. »Sie wird mir berichten, was sie weiß. Es dürfen nicht noch mehr Menschen sterben, nur, weil Eure teure Cousine zu schweigen gedenkt.«

Was redete er? Hatte am Ende der Verleger aus Frankfurt den Verstand verloren? Christiane spähte über den Zipfel des Leinentuchs zu dem Fremden, der sich auf so ungewöhnliche Art Einlass zu ihrem Schlafzimmer verschafft hatte. Langsam gewöhnten sich ihre Augen an die Helligkeit. Sein Gesicht war verzerrt vor Wut, die Haare hingen ihm in feuchten Strähnen in die Stirn. Offenbar war er auf dem schnellsten Weg durch den Regen zu ihrem Haus gelaufen. Hatte er, ein einziger Mann, diesen Lärm auf ihrer Stiege verursacht? Hatten allein seine Stiefel wie die Füße eines ganzen Regiments geklungen? Sie schnüffelte vorsichtig, doch er roch nicht nach Alkohol. Da war kein Rausch, der sein Benehmen vielleicht entschuldigt hätte.

»Steht auf!«, schrie er Christiane wieder an. »Macht schon. Ich will mit Euch reden.«

Zusammengerollt wie ein Kätzchen, machte sie einen jämmerlichen Eindruck. Tatsächlich schüchterte er sie ein. Langsam dämmerte ihr jedoch, dass er kein Recht für sein Auftreten hatte. Der einzige Mann, der es vom Gesetz her wagen durfte, sich in ihrem eigenen Haus wie ein Berserker aufzuspielen, war sein Freund Ditmold. Als Christiane diese Erkenntnis durch den Kopf ging, fühlte sie, wie die Fassungslosigkeit von ihr wich. Dennoch veranstaltete ihr Herz einen aufgeregten Trommelwirbel.

Sie richtete sich auf, sittsam darauf bedacht, ihre Nacktheit mit der Decke zu verhüllen. Ihre inzwischen getrockneten Haare fielen in dichten, schimmernden Flechten auf ihre Schultern. »Wie könnt Ihr es wagen?«, zischte sie, darauf hoffend, dass er ihre noch nicht ganz verlorene Unsicherheit nicht bemerkte. »Ihr stört meinen Schlaf und benehmt Euch schändlich. Verlasst unverzüglich mein Zimmer.«

»Nicht, bevor Ihr nicht aufgestanden seid!«

Martha schnappte im Hintergrund hörbar nach Luft.

»Solltet Ihr noch einen Funken Einsicht in Eurem Schädel haben«, schleuderte Christiane ihm entgegen, »werdet Ihr auf der Stelle hinausgehen und warten, bis ich Euch zu empfangen geruhe, Herr Delius.«

Er stockte. Natürlich musste er dem Anstand folgen und ihr Zimmer verlassen, doch es bereitete ihm sichtlich Schmerzen, die Niederlage einzugestehen. Viel zu zögerlich trat er den Rückzug an. Er stellte den Leuchter auf der Kommode ab und drehte sich um.

Christiane beobachtete ihn stumm, sah auf Martha, die von ihm fortwich, als sei sie es, die er bedroht hatte. In der offenen Tür blieb Wolfgang Delius stehen.

»Vielleicht werdet Ihr Euch ein wenig beeilen, wenn Ihr erfahrt, dass Euer Lehrling zu Tode gekommen ist. Anton wurde am Abend aus dem Senkelbach gefischt.«

Dann wandte er sich ab und ging schnellen Schrittes hinaus.

Christianes Hände hatten gezittert, als sie ein Hemd anzog und dann den Hausmantel aus grünem Samt überstreifte, Severins Geschenk zu ihrem Namenstag, der im vorigen Dezember auf die Woche nach ihrer Heirat gefallen war. Sie machte sich nicht einmal die Mühe, ihre Haare aufzustecken. Obwohl es nicht besonders schicklich war, lief sie in diesem

Aufzug hinunter in Severins Schreibstube, wohin Martha den Besucher gebeten hatte. Es kümmerte sie nicht, was Delius von ihr dachte. Er hatte sich schließlich auch nicht benommen, wie es sich gehörte. Außerdem wollte sie nichts mehr als unverzüglich erfahren, was mit Anton geschehen war.

»Nun?«, fragte sie ohne weitere Einleitung, kaum dass sie das Arbeitszimmer betrat.

Delius setzte den Krug ab, aus dem er gerade getrunken hatte. Sie ballte die Hände zu Fäusten. »Euer Lehrling ist tot«, erwiderte er und lehnte sich auf dem Stuhl zurück, den Martha ihm mit dem Getränk angeboten hatte. Zorn und Eifer schienen von ihm abgefallen. Auch machte er keine Anstalten, sich beim Eintreten der Dame des Hauses zu erheben. Er wirkte müde und nicht minder erschöpft als Christiane einige Stunden zuvor. Im Gegensatz zu ihr hatte er sicher noch nicht geschlafen, denn unter seinen Augen lagen dunkle Schatten. Als Begleitmusik seines Äußeren drang vom Markt schwach der Glockenschlag herein, den Christiane zwangsläufig mitzählte: Es war eine Stunde vor Mitternacht.

»Das sagtet Ihr bereits«, erinnerte sie und legte Martha die Hand auf die Schulter, die aufstehen und den Platz neben Delius räumen wollte, doch sie fühlte sich wohler, wenn sie sich nicht setzte.

Delius bemerkte diese Geste und murmelte: »Wenn es Euch beliebt, den Überblick zu behalten, soll's mir recht sein. Aber erwartet bitte nicht, dass ich der Höflichkeit Genüge tue. Meine Beine können mein schmerzendes Kreuz kaum noch tragen.«

»Nach Eurem Benehmen in meiner Schlafkammer erwarte ich nicht allzu viel. Berichtet, was geschehen ist, damit wir diese Unterhaltung beenden können.«

»Der Junge musste sterben, weil Ihr mit der Wahrheit hinter dem Berg haltet«, brauste Delius auf, schien von seinen

Worten jedoch gleich wieder erschöpft und sackte mutlos in sich zusammen.

Martha schlug sich die Hand vor den Mund, wie sie es immer tat, wenn das Entsetzen übermächtig wurde.

Christiane indes schluckte schwer. Unwillkürlich flogen ihre Gedanken zu Titus Meitinger. Hatte er eine zweite Schuld auf sich geladen? War dies überhaupt möglich? Im nächsten Moment fiel ihr auf, dass Wolfgang Delius nicht von einem Mord gesprochen hatte. Konnte es sein, dass Anton seine Entlassung nicht klaglos hingenommen, sondern sein Leben ohne die Stellung jeden Sinn verloren hatte?

Ihr Herz hämmerte gegen ihre Rippen. Nach außen bewahrte sie Fassung und fragte erstaunlich gelassen: »Wie kommt Ihr zu dieser Behauptung?«

Delius schnaubte verächtlich. »Ich weiß intelligente Frauen durchaus zu schätzen, Meitingerin, aber Ihr treibt es mit Eurem Versteckspiel zu weit. Mir kann es egal sein, ob Ihr Euch selbst in Gefahr bringt. Aber das Ende eines so jungen Lebens ist nicht hinnehmbar.«

Christiane verstand nicht, was er meinte, war aber zu stolz, ihre Begriffsstutzigkeit zuzugeben. Sie war zu sehr damit beschäftigt, über Antons möglichen Selbstmord zu grübeln, um etwas anderes als den Freitod hinter den feindseligen Worten des Verlegers zu erkennen. Wie von undurchdringlichem Nebel war sie von ihrer Betroffenheit eingehüllt. In ihren Gedanken sah sie den hübschen Buben vor sich, der rechtschaffen, willig und ordentlich gewesen war und eines Tages bestimmt ein guter Schriftsetzer geworden wäre. Nicht sie war schuld, dachte sie bitter, sondern Severin, der sie alle ins Chaos gestürzt hatte. Oder Titus, der die Hand gegen seinen Sohn erhoben hatte …

»Ich kann doch nichts dafür«, rechtfertigte sie sich leise. »Einem Witwenfortbetrieb ist die Ausbildung untersagt, ja, aber das ist doch kein Grund, ins Wasser zu gehen. Anton hätte gewiss anderswo eine gute Lehrstelle gefunden ...«

»Ihr glaubt, er hätte sich freiwillig in den Fluss gestürzt? Großer Gott, nein. Der Junge hat sich nicht versündigt. Er wurde erdrosselt und dann ins Wasser geworfen. Ein Baumwollweber vom Senkelbach hat den Leichnam aus seinem Mühlwerk nahe der Wertach-Mündung gezogen.«

Die Knie wurden ihr weich. Christiane bedauerte, sich nicht gesetzt zu haben. Ein Schwindel erfasste sie, die Zimmerwände drehten sich. Haltsuchend umklammerte sie mit beiden Händen Marthas knöchrige Schultern.

»Christiane«, flüsterte Martha, »er hat recht. Wir müssen die Wahrheit sagen.«

Ihre Cousine achtete nicht darauf. »Wo ... wo ...«, stammelte sie, »ist Anton jetzt?«

»Die Leute haben ihn in seinem Elternhaus aufgebahrt.«

»Wieso wisst Ihr davon?«, erkundigte sich Martha.

Wie immer bediente er sich eines sanfteren, geduldigeren Tonfalls, wenn er mit Martha sprach: »Mein Freund Ditmold weilte gerade im Palast von Anton Fugger, als ein Bote des Rats zum Reichserbmarschall kam. So konnte sich Bernhard rasch ein Bild von der Sache machen – und ich auch. Leider ... Es ist meine Sache nicht, den geschundenen und aufgedunsenen Leib eines blutjungen Mannes zu betrachten.«

Christiane nickte geistesabwesend. »Wo ist der Schwäher?«, wollte sie scheinbar zusammenhanglos wissen.

»Wahrscheinlich hat das Unwetter ihn von der Heimkehr abgehalten«, erwiderte Martha, welche die schreckliche Nachricht offenbar besser verkraftete als Christiane. Sicher machte ihr der Tod des Lehrlings weniger aus als Meitingers Witib, die Anton besser gekannt hatte. Außerdem mochte Martha nicht einmal in ihren kühnsten Träumen ahnen, wen Christiane der grausamen Tat verdächtigte.

Verfügte der alte Mann über genügend Kräfte, einen gesunden, halbwüchsigen Knaben an der Schwelle zum Erwachsensein zu erwürgen und dann in einen Fluss zu werfen? Wenn Anton respektvoll genug gegen den Vater seines Lehrherrn gewesen wäre, sich nicht zu wehren, allemal, sinnierte Christiane. Es war wie bei Severin. Titus war durch seine Jahre und seine Stellung in Haushalt und Werkstatt zweifellos im Vorteil gegenüber seinen jüngeren Opfern.

»Der alte Meitinger wird noch früh genug von der Sache erfahren«, behauptete Delius. »Morgen werden es sicher die Spatzen von den Dächern pfeifen. Die Leute sind begierig auf Sensationen, zumal es über den Reichstag wenig Neues zu berichten gibt … Und da wir gerade über Informationen reden, Frau Meitinger«, seine Stimme gewann wieder an Schärfe: »Es ist Zeit, dass Ihr mir offenbart, was Ihr zu dieser ganzen schrecklichen Geschichte zu sagen habt.«

Christianes Fingernägel gruben sich in den Stoff von Marthas Kleid. »Ich wüsste nicht, was ich dazu beitragen sollte«, wehrte sie den Angriff ab.

Sie musste Zeit gewinnen, um ihre weitere Handlungsweise zu überdenken. Noch war sie nicht bereit, Titus auszuliefern. Es stand ja nicht einmal ansatzweise fest, dass er etwas mit dem Mord an Anton zu tun haben könnte. Vielleicht war der Junge auch einem Streit zum Opfer gefallen, in einem Wirtshaus etwa, wo er sich betrank, weil er seine Lehrstelle verloren hatte. Warum aber war Wolfgang Delius dann hier eingedrungen? Wieso verlangte er Auskunft von ihr? Erneut griff die Schuld mit eiskalter Hand nach Christiane und verursachte ihr Höllenqualen.

»Ihr wisst etwas, das Ihr Ditmold und mir verschweigt. Es ist wichtig, davon bin ich überzeugt. Vielleicht führt es uns zum Mörder. Vielleicht hätte es die neue Tat verhindert. Wer kann das schon genau sagen? Ich will aber verdammt sein, wenn ich nicht wenigstens versuche, den Mörder dingfest zu machen, bevor ein vierter Mann sein Leben verliert ...«

»Vierter?«, wiederholten Christiane und Martha wie aus einem Munde.

Beide hoben nach einem Moment der Verwunderung fast gleichzeitig wieder zu sprechen an.

Christianes Worte kamen einem Aufschrei gleich. »Wer ist denn noch umgebracht worden?«

»Ist dem alten Titus etwas passiert?«, entfuhr es Martha in deutlich gesenktem Tonfall.

Delius hob den Becher und betrachtete die beiden Cousinen über den Rand hinweg schweigend, bevor er ansetzte und einen Schluck trank. »Euer Gemahl ist ebenfalls gestorben«, sagte er dann ruhig und blickte Martha in die Augen.

»Aber Sebastian Rehm starb an einer Krankheit!«, protestierte Christiane. Doch niemand im Raum nahm von ihr Notiz.

»Er wurde vergiftet«, versetzte Delius und hielt Marthas Blicke weiterhin fest.

Sebastian Rehms Witwe schüttelte eifrig den Kopf. »Nein, nein, meine Cousine sagte es Euch: Es war die schwarze Galle, die sein Leben beendete. Mein lieber Mann wurde vom Schicksal getötet, nicht von fremder Hand.«

Verwirrung und Einsicht legten sich fast gleichzeitig auf die beiden Frauen. Martha schwieg betroffen, während in Christianes Geist sich die Räder wieder zu drehen begannen, die ihre Arbeit vor Schreck eingestellt zu haben schienen. Ihr fiel ein, in welch erbärmlichem Zustand sich Sebastian in den Wochen vor seinem Tod befunden hatte. Als er das letzte Mal zu Gast beim Meitinger gewesen war, hatte er sich kaum auf den Beinen halten können. Gewiss gab es Leiden, die den Erkrankten auf diese Weise zeichneten, aber sein Zustand war Christiane schon damals recht eigenartig vorgekommen. Wer hatte ihrem Freund das angetan? Sebastian Rehm war stets gütig zu jedermann gewesen.

Und doch hatte er sich dazu hinreißen lassen, Pamphlete gegen seine Überzeugung zu schreiben. Zumindest das schien durch Marthas Beobachtung bewiesen. Hatte Titus auch Sebastian auf dem Gewissen? Christiane konnte sich nicht entsinnen, ihren Schwiegervater jemals in Rehms alter Wohnung gesehen zu haben. War es möglich, dass er ihm die tödliche Dosis während der Besuche bei Severin eingeflößt hatte? Besaß ein alter, verzweifelter Mann, der seinen Sohn erschlug und seinen Lehrling erdrosselte, genug Mut und Ausdauer, einem anderen über eine längere Zeit Gift zu verabreichen und dem elenden Sterben zuzuschauen? Christiane schüttelte sich unter dem Schrecken, der über ihr lag wie eine schwarze Wolke.

»Was hat Euer Gatte in den Wochen und Tagen vor seinem Tod zu sich genommen?«, drang Wolfgang Delius in Martha.

Christiane wünschte, er würde ihre Cousine nicht weiter mit Fragen belästigen. Sie beobachtete die Veränderungen in Marthas Gesicht mit Sorge, die Farbe wich aus dem Antlitz ihrer Cousine, deren ohnehin stets blasse Haut aschfahl geworden war.

Bevor sie ihn zurechtweisen konnte, antwortete Martha jedoch mit zitternder Stimme: »Meist aß Sebastian nur Salz und Brot. Wir hatten ohnehin wenig, aber wenn er arbeitete, nahm er kaum etwas zu sich. Martin Luther, sagte er, habe sich auch so ernährt, wenn er schrieb. Dazu trank er Wasser und manchmal ein wenig Bier.«

Während Martha sprach, ging Christiane auf, dass der Verleger aus Frankfurt nicht bekannt mit ihrem Freund gewesen war. Delius hatte zwar einmal von einem Briefwechsel erzählt, aber er besaß kein Bild von Sebastian Rehm. Woher wusste der Fremde also besser als sie selbst, welcher Todesursache der Dichter erlegen war? Es ist nur eine Vermutung, fuhr es ihr plötzlich durch den Kopf, er will Verwirrung stiften. Weiß der Himmel, warum er behauptet, Sebastian sei vergiftet worden – Wolfgang Delius ist der letzte Mensch auf der Welt, der darüber ernsthaft Bescheid wissen kann. Zu dumm, dass sie bereit gewesen war, ihm Glauben zu schenken. Sie hätte Martha von Anfang an besser vor den bösen Worten schützen müssen. Wie gemein, ihrer Cousine dermaßen zuzusetzen!

»Papperlapapp!«, brach es aus Christiane heraus. »Das sind nichts anderes als schändliche Lügen. Sebastian Rehm ist an einer Krankheit gestorben. Wer behauptet, er sei vergiftet worden, gehört an den Pranger.«

Delius maß sie mit einem unfreundlichen Blick. »Er selbst hat es behauptet.«

»Was?«

»Ich muss zugeben, dass ich Euch einen Teil des Schreibens, das mir Sebastian Rehm schickte, verschwiegen habe. Es war auch nicht nur ein Brief, der mich auf seine Geschichte aufmerksam werden ließ, sondern mehrere. Anfangs glaubte ich ihm nicht, doch dann wurden seine Worte drängender, und ich beschloss, der Sache nachzugehen. Er war überzeugt davon, vergiftet zu werden.«

»Deshalb seid Ihr nach Augsburg gekommen«, hauchte Christiane fassungslos. Wolfgang Delius war also nicht der großmütige Verleger, der die weite Reise auf sich nahm, um einem unbekannten Autor aufgrund einer einzigen Leseprobe die Möglichkeit zur Veröffentlichung zu geben. Warum aber war es ihm so wichtig, zu erfahren, wie es um den Gesundheitszustand eines Fremden stand, mit dem ihn nichts anderes verband als diverse Billetts? Egal, dachte sie, Sebastian ahnte, dass er sterben würde. Schlimmer noch, er schien zu wissen, dass ihm jemand nach dem Leben trachtete. »Es kann kein Zufall sein, dass ein Schriftsteller vergiftet, sein Druckerverleger bald darauf erschlagen und dessen Lehrling schließlich erdrosselt wird«, fuhr Delius schonungslos fort. »Ich bin sicher, dass es zwischen diesen drei Todesfällen eine Verbindung gibt.«

Gedankenverloren streichelte Christiane über Marthas Arme. Nur am Rande spürte sie das Beben im Körper der anderen. Die innere Erschütterung, die von Martha Besitz ergriffen hatte, schien mit einem unkontrollierbaren Zittern auf ihre Glieder überzugehen. Doch Christiane war viel zu sehr mit ihrer Erinnerung an Sebastian Rehms Ende und Delius' verheerender Zusammenfassung beschäftigt, um bewusst zu registrieren, was mit Martha geschah. Deshalb nahm sie im ersten Augenblick nicht einmal wahr, wie der Leib unter ihren Händen langsam zusammenfiel. Erst als ihr Martha entglitt, spürte sie die Ohnmacht.

»Vorsicht! Sie fällt!«, rief Delius und sprang auf. Dabei riss er den Stuhl um, auf dem er gesessen hatte, und das Möbel fiel mit lautem Krachen zu Boden.

29

Martha fiel nicht einfach nur in gnädige Bewusstlosigkeit, sie erkrankte. Das von Christiane rasch herbeigeholte Fläschchen mit dem Riechsalz verschaffte ihr keine Linderung, auch Delius' Allheilmittel half nichts, den dargebotenen Obstbrannt würgte sie wieder aus. Sie bewegte sich zwar ein wenig, ihre Lider flatterten, ihr Atem ging flach, doch sie schien so schwach, dass jeder Versuch, sie auf die eigenen Beine zu stellen, sinnlos war. Delius hob sie kurzerhand auf seine Arme.

»Ihr hättet mehr auf meine Cousine Rücksicht nehmen müssen«, tadelte Christiane, als sie Delius mit einer Kerze den Weg in das obere Stockwerk wies. Eine Schuldzuweisung zu erteilen war allemal besser, als in Schwermut und Verzweiflung zu versinken. »Wie soll eine Frau es verkraften, mit brutaler Offenheit zu erfahren, dass ihr Mann einem Giftmord zum Opfer gefallen ist?«

Eigentlich erwartete sie keine Antwort, und tatsächlich schwieg er auch, was sie jedoch überraschte, denn sie wertete sein Schweigen als Schuldanerkenntnis. Da er hinter ihr ging, konnte sie seine Mimik nicht erkennen. Schweigend ging sie voraus in ihre Schlafkammer. Sie hatte sich kurzfristig entschieden, Martha ihr eigenes Bett abzutreten, da in Marthas Zimmer der kleine Johannes schlief und sie annahm, dass die Mutter nichts so sehr wie Ruhe brauchte. Dummerweise hatte Martha die Kinderfrau nach dem Gespräch mit Titus und dem Zunftmeister fortgeschickt – eine Fehlentscheidung, befand Christiane, Sparen am falschen Ort. Hoffentlich war die Magd bereit, sich am Tag ein wenig um den Buben zu kümmern.

»Versucht es mit einer Salbe aus kräftigem Branntwein«, schlug Delius vor, als er Martha in Christianes Kissen bettete. »Habt Ihr dergleichen im Haus? Wenn Ihr sie damit abreibt, sollte wieder Leben in ihren Körper kommen.«

»Ihr wisst sehr viel«, bemerkte Christiane. Sie entsann sich seiner Kenntnisse als Geburtshelfer, die Martha schon einmal Rettung gebracht hatten. War das tatsächlich erst eine gute Woche her? Damals war ihr Wolfgang Delius selbstbewusst und freundlich erschienen, inzwischen empfand sie ihn ein wenig überheblich und ihr – zumindest heute Abend – feindlich gesinnt. Ich kann ihm nicht sagen, was er wissen will, dachte sie, ich muss erst herausfinden, wie alles zusammenhängt.

»Ich gebe theologische Bücher heraus«, erwiderte er. »Der schwerkranke Martin Luther wurde mit einer Branntweinlösung eingerieben und war danach wieder ansprechbar. Ich habe mein Wissen aus einer Biografie über den Reformator.«

Er betrachtete Martha eine Weile lang nachdenklich, und Christiane glaubte, in seinem Mienenspiel lesen zu können: Sorge umschattete seine Züge, so blickte ein Vater seine kranke Tochter an – oder ein Mann die Frau, die er liebt, fuhr es ihr durch den Kopf. In Christiane stieg leiser Ärger auf. Wieso hatte Martha behauptet, der Verleger aus Frankfurt mache ihr, Christiane, schöne Augen? Die Sache lag völlig anders, und sie sollte froh darum sein. Er wäre ein guter Mann für Martha, ganz gewiss, einen besseren konnte sie sich für ihre Cousine und Freundin nicht wünschen. Und der kleine Johannes würde in geordneten Verhältnissen aufwachsen. Warum nagten dann Zweifel an ihr – und Eifersucht?

Als habe er ihren Blick gespürt, richtete er sich in einer hastigen Bewegung auf. Dabei rutschte etwas aus seinem Ärmel. Christiane hörte es auf die Dielen fallen. Unwillkürlich bückte sie sich. Fast gleichzeitig ging Delius in die Knie. Beide griffen nach den silbern schimmernden Würfeln, die über dem Boden verstreut lagen wie Johannes' Bauklötze beim Spiel.

»Was ist das?«, fragte Christiane. Erschrocken zog sie ihre Hand zurück, die zufällig Delius' Finger berührt hatte. Sie blieb jedoch in der Hocke sitzen und war ihm so nah, dass sie seinen Atem auf ihrer Wange spürte.

»Das solltet gerade Ihr wissen, Druckermeister Meitingers Witib«, gab er zurück, und sein sarkastischer Unterton missfiel ihr. »Es sind Bleilettern.«

»Ist das Euer Talisman?«

»Gott bewahre, nein. Wenn mich nicht alles täuscht, dürften diese Schriftzeichen im Setzkasten Eurer Druckerei fehlen. Sechs Buchstaben: Ein C, ein E, ein R, zwei Mal O und ein V.«

Christiane erbleichte. »Revoco«, flüsterte sie und brachte die Bleilettern auf dem Boden in die richtige Reihenfolge. »Es heißt *revoco*.«

»Respekt! Mein Freund Ditmold und ich benötigten deutlich mehr Zeit, das Wort zu finden.«

»Woher habt Ihr das?«

»Es wurde in Antons Taschen gefunden. Ditmold und ich sind sicher, dass er uns damit etwas sagen wollte. Wahrscheinlich versuchte er, eine Spur zu seinem Mörder zu legen.«

Ihr fiel das Durcheinander in der Werkstatt ein, die Unordnung auf dem Tisch. Was hatte Karl mit der ganzen Sache zu tun? Den verschlossenen Gesellen hätte sie durchaus lieber als Mörder gesehen als den eigenen Schwiegervater. Bleib ruhig, mahnte ihre innere Stimme, zieh nicht die falschen Schlüsse, Panik ist ein schlechter Ratgeber. Dennoch blieb der Verdacht, dass sich der Täter unter ihrem Dach befand, gleichgültig, wer es letztlich war.

Delius sah sie scharf an. »Sebastian Rehm sprach in seinen Briefen nicht nur von Gift, sondern auch von einem unglaublichen Betrug. Es ging dabei um Schriftstücke. Ich bin hier, um diese Texte zu finden, bevor sie in falsche Hände geraten und eine Menge Unheil anrichten.«

Ein kalter Schauer lief über ihren Rücken, und sie schüttelte sich. Sie umklammerte den Bettpfosten und zog sich langsam hoch. Wenn ich loslasse, dachte sie, falle ich auch in Ohnmacht.

»Offensichtlich«, resümierte Delius, während er die Bleilettern einsammelte und wieder in seinem Ärmel verstaute, »bin ich nicht der Einzige, der von den Fälschungen erfahren hat. Ich befürchte, Euer Lehrling bezahlte für sein Wissen mit dem Leben.«

Es war der geeignete Moment, ihm die Wahrheit anzuvertrauen. Christiane wusste dies ebenso sicher wie den Namen des Wochentags. Wahrscheinlich ahnte er es, denn sie spürte seinen Blick auf sich ruhen, obwohl sie die Augen gesenkt hielt. Doch sie zauderte, öffnete den Mund, schloss ihn wieder, setzte erneut zu sprechen an …

»Christiane«, wisperte Martha.

»Ja, mein Liebes?« Sie wandte sich um, ergriff die Hand ihrer Cousine, die wie leblos auf der Matratze lag. Eben noch hatte Christiane geglaubt, zusammenbrechen zu müssen, nun strömte unendliche Kraft durch ihren Körper. Von der eigenen Last, die sie niederzudrücken gedroht hatte, spürte sie nichts mehr.

»Mir schwindelt so«, brachte Martha unter größten Anstrengungen hervor, ihre Lider flatterten wieder, aber sie öffnete sie nicht. »Mich plagt Übelkeit«, sie versuchte, sich aufzurichten, doch Christiane drückte sie sanft in die Kissen zurück. »Ich glaube, ich muss mich erbrechen.«

Rasch löste sich Christiane von Marthas Hand, sie schob Delius energisch beiseite und ging zum Waschtisch, um die Schüssel aufzuheben und sich das Leinentuch über den Arm zu werfen. Einen Moment später stand sie wieder neben Martha, schob ihr die Hand in den Nacken und hob sie leicht hoch.

»Erleichtere dich, meine Liebe«, sagte sie, »es ist für alles gesorgt.« Dann warf sie einen Blick auf ihren Besucher und fügte mit einer Stimme hinzu, die keinen Widerspruch duldete: »Ihr solltet jetzt besser gehen.«

»Ich warte draußen«, entschied er. »Falls Ihr nach einem Medicus schicken müsst, bin ich zur Stelle.«

Natürlich, dachte Christiane und ärgerte sich gleichzeitig über die Bitterkeit, die durch ihre Gedanken strömte, Wolfgang Delius wird nicht weichen, bevor er nicht sicher sein kann, dass seine Liebste auf dem Weg der Besserung ist. Meitinger hätte ihretwegen niemals seine Nachtruhe geopfert,

Sebastian hätte sich da schon eher um Martha gesorgt – und Georg Imhoff …? Ach, zum Teufel mit allen Männern, sie brachten ja doch nur Unglück und Leid über eine Frau.

»Sie schläft«, sagte Christiane, als sie zum fernen Glockenschlag die Tür zu ihrer Schlafkammer hinter sich schloss. »Es wird noch eine Weile dauern, bis sie sich erholt, aber Martha ist zäher, als man meinen möchte.«

Delius nickte. Er lehnte mit dem Rücken an der Wand, und Christiane fiel auf, wie krank er aussah. Sein Gesicht wirkte hager, die Wangen waren eingefallen. Er schien kaum noch die Augen offenhalten zu können.

»Ihr solltet zu Bett gehen«, meinte sie, während sie sich an ihm vorbei zur Stiege drängte, um hinunterzugehen, die Waschschüssel im Abort zu leeren, die sie mit beiden Armen umfasst hielt, und in der Küche zu reinigen. Es waren die Handgriffe einer Magd, aber Christiane war ganz froh, beschäftigt zu sein.

Obwohl sie selbst todmüde war, würde sie keine Ruhe finden, dessen war sie sicher. Zu viel ging ihr durch den Kopf. Nicht nur für Martha war es ein Schock gewesen, dass Sebastian anscheinend vergiftet worden war, sie litt ganz genauso unter dem gewaltsamen Tod ihres Freundes und Mentors. *Revoco.* Es war Rehms letztes Wort gewesen. Und Anton hatte die dazugehörenden Bleilettern bei sich getragen. Christiane fühlte sich, als würde sie von den sechs Buchstaben verfolgt.

»Ich gehe nicht«, sagte Delius, ein Gähnen nur mühsam unterdrückend, »wenn Ihr die ganze Nacht zu wachen gedenkt. Es scheint mir niemand sonst im Haus, den Ihr zum Medicus schicken könntet, falls Eure Cousine eines Arztes bedarf.«

»Der Geselle schläft in der Werkstatt«, erwiderte sie über

die Schulter und ohne ihn anzuschauen, da sie ihren Blick auf die Treppe richten musste, um nicht zu stolpern. »Ich kann ihn rufen, wenn's nötig wäre.«

»Wo ist Euer Schwäher?« Sie hörte an seinen Schritten, dass er ihr folgte.

»Das weiß ich nicht, ich machte einen Besuch, als er ausging. Er verließ wohl gestern Mittag das Haus, und ich nehme an, er hat wegen des Unwetters irgendwo Unterschlupf gesucht. Jedenfalls ist er noch nicht zurück.«

»Und da macht Ihr Euch keine Sorgen?«, rief er entsetzt aus.

Christiane hatte den untersten Treppenabsatz erreicht. Verwundert drehte sie sich zu Delius um, der dicht hinter ihr stehen geblieben war und sie um mindestens einen Kopf überragte. »Warum sollte ich? Er kann doch hingehen, wo immer es ihm beliebt.«

»Kommt es denn öfter vor, dass der alte Mann eine ganze Nacht lang von zu Hause fortbleibt?«

Sie zuckte mit den Achseln. »Nein, eigentlich nicht ...«, erwiderte sie vage, unterbrach sich jedoch, als ihr bewusst wurde, dass Titus Meitinger vor nicht allzu langer Zeit schon einmal mit unbekanntem Ziel aufgebrochen und erst nach Tagen zurückgekehrt war. Mochte Gott ihm verzeihen, was er in der Zwischenzeit angerichtet hatte. Vor einer Woche wie gestern.

Der gallige Geruch von Marthas Erbrochenem stieg ihr in die Nase, während sie untätig herumstand und mit Delius debattierte. Ohne ein weiteres Wort zu verlieren, drehte sie sich rasch um und nahm ihren Weg zum Tor wieder auf. Als sie davor angekommen war, registrierte sie dankbar, dass Delius an ihr vorbeitrat und die Tür für sie öffnete.

Es regnete noch, wenn auch nicht mehr so stark. Leichte Tropfen sprühten auf die dunkle Straße. Es war vollkommen finster, der Mond wurde von den Wolken verdeckt, die Fackeln an den Hauswänden waren längst verglüht oder vom Nachtwächter gelöscht worden. Keine Menschenseele war unterwegs, nicht einmal die Wachen oder Söldner des Reichstags, die sich gelegentlich in die Katharinengasse verirrten, hinter den Fenstern der anderen Häuser brannte kein Licht, überall herrschte schläfrige Stille.

»Meint Ihr nicht, es könnte gefährlich für einen Greis wie Titus Meitinger sein, in einer solchen Nacht alleine unterwegs zu sein?«, insistierte Delius.

Christiane begriff, worauf er hinauswollte. Um Zeit zu gewinnen, kehrte sie ihm den Rücken zu, trat ungeachtet der Tatsache, dass sie nass werden würde, in den Sprühregen hinaus und kippte den Inhalt der Waschschüssel in den Rinnstein. Die kühle Feuchtigkeit tat ihren glühenden Wangen überraschend gut. Sie verharrte einen Moment regungslos, schloss sogar die Augen. Delius wusste nicht, dass Titus der Mörder war. Deshalb würde dem Schwäher nichts geschehen in dieser Nacht – jedenfalls nicht durch die Hand des Mannes, der Sebastian, Severin und Anton auf dem Gewissen hatte.

»Nein«, sagte sie schließlich und wandte sich ihrem Begleiter wieder zu. »Nein, außer von einer Erkältung wird er sicher von nichts und niemandem bedroht. Wer sollte einem Alten wie ihm etwas schon antun wollen?«

»Wenn Ihr meint …«, im Schimmer des Lichts, das noch immer in Meitingers Treppenhaus brannte und flackernde Muster auf den feuchten Straßenbelag warf, konnte sie erkennen, wie Delius nickte.

Ahnte er etwas? Warum setzte er ihr dermaßen zu? Titus genoss sicher die Gastfreundschaft des Zunftmeisters oder eines Freundes, den sie ohnehin nicht kannte. Ihm würde nichts geschehen. Nicht einmal dann, wenn er nicht der Mörder war. Zu ihrer eigenen Verwunderung spürte Christiane, wie sich Zweifel an Imhoffs Behauptung in ihrem Geist einnisteten. Wer anderes als Titus sollte aber der Mörder sein? Es hatte doch niemand sonst ein Motiv …

»Ihr solltet Euch schlafen legen«, sprach Delius in ihre Gedanken.

Sie zuckte unter seinen Worten zusammen. Für einen Moment hatte sie seine Anwesenheit völlig vergessen. Nervös wischte sie sich über die Augen und trat in den Eingang zurück. »Ja«, murmelte sie zögernd, »das werde ich dann wohl tun … Gute Nacht, Herr Delius«, fügte sie energischer hinzu, als fürchte sie, er würde ihr wieder zurück ins Haus folgen.

Er hob seine Hand. Für den Bruchteil eines Herzschlags berührten seine Finger die feuchte Haarsträhne an ihrem Ohr. Seine Geste war so flüchtig, dass Christiane nicht sicher sein konnte, ob es Einbildung oder Realität war.

»Es tut mir leid«, sagte er – und: »Ich komme wieder.«

Verwirrt blieb Christiane am Tor stehen und sah ihm lange nach, obwohl sie seine Gestalt in der Dunkelheit mehr erahnen denn wirklich erkennen konnte. Erst als seine Schritte nur noch ein fernes Klappern waren, fiel ihr ein, dass sie ihm eine Laterne mit auf den Weg hätte geben sollen.

30

»Sie ist eigensinnig, anmaßend und besserwisserisch«, behauptete Wolfgang Delius und schritt weiträumig aus, so dass sein Freund Mühe hatte, mit ihm Schritt zu halten, zumal den beiden Herren zahlreiche Passanten entgegenkamen.

»Dann scheint sie eine kluge, vernünftige und beherzte Person zu sein«, erwiderte Bernhard Ditmold belustigt und wich einer Gruppe Söldner aus, die einen kirchlichen Würdenträger umringten, der mit einer Sänfte durch die breite Straße getragen wurde, die zum Verhandlungsort des Reichstages führte. Es war früher Vormittag, und der Bischof befand sich offensichtlich auf dem Weg zu einer neuen Sitzung von Fürsten- und Kurfürstenrat.

Wolfgang Delius nahm den Einwand seines Freundes nicht zur Kenntnis, achtete nicht einmal sonderlich auf die Betriebsamkeit um sich herum, sondern fuhr unbeirrt in seinem Monolog fort: »Ich habe mich nie zuvor dazu hinreißen lassen, ohne Erlaubnis in das Schlafgemach einer Dame einzudringen. Es ist unverzeihlich, dass ich es tat. Ich kann lediglich als Entschuldigung den Anblick des toten Jungen anführen, es hat mir den Verstand geraubt.«

»Und – wie sah sie aus im Bett?«

»Wie, bitte?«

»Die Meitingerin. Wie sah sie aus, als du sie angetroffen hast?«

Verblüfft blieb Delius stehen und blickte seinen Freund an, als habe dieser den Verstand verloren. Dabei übersah er einen Ritter mit einer Hübschlerin im Arm, dem er den Weg abschnitt. Das Pärchen strauchelte und fiel beinahe über ihn. Er ignorierte die Flüche und Drohungen des jungen Mannes und ging einfach weiter.

»Bernhard, bitte, was soll das?«, fragte er den Assessor, nachdem er diesen wieder neben sich wusste. »Wir reden hier nicht über irgendeine schöne Frau, sondern über Meitingers Witib, die etwas verschweigt. Ich bin nicht auf Brautwerbung, sondern auf der Suche nach einem Mörder.«

Sein Freund grinste. »Ich möchte es trotzdem gerne wissen: Wie sah sie aus?«

»Wunderschön, aber das spielt doch … Ach was …«, Delius brach resignierend ab, machte eine wegwerfende Handbewegung und setzte seinen Fußmarsch mit verschlossener Miene fort.

Es war ihm nicht recht, mit welchem Spott Ditmold seinen nächtlichen Besuch bei Christiane Meitinger kommentierte. Sicherlich hatte er überreagiert, das stimmte schon, aber weder mit Humor noch mit Hohn war da etwas gutzumachen. Weder bei ihr noch bei ihm selbst. Natürlich hätte er nicht ohne Einladung in ihr Haus eindringen dürfen – und schon gar nicht in ihre Schlafkammer. Aber er wusste, dass er es jederzeit wieder tun würde, wenn er noch einmal in derselben Situation wäre, was Gott verhüten mochte.

Die Geschichte von Sebastian Rehm war schlimm, das Ende des Schriftstellers berührte ihn. Inzwischen war er sogar überzeugt davon, dass Rehm ein sympathischer Mensch gewesen war; seine reizende Frau und der kleine Johannes zeugten davon. Dennoch ging seine Trauer nicht tief, da er dem Toten niemals begegnet war. Der eingeschlagene Schädel von Severin Meitinger hatte ihn stärker getroffen, aber es hatte sich um einen erwachsenen Mann gehandelt, der seine besten Jahre bereits erlebt hatte.

Anders war der Anblick des Druckerlehrlings gewesen, dessen Jugend von brutaler Hand ausgelöscht worden war: Rund um die Lider hatte sich ein Flecken-Kranz in der Farbe eines Bischofsgewandes gebildet, die Male wiederholten sich am Hals; der Körper des Halbwüchsigen erschien ihm schwammig, war aufgedunsen und gleichzeitig ausgedörrt wie eine getrocknete Pflaume. Er war dankbar, dass ein fürsorglicher Mensch dem Toten bereits die Augen geschlossen hatte, da er sich vor nichts so sehr fürchtete wie dem, was im Blick des Jungen stand.

Die Bilder verfolgten ihn unablässig. Als er vollkommen kopflos zu Meitingers Haus gestürmt war ebenso wie auf seinem Weg zurück in das Gasthaus und auch in den wenigen verbliebenen Stunden der Nacht. Am Morgen hatte er den Gedanken an Antons stummen Vorwurf nicht auslöschen können, den er zwar nicht direkt gesehen hatte, aber zumindest in der Seele des Toten vermutete. Vielleicht lag der Unterschied in seinen Empfindungen darin, dass Anton der einzige der drei Ermordeten war, den er zu Lebzeiten gekannt hatte. Seine Begegnung an Severin Meitingers Grab war flüchtig gewesen, er hatte auf den Jungen kaum geachtet, und doch hatte er eine vage Vorstellung von ihm. Auch deshalb sprach er jetzt, als er mit Ditmold auf dem Weg zum Weinmarkt und dem Fugger-Palast war, von nichts anderem als seiner Schuld.

»Ich fühle mich für den Tod des Lehrlings verantwortlich. Wenn ich bereits nach dem ersten oder zweiten Brief auf Sebastian Rehm gehört hätte und früher nach Augsburg gereist wäre, hätten wir den Mörder dingfest machen können, und Anton wäre nichts passiert.«

Ditmold schüttelte entnervt den Kopf. »Zum ersten Mal in deinem Leben bist du mit einer Geschichte wie dieser konfrontiert – und schon übertreibst du … Gott zum Gruße«, er nickte den Wachen am Adlertor des Fugger-Hauses zu, die ihn erkannten und passieren ließen.

Während er mit Delius unter den italienischen Arkaden im Hof weiterging, fügte er hinzu: »Niemand kann vorhersagen, was der Täter gemacht hätte und was nicht. Vielleicht hätte er dich umgebracht, wenn du früher nach Augsburg gekommen wärst. Würdest du dich dann besser fühlen?«

Delius schnappte nach Luft. Die dreiste Frage seines Freundes machte ihn sprachlos. Schweigend trottete er in nunmehr erheblich langsamerem Tempo neben Ditmold her. Allerdings war die Gelegenheit für eine ernsthafte Unterhaltung denkbar ungünstig, denn jenseits des wuchtigen Tores herrschte so unmittelbar vor Beginn einer Sitzung des Reichstags reges Treiben: Wagen und Sänften waren unterwegs, wurden von Rittern und Söldnern flankiert, Reiter zu Pferde drängten sich an Fuhrwerken mit irgendwelchen Lieferungen vorbei, dazwischen versuchten Fußgänger wie die beiden Freunde ihren Weg zu finden, und Bedienstete eilten herbei, um ihren Herren oder deren Besuchern behilflich zu sein. Es herrschte ein Durcheinander der verschiedensten Dialekte und Farben. Bei einem seiner früheren Besuche im Palast Anton Fuggers hatte Delius gehört, dass neunundvierzig katholische Bischöfe oder Kardinäle und sechsundvierzig weltliche Fürsten dem Fürstenrat angehörten, im Kurfürstenkollegium versammelten sich darüber hinaus elf Mitglieder, von denen drei geistlichen Standes waren, dazu kamen der König und sein Gefolge. Mit den zur jeweiligen Partei gehörenden Schreibern und Beratern war dies eine stattliche Anzahl vornehmer Herrschaften, auch wenn ein Großteil der katholischen Kirchenvertreter wieder in Rom zur neuen Papstwahl weilte. Hundertsieben Meinungen!, sinnierte Delius, kein Wunder, dass die Verhandlungen stockten.

»Also gut«, sagte er schließlich zu Ditmold, »lassen wir die Mördersuche ruhen und konzentrieren uns auf die Schriften, deren Existenz Sebastian Rehms Briefe belegen.«

»Es ist erfreulich, dass du meine Meinung teilst. Wenn wir die Texte finden, werden wir wahrscheinlich ohnehin auch des Täters habhaft werden.«

Delius seufzte. »Im Besitz von Georg Imhoff befindet sich jedoch nicht, wonach wir suchen. Und Martha Rehm weiß ganz gewiss nicht mehr als das, was sie uns sagte. Mir ist deshalb nicht ganz klar, was wir nun noch in dieser Sache ausrichten können.«

»Warte es ab. Die Nachricht, die Herr von Hallensleben mir zukommen ließ, klang äußerst vielversprechend. Komm, hier herein, ich glaube, das ist der richtige Eingang zur Bibliothek.«

Ditmold drückte eine Tür auf und trat in einen Flur, von dem eine Treppe in den ersten Stock hinaufführte. Nachdem er sicher sein konnte, dass sein Freund ihm folgte, schritt er voraus. Die beiden Männer schwiegen, das Klappern ihrer Absätze war das einzige Geräusch. Ein wenig atemlos und deshalb leise schnaufend blieb der Assessor vor einem Raum stehen. Er klopfte kurz an und trat ohne weitere Aufforderung ein.

Die Fugger-Bibliothek raubte Wolfgang Delius auf den ersten Blick den Atem. Spontan wünschte er, aus einem anderen, angenehmeren Grunde hier zu sein und die Zeit zu besitzen, sich in Ruhe umzusehen. Der Bestand an Büchern und Manuskripten schien enorm. Es war unverkennbar, dass sich die zum Teil offensichtlich sehr alten Werke in ausgezeichnetem Zustand befanden und hingebungsvoll gepflegt wurden. Wie gerne hätte er sich an einen der Schränke gestellt, seine Finger über die reich illustrierten und mit aufwendigen Malereien versehenen Buchrücken gleiten lassen, die Goldschriften nachgezeichnet und sich dann in den Inhalt der Folianten vertieft. Statt seinen Sehnsüchten nachzugehen, wandte er sich mit entschlossener Miene Conrad von Hallensleben zu. Der Gelehrte trat mit ausgebreiteten Armen auf seine Besucher zu.

»Willkommen in meinem kleinen Reich«, grüßte er. »Ich danke Euch, dass Ihr meiner Bitte so rasch nachgekommen seid, Herr Rat. Leider hält mich die Katalogisierung der Protokolle des Reichstags ein wenig auf, sonst hätte ich Euch in Eurem Gasthaus aufgesucht.«

»Dieser Besuch macht uns keine Umstände«, erklärte Ditmold lächelnd. »Im Gegenteil. Ich glaube sogar, meinen Freund Delius werdet Ihr nicht so bald wieder los.«

»Ihr seid Verleger aus Frankfurt, nicht wahr? Wir sind uns auf der Trauerfeier von Severin Meitinger begegnet.«

»Ich nehme an, der gewaltsame Tod des Druckermeisters ist auch der Grund unseres Hierseins«, erwiderte Delius, der das Gefühl nicht loswurde, dieses Gespräch so schnell wie möglich hinter sich bringen zu müssen. Erst mit einem von allen bösen Erinnerungen unbelasteten Geist würde er die Betrachtung und Lektüre des Bibliotheksbestandes genießen können.

Conrad von Hallensleben nickte. »Wahrscheinlich hätte ich schon früher zum Reichserbmarschall gehen müssen, ich fühlte mich jedoch verpflichtet, das Andenken eines Freundes zu schützen. Diese Loyalität mag ein unverzeihlicher Fehler gewesen sein, es ist nur nicht anders erklärbar. Der gestrige Leichenfund hat mich wachgerüttelt.«

»Freundschaft ist ein enges Band, das nicht leichtfertig durchschnitten werden sollte«, pflichtete ihm Ditmold zuvorkommend bei.

»In der Tat, ja. Aber nachdem nun auch der Druckerlehrling umgebracht wurde, liegt die Sache wohl etwas anders: Die Gefahr für uns alle wächst, nicht wahr? Deshalb sehe ich mich gezwungen, ein Ehrenwort zu brechen ... Aber macht es Euch doch bitte erst einmal bequem. Ihr solltet mir nicht im Stehen zuhören. Nehmt hier auf diesen Stühlen Platz, bitte.« Von Hallensleben deutete auf zwei Sitzgelegenheiten, die sich unweit der Fenster und damit im Schein einer blassen Morgensonne befanden.

Nachdem sich seine Gäste schweigend gesetzt hatten, wandte sich der Bibliothekar zu seinem Pult und ergriff eine lederne Mappe, in der sich augenscheinlich lose Manuskriptseiten befanden. »Diese Aufzeichnungen kamen durch einen mir befreundeten Buchführer in meinen Besitz. Bitte, Herr Rat, seht sie Euch an. Es sind Texte verheerenden Inhalts – und sie tragen Meitingers Druckermarken«, die letzten Worte sprach er so leise, dass sie kaum hörbar waren.

Delius beobachtete von Hallensleben mit wachsender Verwunderung. Als er Fuggers Bibliothekar auf der Beerdigung von Severin Meitinger kennengelernt hatte, machte der Mann den Eindruck eines Gelehrten auf ihn, der sich sowohl seiner herausragenden Bildung wie auch seiner gehobenen Stellung bewusst war. Er war ihm ein wenig überheblich erschienen. Nun aber wirkte von Hallensleben kleiner, schmächtiger, verbittert und zutiefst verunsichert auf ihn. Seltsam, sinnierte Delius, gerade in seiner gewohnten Umgebung sollte der Bibliothekar eigentlich eher über sich hinauswachsen.

Von Hallensleben reichte Ditmold die Mappe, dann hob er den Saum seines Talars und setzte sich auf eine Bank. Stumm wartete er auf die Reaktion des Assessors.

Es herrschte bedrückendes Schweigen zwischen den drei Männern. Nur deren Atem und das Rascheln des Papierstoffs unterbrachen die Stille, als Ditmold die Seiten umschlug. Dumpf drangen von draußen Straßengeräusche in die Bibliothek, die zuvor durch die Stimmen übertönt und nicht aufgefallen waren. Irgendwo erklang eine Fanfare.

Nachdem Ditmold den Text weitgehend gelesen hatte, übergab er das Werk seinem Freund. »Ich glaube«, sagte er langsam, »dies ist, wonach du suchst.«

Delius brauchte nur einen Blick auf das Manuskript zu werfen, um zu wissen, dass Ditmold recht hatte. Konzentriert las er die wenigen Seiten. »Der Inhalt ist nicht überraschend, etwas in der Art hatte ich erwartet. Mich verwundert eher, dass dies nicht das Original zu sein scheint«, meinte er nach einer Weile.

»Was willst du damit sagen?«

»Ich denke, dass es sich um einen Probedruck handelt. Der würde auch das Siegel erklären. Niemand, der bei Verstand ist, versieht eine solche Fälschung mit dem eigenen Kolophon.«

»Das stimmt«, gab von Hallensleben zu. »Dennoch ist ein Probedruck nicht wahrscheinlich, denn immerhin war ein Handelsreisender in den Besitz des Manuskripts gelangt.«

»Das kann durch einen dummen Zufall geschehen sein«,

behauptete der Verleger lebhaft, nunmehr ganz in seinem Metier. »Vielleicht gerieten die Schriften zwischen andere Papiere, die für den Versand bereitlagen. Es hat niemand darauf geachtet, und schon waren sie im Umlauf.«

»Ihr wart ein Freund Severin Meitingers, Herr von Hallensleben«, erinnerte Bernhard Ditmold. »Könnt Ihr Euch vorstellen, warum sich der Druckermeister zu einer solchen Sache hat hinreißen lassen?«

Der Angesprochene zögerte. Er rieb seine Hände im Schoß, senkte den Blick. Schließlich hob er die Lider und erwiderte bekümmert: »Hättet Ihr mich vor einer Woche gefragt, wäre ich um die Antwort verlegen gewesen. Heute kann ich Euch sagen, dass Meitinger hohe Schulden plagten. Ich bin sicher, er hat sich aus Geldnot zum Druck dieser Werke überreden lassen.«

»Dann wisst Ihr es also auch«, stellte der Assessor fest. »Ich habe herausgefunden, dass Titus Meitinger recht hatte.«

»Ja, mit jedem Wort. Nun ja, vielleicht nicht darin, dass Christiane Meitinger ihren Mann umgebracht hat, aber wer kann das schon sagen, nicht wahr? Sie ist jung und dazu eine launische Person, ein Frauenzimmer ohne Manieren, die ihren Mund nicht halten kann und sich einmischt, wo es nicht erwünscht ist …«

Während von Hallensleben sprach, hinderte Ditmold seinen Freund mit einer kleinen Handbewegung an einem Protest. Schließlich unterbrach der Assessor den Bibliothekar: »Christiane Meitinger ist ganz sicher nicht die Mörderin, das könnt Ihr ausschließen, und ihre weiteren Charaktereigenschaften stehen hier nicht zur Debatte. Berichtet lieber von den Tatsachen. Wie verhält es sich Eurer Ansicht nach mit den Schulden des Toten?«

Von Hallensleben räusperte sich, bevor er fortfuhr: »Die Lage ist schlimm, sehr schlimm sogar. Ich habe mich bei der

Fugger-Bank erkundigt. Ohne unbescheiden klingen zu wollen, muss ich zugeben, dass es einzig meiner Fürsprache zu verdanken ist, dass die Schuldeneintreiber die Meitingerin und den alten Titus noch nicht aus dem Haus geworfen haben. Viel Zeit wird den beiden jedoch nicht bleiben, irgendwann müssen sie sich mit der Situation abfinden.«

»Was heißt das?«, fragte Delius scharf.

»Die Meitingerin wird über kurz oder lang ausziehen müssen. Vielleicht geht sie zu ihren Eltern zurück. Möglicherweise findet sie auch einen Ehemann. Hübsch genug ist sie ja. Was mit dem armen alten Titus geschieht, kann ich Euch nicht sagen. Vielleicht hat er vorgesorgt und ein Leibgedinge für sich gekauft.«

»Nun, das sollte nicht unsere Sorge sein«, bemerkte Ditmold und beobachtete aus den Augenwinkeln, wie Delius die Zähne zusammenpresste und sein Kiefer zu mahlen begann. »Mich interessiert deutlich mehr als die Zukunft der Meitingers, wer der Auftraggeber für die Druckwerke gewesen sein könnte. Ich nehme an, Ihr geht davon aus, dass Severin Meitinger nicht aus eigenem Ansporn heraus handelte.«

»Ausgeschlossen. Er besaß auch gar nicht die Kontakte, um derartige Schriften für einen guten Preis zu verkaufen. Um Unruhe zu stiften, muss man bedeutende Persönlichkeiten kennen, welche die Schriften ernst genug nehmen.«

Delius schüttelte den Kopf. Dankbar, von Hallensleben endlich widersprechen zu dürfen, hob er an: »Es hätte für genug Aufsehen gesorgt, wenn diese Texte irgendwo auf der Frankfurter Buchmesse aufgetaucht wären. Es bedarf keiner großartigen Bekanntheit, um mit einem Manuskript dieses Inhalts einen Skandal auszulösen. Möglicherweise gab es jedoch ein Problem – und der Druck wurde nicht pünktlich zur Ostermesse fertig.«

»Vielleicht, weil der Handschriftenfälscher zu diesem Zeitpunkt bereits nicht mehr unter uns weilte«, sinnierte Ditmold. Er gab seinem Freund unmerklich ein Zeichen, da er vor dem Bibliothekar nicht über Sebastian Rehms Briefe sprechen wollte – und schon gar nicht über dessen Verdacht, vergiftet worden zu sein. Stattdessen fragte er: »Habt Ihr zufällig von einem Verschwörerkreis in Augsburg gehört, dem Ihr die Fälschungen und eine Mordserie zutrauen würdet?«

Conrad von Hallensleben wand sich. Sein Gesicht rötete sich, seine Hände strichen fahrig über seine Oberschenkel. Ganz offensichtlich war ihm nicht wohl dabei, sein Wissen preiszugeben. Schließlich ergab er sich Ditmolds durchdringendem Blick. »In gewissen Kreisen ist die Rede von einer neuen *Sodalitas litteraria* … Habt Ihr von den früheren Vereinigungen gehört?«

Obwohl die Frage an Ditmold gerichtet war, fühlte sich Delius zu einer Antwort berufen: »Das waren illustre Bruderschaften oder Freundeskreise, deren Mitglieder zu den klügsten Köpfen deutscher Zunge gehörten. Die Idee zur Gründung der Solidaritätsgemeinschaft ging auf eine Tradition der Antike und Platos Philosophenschule zurück. Es ging darum, die Werke und Ideen der Gefährten, zumeist Dichter, Juristen und Theologen, zu verbreiten. Meines Wissens lösten sich die Vereine im Zuge der Reformation und der Kirchenspaltung vor dreißig oder vierzig Jahren auf.«

»Die *Sodalitas litteraria Augustana* war die wissenschaftliche Gesellschaft unserer Stadt. Besondere Verdienste erwarben sich die Mitglieder durch die Herausgabe von Geschichtsquellen, die erstmals in deutscher Sprache erschienen. Seinerzeit – es dürfte etwa Anfang dieses Jahrhunderts gewesen sein – waren auch viele Druckermeister Mitglieder des Kreises. Seht Ihr die Verbindung zum Heute, Herr Rat?«

»Mir scheint, sie ist offensichtlich.«

»Wir sind zwar nicht von hier, doch es ist uns bekannt, dass

Konrad Peutinger, der Berater von Kaiser Maximilian und Kaiser Karl, Begründer der Augsburger Gemeinschaft war«, fiel Delius ungehalten ein. Er kam sich vor wie ein Schuljunge bei einer Prüfung, was ihm missfiel. »Wer mag sich anmaßen, heute die Rolle des großartigen Juristen und Humanisten zu übernehmen und eine ähnliche Organisation aufzubauen?«

»Das kann ich Euch nicht sagen, Herr Delius. Es kursieren allerdings Gerüchte, dass es sich um Täufer handeln soll …«

»Wurden diese Menschen hierzulande denn nicht verfolgt?«, unterbrach der Assessor entsetzt. »Wer eine Wiedertaufe vornimmt oder sich selbst der Erwachsenentaufe unterzieht, wird mit der Todesstrafe belangt. Das ist seit dem Reichstag zu Speyer, also seit rund fünfundzwanzig Jahren, ehernes Gesetz.«

»Gewiss, gewiss, in Augsburg wurden diese in die Irre geleiteten Männer und Frauen ebenso verfolgt wie anderswo, aber wohl nicht ernsthaft ausgerottet, denn es geht die Rede, es lebten noch einige Glaubensbrüder in den Mauern der Stadt …«

»Wollt Ihr damit sagen, dass offen das Gesetz gebrochen wurde?«, brauste Ditmold auf. »Amtspersonen, die nicht bereit sind, den Anordnungen zu folgen, müssen selbst mit empfindlichen Strafen rechnen und fallen darüber hinaus beim Kaiser in Ungnade. Hat denn in dieser Stadt niemand den gebührenden Respekt?«

»Das wollte ich nicht sagen«, jammerte von Hallensleben, plötzlich wieder sehr kleinlaut und bekümmert, diesmal jedoch augenscheinlich eher in eigener Sache denn aus Loyalität zu einem toten Freund. »Jedes Ratsmitglied zu Augsburg ist ein gehorsamer Untertan des Kaisers. Daran gibt es keinen Zweifel.«

Ditmold stieß die angehaltene Luft aus, ansonsten wartete er schweigend ab.

Der Bibliothekar schluckte schwer. »Ich wollte Euch folgende Überlegung mitteilen: Wenn der katholische Fürstenrat und der Kurfürstenrat den Protestanten Zugeständnisse machen, so ist dies ein schwerer Schlag für die Täufer, da deren Reformationsbestrebungen niemals anerkannt wurden. Jemand aus diesem Kreise könnte großes Interesse daran haben, das Werk Luthers zu diffamieren und eine gerechte Lösung bei den Verhandlungen zu hintertreiben.«

»Das hat durchaus Sinn«, entfuhr es Delius. Wo aber sollten er und Bernhard Ditmold die geheime Täufergemeinde Augsburgs ausfindig machen? Sie kannten kaum jemanden in der Stadt, mit einem Empfehlungsschreiben des Reichserbmarschalls war es auf der Suche nach Anhängern der verbotenen Religionsgemeinschaft nicht getan. Um der Sache auf den Grund zu gehen, benötigten sie langjährig gepflegte Verbindungen. Sie hätten mit Männern bekannt sein müssen, die im Vertrauen ein Geheimnis preiszugeben bereit waren, zumal es sich bei den Täufern vermutlich um Bürger handelte, die einiges Ansehen genossen. Nur ein gebildeter Mann würde schließlich auf die Idee kommen, zu seinem Zwecke eine neue geisteswissenschaftliche Bruderschaft zu gründen. Severin Meitinger war bestimmt kein Anabaptist gewesen, dessen war sich Wolfgang sicher, aber wie stand es um Sebastian Rehm? Er fühlte sich nicht wohl bei dem Gedanken, Martha mit dieser Frage behelligen zu müssen.

Wieder senkte sich Stille über die drei Männer, jeder hing seinen Gedanken nach und wohl auch den Überlegungen nach den Konsequenzen. Nach einer langen Pause erhob sich Ditmold und verkündete: »Wir sollten den Eltern des Lehrlings einen zweiten Besuch abstatten ... Mir scheint, ich habe gestern Abend etwas übersehen.«

»Du warst bei Antons Eltern?«, wollte sein Freund verwundert wissen, als er nach dem Abschied mit ihm von der Bibliothek zurück zum Reiterhof ging.

»Irgendjemand musste den armen Leuten doch sagen, was mit ihrem Sohn geschehen ist. Du hattest in der Zwischenzeit ja anderes zu tun. Besseres, wie ich vermute«, fügte Ditmold hinzu und klopfte Delius väterlich auf die Schulter. »Trotzdem muss ich einräumen, dass du wahrscheinlich nicht übersehen hättest, was mir erst im Nachhinein auffällt.«

Der andere runzelte die Stirn. »Was soll das gewesen sein?«

»Ein Buch, mein Freund, ein Buch«, weitere Einzelheiten verriet der Assessor jedoch nicht.

31

Ziellos wanderte Christiane durch ihr Haus. Sie hatte nichts zu tun. Gar nichts. Und diese Untätigkeit begann ihr den Verstand zu rauben.

Sie hatte kaum geschlafen, nachdem Wolfgang Delius gegangen war. Antons Schicksal ging ihr nicht aus dem Kopf. Außerdem hatte sie die Sorge um Martha wach gehalten. Zwei oder drei Mal hatte ihre Cousine um Wasser gebeten, dann war sie wieder in die Besinnungslosigkeit gesunken, und Christiane konnte nur zu helfen versuchen, indem sie Martha kühle Umschläge auf die Stirn legte und ihren Körper immer wieder mit Weinbrand einrieb und mit Essigumschlägen abdeckte, wobei sie streng darauf achtete, dass die Kranke es trotzdem warm hatte. Auf diese Weise war es Christiane wenigstens möglich, ein hohes Fieber zu vermeiden.

Im Morgengrauen kam die Magd, die sich überraschenderweise bereit erklärte, die Kinderfrau zu ersetzen und sich um den kleinen Johannes zu kümmern, während die Hausfrau wichtigen Geschäften nachging, wie sie behauptete. Allerdings beäugte die Alte ihre Herrin mit wachsendem Unmut, da Christianes Umherwanderei nicht gerade auf dringende Angelegenheiten schließen ließ.

Christianes Lethargie hatte jedoch nichts mit Antriebslosigkeit zu tun, sondern vielmehr mit Hilflosigkeit. Nachdem sie das Kind in guten Händen wusste und die Magd darüber hinaus angewiesen hatte, regelmäßig nach Martha zu schauen, war sie voller Tatendrang in die Werkstatt gelaufen. Sie wollte Karl die traurige Mitteilung überbringen, aber auch besprechen, was zu tun sei, um die Druckerei wieder in Gang zu bringen. Doch Leere empfing sie. Karl war nicht da. Das Lager des Gesellen war unberührt. Die Maschinen, Tische, Pulte und Setzkästen waren eine einsame Mahnung an Meitingers Witib, aber auch eine deutliche Darstellung ihrer schlimmen Situation. Sie wusste sich keinen anderen Rat, als die Tore abzusperren und wieder zurück in ihre Wohnung zu gehen.

Tränen der Wut traten in ihre Augen. Dass nun auch Karl ohne ein Wort fortgelaufen war, zermürbte sie. Nicht, dass sie sonderlich viel Wert auf die Anwesenheit des wenig beliebten Gesellen gelegt hätte. Aber sie brauchte ihn – wie sie alle anderen Männer in diesem Haus auf die eine oder andere Weise gebraucht hatte. Himmel, dachte sie verzweifelt, welcher Teufel geistert durch diese Räume? Severin war ermordet worden wie sein Lehrling, der Geselle ebenso verschwunden wie Titus.

Zweifellos hatten die Tragödien etwas mit den Papieren im Weinkeller zu tun, davon war Christiane ebenso überzeugt wie ihr nächtlicher Besucher Delius. Es lag an ihr, den Schlüssel zur Wahrheit zu finden. Sie würde noch einmal Zeile für Zeile der Pamphlete lesen müssen auf der Suche nach einem Hinweis auf den Täter. Doch sie scheute sich, die Manuskripte bei Tageslicht und in Anwesenheit der Magd in die Schreibstube zu holen. Nicht auszudenken, wenn die Alte, von Neugier getrieben, herausfand, welches Geheimnis Christiane hütete. Sie erwartete zwar nicht, dass Severins dienstbarer Geist des Lesens mächtig war, aber auf eine mögliche Entdeckung wollte sie es nicht ankommen lassen – auch nicht auf einen Überraschungsbesucher, der sie in der Lektüre unterbrechen würde.

Die Hände ringend wanderte Christiane ziellos durch ihr Haus. Konnte es Karl gewesen sein? Warum war er fort, wenn ihn keine Schuld plagte? Karl kam – warum auch immer – als Mörder durchaus in Betracht, befand Christiane. Er könnte immerhin für die Druckwerke verantwortlich sein, die sie hinter Meitingers Rücken hergestellt haben. Zwar war nicht so recht vorstellbar, wie Sebastian Rehm dazu passte, aber die Verbindung von Meister und Geselle war klar: Severin hatte herausgefunden, was Karl heimlich trieb, diesen zur Rede gestellt, Karl hatte ihm im Wald aufgelauert, und es war zum Streit gekommen mit seinem schrecklichen Ende. Christiane konnte sich nicht erinnern, ob Karl in jener Nacht ausgegangen war, doch das spielte für sie keine Rolle. Denn auch Antons Schicksal passte in ihr Gedankengerüst: Der Lehrling hatte herausgefunden, was Karl trieb, und war aus demselben Grunde gestorben wie sein Meister. Karls Flucht unmittelbar nach dem Auffinden der Leiche sprach dafür.

Christianes Überlegungen entlasteten Titus, was Druck von ihrer Seele nahm. Nur, wohin war der alte Mann verschwunden? Und warum war er überhaupt gegangen, wenn nicht aus demselben Grund wie Karl? Hatten Severins Vater und der Geselle gemeinsame Sache gemacht? Diese Möglichkeit überstieg Christianes Vorstellungskraft, dennoch wollte sie nicht ganz davon ablassen.

Zu ihrer eigenen Überraschung fand sie sich plötzlich vor der Tür von Titus' Schlafkammer wieder. Sie hatte diesen Raum nie betreten, nur die Magd durfte gelegentlich zum Saubermachen hinein, ansonsten wollte der alte Mann seine »Ruhe vor Weibsbildern haben«, wie er mehrfach lauthals verkündet hatte. Bislang hatte Christiane niemals besondere Neugier auf Titus' Reich verspürt – das war nun anders. Es gehörte sich nicht, ganz gewiss, aber es ging um mehrere Mordfälle – und deshalb würde zumindest Gott ihr verzeihen, wenn sie das Verbot missachtete. Schlimmer noch, Christiane drückte die Klinke in dem Bewusstsein hinunter, das Zimmer nach möglichen Hinweisen auf Titus' Mittäterschaft und seinen Aufenthaltsort durchsuchen zu wollen.

Titus Meitingers Schlafkammer war ein erstaunlich kleiner Raum, der durch die Dachschrägen noch enger wirkte und sehr sparsam eingerichtet war: Eine Truhe, eine Liege mit Strohmatratze, ein Stuhl und ein Tisch am Fenster, dessen Oberfläche matt und hell vom Scheuern und der mit Tintenflecken und Wachsspritzern überzogen war, was auf eine rege Schreibtätigkeit schließen ließ. Die Wand über dem Bett zierte ein schlichtes Holzkreuz, ansonsten fehlte dekorativer Schmuck, und selbst die Möbel waren einfach zusammengezimmert, der Schreiner hatte auf jegliche Zierde verzichtet.

Verwundert sah sich Christiane um. Zum ersten Mal begriff sie, warum sich ihr Schwiegervater über die vielen Geschenke ärgerte, die Severin ihr gemacht hatte. Für einen alten Mann wie ihn, der offensichtlich in größter Bescheidenheit lebte, war jedes Geschmeide unnützer Tand. Nach diesem ersten Eindruck war die Behaglichkeit der Wohnräume zwar nicht unbedingt erklärlich, denn sie hatte angenommen, das Haus sei bereits von Titus Meitinger und seiner verstorbenen Frau eingerichtet worden, aber wahrscheinlich hatte sie sich geirrt, und es war die Hand von Severins erster Gemahlin am Werke gewesen.

Die Truhe war glücklicherweise nicht verschlossen, und Christiane begann, in Titus' Sachen nach einem Hinweis zu suchen. Der süßliche Geruch von Moder, Urin und dem Schweiß eines alten Menschen stieg von seinen Kleidungsstücken auf. Sie unterdrückte den Wunsch, alles zusammenzuraffen und in die Wäsche zu tun. Zwischen den Hemden lag eine Hieronymus-Bibel, offenbar eine alte Ausgabe, die viel benutzt wurde, denn der Ledereinband war abgeschabt und die Seiten waren manchmal brüchig, häufig zerknittert und teilweise sogar eingerissen. Ein derart zerlesenes Buch in Titus' Besitz zu finden, war wenig überraschend. Christiane legte es ohne weitere Beachtung fort.

Auf dem Tisch lagen ein alter Schreibkiel, dessen Federn so zerbissen waren wie die Flügel eines Vogels nach dem Angriff einer Katze. Kein Messer zum Anspitzen, kein weiteres Schreibgerät, kein Papier war da, nur ein Tintenfass, dessen Inhalt eingetrocknet war. Titus hatte sich also schon lange keine Notizen mehr gemacht und auch kein Tagebuch geführt, jedenfalls nicht an diesem Ort.

Es gab keinen anderen Platz, wo sie sich umsehen konnte. Seufzend ließ sich Christiane auf dem Lager nieder. Sie hatte ein Sakrileg gebrochen und war in Titus' Schlafkammer eingedrungen, hatte in seinen persönlichen Sachen gewühlt – und nichts weiter erreicht, als sich unendlich schlecht zu fühlen. Es war respektlos von ihr gewesen, sein Verbot zu missachten. Nun, dachte sie mutlos, immerhin war es für einen guten Zweck. Der Himmel mochte wissen, wo sich der alte Mann gerade aufhielt. Vielleicht schwebte er in Gefahr, und deshalb war es vernünftig gewesen, alles zu unternehmen, um ihn zu retten.

Hier gab es nichts mehr zu tun. Sie sollte gehen, bevor sie von der Magd entdeckt wurde. Weiter von schlechtem Gewissen getrieben, sprang sie energisch auf. Dabei verfing sich ein Strohbüschel in ihrem Rock. Durch die rasche Bewegung zerrte sie die Matte ein Stück weit mit sich. Ein Rascheln und ein leises, dumpfes Geräusch folgten.

Verärgert über ihre eigene Unachtsamkeit löste sie den Stoff unwillig aus den Halmen, so dass ein kleines Loch in ihr gutes Trauerkleid gerissen wurde, was sie jedoch nicht weiter beachtete. Dann schob sie die Matratze zurück an ihren Platz – was ihr nicht gelang, denn zwischen Lager und Wand klemmte ein Gegenstand.

Christiane bückte sich, ihre Hände griffen beherzt zu und förderten einen Beutel zutage, wie ihn Pilgerreisende benutzten: Die Tasche war aus Leder, wenn auch aus einem billigen, aus Altersgründen wohl abgewetzten und brüchigen Material, und sie war offen, ein typisches Symbol für Barmherzigkeit und die Freizügigkeit im Geben und Nehmen.

Ihr schlechtes Gewissen war verdrängt. Jeden Gedanken daran verscheuchend, öffnete Christiane den Beutel. Ihre Finger fühlten einen rauen Stoff. Die alten Nähte des für den Inhalt viel zu kleinen Sacks knirschten, als würden sie jeden Moment reißen. Doch Christiane gab nicht auf – und schließlich lag ein Gewand vor ihr auf Titus Meitingers Lager ausgebreitet. Sie hatte eine Pelerine erwartet und einen breitkrempigen, runden Hut, die Tracht der Leute, die zu den Heiligtümern wanderten. Doch stattdessen lagen ein schlichter brauner Umhang und ein weißer Mantel vor ihr, die Mozetta eines Priesters, deren Schmuck eine Jakobsmuschel war.

»Bei allen Heiligen«, entfuhr es ihr: »Warum versteckt der alte Titus des Habit eines Geistlichen unter seinem Bett?«

Und plötzlich fiel es ihr wie Schuppen von den Augen: Die Einrichtung in der Schlafkammer ihres Schwiegervaters war der einer Klosterzelle nicht unähnlich.

»Seltsam«, murmelte Christiane. Rasch biss sie sich auf die Zunge, erschrocken über den Klang ihrer eigenen Stimme.

Doch die stille Frage nach dem Warum ließ sie nicht los. Nachdenklich stand sie in der kleinen Klause, die Kleidung eines Mönchs an die Brust gepresst, welcher der Farbe nach entweder zum Orden der Karmeliter oder der Franziskaner gehört hatte. Offensichtlich war Titus mit diesem Mann eng verbunden gewesen, sonst hätte er dessen Sachen nicht aufbewahrt. Es passte zu seiner streng katholischen Haltung, einen Freund im Kloster besessen zu haben und sich an dessen bescheidener Lebensweise zu orientieren; lediglich auf die Enthaltsamkeit hatte Severins Vater verzichtet. Wer aber mochte so wichtig für ihn gewesen sein? Und warum hatte sie noch nie von einem Priester in der Familie gehört?

Die Mozetta mit dem Zeichen einer Pilgerreise nach Santiago de Compostela war der einzige ungewöhnliche Fund in Titus' Zimmer. Es war möglicherweise nichts, was mit den Morden in Zusammenhang stand; andererseits ging es auch um Pamphlete gegen Martin Luther – und dazu passte wiederum die Kutte … Plötzlich erstarrte Christiane. Der Reformator war Augustiner-Eremit gewesen und hatte wahrscheinlich ebensolch einen Umhang getragen. Es gab also einen Zusammenhang zwischen ihren seltsamen Entdeckungen in Meitingers Haus. Und vielleicht lag der Schlüssel zu allem doch in einer Vergangenheit, die sie stets ignoriert hatte.

Severin war tot, Titus verschwunden. Keiner der beiden Männer konnte ihr die gewünschten Auskünfte geben. Sie kannte jedoch einen Menschen, der eine gewisse Ahnung über die Umstände haben musste, allein vom Alter her – Hans Walser. Und sie würde nicht von der Seite ihres Vaters weichen, bevor er ihr gesagt hatte, was er wusste. Diesmal würde er mit ihr reden! Das schwor sie sich. Dabei flogen Christianes Blicke zu dem einfachen Holzkreuz über dem Bett ihres Schwähers.

32

Hans Walser lehnte über den Plänen des Wasserleitungssystems, als Christiane sein Dienstzimmer betrat. Der Besuch seiner Tochter störte ihn bei einer wichtigen Überlegung. Das war nicht nur offensichtlich – er teilte es ihr sogleich unumwunden mit: »Ich habe zu arbeiten, komm ein andermal wieder.«

»Nein, Vater, das werde ich nicht tun«, erwiderte sie ruhig. »Ich muss mit dir sprechen …«, sie holte tief Luft, um ihr Anliegen deutlicher vorzutragen, doch er unterbrach sie:

»Stiehl mir nicht die Zeit, Tochter. Es gibt ein Leck in der städtischen Wasserleitung. Das ist wichtiger als Weibergeschwätz. Geh zu deiner Mutter, wenn du tratschen willst.«

Doch Christiane ließ sich nicht abwimmeln. »Notfalls werde ich warten, bis du fertig bist«, versetzte sie. »Einerlei, ob es noch Stunden dauert – oder Tage. Ich bin für alle Fälle gerüstet.«

Christiane hatte sich darauf eingerichtet, dass ihr Vater sich nicht sofort darauf einlassen würde, mit ihr zu reden. Das Mindeste, was er tun konnte, war, ihre Geduld auf die Probe zu stellen. Schon allein, um sie zu strafen, weil sie ihn störte und diesmal keinen Widerspruch duldete, würde er so tun, als sei er anderweitig beschäftigt. Mit ein wenig Einfallsreichtum hoffte sie jedoch, ihn überlisten zu können. In ihrem Beutel führte sie Lektüre mit sich und einen Keramikflakon mit Apfelmost. Vielleicht benahm sie sich lächerlich, aber das war ihr egal, denn sie wollte Eindruck schinden. Sie vermutete, Hans Walser aus der Reserve zu locken, indem sie sich, unabhängig von jeder Bitte, in seiner Schreibstube häuslich niederließ. Deshalb machte sie es sich auf einem Stuhl im Hintergrund des Zimmers bequem, strich gelassen ihre Röcke glatt und nahm das Buch aus ihrer Tasche, klappte es auf und begann unverzüglich an irgendeiner Stelle zu lesen. Es war ein Roman von Georg Imhoff, den sie mehrfach verschlungen hatte und fast auswendig kannte. Sie brauchte sich also auf den Inhalt nicht zu konzentrieren, um den Fortgang der Geschichte zu erfahren. Durch ihre Wimpern beobachtete sie den Brunnenmeister, der sie verblüfft anstarrte.

Nachdem er sich wieder gefasst hatte, befand Hans Walser scharf: »Du bist von Sinnen, Tochter. Komm zur Vernunft und geh mir aus den Augen. Das ist das Beste, das du für uns alle tun kannst.«

Christiane blieb regungslos. Sie hatte nicht die geringste Ahnung, welche Buchstaben sich in dem Roman aneinanderreihten, aber sie tat so, als sei sie gefesselt von der Lektüre.

»Du störst!«, fuhr der Stadtbrunnenmeister mit erhobener Stimme fort. »Eine Rohrleitung zu reparieren, ist eine schwierige, mathematische Sache. Hast du eine Ahnung davon, wie man den Wasserdruck berechnet?«

Sie hob kurz ihren Blick. »Nein, natürlich nicht. Du kannst aber weiter deiner Arbeit nachgehen, während ich …«

»Hier wirst du nichts tun«, herrschte er sie an. Er riss sich die Sehhilfe von der Nase und trat auf Christiane zu, offenbar willens, seine uneinsichtige Tochter mit Gewalt aus seiner Schreibstube zu entfernen. Seine Knie berührten fast ihren Rock, die Hände hatte er zu Fäusten geballt. »Ich werde jetzt nicht mir dir reden«, verkündete er, »selbst wenn du hier sitzen bleibst und schwarz wirst.«

Einen beängstigenden Augenblick lang fragte sich Christiane, ob er sie tatsächlich schlagen würde. Ihr Vater hatte indes noch nie die Hand gegen sie erhoben; Züchtigungen hatte er, als sie noch ein ungestümes kleines Mädchen war, ihrer Mutter überlassen. Wenn sie zurückdachte, konnte sie sich auch nicht daran erinnern, dass er seine Frau jemals verprügelt hätte. Hans Walser mochte von aufbrausender Natur sein, ein gewalttätiger Mann war er nicht.

»Nun, Vater, schwarz ist immerhin besser als tot«, bemerkte sie und schlug das Buch zu.

Ihre Antwort verwirrte ihn. Wie ein Karpfen klappte er den Mund auf und zu, offenbar sprachlos über ihre Impertinenz.

Zufrieden über diesen Anfangserfolg, hob sie erbarmungslos an: »Hast du dir niemals Sorgen gemacht, dass ich das nächste Opfer sein könnte? Oder gar du selbst? Meitingers Lehrling Anton wurde erwürgt und in den Fluss geworfen. Weißt du schon davon? Wenn nicht, dann weißt du's jetzt ...«, sie schnappte kurz nach Luft, um ihren Ton in der Aufregung nicht allzu schrill klingen zu lassen und ruhig fortzufahren: »Du kannst dir Gedanken darüber machen, ob du weiter schweigen und Schuld auf dich laden oder mir sagen möchtest, welches Geheimnis du mit meinem toten Gatten teilst. Nur mit der Wahrheit ist dem Mörder beizukommen.«

»Und du glaubst, dass du das schaffst?«, schnaubte er. Dann brach er in schallendes Gelächter aus. »Deine Säfte müssen gehörig durcheinandergeraten sein, dass du der Annahme bist, den Mord an Severin aufklären zu können.« Er schien sich köstlich über seine Feststellung zu amüsieren, trat von ihr fort, klatschte sich auf die Schenkel, bis ihm Tränen über die Wangen liefen.

Dass er nicht mehr so dicht vor ihr stand, ermöglichte es Christiane, sich zu erheben und somit auf Augenhöhe mit ihrem Vater zu sein. »Ist dir eigentlich klar, dass du das Andenken meines verstorbenen Mannes beleidigst, indem du dich ausschüttest vor Lachen?«

»Nicht Severin machte sich zum Narren, sondern du!« Seine Stimme klang so laut wie ein Donnerhall und ebenso bedrohlich. Walser wirkte nicht mehr erheitert, sondern so cholerisch wie zuvor.

Sie funkelte ihn wütend an. Wenn es um gewisse Charaktereigenschaften ging, hatte sie einiges von ihm geerbt. »Was ist so schlimm daran, mir zu sagen, warum du in der Posthalterei Auerbach warst an jenem Abend? Eine Antwort – und du bist mich los.«

»Das ist Männersache«, beharrte er.

»Was verbirgst du vor mir, Vater?«

Plötzlich gab er nach. Wie eine Schweinsblase, die mit Wasser gefüllt und dann entleert wurde, fiel Walser in sich zusammen. Die Farbe in seinem Gesicht wechselte, und sein Atem klang rasselnd. »Ich bin ein kranker, alter Mann«, sagte er und drückte die Fäuste dramatisch auf seine Brust. »Der Veitstanz eines Weibsstücks ist nichts für mich.«

»Möchtest du etwas Wasser?« Sie sah sich besorgt nach einer Karaffe und einem Becher um, doch auf dem Schemel neben dem Pult mit den Plänen stand nur eine Kanne, von der ein vergorener, herb-süßlicher Duft aufstieg. In dem Gefäß befand sich Bier, das inzwischen abgestanden war und sicher nicht als Erfrischung dienen konnte. Dennoch griff sie beherzt nach dem Krug und reichte diesen ihrem Vater.

»Ich habe dem Herrn Assessor alles gesagt, was ich weiß«, erklärte Walser, nachdem er einen großen Schluck getrunken hatte. »Was den nicht weiterbringt, sollte dich nicht kümmern.«

»Wenn es so unwichtig ist, kannst du es mir doch verraten«, insistierte sie. Langsam dämmerte ihr jedoch, dass eine Information, die Bernhard Ditmold bei der Suche nach dem Mörder nicht weiterhalf, nichts wert war. Wahrscheinlich war die Geheimniskrämerei ihres Vaters nur ein eigensinniges Kräftemessen zwischen ihm und ihr. Nichts sonst. Deshalb nickte sie und gab nach: »Dann lass es sein. Ich will's nicht mehr wissen.«

Walser stieß heftig die Luft aus seinen Lungen. »Endlich siehst du's ein. Im Übrigen gibt es nichts weiter zu berichten, als dass Severin einen Zeugen für eine Unterhaltung brauchte.

Mit wem und warum, weiß ich nicht. Ich kam seiner Bitte aus Freundschaft nach, aber worum es letztlich ging, nahm er mit ins Grab.«

Christiane starrte ihren Vater fassungslos an. So einfach war es also, die Wahrheit zu offenbaren. Sie bemerkte den aufflammenden Schalk in seinen Augen. Hin und her gerissen zwischen dem Wunsch, wie ein kleines Kind mit dem Fuß aufzustampfen und nun ihrerseits in Gelächter auszubrechen, entschied sie sich für den Mittelweg: Sie schmunzelte und übte sich in Gelassenheit.

Tatsächlich war seine Information so wenig wert wie seine Falschheit, als er sie zum Narren hielt. Dass Severin seinem Mörder begegnet war, stand außer Frage. Die Nachricht ihres Vaters bedeutete einzig, dass ihr Gatte mit dem Mann verabredet gewesen war. Und auch das war nicht weiter verwunderlich. Im Geiste ging sie blitzschnell die Namen der Personen durch, von denen sie wusste, dass diese in jener Nacht in der Posthalterei gewesen waren. Doch ihr Vater schied als Täter aus, blieb nur Pater Ehlert!

Hatte der Jesuit Severin Meitinger erschlagen? War ein Bruder der Gemeinschaft Jesu zu einem Mord fähig? Konnte überhaupt ein Geistlicher die Hand gegen einen anderen Menschen heben und sich der schlimmsten Sünde schuldig machen? Sebastian Rehm hatte ihr von schrecklichen Vorfällen im Vatikan berichtet, die sich im Laufe der Geschichte zugetragen hatten. Warum also sollte ein einfacher Priester nicht zum Mörder werden, um seine eigenen oder die Interessen seines Glaubens zu verteidigen? Zumindest würde das erklären, warum Pater Ehlert immer gerade bei den Todesfällen zur Stelle gewesen war. Und es machte deutlich, dass er Christiane tatsächlich verfolgte. Nach dem Warum brauchte sie sich in diesem Fall nicht mehr zu fragen.

Ein Schauer lief über ihren Rücken. Weniger aus Neugier,

als vielmehr um sich von der schrecklichen Möglichkeit abzulenken, die sich nunmehr vor ihr auftat, wechselte sie das Thema: »Mir ist aufgefallen, dass ich wenig über die Familiengeschichte der Meitingers weiß. Das ist ein nicht wiedergutzumachender Fehler, meine ich, zumal Severin für immer schweigt. Und der Schwäher spricht nicht gerne mit mir …«

»Das kann ich verstehen«, knurrte Hans Walser.

»Kanntest du eigentlich die verstorbene Meitingerin, meine Vorgängerin?« Ihr schien dies die harmloseste aller Fragen zu sein. Damit wollte sie ihren Vater erst mal beruhigen, zumal ihr Interesse durchaus verständlich sein musste. Von dieser Antwort wollte sie sich weiter in die Vergangenheit zurücktasten und ihren Vater nach möglichen Familienmitgliedern aushorchen, die ein Gelübde abgelegt haben könnten.

»Natürlich«, antwortete er prompt und trank noch einen kräftigen Schluck Bier. Dann fügte er hinzu: »Das war die ältere Schwester von Georg Imhoff …«

Christiane glaubte ihren Ohren nicht zu trauen. Die Gedanken rasten durch ihren Kopf, ergaben jedoch keinen Sinn. Sie versuchte verzweifelt, etwas von dem, was sich da in ihrem Geist zusammenfügte, festzuhalten, doch das Mosaik war nichts anderes als ein Haufen kleiner Steinchen, die auseinanderbrachen, kaum dass sie ein Muster zu erkennen glaubte. Später, dachte sie, später würde sie sortieren, was ihr im Moment nicht zu ordnen möglich war.

»Wusstest du das nicht?«, erkundigte sich Walser, wohl seinerseits reichlich überrascht. »Man sollte annehmen, dass du wenigstens einen Blick ins Kirchenbuch geworfen hast, als ich dich Severin zur Frau gab.«

Ihre Trauung war nicht unbedingt ein Erlebnis, an das sie sich gerne erinnerte. Vielleicht hatte sie deshalb den einfachsten Weg übersehen, die Familiengeschichte der Meitingers zu erforschen: Nicht ihr Vater war die beste Informationsquelle, sondern das Kirchenbuch von St. Moritz, darin wurden Hochzeiten, Taufe, Erstkommunion, Firmung und Todesfälle in der Gemeinde festgehalten. In den Unterlagen der Pfarrei würde sie vielleicht finden, warum der alte Titus die Mozetta eines Pilgers auf dem Jakobsweg hinter seinem Bett versteckte.

Unvermittelt wandte sie sich zu dem Stuhl, auf dem sie anfangs gesessen hatte. »Du hast vollkommen recht, Vater«, behauptete sie und raffte Buch und Apfelmostkrug zusammen, da sie es plötzlich sehr eilig hatte. Sie spürte den bohrenden, neugierigen Blick ihres Vaters auf sich und verkündete: »Ich werde in die Kirche gehen.«

»Das steht dir als Witwe gut an.«

Obwohl sie sich über seine herablassende Antwort ärgerte, ignorierte sie diese. Sie bemühte sich um einen freundlichen Ton, als sie fragte: »Der alte Titus ist seit Tagen verschwunden. Ich mache mir Sorgen um ihn. Hast du eine Ahnung, wo er sich aufhalten könnte?«

Der Brunnenmeister zuckte mit den Schultern. »Nein. Er war schon immer ein äußerst verschlossener Mann, der seiner eigenen Wege ging. Vielleicht hat er in einem Kloster Quartier genommen und meditiert. Das würde zu ihm passen. Außerdem muss er sich ja wohl nach einer neuen Bleibe umsehen, wenn die Sache mit den Schulden stimmt.«

Und ich auch, sinnierte sie bitter. Aber an ihre Zukunft mochte sie im Moment nicht denken.

33

»Ist dir klar, was du diesen Leuten antust?«, rief Wolfgang Delius entsetzt aus.

Bernhard Ditmold nickte. »Natürlich ist es das. Es wird

nicht angenehm werden, aber es gibt keine andere Möglichkeit. Ich vertrete das Gesetz, ich musste handeln.«

Trübsinnig blickte Delius dem Ehepaar Schober nach, das von den herbeigerufenen Wachen abgeführt wurde, wobei die Frau an den Haaren mitgezerrt und der Mann mehr über den Boden geschleift wurde. Delius mochte sich nicht vorstellen, was mit Antons Eltern im Kerker geschehen würde, und doch drängten die brutalen Bilder einer *peinlichen Befragung* in sein Bewusstsein. Fußblock, Ketzergabel, Spanischer Kitzler, Kopfpresse – der Phantasie der Henker war bei Häretikern keine Grenzen gesetzt.

In diesem Fall würde der Scharfrichter umsichtig vorgehen, was den Leidensweg der Schobers verlängerte, denn es ging nicht um ein einfaches Geständnis. Das war nicht nötig. Überführte Täufer wurden sofort hingerichtet. Ditmold hatte tatsächlich das Buch in der Stube von Antons Eltern gefunden, an das er sich plötzlich erinnert hatte: Ein Gesangbuch der Schweizer Brüder. Wahrscheinlich hatte er recht, Delius wäre der Band eher aufgefallen, aber was spielte das jetzt noch für eine Rolle? Nun, da die Schobers in die Folterkammern des Stadtgerichts gebracht wurden, wo die Namen ihrer Anführer aus ihnen herausgepresst werden sollten.

Delius war überzeugt davon, dass der Böttcher und seine Frau lange schweigen würden. Der Glaube an den nahen Weltuntergang, der ihre Religion prägte, würde ihnen dabei helfen. Wie lange würde Antons Vater die mit Dornen bestückte, zehn Pfund schwere Halskrause tragen, bevor von seinem Nacken die Haut in Fetzen hing und er gestand? Wie viele Holzsplitter würden seiner Frau unter die Nägel getrieben werden, bevor sie die Verschwörer nannte? Oder würden beide erst unter der Würgschraube reden? Es konnte Tage dauern, bis das Täufer-Ehepaar gebrochen war. Was konnte der Mörder bis dahin noch alles anrichten!

»Es ist sinnlos«, murmelte Delius in sich hinein. »Die Folter ist für Menschen, die an die Prophezeiung der Apokalypse glauben, absolut sinnlos.«

»Die Befragung ist eine Notwendigkeit«, erklärte Ditmold sanft und lenkte seine Schritte bewusst aus der Gasse heraus. Er hoffte, dass der sensible Verleger nicht Zeuge geworden war, wie die Peitsche auf den zierlichen Körper von Antons Mutter sauste, als diese sich nach ihren Kindern umwandte, die jammernd und klagend im Hauseingang zurückgeblieben waren. Der Assessor hatte das Geschehen aus den Augenwinkeln beobachtet. Er meinte, dass Delius seine Blicke abgewendet hatte, das Geschrei jedoch war noch am nächsten Platz zu hören.

»Harmagedon oder die sieben Plagen der Endzeit«, sinnierte der Verleger und stolperte neben Ditmold her, das Kinn auf die Brust gesenkt, »die Eheleute Schober werden die Bibel in ihrem Sinne auslegen und daraus Kraft schöpfen.«

»Möglicherweise, aber letztlich werden die Jünger Zwinglis das Recht nicht beugen. Es liegt auf der Hand, dass Schober nicht der Täter ist, auch nicht der Auftraggeber für die Fälschungen. Ich bin aber sicher, dass er den Mann kennt und Anton aus diesem Grunde sterben musste. Vielleicht war der Lehrling kein so zuverlässiger Glaubensbruder wie sein Vater und hat den Augsburger Prediger erpresst. Die Bestätigung meiner Vermutungen wird der Scharfrichter herausfinden – und noch mehr. Hast du etwas dagegen?« Seine Frage klang beißend, offenbar verlor er langsam die Geduld mit seinem Freund.

»Deshalb sollte kein Weib geschlagen werden«, knurrte Delius.

»Himmelherrgott!«, entfuhr es Ditmold, der die Qual des anderen ebenso wenig weiter zu ertragen schien wie den stummen Vorwurf hinter dessen Worten. »Was willst du eigentlich? Dass Verbrecher ungestraft ein fröhliches Leben führen dürfen? Du hast ebenso Jurisprudenz studiert wie ich. Von dir könnte man wirklich ein wenig mehr Verständnis für Recht und Ordnung erwarten.«

»Ich wollte Fürsprecher werden und nicht Mitglied der Gerichtsbarkeit.«

»Wenn ich dich richtig verstehe«, bellte Ditmold, »willst du, dass ein Mörder frei herumläuft und Menschen nach seinem Gutdünken umbringt. Ist dir bewusst, dass die schöne Meitingerin in Gefahr schwebt? Sie ist meiner Ansicht nach das letzte Glied in der Kette, und du behauptest selbst, dass sie Kenntnisse hat, die sie uns verschweigt. Nur wenn wir des Täters habhaft werden, ist sie in Sicherheit.«

»Wenn ... wenn ... wenn ...«, gab Delius zurück. Er sah seinen Freund scharf an. »Ich habe nie behauptet, dass ich gegen eine gerechte Strafe bin. Allerdings missfällt mir der Weg dorthin.«

Seltsamerweise schien der Assessor seine Haltung verteidigen zu wollen: »Die Leute sind verdammte Ketzer. Sie stellen sich gegen den Kaiser und wollen eine neue Weltordnung schaffen. Darüber hinaus decken sie wahrscheinlich den Mörder ihres eigenen Sohnes. Mit diesem Abschaum kannst du kein Mitleid haben.«

Der Verleger schwieg. Er hatte keine Lust, sich mit Ditmold einen Disput über die Anwendung der *Peinlichen Gerichtsordnung* Kaiser Karls V. zu liefern. Unter anderen Bedingungen hätte er diese Debatte sicher gerne geführt, sie hätte seinen Geist wahrscheinlich sogar über alle Maßen angeregt. Doch unter den gegebenen Umständen waren seine Parteinahme und die damit verbundene Verwirrung seiner Gefühle zu groß, um ein vernünftiges Plädoyer für seine Auffassung halten zu können. Er hätte sich niemals auf diese Sache einlassen dürfen, dachte er plötzlich. Alles, was er seit seiner Ankunft in der Posthalterei zu Auerbach erlebt hatte, veränderte ihn, seine Einstellung zum Leben und vielleicht auch seine Zukunft. Die Suche nach den Fälschungen, die zur Jagd nach einem Mörder geworden war, ging ihm viel zu nahe. Langsam verschwammen die Grenzen zwischen seinem persönlichen Interesse, der berufsbedingten Neugier und der rechtswissenschaftlichen Lehrmeinung. In dem fast verzweifelten Versuch, seine innere Ordnung wiederherzustellen, beschloss er, Amalie den Brief zu schreiben, den er ihr längst schuldete. Seit er in Augsburg war, hatte er keine Zeile verfasst. Viel zu selten war das Bild der Frau, die er zu heiraten beabsichtigte, durch seine Gedanken gekreist.

»Lass uns unseren Zwist mit einem Krug Wein hinunterspülen«, schlug Ditmold versöhnlich vor. »Ich werde den Wirt bitten, den besten Riesling hervorzuholen, den er in seinem Keller hütet.«

Die Worte seines Freundes brachten eine Saite in Delius' Geist zum Klingen. Er erinnerte sich, vom Weinkeller Severin Meitingers gehört zu haben. Der Druckerverleger hatte diesen gehütet wie einen Schatz. Delius entsann sich nicht mehr, wer dies gesagt hatte, aber er war sich sicher, dass auf der Trauerfeier der hervorragende Geschmack des Toten gewürdigt worden war. »Die Vorräte meines armen Mannes sind nicht groß«, hatte Christiane Meitinger dagegen behauptet und ihm und Ditmold lediglich Apfelmost angeboten, der zweifellos in der Küche zubereitet und gelagert wurde. Sie hatte demnach ganz bewusst verhindern wollen, dass einer von ihnen in das Gewölbe hinabstieg.

»Der Weinkeller«, entfuhr es ihm. »Im Weinkeller sind die Fälschungen versteckt.«

Ditmold glaubte, ihn nicht richtig verstanden zu haben. Verdutzt sah er seinen Freund an: »Was sagst du da?«

Er hatte seinen Verdacht nicht laut aussprechen wollen. Die

Vorstellung, dass Christiane Meitinger zur Befragung aus ihrem Haus gezerrt würde wie die Mutter ihres Lehrjungen, widerte ihn an. Nur wenn er sich seiner Sache sicher war, wollte er sein Wissen mit Bernhard Ditmold teilen. Dafür musste er die Beweise jedoch in Händen halten – und sich schlimmstenfalls eine Geschichte ausdenken, durch die er Severin Meitingers Witwe schützte. Aber wie konnte er sie dazu bringen, ihm die Wahrheit anzuvertrauen? Er brauchte Zeit, um über seine Erkenntnis nachzudenken. Und er musste Ditmold ablenken, damit dieser nicht von alleine auf den Fundort kam. Still verfluchte sich Delius, weil er seine Zunge nicht hatte hüten können.

»Ich sagte, im Weinkeller des Wirts liegen hoffentlich keine Fässer mit gepanschtem Wein«, behauptete er vergnügter, als ihm zumute war. Er griff nach Ditmolds Arm. »Du hast recht, wir gehen jetzt erst mal etwas trinken. Und danach brauche ich ein wenig Ruhe, denn ich möchte endlich ein Billett für Amalie verfassen.«

Ditmold grinste, erleichtert, dass sich der andere wieder eines freundschaftlichen Tons bediente. »Gott mag verhüten, dass du dann zu betrunken dafür bist.«

34

Martha fror erbärmlich. Ihr Leib zitterte, die Zähne schlugen aufeinander. Obwohl die Magd bereits mehrere Decken über sie gelegt hatte, fror sie unvermindert. Inzwischen glaubte sie, dass ihre Glieder vor Kälte gelähmt waren. Jedenfalls fühlten sich ihre Beine seltsam steif an. Es geschah etwas mit ihrem Körper, über das sie keine Kontrolle besaß. Sie wusste auch nicht, wie lange sie sich schon in diesem Zustand befand, denn sie hatte jegliches Zeitgefühl verloren. Ihr Kopf schien so leer, ihr Schädel nur noch die Hülle eines verlorenen Geistes.

Manchmal kehrten die Gedanken zurück. Dann fiel sie in düstere Alpträume, in denen sie Luzifer als Lichtbringer und den Höllensturz der Engel vor sich sah, der nicht im Feuer, sondern in absoluter Dunkelheit mündete. Sie wachte erschrocken auf. Niemand war zur Stelle, der sie tröstete, und die Einsamkeit belastete sie mehr als der Traum, der sich nicht abschütteln ließ.

Sebastian, dachte sie traurig. Ihr geliebter Mann hatte sie in den Armen gewiegt und getröstet, wenn sie nachts aufgewacht und verzweifelt gewesen war. Er hatte ihr wundervolle Geschichten erzählt, die sie dazu brachten, alles Böse zu vergessen und glücklich zu schlummern. Doch Sebastian war tot. Er würde sie nie wieder beschützen. Er war ermordet worden. Vergiftet, bis seine Eingeweide sich aufgelöst hatten und er in seinem eigenen Blut verendete wie ein Tier.

Stumme Tränen liefen über Marthas Gesicht, doch sie spürte sie nicht, denn der Schüttelfrost griff erneut mit eisiger Hand nach ihrem Körper.

Sie wollte die Magd fragen, die nach ihr sah und nichts anderes tat, als ihr etwas zu trinken anzubieten und eine weitere Decke über ihr auszubreiten, wo Christiane sei. Außerdem wollte sie sich nach ihrem Kind erkundigen. Es war nicht möglich. Ihre Stimme versagte ihr den Dienst. Die Zunge lag bleischwer hinter den Zähnen, ihre zitternden Kiefer waren verspannt und ließen sich nicht trennen. Die Kelle Wasser, welche die Magd ihr einzuflößen versuchte, rann an Marthas Mundwinkeln herab und sammelte sich in ihrer Halsbeuge.

Panik stieg in ihr auf. Aber sie war zu schwach, sich ernsthaft Gedanken zu machen. Ihr Bewusstsein floh wieder vor der Wirklichkeit. Sie fühlte sich eingepfercht in einen dunklen Schacht, wie in einem Brunnen, den ihr Oheim gebaut hatte.

Als sie Kinder waren, hatte Christiane ein Versteckspiel erfunden und war in einen Brunnen geklettert, doch Martha hatte der Mut dazu gefehlt. Es war nichts passiert, außer dass Christiane entdeckt und von ihrer Mutter gescholten und verhauen worden war. Martha hatte die Tapferkeit ihrer Cousine bewundert. Und sie bewunderte sie noch heute. Christiane würde dafür sorgen, dass alles gut wurde. Vielleicht war es doch kein dunkler Schacht, eher ein Tunnel. Martha glaubte am Ende ein kleines Licht zu erkennen. Wie schön …

Ein brennender Schmerz holte sie in die Wirklichkeit zurück. Ihre Lider flatterten, aber sie konnte nichts erkennen außer einem dunklen Umhang, der über ihr Gesicht fiel und ihr die Sicht nahm. War der Teufel da, um sie zu holen? Kam er zu ihr, wie er Sebastian von ihr genommen hatte? Sie hatte ihrem Liebsten nicht geglaubt, jetzt war sie sicher, dass es ihr ebenso erging wie ihm. Unwillkürlich versuchte sie, sich zu bewegen, um Satan abzuschütteln.

»So haltet doch still, Rehmin«, bat eine sanfte, erstaunlich geduldige Männerstimme. »Der Aderlass wird schmerzhaft, wenn Ihr Euch heftig bewegt. Mit dem Schröpfschnepper ist die Blutentnahme einfacher als mit einem Flietenmesser, aber zappeln solltet Ihr trotzdem nicht.«

Martha lag still. Sie spürte, wie eine warme Flüssigkeit von der Schläfe über ihre Wange rann. Wasser konnte das nicht sein. Waren dies ihre eigenen Körpersäfte? Sie wollte etwas sagen, dem Bader oder Arzt oder wer sie behandelte mitteilen, dass sie sich schwach fühlte, wie eine leere Hülle ihrer selbst. Außerdem wollte sie ihm sagen, dass sie seiner Dienste nicht bedurfte, denn sie hatte kein Geld, ihn zu bezahlen, und Christiane plagten entsetzliche Schulden …

»Schaut her, Meitingerin, Eure Cousine ist aus der Ohnmacht erwacht«, verkündete der Mediziner nicht ohne Stolz. »Die Behandlung zeigt Wirkung.«

»Ach, sie ist so bleich«, Christiane sprach sehr leise und gepresst, »als wäre bereits alles Leben aus ihr gewichen.«

Christiane war an ihrem Bett. Das war gut. Martha spürte unendliche Erleichterung. Wenn Christiane bei ihr war, konnte ihr nichts Böses geschehen.

»Sie ist krank, Meitingerin, schwer krank. Ihr solltet nach einem Geistlichen schicken.«

»Der Tod ihres Gatten hat ihr das Herz gebrochen«, flüsterte sie. »Ich wünschte, Delius hätte ...«, den Rest des angefangenen Satzes behielt sie jedoch für sich.

Ja, dachte Martha, Sebastian hatte ihr Herz gehört. Und er hatte einen Teil davon mit ins Grab genommen. Oder in den Himmel. Der andere Teil gehörte Johannes – auf immer und ewig. Ihr Sohn war noch klein, er würde sich nicht an seinen Vater erinnern – und an seine Mutter auch nicht. Er würde sie wahrscheinlich nicht einmal sonderlich vermissen, denn Christiane war da, wie sie immer für ihn da gewesen war und für ihn gesorgt hatte. Es ist gut, dass sie da ist, sinnierte Martha.

Sie fühlte, wie sich ihr Geist aufzulösen begann, wie die Leere wieder Besitz von ihrem Kopf nahm. Doch diesmal empfing sie keine Dunkelheit. Da war nur Licht.

35

Es war fast nur ein Kratzen an der Tür, aber es störte Wolfgang Delius beim Verfassen seines Briefes an Amalie. Er schrieb so konzentriert, dass ihn das Geräusch aufschreckte und er im ersten Moment trotzdem nicht wusste, worum es sich dabei handelte. Es war mitten in der Nacht, und die Trinkstube hatte inzwischen ebenso geschlossen wie alle anderen Bier- und Weinschänken, die Stadt schlief, und von der

Steinhausgasse drang kein Laut herauf. Anfangs glaubte er an eine Katze, die Einlass begehrte, doch das Klopfen wurde energischer.

Ungehalten über die Störung warf er die Feder hin, erhob sich, streckte seine vom langen Sitzen steifen Glieder und riss die Tür auf, um den ungebetenen Besucher abzuweisen. Ihm lagen eine Menge unfreundliche Worte auf der Zunge, doch stattdessen entfuhr ihm nur ein erstauntes »Meitingerin«.

Verblüfft starrte er sie an, rührte sich nicht, schickte sie nicht fort und bat sie auch nicht herein. Die Witwenhaube saß schief, ihre Haare hatten sich aus den Spangen gelöst und hingen in dicken Strähnen auf ihre bebenden Schultern, und in ihren Augen über den ungesund geröteten Wangen schimmerten Tränen. Ihre ganze Erscheinung war nichts als Schmerz, und sein Herz zog sich in grimmiger Vorahnung zusammen.

Ihre Lippen zitterten, als sie hervorstieß: »Sie ist tot.«

Diese drei Worte schienen ihr unendliche Mühe zu bereiten, und Delius fürchtete, dass Christiane Meitinger im nächsten Moment zusammenbrechen würde. Unwillkürlich streckte er die Hand nach ihr aus. Sie wich zurück.

»Ihr habt sie umgebracht!«

Die Anklage traf ihn nicht. Er wusste ja nicht einmal, was sie meinte. Aber er wollte es auch nicht wissen. Er sah die Trauer, die sie fast um den Verstand brachte, und er konnte nachfühlen, was sie empfand. Martha Rehm war gestorben. Es bedurfte keiner weiteren Nachfrage, und er war zutiefst erschüttert. Deshalb trat er ungeachtet ihrer Zurückweisung vor und legte die Arme um sie. Nicht wirklich sicher, ob sie seines Trostes bedurfte oder er des ihren.

Zu ihrer eigenen Überraschung ließ sie seine Berührung geschehen. Seine Umarmung tat ihr wohl, die Wärme seines Körpers strömte durch ihren Leib, der Schlag seines Herzens pumpte Lebendigkeit auch durch ihre Brust. Dabei hatte Christiane geglaubt, für immer zu erstarren, als der nach ihrer Heimkehr von der Unterredung mit ihrem Vater herbeigerufene Arzt Marthas Tod festgestellt hatte. Anfangs hatte sie nicht einmal weinen können. Die Tränen waren erst über ihre Wangen gelaufen, als sie, brennend von dem Wunsch nach Vergeltung und blind gegen die Gefahren der Nacht, durch die Gassen gerannt war. Wolfgang Delius war schuld. Davon war sie überzeugt. Er hätte Martha nicht schonungslos eröffnen dürfen, dass Sebastian einem Giftmord zum Opfer gefallen war. Der Fremde, der sich ungebeten in ihre Angelegenheiten mischte, hatte Martha das Herz gebrochen. Und an Christianes Meinung änderte auch das medizinische Gerede von den Säften nichts, die durch Marthas Fehlgeburt verdorben sein könnten. Dem Körper ihrer Cousine und Freundin war es wieder gutgegangen, sie hatte vielmehr die entsetzliche Kette von Schicksalsschlägen nicht verkraftet. Martha war viel zarter als Christiane gewesen und hatte in ihrem Leben so viel durchmachen müssen. Irgendwann hatte sie eben ihre Kraft verloren.

Die Verzweiflung, die Christianes Seele belastete, löste sich in Schluchzen auf. Obwohl er alles andere als der geeignete Mann war, ihr Trost zu spenden, entlud sich ihr Schmerz an der Schulter von Wolfgang Delius.

Eine Weile lang standen sie so in der Tür zu seiner Kammer. Er hielt sie umfasst, und Christianes Hände hatten sich wie von selbst gehoben, um seinen Körper zu berühren. Sie ertastete seinen Rippenbogen, die Muskeln in seinem Rücken. Nie zuvor hatte sie ein Mann auf diese Weise umarmt. Noch nie war sie in einer Situation gewesen, die so sehr nach Linderung und Hoffnung gleichermaßen schrie. Doch mit der Beruhigung ihres Schmerzes kehrte auch der Wunsch nach Geißelung zurück.

Was tat sie da? Er war Marthas Mörder.

Sie machte sich von ihm frei, um im nächsten Moment mit den Fäusten auf seine Brust einzuhämmern. »Ihr seid schuld an ihrem Tod«, sie wollte die Anklage herausschreien, ihrem Herzen endlich Erleichterung verschaffen, doch sie brachte nichts als ein Wimmern hervor.

Er griff blitzschnell nach ihren Handgelenken und umschloss diese wie mit Fesseln. »Still jetzt«, zischte er.

»Sie ist Euretwegen gestorben«, keuchte sie atemlos, während sie sich gegen ihn stemmte und ihn abzuwehren versuchte.

Es bedurfte einer einzigen Geste, ihr die Arme auf den Rücken zu drehen. Dadurch presste er zwangsläufig ihren Körper gegen den seinen. Sein Atem streifte ihr Gesicht, doch Christiane zappelte und schimpfte weiter: »Ihr habt sie getötet.«

»Seid Ihr verrückt? Ihr weckt noch das ganze Haus«, seine Stimme erschien ihr bedrohlich, und Christiane fürchtete sich tatsächlich für einen Bruchteil des Augenblicks vor ihm. Sie schnappte nach Luft, wollte um Hilfe schreien. Da senkte er plötzlich den Kopf und seine Lippen verschlossen ihren Mund.

Fassungslosigkeit breitete sich in ihr aus. Sie ließ den Kuss geschehen, weil ihr nicht in den Sinn kommen wollte, was sie gegen seine Kraft ausrichten konnte. Doch auch als sie spürte, wie sich sein Griff lockerte und seine Hände ihre Schultern umfassten, stand sie still. Er vertrieb die Kälte aus ihrer Seele, schenkte ihr ein ungeahntes Gefühl von Zärtlichkeit. Ohne dass sie sonderlich darüber nachdachte, gab sie sich ihm hin. Sie schmeckte den Wein, den er zuvor getrunken hatte, und die Leidenschaft, die unvermutet von ihm Besitz ergriff. Grenzenloses Staunen erfasste Christiane und löschte die Qual in ihrem Herzen wie ein Windhauch eine Kerze.

Zögerlich ließ er von ihr ab. Er räusperte sich, schien jedoch keine Worte zu finden. Stumm blickte er in ihr von der Tragödie gezeichnetes Antlitz.

Christiane fuhr sich mit der Zunge über die Lippen. »Ich … ich … sollte gehen«, haspelte sie, rührte sich jedoch nicht vom Fleck. Warum fühlte sich ihre Stimme plötzlich rau an? Wieso versagten ihr die Beine den Dienst? Sie war gekommen, ihn abzukanzeln, ihren Zorn über Marthas Tod an ihm auszulassen. Stattdessen stand sie so ratlos vor ihm wie er vor ihr – beide von ihren so unvermittelt aufgeflammten Gefühlen gefangen wie Delinquenten im Käfig am Pranger. Und ebenso unglücklich. Nichts war so, wie es sein sollte.

Er wischte in einer unendlich zarten Geste die Tränenspuren von ihren Wangen. »Am liebsten würde ich mit Euch um Eure Cousine weinen«, raunte er. Dann nahm er ihre Hand und zog sie in seine Kammer. »Es mag nicht schicklich sein, aber das ist jetzt einerlei. Kommt herein und erzählt mir, was geschehen ist«, bat er und schloss die Tür mit einem Fußtritt.

»Sie ist tot«, wiederholte Christiane leise.

»Hmmm«, er nickte, »das tut mir sehr leid.«

Sie sah in seine vor Traurigkeit glänzenden Augen. Im Licht des einzigen Kerzenstumpen, der auf dem kleinen Schreibtisch brannte, konnte sie nicht genau erkennen, ob sein Blick tatsächlich in Tränen schwamm, doch seine Seelennot war allzu deutlich.

Selbst wenn Martha an gebrochenem Herzen gestorben ist, fuhr es ihr plötzlich durch den Kopf, *ich* hätte sie beschützen sollen. Es war mein Fehler …

»Ich war zu beschäftigt«, brach es aus ihr heraus. »Der Arzt hätte viel früher geholt werden müssen. Selbst der Priester kam zu spät, weil ich nicht einsehen wollte, was unvermeidbar war. Ich habe nicht zur rechten Zeit nach dem Geistlichen geschickt … und nun ist sie ohne die Sakramente gestorben …«, ihre Stimme verlor sich in erneutem Schluchzen.

Er zog sie wieder in seine Arme. Mit beruhigender Zärtlichkeit strich er über ihr Haar. »Scht«, machte er leise. »Es ist schlimm, dass Martha nicht mehr unter uns ist, aber es ist Gottes Wille und nicht mehr ungeschehen zu machen. Niemanden trifft Schuld daran, Euch am allerwenigsten. Ihr wart immer gut zu ihr und dem Kleinen …«

Seine tiefe, sanfte Stimme zu hören tat ihr wohl. Es war nicht einmal der Inhalt seiner Worte, allein der Klang beruhigte sie. Unwillkürlich lehnte sie die Stirn gegen seine Schulter. Mit einiger Verzögerung wurde ihr bewusst, welches Vertrauen sie diesem fremden Mann mit ihrer Geste entgegenbrachte – und wie verletzlich sie selbst dadurch wurde. Doch das war ihr egal.

Er umschloss sie fester. »Ich bin sicher, nichts wäre anders gekommen, wenn der Medicus oder der Pfarrer früher eingetroffen wären. Sebastian Rehm hat seine Liebste zu sich geholt. Im Paradies werden die beiden den Frieden finden, der ihnen auf Erden verwehrt blieb. Vielleicht ist das der Sinn dieser Tragödie.«

»Ich kann mir ein Leben ohne Martha nicht vorstellen«, wisperte sie in sein Hemd, das feucht war von ihren Tränen.

»Wenn Gott würfelt, verlieren die Menschen. Anfang dieses Jahres sind mein Vater und mein älterer Bruder tödlich verunglückt, und damit hat sich alles verändert. Ich wollte niemals Verleger werden, ich habe die Rechtswissenschaften studiert, um Fürsprecher zu sein. Es fragt niemand, ob ich glücklich mit dieser Entscheidung bin. Ich musste meine Träume loslassen – und ebenso ist es für Euch. Eure Welt ist in ihren Grundfesten erschüttert, trotzdem müsst Ihr nach einem neuen Weg suchen, den Ihr alleine beschreiten werdet.«

Seine Beschwichtigungen zeigten Wirkung: Sie zog die Nase hoch wie ein kleines Kind und legte ihren Kopf in den Nacken. In dem schwachen Licht der einsamen Kerze entdeckte sie wieder den trügerischen Glanz in seinen Augen. Sie war ihm so nahe, dass ihr die persönlichste aller Fragen wie eine Selbstverständlichkeit erschien: »Habt Ihr Martha geliebt?«

Abrupt ließ er sie los. »Was?«, fragte er kopfschüttelnd und fuhr sich mit der Hand durch das Haar. »Wie kommt Ihr auf diesen Gedanken?«

Beschämt zuckte sie mit den Schultern. Der körperliche Abstand zu ihm half ihr, die Situation angemessen zu betrachten. Mit einem Mal hatte sich die Nähe, die sie empfunden hatte, in Flüchtigkeit aufgelöst, und er war wieder ein Fremder, der ihre Cousine vielleicht verehrt hatte – aber nur vielleicht, und ganz gewiss niemand, den sie über Gefühlsdinge ausfragen durfte.

»Martha Rehm war ein guter Mensch«, hob er an, offenbar bemüht, das Andenken der Toten nicht durch eine falsche Äußerung zu beschädigen. Während er sprach, begann er, vor Christiane auf und ab zu wandern: »Dass sie nicht mehr unter uns weilt, ist ein großer Verlust. Sicher wurde sie stets auf die eine oder andere Weise geliebt, aber … aber … Ihr irrt Euch, wenn Ihr annehmt, ich hätte Absichten verfolgt, die in irgendeiner Weise …«, hilflos brach er ab und blieb in geringer Entfernung vor ihr stehen.

Christiane schluckte. »Verzeihung, ich dachte … Ich wollte Euch nicht zu nahe treten. Es geht mich ja auch nichts an.«

»Das weiß ich nicht«, erwiderte er ruhig und blickte ihr in die Augen. »Wenn Ihr schon so deutlich fragt, sollte ich Euch die Antwort eigentlich nicht schuldig bleiben, nicht wahr?«

»Schon möglich.« Unter seinem eindringlichen Blick senkte sie verlegen die Lider. Es war ihr unangenehm, dass ihr Herz in ihrer Brust einen absonderlichen Trommelwirbel veranstaltete.

»Ich habe mich als Mann nicht zu ihr hingezogen gefühlt.

Das ist die Wahrheit …«, er räusperte sich wieder und setzte hinzu: »Ich würde dich allerdings gerne noch einmal küssen, wenn der Zeitpunkt nicht so unpassend wäre. Der Kuss war wunderschön.«

Ein Schmunzeln umspielte ihre Lippen, als sie aufschaute und mit einer kleinen Geste das Zimmer umfasste. »Der Ort ist auch nicht besonders schicklich. Es gehört sich nicht, dass ich länger hier bleibe. Ich sollte jetzt gehen – und ich hätte wahrscheinlich auch gar nicht kommen dürfen.«

Delius griff nach seinem Wams, das über der Stuhllehne hing, und warf es sich rasch über. »Ich werde Euch begleiten«, sagte er dabei, wieder in den förmlichen Ton schwenkend, was sie ein wenig bedauerte. »Ihr solltet nicht alleine durch die Nacht wandern.«

»Ist es nicht gleichgültig, was mit mir geschieht?«

»Nein. Nein, das ist es nicht. Denkt doch an den kleinen Johannes, der nun nur noch Euch hat«, er schenkte ihr ein zärtliches Lächeln. »Und denkt bitte auch ein wenig an mich. Ich würde es sehr bedauern, wenn Euch etwas zustieße.«

Verwundert schwieg sie. Was hätte sie auch antworten sollen? Dass seine Gefühlsäußerung sie umfing wie ein wärmender Mantel in eisiger Nacht? Sie freute sich mehr über seine Worte, als sie zuzugeben bereit war. Es war alles so verwirrend, und wahrscheinlich hatte er recht damit, dass es der falsche Zeitpunkt für sie beide war. Sie war gekommen, um ihn mit ihrer Anklage zu konfrontieren, doch stattdessen hatte er ihren Schmerz gelindert und ihr Trost gespendet. Wer hatte einmal gesagt, dass jedes Ende auch einen Anfang darstellte? Christiane konnte sich nicht daran erinnern, aber Marthas Bemerkung über Wolfgang Delius' Aufmerksamkeit ging ihr nicht mehr aus dem Sinn. Still schritt sie neben ihm durch die in schläfriger Ruhe versunkene Herberge und hinaus auf die dunkle Gasse.

Auf ihrem Hinweg war ihr nicht aufgefallen, wie frisch es war, jetzt fror sie erbärmlich. Sie wünschte, er würde den Arm um sie legen und sie nicht nur mit schönen Worten, sondern mit seinem Körper wärmen. Doch natürlich war eine Umarmung auf offener Straße undenkbar. Es war zwar finster und niemand sonst unterwegs, aber wer wusste schon, was sich hinter den Fassaden abspielte und wer des Nachts am Fenster stand? Drei Morde, ein natürlicher Todesfall, der Schuldenberg und ein verschwundener Schwäher sowie der fortgelaufene Geselle – ein Skandal um ihre Person war eigentlich das Letzte, was fehlte, um sie endgültig zu ruinieren, dachte Christiane bitter. Sie schlang die Arme um ihre Brust und biss die Zähne zusammen. Zumindest war es kein weiter Weg, den sie zitternd vor Kälte zurücklegen musste.

Der Hufschlag galoppierender Pferde durchbrach die Stille. Unwillkürlich umfasste Wolfgang Delius ihre Schulter und zog sie zur Seite. Die Reiter preschten an ihnen vorüber, mit einem Mal war der Markt hell erleuchtet, denn der Trupp wurde von Fackelträgern angeführt. Dadurch war das Wappen auf den Rüstungen deutlich erkennbar: Ein Doppeladler, der einen Schild mit verschiedenen Insignien trug, darunter auch den goldenen Löwen der Habsburger. Delius pfiff leise durch die Zähne.

»Der Kaiser schickt eine Botschaft«, konstatierte er. »Wenn es seine Kuriere dermaßen eilig haben, muss es eine dringende Nachricht für den König oder den Reichstag sein.«

»Es passiert so viel in meinem Leben, dass ich darüber ganz vergesse, was sonst noch in der Stadt geschieht.«

Scheinbar gedankenverloren strich er mit den Fingerspitzen über ihre Wange. »Das ist nur verständlich. Jedenfalls kann ich Euch jetzt sicher nach Hause geleiten, denn durch die Ankunft der kaiserlichen Ritter werden alle Wachen diesseits und jenseits der Stadttore auf den Beinen sein.«

Christiane lachte leise. »Ach, es bedarf nicht unbedingt der Torwächter, um des Nachts in die Stadt zu kommen. Man kann ungesehen hinein – oder verschwinden, je nachdem, wohin man möchte. Habt Ihr noch nichts von der *Schlupfpforte* gehört?«

»Nein. Was ist das?«, fragte er, während sie ihre Wanderschaft durch das nächtliche Augsburg wiederaufnahmen. Nebeneinander und ohne sich zu berühren – wie es sich gehörte.

»Das ist eine Tür in der Stadtmauer. Eigentlich sollte es ein Geheimnis sein, aber jedermann weiß davon. Sebastian sagte …«, sie schluckte den Kloß in ihrem Hals hinunter, den die Erinnerung an ihren Freund heraufbeschwor. Trotz brüchiger Stimme fuhr sie entschlossen fort: »Sebastian Rehm erzählte mir, dass Martin Luther auf diesem Wege hatte fliehen können. Damals, als er zum Verhör in der Stadt war.«

Der Verleger hob den Kopf und starrte sie an. Es war zu dunkel, um seine Mimik zu erkennen, aber seine Überraschung klang aus seinen Worten: »Jetzt erinnere ich mich, in einem Buch über Martin Luther davon gelesen zu haben. Wie konnte ich das nur vergessen? Damit kann jeder, der behauptet, in der Stadt gewesen zu sein, unkontrolliert auf Reisen gehen – und ebenso wieder zurückkehren …«

»Das mag Euch im Moment aufregend erscheinen, aber hier ist es nicht so wichtig, weil jeder Bürger über die Schlupfpforte Bescheid weiß.«

Er schien sie nicht gehört zu haben, denn ihm entfuhr als Antwort nur ein zusammenhangloses: »*Revoco.*«

Eine Weile lang marschierte er schweigend weiter, offenbar damit beschäftigt, seine Schlüsse zu ziehen. Christiane unterbrach ihn nicht in seinen Gedanken, denn sie wollte lieber nicht an die Manuskripte in ihrem Weinkeller erinnert werden. Nicht jetzt, dachte sie, bitte nicht heute Nacht. Wolfgang

Delius war ihr so nahe – sie wusste, dass sie ihm die Wahrheit anvertrauen würde, wenn er sie danach fragte. Doch mit der toten Martha in ihrem Haus stand ihr nicht der Sinn danach, Sebastians Betrügereien zu offenbaren.

Schließlich blieb er stehen. »Ich glaube, der Hinweis Eures Lehrlings bezog sich nicht nur auf die Fälschungen«, sagte er bedächtig, »sondern auch auf die Geschichte von damals. Anton wollte uns auf einen Mann aufmerksam machen, der durch die geheime Tür kommt und geht, wie es ihm beliebt.«

Christiane sah ihn verständnislos an. »Ja – und?«

»Mein Freund Ditmold hat bisher nach einem Mörder Ausschau gehalten, dessen Wege wir nachvollziehen konnten. Nach jemandem, der die Stadt ungesehen verlassen hatte, suchte er nicht. Mit dem Wissen um die Schlupfpforte kommen Männer in Frage, die wir als Täter ausgeschlossen hatten.«

»Oh.«

Er nahm ihre Hand. »Werdet Ihr mir helfen, das Rätsel zu lösen? Um Marthas willen bitte ich Euch darum: Eure Cousine ist nicht von fremder Hand gestorben, aber letztlich steht ihr Tod im Zusammenhang zumindest mit dem Mord an Sebastian Rehm … Christiane, vertrau mir.«

»Das werde ich tun«, versprach sie leise. »Ich werde dir geben, was ich gefunden habe, aber ich muss erst Martha begraben.«

»Gut. Ich warte.« Er hob ihre Hand an seine Lippen und presste seinen Mund länger als nötig darauf.

36

Jeder Handgriff überforderte Christiane. Es kam ihr vor, als könne sie ihre Gedanken nicht mehr ordnen. Sie fühlte sich wie in einem Drehschwindel. Dabei hatte sie nach ihrem nächtlichen Besuch in Delius' Gasthaus einige Stunden den Umständen entsprechend gut schlafen können, doch der Morgen kam und mit ihm die grausame Realität: Sie musste eine Leichensagerin losschicken, die erschreckend rasch schwindenden Münzen in Meitingers Beutel nachzählen, Marthas Beerdigung organisieren – und den Mörder ihrer beiden Männer finden. Nicht zu vergessen, dass sie nach dem alten Titus Ausschau halten sollte. Und dann war da diese seltsame Entdeckung: Wenn sie an Wolfgang Delius dachte, spürte sie seinen Mund noch Stunden nach dem Kuss auf ihren Lippen, und sie hörte im Geiste seine Stimme, die sie einlullte und ihr Herz dazu brachte, schneller und leichter zu schlagen. Die zarte Freude darüber wurde jedoch rasch von dem Schmerz über den Verlust der Cousine und Freundin vertrieben.

Der kleine Johannes greinte nach seiner Mutter und ließ sich erst beruhigen, als Christiane ihn in ihre Arme nahm. Obwohl sie eigentlich die Totenwache für Martha halten wollte, saß sie schließlich auf einem Stuhl in Severins Schreibstube, den Waisen auf ihren Knien, und blätterte mit ihm in einem reich illustrierten Buch. Die Bilder entlockten dem Kind kleine Jauchzer, und Christiane dachte sich Geschichten dazu aus, mit denen sie es außerdem erfreute. Ihre Gedanken schweiften zu ihrer Schlafkammer, in der die Leiche aufgebahrt lag. Marthas Seele wurde nun von der Magd begleitet. Sie hätte es so gewollt, entschied Christiane still, der Sohn ging ihr über alles. Außerdem gestand sich Christiane ein, dass sie das Geschrei des Buben nicht länger ertragen hätte und sie sich schon alleine deshalb ihm zuwenden musste, anstatt dem Dienst an der Verstorbenen nachzukommen.

Manchmal horchte sie auf, in der Hoffnung, ein Besucher könnte sich eingestellt haben. Doch im Haus blieb es still. Die Werkstatt war geschlossen, und niemand sprach vor, um ihr

Trost zu spenden. Insgeheim wünschte sie sich, Wolfgang Delius würde nach dem Rechten schauen wollen. Er kam nicht, was in Anbetracht ihrer Bitte beim Abschied verständlich und sogar rücksichtsvoll war.

Doch Christiane sehnte sich nach einem Gespräch, das ihr weder die Magd noch der kleine Johannes geben konnte. Sie dachte an den alten Titus, der durch seine unerklärliche Abwesenheit wieder einmal nicht wusste, was geschehen war, und an ihre Eltern, denen sie eine Nachricht übersandt hatte und die dem Trauerhaus fernblieben. Vielleicht fürchteten sie sich vor dem Teufel, der in diesen Mauern hauste und die Bewohner vor der Zeit in die Hölle stieß. Möglicherweise schob ihr Vater eine Unterredung mit Christiane hinaus, denn da sie nicht mehr lange alleine für sich würde leben können, blieb Hans Walser nichts anderes übrig, als sie und den Buben bei sich aufzunehmen. Eine verwitwete Tochter, die den Tod anzuziehen schien, und ein Waise ohne jedes Erbe waren nicht die ersehnte Brut in seinem Haus. Außerdem zürnte er ihr sicher noch und strafte sie auf seine Weise für den Streit, indem er sie darben ließ. Die Geduld, die ihm selbst fehlte, trotzte der Stadtbrunnenmeister gerne anderen ab.

Als Johannes einschlief, nachdem er wieder ein wenig nach seiner Mutter gewimmert hatte, setzte sie sich an das Totenbett. Irgendwann ging die Magd, und Christiane war zum ersten Mal ganz allein in dem großen Haus. Das Kind war noch viel zu klein, um ihr ein Kamerad zu sein.

Eine bislang unbekannte Furcht griff nach ihr. Sie schreckte bei jedem Knacken der Holzbalken auf, lauschte auf imaginäre Schritte vor dem Tor und fürchtete sich vor einem Blick durchs Fenster in die Dunkelheit. Die Angst vor dem Mörder, der kommen und die Fälschungen einfordern könnte, war ebenso groß wie ihr Grausen vor Luzifer. Sie hatte nie den Aberglauben der anderen geteilt, aber in dieser Nacht umkreisten sie alle Dämonen, von denen sie auch nur mal am Rande gehört zu haben glaubte.

In einer Anwandlung von Vernunft versuchte sie, die Fakten folgerichtig zu überdenken. In der zeitlichen Reihenfolge stand der Giftmord an Sebastian Rehm zuoberst auf ihrer Liste. Nein, stimmt nicht, korrigierte sie sich in Gedanken: Die Fälschungen waren zuerst da. Dann hatte Sebastian sterben müssen. Warum? Hatte der Täter erfahren, dass sich der Autor an einen Verleger in einer fremden Stadt gewandt hatte? Ging es um Verrat? Ja, das war zweifellos das Hauptmotiv, denn es ging ja auch um Verrat am eigenen Glauben – jedenfalls für Sebastian, indem er Pamphlete über Martin Luther verfasste.

Verzweifelt versuchte Christiane, sich an einen Anhaltspunkt zu erinnern. Was war in der Zeit zwischen Sebastians Tod und Severins Reise nach Ulm geschehen? Sie konnte sich nicht entsinnen. Damals waren ihr Denken und Handeln erfüllt gewesen von ihrer Begegnung mit Georg Imhoff in Rehms alter Wohnung, es hatte sie nichts anderes interessiert. Wenn sie sich anstrengte, glaubte sie in eigentlich vergessenen Bildern zu erkennen, dass sich Severin in den Wochen vor seinem Tod zunehmend von ihr zurückgezogen hatte. Dafür war sie dankbar gewesen, nichts sonst. Und dann war ihr Gatte nicht mehr heimgekehrt …

Ihre Gedanken verloren sich wieder in eine andere Richtung. Ihre Affäre mit Georg Imhoff belastete ihr Gedächtnis. Was hatte er mit ihr getan? Sie wusste es noch immer nicht genau, obwohl sie ihm inzwischen nicht mehr zutraute, dass er sie genommen haben könnte, nachdem sie ohnmächtig geworden war. Er hatte sie berührt und ihre Leidenschaft gestillt – sie errötete, als sie sich ihrer Wollust entsann –, aber er war nicht in sie eingedrungen. Dessen war sie sich *fast* sicher. Letztlich konnte sie es nur vermuten und hoffen, dass dies die

Wahrheit war. Und wie ein Damoklesschwert senkte sich mit plötzlicher Brutalität die Gefahr über sie, die von der Französischen Krankheit ausging, an der ihr einstiger Geliebter vielleicht litt, vielleicht auch nicht …

Müdigkeit erfasste sie. Während sie darüber grübelte, wie sie herausfinden könnte, ob Georg Imhoff infiziert war und sie sich angesteckt hatte, wurden ihre Lider schwer. Ihr Kinn sank herab, und sie schlief im Sitzen ein.

Ein Alptraum bemächtigter sich ihrer. Sie sah sich als weiblicher Kentaur, als ein Wesen, halb Mensch, halb Pferd, das von zwei Reitern bestiegen wurde. Der eine war Gott – der andere der Teufel. Als Hylonome bockte und kämpfte sie, Satan abzuschütteln, doch es mochte ihr nicht gelingen. Er steckte seine Klauen in ihre Öffnung und hielt sie auf diese Weise fest – bis sie schrie. Vor Lust, vor Qual, vor Verzweiflung …

Ihre eigene Stimme weckte Christiane.

Sie riss die Augen auf und sah sich erschrocken um, gefangen noch in ihrem Traum. Die mit goldenen Symbolen verzierten Trauerkerzen, die sie vor etlichen Stunden an den Seiten des Totenbettes entzündet hatte, warfen ein gespenstisches Licht in den Raum und zeichneten Schatten auf Marthas wächsernes Gesicht.

Nur langsam kehrte Christianes Bewusstsein in die Gegenwart zurück. Der Schauer, den der Alpdruck über ihren Rücken geschickt hatte, verwandelte sich in ein anhaltendes Zittern. Sie versuchte, ihren Ängsten mit einer nüchternen Erklärung zu begegnen …

In diesem Moment polterte etwas.

Irgendwo im Haus fiel ein Gegenstand um, dann schabte etwas über den Boden.

Wie versteinert lauschte sie nach den Geräuschen. Doch unvermittelt war es wieder so still wie zuvor.

Wahrscheinlich eine Maus, fuhr es ihr durch den Kopf. Oder Titus, der endlich nach Hause gekommen war.

Im nächsten Moment wurde ihr klar, dass sie nach dem Rechten sehen sollte. Vielleicht war Severins Vater nicht wohl, er konnte auf der Treppe gestolpert und hingefallen sein. Wenn sie es sich recht überlegte, hatte es geklungen, als sei ihm der Stock aus den Händen geglitten. Es war ihre Pflicht, dem alten Mann zu Hilfe zu eilen.

Sie gähnte, wischte sich den Schlaf aus den Augen, bis ihre Lider brannten, und erhob sich. Ihre Muskeln schickten einen scharfen Schmerz durch ihre Glieder. Ungeachtet ihres verspannten Körpers griff sie nach der nächstbesten Kerze und trat in den Flur hinaus.

Niemand war da.

Sie leuchtete in jeden Winkel, öffnete die Türen, schlug Wandbehänge zur Seite, doch das Stockwerk lag in schläfriger Stille. In Marthas ehemaliger Kammer hörte sie einen Moment lang auf den beruhigend gleichmäßigen Atem des dort ruhenden Kindes, bevor sie sich der Stiege zuwandte. Bedachtsam setzte sie einen Fuß vor den anderen, als sie hinunterschritt. Obwohl es nur Titus war, nach dem sie suchte, fühlte sie jene Übelkeit in sich aufsteigen, die sie immer dann erfasste, wenn Panik in ihr aufflammte.

Wieder dieses Klappern.

Christiane hatte Mühe, sich aufrecht zu halten und nicht zu stolpern und die Stiege hinunterzufallen. Die Kerze schwankte in ihrer Hand, das Wachs tropfte auf ihren Daumenballen und verbrannte die Haut. Von dem Wundschmerz abgelenkt, senkte sie ihre Augen. Deshalb bemerkte sie nur am Rande ihres Blickfelds eine schwarze Gestalt, deren Schatten durch den Eingangsbereich huschte. Mit einiger Verzögerung wurde der flüchtige Eindruck zu einem Bild. Das war kein Mensch, aber auch keine Ratte. Ein großes, schwarzes Tier befand sich zwischen Kellertreppe und Eingangstor unterhalb von ihr und blickte sie aus leeren Höhlen an.

Verstört starrte Christiane auf den Pelz, der zu einer Bestie gehörte, die seelenlos und schrecklich wirkte. Sie umklammerte die Kerze mit ihren zitternden Fingern, hielt das Licht vor ihre Brust wie einen Schutzschild.

Fürchtete der Teufel das Feuer? Nein, sie irrte. Luzifer trug das Licht.

Christianes Gedanken fuhren Karussell. Sie war nicht mehr in der Lage, klar zu überlegen, was sie tun sollte. Wie versteinert stand sie auf der Stiege, unfähig, sich zu rühren, nur mit der quälenden, erschreckenden, furchteinflößenden Frage beschäftigt, warum der Teufel in ihr Haus gekommen war.

Hatte sie gar nicht geträumt? War Satan zu ihr gekommen, hatte er sie mit seinen Pranken berührt? Wollte er sie in die Hölle holen?

Ihre Lippen teilten sich, doch sie blieb stumm. Der Schrei steckte wie ein Knebel in ihrem Mund.

In die Gestalt kam Bewegung. Der Teufel trat einen Schritt auf sie zu.

Ein unkontrollierbares Zittern lief durch Christianes Leib. Die Angst drückte auf ihre Brust, ihr Herz flatterte, die Übelkeit stieg in ihren Hals, vor ihren Augen begannen goldene Sterne zu tanzen. Der Gedanke, ohnmächtig zu werden, begann ihren Geist in gnädigen Nebel zu hüllen. Ihre Knie drohten einzubrechen …

Wieder tropfte heißes Wachs auf ihre Hand. Der Schmerz riss sie aus ihrer Lethargie.

Und plötzlich löste sich der Knoten in ihrem Hals. Ein gellender Schrei entfuhr ihr. Und noch einer und noch einer – bis ihr Hilferuf von den Mauern widerhallte, den kleinen Johannes weckte und durch das Tor auf die Gasse dröhnte.

37

Christiane hörte nicht auf zu zittern. Noch am Vormittag des nächsten Tages konnte sie ihre Hände nicht stillhalten. Der im Morgengrauen herbeigerufene Medicus hatte ihr zwar einen kleinen Becher mit Laudanum eingeflößt. Doch die beruhigende Wirkung wollte sich nicht wirklich einstellen. Sie fühlte sich nach dem Trunk zwar schläfrig, fürchtete sich aber zu sehr vor einem neuen Alptraum, um Ruhe zu finden. Außerdem war das Erlebte zu schrecklich, um nur mittels eines Medikaments in Vergessen zu versinken.

Ihre Schreie hatten die Nachbarn aufgescheucht und den Nachtwächter herbeigerufen. Wenn sie an den Moment zurückdachte, als Hilfe gekommen war, verspürte sie nicht nur Erleichterung. Im Gegenteil. Die Angst, dem Wahnsinn verfallen zu sein oder als Hexe gebrandmarkt zu werden, raubte ihr noch im Nachhinein den Atem. Denn natürlich hatte sich der Teufel aus dem Staub gemacht. Stattdessen bot sich dem Wachmann und den Neugierigen ein groteskes Bild: Eine völlig aufgelöst, gekrümmt auf der Stiege stehende Frau, deren Hände mit Brandblasen übersät waren, im Stockwerk darüber ein greinendes Kind, das nach seiner Mutter rief, die auf dem Totenbett lag. Und Christianes Geschichte trug nicht dazu bei, Vertrauen zu gewinnen.

»Wenn sich eine Frau den Teufel einbildet, die in ihrer Familie zwei so rasch aufeinanderfolgende Sterbefälle zu beklagen hat wie die Meitingerin, so ist dies kein Hexenwahn, sondern die schmerzliche Folge des Verlusts.« Die Worte des Arztes waren Balsam für Christianes Seele. Mochten die Leute sie für allzu verstört halten, wenigstens schleppten sie sie nicht zur Inquisition.

Christiane saß am Fenster in Severins Schreibstube und starrte in den blassblauen Himmel eines freundlichen Tages, während sie die Magd irgendwo im Haus mit dem kleinen Johannes spielen hörte. Alles wirkte wieder friedlich. Bei Lichte betrachtet konnte sie die Erinnerung an die vergangene Nacht selbst kaum fassen. Sie hatte geschlafen, war wegen eines Geräuschs aus einem Alpdruck gerissen worden und hatte den Teufel leibhaftig zu sehen geglaubt. Kein Wunder nach ihrem Traum. Sie hatte natürlich niemandem von Kentauren und den lüsternen Fingern des Teufels erzählt, aber irgendwie fügte sich ihr persönliches Resümee in die Medizinermeinung.

Es wäre wohltuend, an den Trugschluss einer übermüdeten Frau glauben zu können, wenn die herbeigeeilten Wachen nicht die Spuren eines Einbruchversuchs an der Kellertür gefunden hätten und irgendwer behauptete, einen Teufelstritt vor dem Tor auf der Gasse ausgemacht zu haben.

Hin und her gerissen zwischen Vernunft und Aberglauben versuchte Christiane, das Geschehene zu verstehen. Vielleicht wunderte sich der Rat, warum jemand in Meitingers Weinkeller eindringen wollte, sie tat es nicht, und sie war überzeugt davon, dass auch Bernhard Ditmold und Wolfgang Delius die richtigen Schlüsse zogen, wenn sie von Christianes nächtlichem Besucher erfuhren. Die Frage war nur: Warum suchte der Teufel nach den Fälschungen? Ihr fielen eine Menge mystischer Gründe ein, aber mit einem letzten Rest Realitätsnähe sagte sie sich wieder und wieder, dass sie einem Irrtum erlegen war. Sie hatte nicht Satan ertappt, sondern ein menschliches Wesen, das sich schwarz angemalt und einen dunklen Pelz getragen hatte. Der Fußabdruck mit dem Sporn sprach jedoch dafür, dass sie Luzifer leibhaftig begegnet war …

Erst als Stimmen auf der Stiege sie aufschreckten, wurde Christiane bewusst, dass sie nun doch eingedöst sein musste. Die Magd brachte einen Besucher zu ihr, wie es sich anhörte. Mit fahrigen Bewegungen richtete sie ihr Haar, strich die Falten in ihrem Kleid glatt. Dann erhob sie sich. Ihr Herz schlug schneller in der Hoffnung, dass Wolfgang Delius den Weg zu ihr gefunden hatte.

Pater Ehlert trat durch die Tür. »Ich hörte, was heute Nacht geschehen ist, und dachte, Ihr bedürftet meines Beistandes.«

Enttäuschung und Entsetzen wechselten sich in ihren Gefühlen ab. Obwohl sie sich um eine Maske der Höflichkeit bemühte, konnte sie nicht verhindern, dass die freudige Erwartung aus ihren Zügen wich. »Wenn Ihr gekommen seid, um den Teufel aus meinem Leib zu treiben«, presste sie müde hervor, »dann könnt Ihr gleich wieder gehen. Ich bedarf keines Exorzisten.«

»Das sagen alle Besessenen«, erwiderte er ruhig. Er blieb wohlerzogen am Eingang stehen, in Erwartung ihrer Aufforderung, näher zu treten.

Christiane schwieg.

Eine Weile lang wartete er auf eine andere Reaktion, dann fügte er hinzu: »Allerdings ist mir bewusst, dass Eure Seele ein anderes Heilmittel als eine Teufelsaustreibung braucht.«

Was gab es denn da noch?, fragte sich Christiane still und wünschte sich, die Kraft zu besitzen, Pater Ehlert von ihrer Schwelle zu weisen. Sie wollte nicht mit ihm sprechen. Doch statt genau das zu sagen, packte sie alberne Neugier, und sie erkundigte sich: »Welche Hilfe bietet Ihr mir an?«

»Die Wahrheit«, versetzte er.

»Wenn Ihr in der Wahrheit meinen Glauben an Gott meint, so ist dieser ungetrübt.«

Zu ihrer größten Überraschung schenkte er ihr ein aufmunterndes Lächeln. »Respekt, Meitingerin, gut pariert. Ihr seid wahrlich eine kluge Frau. Dennoch irrt Ihr Euch. Ich möchte mit Euch keine Glaubensfragen diskutieren, sondern Euch in einer dringenden Angelegenheit sprechen«, seine Miene wurde wieder ernst: »Es geht um die Mordfälle.«

Christiane stockte der Atem. Ihre Lungen füllten sich mit

Luft, die sie nicht auszustoßen in der Lage war. Unwillkürlich hob sie ihre mit Arnika behandelte und verbundene Hand an die Brust.

»Es liegt mir fern, Euch zu erschrecken«, behauptete der Jesuit. »Es ist jedoch an der Zeit, einige Fragen zu klären ...«, ein lautes Scheppern unterbrach ihn. Offenbar machte sich die Magd direkt vor der Schreibstube mit Eimer und Besen zu schaffen.

»Ja? Fahrt fort.«

»Nun, mir scheint, hier können wir uns nicht ungestört unterhalten. Würdet Ihr einen Spaziergang mit mir unternehmen?«, fragte er und fügte rasch hinzu, als er ihr Zögern bemerkte: »Ihr seid sehr bleich, ein wenig frische Luft dürfte Euch guttun. Außerdem ist heute herrliches Wetter.«

Auch wenn der Teufel ins Haus eingedrungen war, fühlte sie sich in ihrem Heim beschützter als anderswo. Sie besaß nach der vergangenen Nacht nicht die Kraft, ihre gewohnte Umgebung zu verlassen. Außerdem war fraglich, ob ihre Beine sie überhaupt mehr als einige Schritte tragen würden. Eigentlich sollte sie sich ausruhen. Christiane *wollte* nicht mit dem Priester plaudernd umherwandern. Alles sprach gegen seinen Vorschlag.

Doch als sie den Mund zu einer Absage öffnete, meldete sich ihre innere Stimme zu Wort, die ihr riet, sich mit Pater Ehlert zu unterhalten. Wenn sie je wieder Frieden finden wollte, musste sie die Hintergründe kennen, die zu den schrecklichen Taten geführt hatten. Und von Anfang an hatte sie der Eindruck beschlichen, dass Pater Ehlert in irgendeinem Zusammenhang mit dem Geschehenen stand: Er hatte mit Sebastian kurz vor dessen Tod gesprochen, er war in der Posthalterei Auerbach gewesen, als Severin erschlagen wurde, und er schien sie in den vergangenen Wochen auf Schritt und Tritt verfolgt zu haben. Es lohnte sich, ihn anzuhören.

Christiane übersah nicht, dass sie den Geistlichen für verdächtig hielt. Es bestand durchaus die Möglichkeit, dass er der Mörder war. Zweifellos ging von diesem Mann eine Gefahr aus. Aber auch eine gewisse Faszination.

Sie nickte. »Gut. Ja. Gehen wir spazieren. Aber bitte nicht zu weit, ich fühle mich nicht wohl.«

Er lächelte hintergründig, und sie fragte sich unwillkürlich, ob ihre Entscheidung richtig gewesen war. »Ach, Meitingerin, manchmal reicht ein langer Fußmarsch nicht aus, um alles in Worte zu fassen, was einem auf der Seele brennt.«

Die hochstehende Sonne brachte die Fassaden der Häuser zum Strahlen. Christiane musste die Lider zusammenkneifen, um in dem grellen Licht überhaupt etwas sehen zu können. Dennoch war ihr die Helligkeit angenehm. Es fühlte sich gut an, wie die Wärme durch den Stoff ihres Trauerkleides drang. Es war ein wunderschöner Frühsommertag, und Pater Ehlert eignete sich perfekt für einen Spaziergang. Still schritt sie neben ihm an den Mauern des alten, vor einigen Jahren geschlossenen Dominikanerinnenklosters von St. Katharina entlang. Die Neugier brannte nicht mehr so stark auf ihrer Seele wie zuvor, sie genoss das Wetter und war ihm dankbar für sein Schweigen, das kurz für eine gewisse Harmonie zwischen ihnen sorgte. Für einen flüchtigen Moment spürte sie fast so etwas wie Ausgeglichenheit.

»Habt Ihr Euch nie gefragt, warum der Protestant Sebastian Rehm ausgerechnet mich an sein Sterbebett holen ließ?«, erkundigte sich der Jesuit plötzlich.

Christiane war sich nicht sicher, ob sie ihm dankbar dafür war, dass er ohne Umschweife zur Sache kam. Es störte ihren Seelenfrieden, ohne Vorwarnung auf »die Wahrheit«, wie er es genannt hatte, angesprochen zu werden. Obwohl sie mit angemessener Distanz zu dem Geistlichen einhergelaufen war, wich sie nun unwillkürlich einen weiteren Schritt zur Seite.

»Ja, natürlich habe ich das«, gestand sie nach einer Weile. »Ich dachte, Sebastian Rehm habe zum katholischen Glauben zurückgefunden.«

»Warum sollte er deshalb einen Bruder der Gesellschaft Jesu rufen? Überdies war ich damals noch recht fremd in der Stadt. Wäre es nicht naheliegender gewesen, der Gemeindepfarrer hätte ihm die Sterbesakramente verabreicht?«

Auf ein Ratespiel war Christiane nicht unbedingt aus, und wenn es ihr in irgendeinem Moment an Geduld mangelte, dann in diesem: »Ich habe keine Ahnung, Pater, und wenn Ihr mir nicht unverzüglich sagt, worauf Ihr hinauswollt, werde ich kehrtmachen und nach Hause gehen.«

Er schmunzelte. »Nicht so eilig, Meitingerin, wir kommen schon noch zum Ziel … und Ihr müsst dafür nicht bis nach Ingolstadt wandern.« Vor dem Tor der Klosterkirche hielt er inne. Interessiert blickte er an dem Gebäude empor bis zur Spitze des gotischen Turms. »Warum ist das Portal mit Ketten verriegelt?«

»Das Konvent wurde vor zwanzig Jahren oder so geschlossen, ich weiß es nicht genau«, erwiderte Christiane emotionslos und ohne sich sonderlich für das Thema zu begeistern. »Es war ein Stift für Töchter aus den Patrizierfamilien, das der Reformation zum Opfer fiel. Der Prior wurde aus der Stadt gejagt, glaube ich, und der Bischof hat die Kirche geschlossen. Nichts Besonderes, wie Ihr hört.«

»Schade. Die Architektur wirkt sehr ungewöhnlich auf mich, als wäre dies eine zweischiffige Kirche. So etwas gibt es hierzulande selten … Aber darüber möchtet Ihr mit mir natürlich nicht sprechen.«

Christiane stieß einen entnervten Seufzer aus. »Allerdings. Für eine Stadtführung geht es mir beileibe nicht gut genug.«

»Ja, natürlich«, stimmte er zu und fuhr nach einer winzigen Pause sachlich fort: »Also gut: Sebastian Rehm ließ mich kommen, weil er meinte, niemandem sonst vertrauen zu können. Er befürchtete, dass ein Protestant später zu wenig Gehör erhalten würde und der Gemeindepfarrer nicht die richtige Adresse sei. Mein Orden gilt als aufgeschlossen, und die Mitglieder sind von hoher Bildung und Intelligenz. Deshalb hat er mich ausgewählt.«

Bedeutete diese etwas eitle Erklärung des Jesuiten, dass Sebastian nicht von der Reformation abgekommen war, wie sie befürchtet hatte? War ihr Freund und Mentor als guter Protestant gestorben? Auf Christianes Stirn erschien eine steile Falte.

»Leider konnte mir der Sterbende nicht mehr so viel berichten, wie nötig gewesen wäre, um die weiteren Morde zu verhindern«, sprach Pater Ehlert und setzte seinen Spaziergang in gemächlichem Tempo fort. »Er glaubte, dass er vergiftet worden wäre, was ich …«

»Ich weiß«, unterbrach Christiane rasch. »Der Verleger aus Frankfurt, Herr Delius«, sie konnte nicht verhindern, dass sich ihre Lippen zu einem zarten Lächeln verzogen, als sie seinen Namen nannte, »erhielt mehrere Briefe von Sebastian. Er schrieb ihm von seiner schlimmen Befürchtung.«

»Ach, tatsächlich? Nun, ich war mir damals nicht sicher, aber inzwischen bin ich überzeugt davon, dass er recht hatte. Es war kein Todeswahn, sondern die Wahrheit.« Pater Ehlert senkte gedankenverloren den Kopf. »Viel schlimmer erschienen mir jedoch die Hinweise des Dichters auf Fälschungen von Schriften Martin Luthers zu sein, die er im Auftrage eines anderen verfasste und die seine Seele belasteten.«

Einige Atemzüge lang fragte sich Christiane, ob sie ihm den Gefallen erweisen und in Ohnmacht fallen oder wenigstens schockiert sein sollte. Wahrscheinlich erwartete er diese Reaktion von ihr. Sie entschied sich indes für schonungslose Offenheit, obwohl ihr Herz bis zum Halse klopfte und sie ganz und gar nicht sicher war, ob sie das Richtige tat: »Auch davon habe ich Kenntnis. Nicht nur, weil Wolfgang Delius darüber Bericht erstattet wurde – ich habe die Manuskripte mit eigenen Augen gesehen.«

Er sah sie überrascht an. »Sind diese noch in Eurem Haus?«

»Was glaubt Ihr wohl, warum der Teufel bei mir eingebrochen ist?«, fragte sie bitter zurück.

Vorsicht!, mahnte eine Stimme in ihrem Geist. Sie machte es ihm sehr leicht, wenn er der Täter war. Und bislang sprach nichts dagegen, dass er die Morde nicht begangen haben könnte. Er erzählte ihr nur, was sie ohnehin schon wusste. Das war kein Vertrauensbeweis.

»Sebastian Rehm sagte nichts davon, dass Euer Gatte mit der Sache zu tun habe. Genau genommen erfuhr ich nie davon. Meine Vermutung beruhte auf einem Brief Severin Meitingers. Er schickte mir ein Billett und bat mich nach Auerbach, in die Poststation, wo er ein wichtiges Gespräch führen wolle und einen Zeugen brauche. Leider kam ich zu spät, um ihm dienlich zu sein.«

»Da seid Ihr nicht der Einzige«, gab sie unwirsch zurück. Das Gespräch zerrte zunehmend an ihrer Geduld. Allmählich verlor sie wieder jedes Vertrauen in den Priester, obwohl sich seine Ausführungen mit denen ihres Vaters deckten. Es war jedoch einfacher, Pater Ehlert für den Schuldigen zu halten, als ihm die Sympathie zu schenken, die er andernfalls wahrscheinlich verdient hätte.

»Ich weiß, der Stadtbrunnenmeister war aus demselben Grund zugegen. Euer Vater hat es mir gesagt.«

»Mir auch, und wenn Ihr mir weiter nichts zu offenbaren habt, würde ich jetzt gerne nach Hause gehen. Wie ich schon sagte: Ich fühle mich nicht wohl, und das grelle Sonnenlicht bereitet mir Kopfschmerzen.« Letzteres war eine Lüge, denn die Pein lösten eher seine Worte aus als das Wetter.

»Meitingerin«, er fasste nach ihrem Arm, und sie atmete unwillkürlich scharf ein, was ihn jedoch nicht zu stören schien, denn er drehte sie energisch zu sich, »betrachtet mich bitte nicht als Euren Feind. Ich habe Euch in den vergangenen Wochen zu schützen versucht. Deshalb bin ich Euch oftmals nachgegangen. Es tut mir aufrichtig leid, dass ich die Aufregung heute Nacht nicht verhindern konnte.«

Sie sah ihn an. In seinen Augen lag Wahrhaftigkeit und nichts Falsches. Dennoch zögerte sie, ihm zu glauben, denn er war ein Exorzist und ein Jesuit – und selbst seine katholischen Glaubensbrüder warnten zuweilen vor den Ordensbrüdern der Gesellschaft Jesu. Ihr fiel ein, dass Sebastian ihm Vertrauen geschenkt hatte und dass sie es deshalb ebenso halten sollte …

»Grüß Gott, Meitingerin«, die Passantin war schon vorüber, als Christiane den Kopf zu ihr hob. Mit schnellen Schritten lief die Frau an ihr vorbei, die sie vage als eine Nachbarin erkannte.

Natürlich, dachte Christiane bitter, Bürgerinnen, die den Teufel zu Besuch haben, werden gemieden, einerlei, ob es sich um Einbildung oder Realität handelt.

»Eure *Wahrheit* ist nicht neu für mich«, wandte sie sich schließlich an Pater Ehlert. »Habt Ihr wenigstens einen Verdacht, wer der Mörder ist? Hat Euch Sebastian gesagt, wer ihm den Auftrag für die Fälschungen gab?«

»Nein«, er schüttelte traurig den Kopf, »dazu kam er nicht mehr. Er hat mir nur noch von seiner lebenslangen Freundschaft zu Georg Imhoff berichtet, aber auch das dürfte keine Überraschung für Euch sein.«

Sie zuckte mit den Achseln und schwieg.

»Es ist schon bemerkenswert, was eine Männerfreundschaft bewirken kann. Sebastian Rehm und Georg Imhoff waren wie Brüder, ein bisschen wie Kain und Abel, möchte man meinen, der eine gutherzig und der andere auf den eigenen Vorteil aus …«

»Wie kommt Ihr darauf?«, fragte Christiane rasch. Nie wäre ihr in den Sinn gekommen, die biblische Gleichung auf die beiden Schriftsteller anzuwenden. Das Gefühl beschlich sie, dass der Priester, ohne darüber nachzudenken, zu sich selbst geredet und dabei weniger an seine Gesprächspartnerin gedacht hatte.

»Sebastian Rehm gestand mir auf dem Sterbebett, dass Georg Imhoff eigentlich nicht schreiben kann. Jede Zeile, mit der sein Freund berühmt wurde, stammt aus seiner Feder.«

»Was …« *für eine absurde Lüge*, wollte Christiane ausrufen, doch sie biss sich gerade noch auf die Zunge.

Es klang unglaublich, aber Sebastian Rehm hätte niemals eine solche Behauptung von sich gegeben, wenn diese nur leeres Geschwätz gewesen wäre, schon gar nicht angesichts des Todes. Für böswilligen Klatsch war Marthas Mann nicht zu haben gewesen. Und plötzlich stürmten Erinnerungen auf Christiane ein, welche die Worte des Priesters bestätigten: Sebastian, der sich darüber aufgeregt hatte, dass Imhoff seine Fassade mit Zitaten schmückte; Georg, der ihr berichtete, dass er seit Sebastian Rehms Dahinscheiden keine Zeile mehr hatte zu Papier bringen können …

»Aber warum …?«, murmelte sie, dankbar, dass Pater Ehlert sie noch immer stützte, denn nun fürchtete sie doch, ihre Knie würden unter der Last nachgeben, die sie auf ihren Schultern empfand.

»Warum er das getan hat? Das habe ich ihn gefragt, Meitingerin, natürlich habe ich das. Die Erkenntnis, dass Sebastian Rehm ein überaus schwacher Mensch war, genügte mir nicht. Es war eine Geschichte aus der Jugend, die er mir erzählte. Die Wette um ein Mädchen. Wenn ich es richtig verstanden habe, gewann Imhoff ein Schäferstündchen und steckte sich bei dieser Gelegenheit mit einer unheilbaren Krankheit an, aber das ist kein Thema für eine Dame …«

Christiane schlug sich die Hand vor den Mund. »Die Syphilis«, wisperte sie, aus anderen Gründen schockiert, als Pater Ehlert vermuten mochte.

»Ihr wisst auch darüber Bescheid?«

»Ja … nein … ich …«, sie schluckte. »Ich traf Georg Imhoff neulich vor dem Holzhaus der Fuggerei. Erinnert Ihr Euch nicht? Ihr wart doch auch da. Jedenfalls drängte ihm der Bader ein Medikament auf, ich glaube, es war eine Quecksilberlösung, und Imhoff weigerte sich, diese anzunehmen. Er behauptete, gesund zu sein.«

»Quecksilber«, wiederholte Pater Ehlert nachdenklich.

»Ja, aber das spielt doch eigentlich keine Rolle, oder? Was mich vielmehr interessiert: Hat Euch Sebastian Rehm gesagt, warum Imhoff ein reicher Mann ist und er mit keinem Heller vom Erfolg seiner Schriften profitierte?«

Mit ihrer Frage schien sie den Jesuiten aus einer Meditation zu wecken. Er starrte sie erstaunt an. »Nein, das hat er nicht. Vielleicht war Sebastian Rehm zu schwach, um sich gegen seinen Freund aufzulehnen. Oder es gab noch eine alte Geschichte, wer weiß …? Aber es scheint mir, dass Imhoff doch noch zur Besinnung kam und Sebastian Rehms Arbeit aufzuwerten versuchte. Gemeinsam mit ihm und Eurem Gemahl gründete er eine wissenschaftliche Gemeinschaft, von der er sich Großes versprach, sobald andere berühmte Mitglieder dazustoßen würden.«

»Was für eine Gesellschaft? Davon habe ich nie gehört«, in Gedanken fügte sie verärgert hinzu, dass Severin ihr auch nie von seinen geschäftlichen Belangen berichtet hatte. Allerdings hatte Sebastian diesen Kreis auch vor Martha verschwiegen, zumindest hatte ihre Cousine niemals davon berichtet. Das

Herz wurde Christiane schwer, als sie sich bewusst machte, dass sie sich nicht mehr mit Martha darüber austauschen konnte.

»Die *Sodalitas litteraria Augustana* war vor einigen Jahrzehnten eine illustre Bruderschaft, die dank ihrer Mitglieder zu erheblicher Berühmtheit gelangte, allesamt schlaue Köpfe, die sich dem Humanismus verschrieben hatten und ein neues Geschichtsbild propagierten«, erklärte Pater Ehlert geduldig. »Die Reformation beendete die Gesprächskreise bedauerlicherweise. Hier in Augsburg ebenso wie in Ingolstadt, Nürnberg und anderswo. Die Schaffung einer neuen Gemeinschaft nach altem Vorbild hätte den Gründungsmitgliedern sehr viel Ehre eingebracht.«

Obwohl die Sonne in ihre Augen stach, sah Christiane mit einem Mal klarer als zuvor. »Georg Imhoff«, flüsterte sie.

»Was ist mit ihm?«, fragte Pater Ehlert in einem Ton, der mehr Besorgnis über Christianes Geisteszustand erkennen ließ als über das Wohl des Dichters.

Die alte Lebendigkeit kehrte in ihren Körper zurück, als sie dem Priester wild gestikulierend die Gefahr zu verdeutlichen suchte, in der Georg Imhoff ihrer Meinung nach schwebte: »Es liegt ganz klar auf der Hand: Sebastian Rehm, mein Gatte und Georg Imhoff haben diese wichtige Gesellschaft gegründet. Ihr Ziel war ganz gewiss ein Großes, und sie beschworen damit Feindschaften herauf. Ob diese nun aus religiösem Grund sind oder weltliche Macht eine Rolle spielte, kann ich nicht sagen. Aber Tatsache ist, dass zwei der drei Gründungsmitglieder ermordet wurden. Der dritte gewaltsame Tod steht deshalb bevor. Da bin ich ganz sicher.«

Pater Ehlert blickte sie verblüfft an, sagte aber weiter nichts zu ihrer Vermutung.

Ihr Herz klopfte wild, gegen jede Konvention zerrte sie den Geistlichen am Arm. Ein Hauch der alten Gefühle, die sie für

Meitingers Freund empfunden hatte, gewann die Oberhand. Die Wahrheit, dass er Sebastian Rehm ausgenutzt und in der Armut hatte dahinsiechen lassen, verschwand vor der Gefahr, in der sie dessen einstigen Freund wähnte. »Bitte bringt mich rasch nach Hause. Ich muss einen Brief schreiben. Es geht um Leben und Tod.«

38

Die Gaststube der Herberge »Zu den drei Mohren« war bereits zu Beginn der Abenddämmerung überfüllt. Wolfgang Delius fragte sich, wie voll es wohl noch werden würde, wenn erst die Dunkelheit über der Stadt hereinbrach und die gewohnheitsmäßigen Zecher ihren Becher verlangten. Allerdings war dies die beste Adresse für Reisende in Augsburg, was vermutlich daran lag, dass die Nähe zum Weinmarkt viele Kuriere, Ritter und Söldner anlockte, die in Diensten des Königs standen, der im nur einen Steinwurf entfernt liegenden Stadthaus der Fugger residierte. Und weil es die beste Adresse war, war es wahrscheinlich auch die am besten besuchte.

Obwohl sich hier eine andere Klientel niederließ als in den einfachen Wirtshäusern der Jakobervorstadt, roch es nicht angenehmer. Kaminrauch, Körperausdünstungen und der Duft von Wein, Bier und Gebratenem nahmen dem Verleger den Atem. Seinen Ohren ging es nicht besser als seinen Lungen: Die Männer an den Tischen johlten, wenn sie nicht tranken oder aßen, redeten zu laut, diskutierten, rissen Zoten oder schüttelten den Würfelbecher mit ungeahnter Kraft und Lautstärke. Manche von ihnen hielten Frauen in den Armen, die gelegentlich in schrilles Gelächter ausbrachen, ansonsten aber den Mund hielten, wenn sie nicht auf der Suche nach einem Fremden waren, der ihre Zeche bezahlte – und noch mehr. Die eine oder andere Hübschlerin war sogar eine Augenweide, aber Wolfgang schickte sie trotzdem fort.

»Du könntest ein wenig mehr Mitgefühl zeigen«, nörgelte Ditmold und blickte einem jungen Freudenmädchen nach, das keck seinen blonden Zopf über die nackte Schulter warf, die von einem wie zufällig herabgerutschten Ärmel freigegeben wurde. »Frag doch wenigstens, ob mir der Sinn nach einem Weib steht, bevor du alle Frauen vertreibst.«

»Die war zu billig«, erwiderte Delius trocken.

»Einerlei. Sie ist ein Weib. Es kann schließlich nicht jeder unter hochwohlgeborenen jungen Witwen wildern.«

Delius setzte kommentarlos seinen Bierkrug an.

»Erst die zauberhafte Amalie, dann die schöne Christiane Meitinger«, sinnierte Ditmold. »Gott machte das Weib zur Witib, um dir gefällig zu sein, wie mir scheint.«

»Hör auf mit dem Unsinn«, bat sein Freund, nachdem er einen großen Schluck des hervorragenden Bieres getrunken hatte, das in einer Sudstätte im Hof der Schänke gebraut wurde. »Du weißt ganz genau, wie die Dinge liegen: Ich werde Amalie heiraten. Das war meine Absicht, als ich Frankfurt verließ, und dabei bleibe ich!«

»Hast du sie endlich davon in Kenntnis gesetzt?«

»Ich kam noch nicht zu einem Brief. Zu viel ist geschehen in der Zwischenzeit. Aber das ändert nichts an meinem Wunsch.«

»Das ist Prinzipienreiterei«, bemerkte der Assessor und folgte der jungen, blonden Hure mit seinen Blicken, während sie aufreizend an den Tischen entlangspazierend nach einem Kunden Ausschau hielt. Gelegentliche Pfiffe gieriger Männer begleiteten sie. Sie hatte aber auch eine Art, ihre Hüften zu schwingen – das Blut raste durch Ditmolds Adern. »Man kann eine Menge über eine Stadt lästern, in der ein Reichstag abgehalten wird«, murmelte er, »aber die Weiber sind eine Augenweide.«

»Solltest du nicht eher nach einem Mörder suchen als nach einem schönen Busen?«

»Letzterer wäre im Moment zweifellos willkommener«, Ditmold hob beschwichtigend die Hand, um Delius an einem Widerspruch zu hindern. Dann setzte er hinzu: »Sich ständig mit den Niederungen des menschlichen Handelns befassen zu müssen, macht ein wenig melancholisch. Und was vertreibt Schwermut wohl besser als die Gelegenheit, den mit trüben Gedanken überfüllten Kopf auf einen schönen Busen zu betten?«

Der Verleger schmunzelte. »Wem nutzt der Augenblick, der die Liebe für ewig gefunden?«

»Wenn du sie gefunden hast, bist du besser dran als ich. Allerdings wage ich zu behaupten, dass Amalie Delius, geborene Ammann, nicht die Glückliche ist. Ja, ja, ich weiß, du willst sie heiraten ... Wolfgang, du kannst es etliche Male wiederholen, es wird nicht glaubhafter dadurch. Wenn Christiane Meitinger in der Lage ist, dich auf den ersten Blick dermaßen zu entflammen, wird deine Ehe mit Amalie kein Kinderspiel. Die nächste Versuchung wartet bereits irgendwo. Überlege dir gut, ob du das deiner Schwägerin antun willst. Ich denke, sie hat ein wenig mehr Treue und Achtung verdient.«

Es zerrte an Delius' Nerven, wie sich Ditmold in seine Privatangelegenheiten mischte. Wenn sie nicht eine alte Freundschaft verbunden hätte, wäre er wahrscheinlich ungeachtet des noch halbvollen Bierkrugs aufgestanden und zornig seines Weges gegangen. Doch unter den gegebenen Umständen presste er die Lippen aufeinander und schob trotzig das Kinn vor. Er war uneinsichtig, vielleicht, aber er hatte nicht die Absicht, von einem einmal getroffenen Vorhaben abzuweichen. Schließlich konnte er nicht alles dem Schicksal überlassen.

»Ich habe übrigens Neuigkeiten von deiner ...«, Ditmold

räusperte und korrigierte sich: »Von der Meitingerin. Bei ihr ist in der vergangenen Nacht eingebrochen worden.«

Delius starrte sein Gegenüber an. »Was? Warum sagst du das erst jetzt?«

Ditmold machte eine wegwerfende Handbewegung. »Reg dich nicht auf. Ich habe es selbst erst vor nicht allzu langer Zeit erfahren. Sie behauptet, der Teufel sei bei ihr eingedrungen.«

»Der Teufel?«, wiederholte Delius verblüfft, zwischen Belustigung und Sorge schwankend. »Was soll das sein: Einbildung oder Jahrmarktzauber?«

»Es ist Ernst, fürchte ich. Man hat einen Teufelstritt vor ihrem Haus gesehen.«

Er stieß ein grimmiges Lachen aus. »Ich bitte dich, du weißt genauso gut wie ich, dass sich Satan nicht als Dieb betätigt. Wer immer auf der Suche nach den Fälschungen ...«, entsetzt über die eigene Logik brach er ab. »Ist etwas gestohlen worden?«, fragte er leise und hielt gleich darauf furchtsam den Atem an.

»Sie beteuert, dass sich alles an seinem Platz befände, und ich glaube dem, was sie dem Nachtwächter sagte.«

Die beiden Männer schwiegen, jeder hing seinen Gedanken nach. Eine Gruppe neuer Gäste betrat lärmend die Stube, und Delius hob kurz den Kopf. Es waren Herren in schwarzen Talaren, Gelehrte offenbar, die auf ein wenig Abwechslung und ein gutes Abendessen aus waren. Nach dieser Betrachtung wandte er sich wieder seinen eigenen Bedürfnissen zu, trank von dem Bier und rang mit sich, ob er sich auf Ditmolds Auskunft verlassen oder zu Meitingers Haus eilen sollte, um selbst nach dem Rechten zu sehen ... Plötzlich flammte eine Erinnerung in ihm auf.

»Seltsam«, sagte er langsam. »In dieser Stadt scheint der Teufel rühriger zu sein als anderswo.«

»Was meinst du?«

Da er nicht aufstehen und herumlaufen konnte, um seinem Geist Bewegung zu verschaffen, schob Delius seinen Bierkrug auf der blankgescheuerten Tischplatte hin und her. »Sebastian Rehm schrieb irgendetwas vom Teufel, ich weiß nicht mehr genau, was, aber ich bin sicher, dass es so war. Erzählte nicht auch Martha, ihrem Gatten sei Satan erschienen? Und dann diese Begeisterung für Teufelsaustreibungen, die Augsburg heimsucht wie eine der biblischen Plagen. Hier scheint es eine ganz besondere Hinwendung zu einem gewissen Aberglauben zu geben.«

Ditmold strich sich übers Kinn. »Ein Mensch, der sich als Satan verkleidet, würde hier nicht sonderlich auffallen. Er könnte im Schutz der Dunkelheit unbehelligt umherspazieren. Derselbe Mann, der bei Christiane Meitinger eingebrochen ist, erschreckte Sebastian Rehm …«, er schlug mit der flachen Hand auf den Tisch: »Das bringt uns nur nicht weiter. Es steht außer Frage, dass zwischen den Morden und dem Vorfall in Meitingers Haus ein Zusammenhang besteht.«

»Richtig. Wir sollten aber überdenken, wer auf diese Idee kommen könnte. Welcher Mann ist so dreist, sich als leibhaftiger Teufel auszugeben?«

»Jemand, der keine Angst vor der Hölle hat«, behauptete der Assessor. »Ein Priester ist sich aufgrund seiner Lebensführung des Paradieses vielleicht sicher …«

Delius hob erstaunt die Augenbrauen. »Du hältst einen Mann Gottes für den Mörder?«

»Es wurden in der Geschichte schon viele Geistliche zu Tätern, weil sie ihren Glauben schützen wollten.«

»Wenn wir nur wüssten, wer der Prediger der Täufergemeinde ist.«

Delius dachte an Antons Mutter und wollte sich nicht vorstellen, welche Qualen die zierliche Frau zur Stunde erlitt.

Ihm schauderte bei dem Gedanken, dass Ditmold, der die Anordnung zur peinlichen Befragung getroffen hatte, zur selben Zeit seiner Lust zu frönen hoffte – und wenn auch nur im Geiste.

Unwillkürlich suchten seine Augen nach der blonden Hure. Vielleicht war es wirklich das Beste, am Busen eines hübschen Weibes das Schlechte in der Welt zu vergessen. Mit der Flüchtigkeit eines Augenblicks überlegte er, dass er selbst gern in den Armen einer Frau liegen würde. Diese verkaufte ihre Liebe jedoch nicht; sie war auch nicht blond …

Er war im Begriff, dem Mädchen zuzuwinken, als sein Freund mit berufsmäßiger Sachlichkeit berichtete:

»Bislang reden die Schobers nicht. Jedenfalls nicht wirklich. Die Schoberin spricht andauernd. Sie nennt jeden Namen, der ihr in den Sinn kommt. Alle Apostel und fast alle Heilige hat sie bereits durch.«

Widerstrebend wandte sich Delius von der Hübschlerin ab, die er seinem Freund zum Geschenk hatte machen wollen. Sie schien ohnehin einen anderen Verehrer im Kreis der zuvor eingetroffenen Gelehrten gefunden zu haben. Ditmold musste sich also weiter bescheiden und mit der Tragödie beschäftigen.

»Besonders scheint es ihr Sankt Georg angetan zu haben, zu diesem Märtyrer betet sie gerne.«

»Wie ungewöhnlich für ein Mitglied der Täufergemeinde«, konstatierte Delius. »Andererseits ist der heilige Georg sicher eine gute Wahl. Durch seinen Glauben gestärkt, überlebte er die Grausamkeit der Folter.«

»Es ist für alle Beteiligten zermürbend, aber wir können nichts anderes tun, als geduldig zu sein.«

»Nein«, widersprach der Verleger entschieden und schob den Bierkrug von sich. Was immer sein Freund an diesem Abend noch zu tun beabsichtigte, er würde die nächsten Stunden mit einer Frau verbringen. Sicher nicht in ihrem Bett, aber zumindest in ihrer Gesellschaft. »Die Gefahr für Leib und Leben von Christiane Meitinger ist zu groß, um herumzusitzen und auf Satan zu warten. Ich werde jetzt zu ihr gehen ...«

Ditmold legte ihm die Hand auf den Arm. »Bleib sitzen und mach dich nicht zum Narren! Du kannst sie nicht besser beschützen als die Wache, die ich vor Meitingers Haus befohlen habe. Es ist ein schwerbewaffneter Söldner, der weder Tod noch Teufel fürchtet.«

»Ich möchte einen Besuch machen und keinen Krieg führen«, protestierte Wolfgang, stand aber nicht auf.

»Bei allem Verständnis für deine Gefühle, mein Freund: Du kannst nicht einfach zu ihr stürmen und den Ritter geben. Christiane Meitinger ist eine Dame, die schon genug unter der Tragödie zu leiden hat. Wenn die Nachbarn nun auch noch über einen anderen nächtlichen Besucher als Luzifer zu klatschen beginnen, ist ihr Ruf restlos ruiniert.«

Die gestrengen Worte verfehlten ihre Wirkung nicht. Wolfgang Delius ließ die Schultern hängen und stützte die Ellenbogen auf den Tisch, um seinen Kopf müde in seine Hände zu legen. Plötzliche Sorge hatte ihn seine gute Erziehung vergessen lassen. Und ein bestimmtes Verlangen.

39

Christiane brach unter ihrer Erschöpfung und der Wirkung des Laudanums zusammen. Die Anwesenheit der Magd im Haus und der Wache davor halfen ihr zudem, Ruhe zu finden. Die Dienerin kümmerte sich um den kleinen Johannes, der Söldner würde sie beschützen. Er war ein vierschrötiger Mann, dem sie bei anderer Gelegenheit nicht sonderlich vertraut hätte, aber da er für seine Dienste gut bezahlt wurde, würde er tun, was man ihm befohlen hatte. Deshalb wiegte sie sich in Sicherheit. Sie blieb fast zwanzig Stunden auf ihrem Lager niedergestreckt, wobei ihr traumloser Schlaf eher einer Ohnmacht glich.

Als sie erwachte, fühlte sie sich im ersten Moment ungewöhnlich frisch und vergnügt. Doch dann senkte sich der Morgen wie ein Schatten über sie. Die Ereignisse forderten ihren Tribut: Heute war die Beerdigung von Martha, und zur selben Zeit lief irgendwo in dieser Stadt ein Mörder herum, der für die Tragödie zweier Familien verantwortlich war. Bevor Christiane jedoch über ihr eigenes Schicksal in Selbstmitleid zu versinken drohte, begann sie mit den alltäglichen Handgriffen und dem, was an diesem Tag von ihr erwartet wurde.

Dabei wanderten ihre Gedanken immer wieder zu ihrem Gespräch mit Pater Ehlert. Die Geschichte, die ihr der Jesuit aufgetischt hatte, erschien ihr im Licht des neuen Tages recht unglaubwürdig. Auch wenn es kaum möglich schien, dass Sebastian auf seinem Totenbett gelogen hatte, so war es unvorstellbar, dass Georg Imhoff diesen alten Freund dermaßen ausgenutzt haben sollte. Aus Rache dafür, dass er sich mit einer Hure eingelassen hatte, welche die Französische Krankheit in sich trug. Vielleicht hatte Sebastian übertrieben, war bereits in einer Bewusstlosigkeit gefangen gewesen, die seine Erinnerungen getrübt hatte. Außerdem klärte die Behauptung, er habe Imhoffs Bücher geschrieben, nicht die Sache mit den Fälschungen auf. Es sei denn, Sebastian sei nicht nur schwach, sondern auch schwachsinnig gewesen. Doch sie mochte nicht glauben, dass ihr kluger Freund und Mentor so leicht zu lenken gewesen war.

Das Gespräch mit ihrem Vater tauchte aus einem vergessenen Winkel ihrer Erinnerung wieder auf. Severin Meitinger war demnach in erster Ehe mit Georg Imhoffs Schwester verheiratet gewesen. Das war an sich nicht ungewöhnlich.

Warum sollten enge freundschaftliche und berufliche Bande nicht durch eine verwandtschaftliche Beziehung gefestigt werden? Die Familien der Handelshäuser heirateten nur nach diesem Prinzip. Christiane konnte es sich selbst nicht erklären, was sie an der ersten Ehe ihres Mannes störte, aber sie wurde ein ungutes Gefühl nicht los. Allein die Tatsache, dass ihr niemand davon erzählt hatte, berührte sie unangenehm. Andererseits hatte sie natürlich nie gefragt …

Und wo war Titus Meitinger? Christiane glaubte nicht, dass er wieder auf Reisen gegangen war. So viel Kraft besaß der alte Mann nicht. Vielleicht hatte er den Verstand verloren, was angesichts der Umstände nicht von der Hand zu weisen war. Sie selbst hatte ja kurz davor gestanden, verrückt zu werden. Allerdings hoffte sie, dass er sich wenigstens noch daran erinnerte, warum er das Mönchsgewand eines Pilgers in seiner Kammer versteckte.

Sobald sie Martha begraben hatte, würde sie nach ihm suchen. Doch wo anfangen in einer so großen Stadt wie Augsburg, durch deren Straßen derzeit Legionen von Fremden pilgerten? Christiane beschloss, zuerst im Heilig-Geist-Spital nach ihrem Schwäher zu fragen. In dem Klostergebäude bei St. Margareth wurden seit Jahrhunderten Alte und Kranke versorgt. Es war nicht ausgeschlossen, dass sich Titus dort befand.

Und es gab noch etwas, das sie nach der Trauerfeier tun würde: Sie wollte Wolfgang Delius die Fälschungen für seinen Freund Ditmold übergeben. Wenn der Teufel schon danach suchte, wurde es Zeit, dass die Obrigkeit in den Besitz der Pamphlete gelangte. Ihr Wunsch, Sebastian Rehms Ruf zu schützen, war ebenso unwichtig geworden wie die Rettung der Druckerei Meitinger. Beides würde sie nicht aufrechterhalten können, und damit gab es keinen Grund mehr zu schweigen.

Während Christiane ihr Haar unter der Witwenhaube richtete, fragte sie sich, wie ihr eigenes Leben wohl weitergehen könnte. Zweifellos würde sie ihr Heim verlassen müssen, sobald die Schuldeneintreiber den Soll einforderten. Ihr Vater würde sie und den kleinen Johannes wieder in ihrem Elternhaus aufnehmen müssen – und sich wahrscheinlich auf dem schnellsten Wege nach einem neuen Ehemann für sie umsehen. Einen so großzügigen Gatten wie Severin Meitinger würde er gewiss nicht noch einmal finden, zumal sie keine Jungfrau mehr war und die Tragödie auch sonst sicher nicht mit völlig unbeschädigtem Ruf überleben würde.

Und der kleine Johannes? Sebastians Sohn würde von Hans Walser streng katholisch erzogen werden und über kurz oder lang in einem Kloster aufwachsen, wie es sich für einen Waisen ohne jedes Erbe gehörte. Wenn Christiane noch etwas für Marthas Kind tun konnte, dann war es einzig eine Spende, die durch den Verkauf ihrer Perlen in den Besitz des Ordens gelangen und Johannes' Position als Novize verbessern würde, ihm zumindest ein Universitätsstudium sicherte. Georg Imhoff fiel ihr wieder ein, und dass er eine moralische Verpflichtung gegenüber dem Buben trug, wenn die Geschichte von Pater Ehlert stimmte. Wenn es sich denn so zugetragen haben sollte …

Christiane schlug die Hände vor ihr Gesicht und konnte die Tränen nicht aufhalten.

Wieder stand sie an einem offenen Grab und nahm die Beileidsbekundungen der Trauergäste entgegen. Im Unterschied zu Severins Beisetzung stand diesmal nicht der alte Titus, sondern der Stadtbrunnenmeister neben ihr, und die Gemeinde war überschaubar. Einige traditionsbewusste Nachbarinnen hatten sich eingefunden, die wohl mehr aus Selbstverständlichkeit als aus aufrichtiger Anteilnahme dem Sarg gefolgt waren, Neugierige ebenso, die vielleicht eine Sensation erwarteten und hofften, des Teufels ansichtig zu werden. Zu Christianes stiller Freude war Wolfgang Delius an der Seite von Bernhard Ditmold gekommen, Pater Ehlert gab Martha das letzte Geleit und – wie nicht anders zu erwarten – Georg Imhoff.

»Ihr seht aus, als sollte ich dringend etwas für Euch tun«, erklärte der Dichter teilnahmsvoll. Nachdem er Erde und Weihrauch über die in die Gruft hinabgesenkte Totenlade verstreut hatte, ergriff er Christianes eiskalte Hände. »Es geht Euch nicht gut, nicht wahr?«

»Welchen Eindruck habt Ihr erwartet? Ich habe gerade meine liebe Cousine und beste Freundin beerdigt«, erinnerte sie ihn matt, sich durchaus ihres erbärmlichen Zustandes bewusst.

Er hielt ihre Finger länger als schicklich umschlossen. »Ich bin sicher, Eure Trauer um Martha Rehm ist größer als die um …«, mit einem vielsagenden Seitenblick auf Hans Walser brach er ab. »Auch ich bin untröstlich«, fügte er in einem Ton hinzu, der so leise war, als gelte er nur seinen eigenen Gefühlen.

»Wir müssen mit unserem Schicksal leben«, erwiderte sie und entzog ihm sanft ihre Hand.

»Ja. In der Tat.« Er schenkte ihr ein trauriges Lächeln. Dann neigte er sich näher zu ihr, so dass kein anderer Trauergast im Vorbeimarsch hören konnte, was nur für Christianes Ohren bestimmt war: »Ich möchte Euch danken für die Warnung, die Ihr mir zugestellt habt. Es war sehr freundlich von Euch, mich auf die Gefahr hinzuweisen, in der meine Person schwebt … Möglicherweise schwebt, denn wie Ihr gerade sagtet: Wir können an Gottes Wille nichts ändern.«

»Nun, ein wenig Vorsicht hat noch niemandem geschadet.«

»Sicher, sicher. Allerdings ist es eine wundervolle Vorstellung, Euch als meinen Schutzengel zu sehen. Ich möchte mich erkenntlich zeigen und meinerseits etwas Gutes tun ...«, er brach ab, was seinen Worten ein wenig mehr Gewicht verlieh, sie schwangen bedeutungsvoll nach.

Christiane hielt den Atem an. Bedeutete seine Äußerung, dass Imhoff das schlechte Gewissen plagte? Er meinte sicher nichts anderes, als dass er den kleinen Johannes zu unterstützen gedachte, was ihm sicher möglich war, auch wenn sein Besitz bereits der Kirche gehörte. Erleichterung durchströmte ihren Körper.

»Ihr braucht ein wenig Abwechslung«, sagte Imhoff in Christianes hoffnungsfrohe Gedanken.

Ihr Herz sank. »Ich weiß nicht ...«, murmelte sie, denn eigentlich verlangte sie mehr nach Ruhe und Frieden als nach einem aufregenden Zeitvertreib.

»Lasst uns einen kleinen Ausflug unternehmen«, schlug er vor. »Würde es Euch morgen passen? Das Wetter ist schön, und ein Ausritt hat noch niemandem geschadet.«

»Ich weiß nicht ...«, wiederholte sie. Ihre Lider flatterten. Seine Einladung passte so gar nicht in ihre Pläne. Unter den gegebenen Umständen lag ihr nichts ferner, als sich bei einem Ritt aufs Land die Zeit zu vertreiben. Die Suche nach Titus war vorrangig.

Er wartete geduldig auf eine deutlichere Antwort. Hinter ihm wurden die anderen Trauergäste derweil unruhig. Aus den Augenwinkeln beobachtete Christiane, dass Bernhard Ditmold mit Wolfgang Delius zu tuscheln begann. Wahrscheinlich hatte der Assessor nicht unendlich viel Zeit für die Beerdigung von Martha Rehm eingeplant.

»Übermorgen«, versprach sie schließlich, weil ihr dämmerte, wie wichtig eine Verabredung mit Imhoff war. Es gab vieles zu bereden, Verdächtigungen sollten ausgeräumt werden und Fragen beantwortet, die ihr auf der Seele brannten. Nicht zuletzt musste sie ihn auch mit seiner Krankheit konfrontieren – um ihrer eigenen Gesundheit willen. In ihrem Haus hätte sie sich zwar sicherer gefühlt, aber wenn ihm der Sinn nach einem Ausflug stand, sollte er diesen bekommen.

Zu ihrer größten Überraschung legte Imhoff seinen langen, schlanken Zeigefinger an die Lippen. »Es soll unser Geheimnis bleiben, ja?« Mit einem weiteren Seitenblick Richtung Stadtbrunnenmeister, der sich gerade mit dem Gemeindepfarrer von St. Moritz unterhielt, setzte er leise hinzu: »Wir wollen doch niemanden mutmaßen lassen, dass uns beide mehr verbindet als der Wunsch nach frischer Luft.«

Ihr Vater war in der Tat die letzte Person, die sie darüber informieren würde, welche Verabredungen sie traf. »Selbstverständlich«, erwiderte sie steif, betroffen von dem Geistesblitz, dass seine Bemerkung durchaus zweideutig zu verstehen war.

Wollte er möglicherweise doch mehr als nur einen harmlosen Ausritt unternehmen? Meitingers Witib war keine gute Partie mehr, nach einem Heiratsantrag konnte ihm kaum der Sinn stehen. Suchte er eine heimliche Gespielin, die das Leid der Französischen Krankheit mit ihm zu teilen bereit war, da sie im irdischen Leben ohnehin nicht mehr viel zu erwarten hatte? Stolz reckte Christiane ihr Kinn. So schlimm war es nun doch nicht um sie bestellt.

Imhoff verneigte sich vor ihr. »Leider rufen mich Verpflichtungen, die mich vom Leichenschmaus fernhalten. Ich bin jedoch sicher, der Seele Martha Rehms wird dies nicht schaden. Ade, Meitingerin.«

»Ich wünschte, wir würden uns heute nicht zum zweiten Mal auf einem Friedhof begegnen«, sagte Wolfgang Delius und ergriff Christianes kalte Hand. »Martha Rehms Tod ist ein schrecklicher Verlust, und ich fühle von ganzem Herzen mit Euch.«

Sie senkte die Lider, weil sie ihm nicht in die Augen sehen

konnte. Dann würde sie verraten, wie sehr sie sich freute, ihn überhaupt zu treffen, gleichgültig, wo. Seine Stimme übte wieder eine unendlich beruhigende Wirkung auf sie aus. In seiner Nähe fühlte sie sich seltsam geborgen und sicher. Er wäre auf jeden Fall ein willkommenerer Beschützer in ihrem Haus als der Söldner davor. Aber auch das wollte sie ihm nicht durch einen Blick zu verstehen geben.

»Ich danke Euch für Euer Mitgefühl«, erwiderte sie höflich.

Schweigend standen sie einander gegenüber – bis ihm auffiel, dass er noch immer ihre Hand umschlossen hielt. Sich verlegen räuspernd, ließ er sie los. Zögernd wandte er sich an ihren Vater: »Meister Walser, ich möchte Euch mein Beileid aussprechen. Eure Nichte hätte nicht so früh sterben dürfen. Es ist ein herber Schicksalsschlag.«

Christiane hörte nicht, was Marthas Oheim antwortete. Sie blickte zu Bernhard Ditmold, der sie bekümmert betrachtete: »Geht es Euch gut, Meitingerin?«

»Sicher nicht besser, als Ihr Euch vorstellen könnt.«

Er nickte verständnisvoll. »Ist für Euer Wohl gesorgt?«

»Zumindest für meine Sicherheit und der meines Eigentums. Oder wollt Ihr schützen, was ohnehin bereits der Fugger-Bank gehört?« Die bittere Frage entfuhr ihr, ohne dass sie es hätte verhindern können.

»Ich bin der Beauftragte des Reichserbmarschalls, kein Laufbursche von Anton Fugger.«

Die Morde – ja, wie hatte sie Ditmolds Interesse vergessen können. Er suchte nach den Fälschungen, und da Wolfgang Delius ihm anscheinend von seiner nächtlichen Begegnung mit Christiane berichtet hatte, hatte Ditmold die Pamphlete fast gefunden.

Unwillkürlich dachte sie an den Kuss, und tiefe Röte überzog ihre Wangen. Es war nicht nur die Scham, Zärtlichkeiten mit einem Fremden ausgetauscht zu haben, sondern auch

Zorn auf Wolfgang, der seinem Freund wohl davon berichtet hatte. Männer redeten über ihre Eroberungen, das wusste sie, aber taten sie das nicht nur bei Freudenmädchen?

Tränen der Wut und der Enttäuschung traten in Christianes Augen. Sie drehte den Kopf. Es wirkte, als wollte sie ihre tiefe Trauer verbergen. Tatsächlich konnte sie den Anblick von Bernhard Ditmold und Wolfgang Delius nicht mehr ertragen.

41

Es war wie eine Wiederholung ihres Alptraums: Ein Poltern hallte durch die Dunkelheit, dann ein Krachen und ein Scharren. Doch diesmal wurde Christiane nicht aus einem Schlummer gerissen. Sie stand an Meitingers Pult in der Schreibstube, wo sie im Licht eines mehrflammigen Kerzenleuchters eine Bestandsaufnahme ihres Vermögens machte. Alarmiert horchte sie auf, nachdem sie den geschätzten Wert jedes einzelnen Schmuckstücks, des Leinenzeugs und einiger Möbel zu addieren versucht hatte. Und obwohl der Söldner vor dem Tor wachte und sie nicht den Teufel fürchten musste, erschrak sie so sehr, dass die Feder aus ihrer Hand glitt.

Seit Stunden schon befasste sie sich intensiv mit ihrer finanziellen Zukunft und der des Kindes. Nach dem Leichenschmaus für Martha, der in bedrückender Atmosphäre schnell zu Ende gegangen war, hatte sie sich zunächst mit dem kleinen Johannes beschäftigt. Sie setzte ihn auf das Schaukelpferd, das sie angeschafft hatte, als sie noch davon ausgegangen war, die Ehefrau eines wohlhabenden Druckerverlegers zu sein. Als der Bub müde geworden war, hatte sie sich mit einem Buch in die Schreibstube gesetzt, doch ihre Gedanken wanderten ziellos umher, auf die Lektüre konnte sie sich nicht konzentrieren. Deshalb hatte sie kurzerhand beschlossen, etwas zu unternehmen, um ihre Lage besser zu beurteilen. An Schlaf war so bald ohnehin nicht zu denken.

Die Geräusche erinnerten fatal an die der Nacht des Einbruchs. Der Unterschied bestand darin, dass nun auch Männerstimmen laut wurden, einer Salve unverständlicher Flüche folgte ein dumpfer Schrei. Es klang, als leide jemand Qualen, würde gefoltert oder zumindest geschlagen.

Christiane umfasste mit beiden Händen das Schreibpult, bis ihre Knöchel weiß hervortraten. Sie hielt die Luft an, lauschte. Doch ebenso unvermittelt, wie der Lärm sie aufgeschreckt hatte, verhallte er wieder. Auf der Gasse war Ruhe eingekehrt.

Doch sie irrte. Einen Atemzug später hämmerten Fäuste gegen das Tor.

Sie wollte nicht hinunter zur Tür gehen. Was sollte sie tun, wenn der Söldner überwältigt worden war und der Teufel oder ein anderer Räuber Einlass begehrte? Das wäre immerhin möglich, obwohl ihr Schutzengel bis an die Zähne bewaffnet war und Christiane selbst sich beim Betreten ihres Hauses von der Hakenbüchse bedroht gefühlt hatte, die ihr Leibwächter lässig über die Schulter schwang …

»Meitingerin, öffnet! Es will Euch jemand sprechen.«

Sie rührte sich nicht. Die Stimme hatte wie die des Mannes geklungen, den Bernhard Ditmold zu ihrem Schutz beordert hatte. Dennoch konnte sie die Furcht nicht abschütteln. Niemand konnte erwarten, dass sie am späten Abend Besuch empfing. Unter anderen Umständen wäre sie bereits zu Bett gegangen …

»Herrin, ich bin's – Karl, Euer Geselle«, sein Tonfall war schleppend, er hatte Schwierigkeiten, sich zu artikulieren, als sei ihm der Unterkiefer eingeschlagen worden. »Öffnet, ich bitte Euch.«

Ihre Füße flogen die Treppe hinab. Sie konnte sich selbst nicht erklären, warum sie plötzlich Freude bei dem Gedanken empfand, dass Meitingers Geselle in die Werkstatt zurückkehren wollte. Ausgerechnet Karl, dem sie niemals über den Weg getraut hatte.

Sie schob den Riegel zurück und riss das Tor auf.

Im Schein einer Fackel erkannte sie, dass dem jungen Mann übel mitgespielt worden war. Blutige Schrammen zierten sein Gesicht, und sein linkes Auge schwoll zu, während sich ein veilchenblauer Fleck von der Braue zum Unterlid ausbreitete.

Der Söldner hielt ihn am Kragen gepackt und schnürte dem Geschundenen dabei die Kehle zu. »Der hier wollte in die Werkstatt eindringen«, verkündete der Wachmann.

»Er darf das. Es ist wirklich mein Geselle.«

»Warum sagt er das nicht gleich?«, gab der Söldner zurück und ließ Karl los, der daraufhin Mühe hatte, sich auf den Beinen zu halten.

Christiane streckte die Hand aus und nahm Karl beim Arm. Dann dankte sie der Wache mit einem kurzen Nicken. Kurz darauf schloss sie das Tor hinter sich und dem Druckergesellen. »Ich werde deine Wunden versorgen«, erklärte sie und ging ihm voraus zur Küche, »und währenddessen wirst du mir sagen, wo du warst. Es ist allerhand passiert, seit du verschwunden bist.«

»Ich hab gehört, was Anton geschehen ist«, lispelte Karl. »Das ist sehr schlimm …«

»Ja, und das mit seinen Eltern auch.«

Überrascht drehte sich Christiane um. »Was ist mit den Schobers?«

Wäre es ihm möglich gewesen, hätte der Geselle sicher beide Augen aufgerissen, unter den gegebenen Umständen schnitt er eine Grimasse. »Sie wären Täufer, heißt es. Von diesem Teufel, dem Prediger aus der Schweiz, besessen.«

Anton war also das Verbindungsglied zwischen den Texten

im Weinkeller und der Druckerei Meitinger. Auf den ersten Blick sah dies für Christiane vernünftig aus. Doch bei näherer Betrachtung war es schwer vorstellbar, dass sich Severin von einem Lehrbuben und dessen Eltern, die einfache Handwerksleute waren, zu einem derartigen Betrug überreden ließ.

»Der Reichserbmarschall hat sie in den Kerker geworfen«, fuhr Karl in ungewohnter Gesprächigkeit fort. »Irgendwann werden sie auf dem Scheiterhaufen verbrannt. Meint Ihr, ich sollte Anton den Gefallen tun und hingehen, wenn's so weit ist? Ich verstehe nur nicht, warum sie überhaupt noch befragt werden.«

Aber ich kann mir den Grund denken, fuhr es Christiane bitter durch den Kopf. Bernhard Ditmold konnte sich ebenso wenig wie sie selbst erklären, warum Meitinger sich auf einen Händel mit diesen Leuten eingelassen haben sollte. Die Schobers wurden gefoltert, um den Namen des Mannes preiszugeben, der für die ganze Sache verantwortlich war. Ob Antons Vater im Auftrag dieses Menschen in Teufelsgestalt zum Mörder geworden war?

Während Christiane das Feuer im Küchenofen schürte, fragte sie: »Hast du erfahren, wann Schobers eingekerkert wurden?«

»Nein. Aber ein paar Tage ist es wohl her.«

»Hm«, machte sie und stieß den Schürhaken so fest in die Glut, dass er auf den Eisenrost schlug. Wahrscheinlich war Antons Vater also nicht Satans Helfershelfer – jedenfalls nicht beim Einbruch in ihr Haus. Erledigte der Teufel derartige Überfälle selbst, oder gab es noch weitere Männer, die seinen Befehlen blind gegen Recht und Ordnung folgten? Wie viele Verschwörer hatten es auf sie abgesehen? Trotz des aufflammenden Feuers begann sie zu frösteln.

Karl hatte es sich derweil auf einem Stuhl bequem gemacht. Er lehnte sich zurück und kippelte gedankenverloren. Nach einer Weile, in der Christiane den Wasserkessel aufgesetzt hatte, hob er plötzlich an: »Ein Fluch liegt auf der Werkstatt, Meitingerin.«

»Das glaube ich inzwischen auch«, gab sie zu. »Allerdings frage ich mich, wer dafür verantwortlich sein könnte. Der Teufel allein kann's jedenfalls nicht sein.«

»Na ja, irgendwie vielleicht schon.«

»Was?«

Der Geselle schwieg verbissen, als würde er von einem geheimen Zauber getroffen, wenn er die Wahrheit offenbarte. Doch Christiane übte sich in Geduld. Er würde reden, davon war sie überzeugt. Warum sonst war er zurückgekommen, wenn nicht auf der Suche nach Gerechtigkeit? Weil ihn ein schlechtes Gewissen trieb, antwortete ihr eine innere Stimme. Und eine andere warnte: Weil er seinen Auftrag noch nicht erfüllt hat.

Christiane tauchte ein sauberes Leinentuch in das siedende Wasser und fragte sich, ob sie gerade im Begriff stand, die Wunden des Täters auszuwaschen. Vertraute sie womöglich dem Falschen?

»Au!« Karl schrie auf, als sie sich in seinem Gesicht zu schaffen machte.

Wenn er auf ihre Versorgung so zimperlich reagierte, war er wohl doch kein harter Kerl, dem drei Morde zuzutrauen waren. Unwillkürlich ging sie etwas sanfter zu Werke.

»Die Meitingerin war's«, sagte Karl.

Christiane fiel der Lappen fast aus der Hand. »Wer?«

Er zwinkerte, um zu ihr aufzuschauen. »Na, die erste Frau vom Meister. Die verstorbene Meitingerin, versteht Ihr?«

Sprachlos nickte sie.

»Von ihr ist die Fluchtafel, die ich nach dem Tod des Meisters zwischen den Lettern versteckt gefunden habe. Ich erinnere mich ganz genau, dass ich das Bleitäfelchen mal bei ihr gesehen habe. Die Inschrift ist auf Latein, ich kann's nicht lesen, aber es ist sicher, dass es mit einem Schadenszauber behaftet ist.«

Severin Meitinger hatte demnach mehr als ein Geheimnis vor Christiane gehütet. Ihr schauderte bei dem Gedanken, dass sich ihr Gatte mit Teufelswerk beschäftigt und Verschwörungsformeln gesammelt haben könnte. Karls Ausführungen klangen allerdings so, als sei Georg Imhoffs Schwester eine leibhaftige Hexe gewesen. Sicher war es Gottes Wille, dass sie der Pest erlag, aber womöglich war es auch ein Glück, bevor ein Henker den Scheiterhaufen zu ihren Füßen entzündete.

»Wo ist die Fluchtafel?«, wollte Christiane tonlos wissen.

»Wenn keiner in der Werkstatt aufgeräumt hat, ist sie noch dort. Als ich sie sah, hab ich mich so erschrocken, dass ich fortgelaufen bin. Ich schwör's, Herrin. Aber dann habe ich bei mir gedacht, dass ich Euch nicht allein lassen kann mit der bösen Magie und all den anderen Sorgen.«

Dankbar tätschelte sie seine Schulter. Sie war nie abergläubisch gewesen. Natürlich glaubte sie nicht daran, dass ein hauchdünnes Stück Metall mit lateinischer Inschrift für so reale Dinge wie Schulden und Morde verantwortlich war. Was aber tat man mit einer Fluchtafel? Wie wurde man so etwas wieder los? Pater Ehlert fiel ihr ein. Der Jesuit kannte sich mit Teufelsaustreibungen aus, er würde ihr in dieser Sache helfen.

Erleichtert, wenigstens ein Problem halbwegs gelöst zu haben, wagte sie die nächste Frage: »Warum sollte die Meitingerin die Werkstatt verfluchen? Ich hörte, die erste Ehe meines verstorbenen Gemahls war sehr glücklich.«

»Ich will nicht klatschen, Herrin.«

»Tu's trotzdem«, verlangte sie nüchtern und begann sich wieder an seinen Wunden zu schaffen zu machen.

»Es gab viel Gerede im Haus«, begann der Geselle zögerlich. »Natürlich war der Meister zufrieden mit seiner Frau, und sie war's wohl auch, aber sie liebte einen anderen … Das hat sie mal gesagt. Ich wollte damals nicht lauschen, ich hab's zufällig gehört, weil ihre Stimme so laut war …«

Christianes Herz blutete für ihren toten Gatten. Welch armer Mann, der nicht nur die Gunst seiner jungen, zweiten Gemahlin teilen musste, sondern auch die Zuneigung der ersten. Das hatte Severin nicht verdient. Er tat ihr unendlich leid.

»Deshalb kamen wohl auch keine Kinder … Verzeihung, Herrin, das ist natürlich kein Thema für eine Dame.«

»Doch, doch, fahre nur fort.«

Karl atmete tief durch, dann: »Es gab Streit wegen der Religion, versteht Ihr?«

Das verwirrte Christiane mehr als die geheime Leidenschaft ihrer Vorgängerin. »Wieso? War die Imhoffin nicht katholisch wie ihr Bruder?«

Er rutschte unruhig auf dem Stuhl hin und her. »Ich weiß nicht, Herrin … ich … Es ist so lange her, da kann die Wahrheit mir doch nicht schaden, oder?«

»Gewiss nicht.«

»Dann, also: Der Meister meinte, es sei Hexerei, was mit seinem Weib geschah. Sie ging zu heimlichen Versammlungen, bei denen vom Weltuntergang gepredigt wurde und einer neuen Ordnung und so etwas. Und … und der Meister behandelte sie nicht mehr so freundlich, nachdem … nachdem sie sich hatte taufen lassen.«

Die letzten Worte hatte Karl in sich hineingemurmelt, und deshalb waren sie kaum verständlich gewesen, doch Christiane hatte jedes einzelne in der Stille der Küche gehört, wo nur das Feuer im Ofen leise knisterte und sonst jedes Geräusch hinter sorgfältig verschlossenen Fenstern und Türen ausgesperrt war. Es war so ruhig, dass sie glaubte, ihr Herz poche so laut gegen ihre Brust wie zuvor die Fäuste des Söldners gegen das Tor.

Sie konnte sich zwar keinen richtigen Reim auf das Geschehen machen, aber eine nebulöse Vorstellung ergriff von ihr Besitz. Der Schlüssel zur Wahrheit war offenbar Georg Imhoffs Schwester, die erste Frau Severin Meitingers, für die sich Christiane nie interessiert hatte. Hatte ihre Vorgängerin mit Antons Hilfe die Fälschungen gedruckt? Nein, das war nicht möglich, denn Sebastian Rehm hatte während seiner Ehe mit Martha daran gearbeitet, und wenn es eine Bekanntschaft zwischen Sebastian und der Imhoffin gegeben hätte, wäre sie irgendwann Martha begegnet. Die Pamphlete waren erst hergestellt worden, nachdem Severin verwitwet war. Dennoch gab es zwischen den betroffenen Personen eine Verbindung, die im Augenblick zwar noch nicht greifbar, so doch nicht von der Hand zu weisen war. Und es gab genau zwei Menschen, die über die Hintergründe Auskunft geben könnten.

Seltsam, dachte Christiane, es ist schon spät, und der Tag war belastend, aber sie hatte sich seit langem nicht mehr so wach gefühlt.

»Du kannst heute Nacht hier in der Küche bleiben«, entschied sie. »Und morgen wirst du die Werkstatt aufräumen. Wenn die Schuldeneintreiber kommen, sollen sie nicht sagen, Meitingers Druckerei sei ein Chaos ...«

»Und die Fluchtafel, Herrin?«

»Ich werde einen Exorzisten holen, der sich darum kümmert.«

Karl starrte sie aus seinem unverletzten Auge voller Bewunderung an. »Ihr seid sehr tatkräftig, Herrin.«

»Nein, höchstens tapfer. Ich möchte die Tragödie unbeschadet überleben. Das ist alles.«

42

Als die Dämmerung dem Morgen wich und die Magd zur Arbeit erschien, machte sich Karl bereits in der Werkstatt zu schaffen, und Christiane war ausgehfertig. »Ich lauf rasch zum Heilig-Geist-Spital und frage nach, ob der alte Meister dort ist«, erklärte sie.

Die Magd blickte ihre Herrin argwöhnisch an. »Warum schickt Ihr keinen Laufburschen?«

Christiane seufzte. »Weil jemand Titus Meitinger suchen sollte, der ihn kennt. Vielleicht ist der alte Meister krank und weiß seinen Namen nicht mehr. So etwas kann vorkommen … Ach, und noch etwas: Halte ein Auge auf den kleinen Johannes, solange ich fort bin.«

Im Kopf der alten Frau arbeitete es. Das war deutlich erkennbar. Offensichtlich war sie hin und her gerissen zwischen ihrer Ergebenheit zu Christianes Schwiegervater und dem tiefsitzenden Widerwillen, jeden Befehl der jungen Herrin klaglos auszuführen. »Die Kinderfrau ist weg, und ich habe alle Hände voll zu tun«, jammerte sie.

»Ja, so ist es«, stimmte Christiane emotionslos zu. »Und wenn du nicht gut auf den Buben achtgibst, wie ich es dir auftrage, hast du bald gar nichts mehr zu tun … Ade«, ohne eine Antwort abzuwarten oder auch nur über die Schulter zurückzuschauen, rauschte sie die Treppe hinunter. Ein wütendes Pfannenklirren folgte ihr.

Eigentlich konnte Christiane es kaum abwarten, Georg Imhoff zu treffen. In den vergangenen, schlaflosen Nachtstunden hatte sie überlegt, ihm eine Nachricht zu schicken und sofort um den versprochenen Ausflug zu bitten, doch die Sorge um den alten Titus war größer gewesen als ihre Neugier. Außerdem: Wenn sie Severins Vater fand und dieser noch bei Verstand war, würde er ihr ausführlich Auskunft über Meitingers erste Frau geben müssen, dafür würde sie schon sorgen. Ausgestattet mit diesem Wissen, würde das Gespräch mit Imhoff sicher anders verlaufen. Schließlich wusste sie nicht, in welcher Beziehung er zu seiner Schwester gestanden hatte. Christiane nahm an, dass das Verhältnis eher schwierig geworden war, nachdem sie sich von der Sekte hatte blenden lassen. Da Christiane den Dichter weder verärgern noch verletzen, sondern vor allem um eine Unterstützung für Sebastian Rehms Sohn bitten wollte, war ein wenig Rücksicht geboten.

Christianes Ziel war nicht einmal eine Meile entfernt, aber an diesem frühen Morgen hatte sie Mühe voranzukommen. Die Abortkehrer bevölkerten die Gassen, mancherorts waren die Inhalte der Nachttöpfe zwar auf die Straße gekippt, aber noch nicht fortgewischt worden. Abwasser sammelten sich zwischen den Pflastersteinen zu kleinen, stinkenden Lachen, an die in wenigen Stunden sicher nur noch feuchte Flecke erinnern würden. Händler mit vollbeladenen Karren waren auf dem Weg zum Fischmarkt oder dem Stadtmetzg, Lasttiere zogen Wagen, deren Deichseln unter den schweren Fässern ächzten. Die Almosenerschleicher flohen vor der Sonne und dem Rat in finstere Ecken oder nach Oberhausen jenseits der Stadtmauer, wo sie vor dem Zugriff durch die Gassenknechte und der Ausweisung geschützt waren. Dafür bevölkerten nun langsam wieder Söldner und Reisende die Straßen, die ihre Herbergen verließen und der Innenstadt entgegenstrebten und Christiane, die in entgegengesetzter Richtung unterwegs war, im Weg standen. Sie wich anerkennenden Pfiffen und anderen Zudringlichkeiten geschickt aus, umrundete die Gläubigen, die sich zur Morgenmesse vor St. Ulrich und Afra versammelten, und erreichte schließlich atemlos den Milchberg, hinter dem sich das Heilig-Geist-Spital befand.

Die Anstalt war in den Räumen des einstigen Klosters St. Margareth untergebracht, welches dasselbe Schicksal ereilt hatte wie St. Katharina – das Dominikanerinnenstift war im Zuge der Reformation geschlossen worden. Dennoch betrachtete Christiane die Gänge und Räume mit einer Mischung aus Argwohn und Spannung, denn es bestand die Möglichkeit, dass sie mangels eines zweiten Ehemanns ihr Dasein an einem vergleichbaren Ort würde fristen müssen. Nicht in einem Spital zur Versorgung von Alten, Kranken und Irren, aber die Zukunft in einem katholischen Kloster lag nicht so fern, wie sie es sich gewünscht hätte.

Sie zog ein mit Lavendel parfümiertes Tüchlein aus dem Ärmel und hielt es sich elegant an die Nase, um nicht allzu unhöflich zu wirken. Der vorherrschende Geruch bereitete ihr Übelkeit. Es war ein durchdringendes Aroma aus Schwefel, irgendwelchen Säuren und Rosmarin, das sich mit menschlichen Ausdünstungen, deren Unterscheidungen sie gar nicht wissen wollte, und Essensdunst mischte.

Energisch öffnete sie Türen, trat in Kammern, die mönchischen Einzelzellen glichen, und befand sich schließlich in einem großen Saal. An den Wänden waren Lagerstätten aufgereiht, die allesamt mit stöhnenden Kranken belegt zu sein schienen, am Kopfende sorgte ein Altar für den kirchlichen Beistand, neben dem Eingang stand ein Pult. Bader, Ärzte und deren Gehilfen eilten umher und beachteten die Besucherin nicht, offensichtlich in stetiger Eile und – meist wohl vergeblich – beschäftigt, Wunden zu versorgen, Schmerzen zu lindern und Gebrechen zu heilen.

Zögernd trat Christiane näher. »Verzeihung«, wandte sie sich an einen jungen Mann, der wie ein Student aussah, der in diesem Hospital eine medizinische Ausbildung erhielt. »Es wäre sehr nett, wenn Ihr mir weiterhelfen könntet …«

Er blieb vor ihr stehen, irgendwelche bedrohlich wirkenden, chirurgischen Instrumente in der Hand, und sah sie verwundert an.

Sie holte tief Luft, was ihrem Magen nicht bekam. Dennoch fragte sie tapfer: »Ich suche meinen Schwäher. Er ist verschwunden, und ich dachte, er könnte sich vielleicht hier aufhalten.«

»Wendet Euch an den Spitalmeister oder den Schreiber«, erwiderte der junge Mann knapp. »Mehr kann ich leider nicht für Euch tun. Ihr seht, ich bin beschäftigt. Der Wundarzt benötigt meine Hilfe beim Blasenschneiden. Ein dringender Fall.« Er eilte weiter und überließ Christiane sich selbst, die nicht die geringste Ahnung hatte, wo sie die gewünschten Personen finden konnte.

Nach einem weiteren Irrweg durch das Gebäude und mehreren Nachfragen bei nicht weniger beschäftigten Pflegern stand Christiane in einer kleinen, überhitzt und muffig wirkenden Schreibkammer, in der sich die Verwaltung befand. Der Schweiß stand ihr auf der Stirn, und Übelkeit schnürte ihr die Kehle zu. Das Lavendeltüchlein hatte längst den vorherrschenden Duft angenommen und erfüllte seinen Zweck nicht mehr.

Christiane wiederholte ihr Anliegen vor dem Spitalmeister, in der Hoffnung, endlich am Ziel angelangt zu sein und möglichst rasch mit dem alten Titus nach Hause gehen zu können.

»Meitinger«, wiederholte ihr Gegenüber gedankenverloren und schlug ein ledergebundenes, dickes, in seiner Aufmachung einer Bibel ähnliches Buch auf, blätterte und suchte mit dem Finger in den Einträgen. »Einen Einkaufspfründer hat Euer Schwäher wohl nicht bezahlt«, stellte er fest, ohne seinen Blick zu heben.

»Was?«

»Alte, die einen Einkaufspfründer bezahlen und ihren Besitz der Stiftung vermachen, bekommen eine eigene Kammer«, erklärte der Spitalmeister. »Alle anderen werden im Saal untergebracht.«

»Da ist er nicht. Ich bin die Betten abgelaufen. Da waren nur dahinsiechende Menschen ohne jegliche Aussicht auf ein weiteres Leben. Der Schwäher war nicht darunter.«

»Ihr ward also im Krankensaal. Nun ja, es werden dort fast nur Bewohner des Spitals behandelt. Da wir uns der Versorgung alter Menschen annehmen, sind die Patienten meist recht gebrechlich. Ich meinte allerdings den großen Raum, in dem die Ehrwürdigen schlafen, die keine eigenen Kammern besitzen. Aber ich finde keinen Mann namens Meitinger in meiner Liste.«

»Vielleicht ist ihm etwas zugestoßen, und er hat seinen Namen vergessen.«

»Dann wäre er bei den Unsinnigen untergebracht worden … Wollt Ihr dort wirklich hinein?«

Christiane sank das Herz. Natürlich hätte sie daran denken müssen, dass ein alter Mann, der seinen Verstand verloren hatte, in einem Irrenhaus untergebracht wurde. Die Vorstellung allerdings, ein solches betreten und Titus unter verwirrten, mit Tollheit und Narrensteinen belasteten Menschen suchen zu müssen, war schrecklich. Andererseits konnte sie ihn in der gefürchteten Umgebung kaum sich selbst überlassen. Sie zerdrückte das Tüchlein in ihrer Hand und nickte.

Wenn Christiane später an diesen Tag zurückdachte, fielen ihr als Erstes die verwirrten Greise und Greisinnen ein, die, auf Bretter gebunden, dem traurigen Ende ihres Lebens entgegensahen. Manche von ihnen erduldeten still ihr Schicksal, andere wimmerten verzweifelt, und viele schrien, bis ihnen ein Knebel in den Mund geschoben wurde. Im Zickzack war sie durch die Stadt marschiert, hatte bei Stiftungen vorgesprochen, in Krankenhäusern, Altenspitälern und im Almosenamt gefragt, ob Titus Meitinger irgendwo aufgetaucht sei. Selbst vor den Siechenhäusern hatte sie nicht haltgemacht, ihre Verzweiflung überstieg die Furcht vor einer Ansteckung mit Lepra. Dabei war eher unwahrscheinlich, dass sich ihr Schwiegervater im Kreis von Aussätzigen befand. Und deshalb kehrte Christiane mit blutenden Fersen und ruinierten Schuhen nach Hause zurück – immer noch ohne den alten Titus.

»Der Herr aus Frankfurt war hier und hat nach Euch gefragt«, meldete die Magd und betrachtete missbilligend Christianes mitgenommene Erscheinung. »Ich soll Euch ausrichten, dass er morgen wiederkommt.«

»Ich habe keine Zeit«, murmelte Christiane, ließ sich auf einen Küchenstuhl fallen, schob die Röcke hoch und rieb sich gänzlich undamenhaft die schmerzenden Sohlen und Fußballen.

Wie gern hätte sie ein Bad genommen! Was ist das für eine Kirche, die mir das verbietet, weil ich Witwe bin?, fragte sie sich still. Was war das überhaupt für eine Welt, in der sie ebenso verzweifelt wie vergeblich nach einem alten Mann suchte, der ihr niemals etwas Gutes gewollt hatte, für dessen Wohlergehen sie sich in diesen Stunden der Not jedoch verantwortlich fühlte? Wenn Severin nur ein wenig besonnener gewirtschaftet und sich nicht mit seinem Mörder eingelassen hätte …

»Ihr solltet dem Herrn aus Frankfurt eine Nachricht schicken«, unterbrach die Magd Christianes düstere Gedanken. »Ich hab keine Zeit, mich andauernd um Euren Besuch zu kümmern, wenn Ihr nicht im Hause seid. Ans Tor zu gehen, hält mich von der Arbeit ab – und davon, auf den Buben aufzupassen. Der ist in einem Alter, in dem er alles Mögliche anstellen kann, wenn man nicht ständig ein Auge auf ihn hält. Ihr solltet ihn festbinden.«

Nicht die Impertinenz der Frau machte Christiane sprachlos, sondern deren letzter Ratschlag. Sie dachte an das, was sie im Irrenhaus des Heilig-Geist-Spitals gesehen hatte, sie glaubte sogar, der Geruch stieg ihr wieder in die Nase, der über der Anstalt gehangen hatte wie eine dichte Nebelwand über einem Feld am Morgen. Der kleine Johannes würde ganz gewiss nicht behandelt werden wie die Geisteskranken.

»Noch ein Wort«, brach es schließlich zornig aus ihr heraus, »und du verschwindest. Dann kannst du zusehen, wie du in deinem Alter noch eine Anstellung findest, die dir ein Auskommen bietet und die Freiheit gibt, dich zu deiner Herrin schlecht zu benehmen.«

Erschrocken erstarrte die Magd. Sie blickte Christiane an, ihre Miene war von Entsetzen gezeichnet. Als sich Christiane nicht rührte und auch nichts weiter sagte, schluckte die alte Frau und wandte sich dem Wasserkessel zu, der wie immer auf dem Ofen stand, in dem noch die Asche glühte. »Ich mach Euch einen Aufguss aus Basilikumblättern«, erklärte sie in deutlich verändertem, freundlichem Ton. »Basilikum schützt vor Unheil und ist ein Sorgenbrecher. Das wird Euch guttun.«

»Hm«, machte Christiane, die sich auf die Wirkung des Getränks nicht ausschließlich verlassen wollte. Um ihre Probleme zu lindern, bedurfte es anderer Mittel als eines wohlriechenden Gartenkrauts.

In einem Punkt hatte ihre Dienerin allerdings recht: Sie würde Wolfgang Delius ein Billett schreiben und erklären müssen, dass sie morgen keine Zeit für ihn und die Fälschungen haben würde. Sie hatte Delius zwar zugesichert, ihm die Texte nach Marthas Beerdigung zu geben, aber das konnte noch einen Tag warten. Ein leises Bedauern schlich sich ein, das nichts mit dem gebrochenen Versprechen zu tun hatte. Zu ihrem eigenen Erstaunen wurde ihr bewusst, wie sehr es sie gefreut hätte, ihn heute angetroffen zu haben. Dabei spielte es keine Rolle, ob sie ihm bei ihrer letzten Begegnung Getratsche mit seinem Freund unterstellt hatte. Sie hatte sich wie eine Hure gefühlt, als sie bedacht hatte, dass Bernhard Ditmold auf diesem Wege von ihrem Kuss erfahren haben könnte. Erst im Nachhinein fiel ihr auf, wie ungerecht sie gewesen war. Wenn Marthas Gespür richtig gewesen war, hatte Delius vielleicht aus einem ganz anderen Grund über Christiane gesprochen. Womöglich gab es noch Hoffnung für ihre Zukunft.

43

Georg Imhoff hob Christianes Hand an seine Lippen. »Ich schätze mich glücklich, Euch diesen Tag versüßen zu dürfen. Ihr seht schon sehr viel wohler aus, aber es wird mir eine Ehre sein, in den nächsten Stunden ein wenig Farbe auf Eure wunderschönen Wangen und Glanz in Eure Augen zu zaubern.«

»Es heißt, die Zeit heile alle Wunden, aber gewiss kann Eure Gesellschaft dies auch«, versetzte sie. Doch wunderte sie sich insgeheim über ihre spontane Koketterie.

Dabei fühlte sie sich eher angespannt als zum Charmieren aufgelegt. Vor allem ihre Kleidung bereitete ihr Kopfzerbrechen: Da sie keine Reitgarderobe besaß, hatte sie improvisieren müssen, was ihr nicht wirklich behagte. Den Unterrock mit den Fischbeinverstrebungen hatte sie in ihrer Kammer gelassen, dafür trug sie unter ihrem Trauerkleid Severins alte Beinlinge und Stiefel, in denen sie watschelte wie eine Ente. Auf den ersten Blick mochte sie recht ansehnlich wirken, wenn sie sich aber in Bewegung setzte, war der Anfangszauber vorbei. Was würde Imhoff dann wohl sagen? Bereits vor ihrem Spiegel hatte sie sich gescholten, sich auf einen Ausritt eingelassen zu haben. Ausgerechnet sie, die schon immer sicherer zu Fuß unterwegs war als auf dem Rücken eines Pferdes. Und dann war da noch die Frage einer Begleitung …

»Meine Magd muss auf den Kleinen aufpassen«, hob sie an.

»Da ich keine Zofe unterhalte, ist niemand da, der für den Anstand sorgen könnte, wenn wir unterwegs sind.«

»Ich bin sicher, das werden wir selbst tun können«, erwiderte er lächelnd. »Ihr seid eine Frau, die weiß, was sie will, und ich bin kein Vergewaltiger, nicht wahr?«

Sie setzte zu einer Antwort an, doch er hinderte sie mit einer Geste daran: »Natürlich bin ich um Euren guten Ruf besorgt, Meitingerin. In dem Mietstall am Jakobertor habe ich deshalb nicht nur zwei Pferde reservieren lassen, sondern auch einen Knecht bestellt, der mit uns ausreiten wird. Ihr könnt Euer Schicksal unbesorgt in meine Hände legen.«

Die Vorstellung, bis zum Jakobertor in Stiefeln watscheln zu müssen, war Christiane unbehaglich. Sie runzelte die Stirn, konnte sich aber kaum weigern mitzugehen. Entschlossen nahm sie Imhoffs Arm und spazierte los.

Es versprach ein schöner Tag zu werden, und das sonnige Wetter nahm ihr schließlich jede Scheu. Die Frühlingsbrise zauberte tatsächlich Farbe auf ihre bleichen Wangen. Es war ein wenig warm, vielleicht sogar zu heiß für den Übergang vom Mai auf den Juni, aber das störte Christiane nicht. Selbst die Tatsache, dass Severins Hosen bald an ihren Schenkeln klebten, trübte ihre aufflammende Freude keineswegs. Wenigstens hatte sie sich rasch an die Stiefel gewöhnt. Mit der Begeisterung eines Kindes war sie plötzlich über den bevorstehenden Ausritt beglückt.

Einen vergleichbaren Ausflug hatte sie zuletzt im vorigen Herbst unternommen, als sie noch nicht mit Meitinger verheiratet gewesen war. Ihr Gatte hatte ständig gearbeitet oder war auf Reisen gegangen, auf denen sie ihn nicht begleiten durfte, für Ausgelassenheit war keine Muße gewesen, so dass sie bei ihren selbständigen Unternehmungen niemals weiter als bis zu den Stadttoren gekommen war.

Imhoffs Pläne nahmen ihr für einen Moment die Last von

den Schultern, sie plauderte angeregt über dies und das, nur nicht über ihre eigentlichen Sorgen, als könne sie endlich wieder Atem schöpfen, um sich gestärkt der Wahrheit zu stellen.

Obwohl Christiane lieber durch die Fuggergärten in der Jakobervorstadt gewandert und eigentlich gerne den darin befindlichen Zoo mit seinen exotischen Tieren aus allen Teilen der Welt besucht hätte, ließ sie sich mutig auf den Ausritt ein. Tatsächlich stellte sie sich im Damensattel der zierlichen, dunkelbraunen Stute, die ihr der Stallbesitzer überließ, gar nicht so ungeschickt an. Der Leib des Pferdes fühlte sich unter ihr warm und weich an, Planchette und Horn des Sattels vermittelten Sicherheit, und es zeigte sich , dass die Stute leicht zu führen war.

Sorglos trabte sie hinter Imhoff her, der auf einem großen Apfelschimmel beeindruckend attraktiv wirkte, gefolgt von einem Knecht, der stumm und wahrscheinlich auch taub war. Christiane fragte sich, ob der Dichter den Burschen wegen seines körperlichen Mangels ausgewählt hatte und schon öfter mit Damenbekanntschaften ausgeritten war. Für einen Mann mit bestimmten Absichten war gewiss niemand so sinnvoll wie ein Bub, der ein begehrliches Flüstern nicht verstand und nicht erzählen konnte, welch verfängliche Situation er beobachtet hatte. Der Gedanke amüsierte sie und tat ihrer guten Laune keinen Abbruch.

Goldene Sonnenflecken schienen durch das Blätterwerk, als sie in einen Wald einritten. Christiane hatte ihr Zeitgefühl verloren und wusste nicht, wie lange sie schon unterwegs waren. Ein leises Magenknurren erinnerte sie daran, dass sie gerne einen kleinen Imbiss zu sich genommen hätte. Der Gedanke an Essen war in den vergangenen Tagen stets fern gewesen, und zum ersten Mal spürte sie ihren Hunger, was sicher mit der Sorglosigkeit zusammenhing, mit der sie sich den Bewegungen des Rosses angepasst hatte. Doch mit dem menschlichen Bedürfnis kehrte die Erkenntnis zurück, dass sie mit Georg Imhoff unterwegs war, um einige Fragen zu klären, und nicht um des Vergessens willen. Außerdem wollte sie derart schwerwiegende Erörterungen lieber nicht von einem Pferderücken aus tätigen.

»Wie wäre es mit einer kleinen Rast?«, rief sie ihm über den Hals ihrer Stute zu.

»Auf der nächsten Lichtung«, versprach er.

Tatsächlich zügelte er seinen Schimmel, kaum dass sich die Baumgruppe lichtete. Mit einigen geschickten Gesten gab er dem Knecht zu verstehen, dass er sich auf einem schattigen Fleckchen auszuruhen gedenke. Zu Christianes größter Überraschung nahm der Bursche eine Flasche und zwei Becher aus seinem mitgeführten Beutel sowie eine duftende Pastete und einen Laib Brot. Sie hatte eher an den Besuch eines Gasthauses gedacht.

Dennoch zufrieden, hockte sie sich ins Gras. »Ihr habt an alles gedacht«, lobte sie.

»Ja, an alles«, bestätigte Imhoff ernst und kontrollierte aufmerksam den Knoten, mit dem er die Zügel seines Pferdes an einen Ast gebunden hatte. Dann wandte er sich zu Christiane um. »Ich habe Euch schließlich einen besonderen Ausflug versprochen«, fügte er – noch immer ohne ein Lächeln – hinzu und ließ sich neben ihr nieder.

Sein herbes Auftreten irritierte sie. Was mochte ihm wohl die Laune verdorben haben? Seine unerklärlichen Stimmungsschwankungen waren ihr bereits bei ihrem peinlichen Besuch in seinem Haus aufgefallen, als er Titus Meitinger des Mordes an seinem Sohn verdächtigt hatte.

Seltsam, dachte Christiane, dass sie ihm anfangs ohne Vorbehalte geglaubt und die Spur ihres Schwähers dann aus anderen Gründen verfolgt und den schlimmen Vorwurf zeitweise überhaupt nicht mehr in Betracht gezogen hatte. Sei vorsichtig, fuhr es ihr mahnend durch den Kopf, Georg Imhoff kann Menschen beeinflussen und mit ihnen spielen, wie er will. Bedenke nur, wie er Sebastian Rehms Talent ausnutzte.

Sie drehte den Becher in den Händen, in den Imhoff gerade Wein gefüllt hatte, der so golden war wie das Sonnenlicht über ihr. Energisch beschloss sie, das Gespräch auf ihre Witwenschaft zu lenken, die ja die Folge eines grausames Todes war: »Bald werde ich nicht mehr die Freiheit haben, tun und lassen zu können, wonach mir der Sinn steht.«

Er hob erstaunt die Brauen. »Nicht? Wer sollte Euch daran hindern, mit einem alten Freund einen Becher Wein zu trinken?«

»Mein Vater. Oder die Mutter Oberin in dem Kloster, in das er mich wahrscheinlich stecken wird. Wenn erst die Schuldeneintreiber kommen, bleibt mir nicht mehr viel.«

»Ihr solltet Euch keine Sorgen um die Zukunft machen, es ist ohnehin alles vorbestimmt. Niemand kann sich dem Weltuntergang entziehen.«

»Dem Weltuntergang?«, wiederholte sie verblüfft und blinzelte in die Sonnenstrahlen. »Welchem Weltuntergang?«

»Ich glaube Euch nicht, dass Ihr die Offenbarung des Johannes nicht kennt. Ihr wisst sicher, dass darin der Weg zu einem göttlichen Leben ohne Krankheit, Tod und Leid klar beschrieben worden ist. Der Teufel und die Staatsmacht, die Stadt als Hure und die Verblendung der Gläubigen werden in der Apokalypse ebenso beschrieben wie die Auflösung in Gerechtigkeit.«

Sebastian hatte ihr gesagt, dass Martin Luther mit den endzeitlichen Gedanken des prophetischen Buchs im Neuen Testament wenig anzufangen verstanden hatte und dass die darin enthaltenen Thesen inzwischen auch bei Katholiken auf Kritik stießen. Seltsamerweise erinnerte sie sich plötzlich an jedes Wort, das Sebastian dazu doziert hatte, als stünde er neben ihr.

Wieso sprach Georg Imhoff dieses Thema an? Was sollte das Gerede von Weltuntergang an einem schönen Tag wie diesem? Wer hatte ihr erzählt, dass der Glaube einer bestimmten Sekte darauf beruhte?

Verwirrt trank sie von dem schweren, süßen Wein. Unwillkürlich wurde ihr schwindlig. Sie hatte noch nichts gegessen, und das Getränk war zu stark für einen heißen Nachmittag.

»Ihr meint sicher, dass niemand vor seinem Schicksal fliehen kann«, entschied Christiane und wunderte sich, dass sie ihren Gedanken laut aussprach.

»Nein«, widersprach er in einem Ton, der sie erschauern ließ. Doch seine Miene veränderte sich, er lächelte sie endlich an, und sie war überzeugt davon, ihn falsch verstanden zu haben. »Ihr seid eine schöne Frau und werdet sicher von einem ehrenwerten Mann vor dem Klosterleben errettet werden«, meinte er charmant.

Sie trank noch einen großen Schluck Wein. Je mehr sie davon zu sich nahm, desto stärker wurde ihr Durst. »Wer weiß. Meine Ehe war nicht gerade als glücklich zu bezeichnen, und ihr Ende ...«, in beredtem Schweigen brach sie seufzend ab.

»Severin Meitinger hatte kein Glück mit seinen Frauen, obwohl er zweifellos die besten Weiber sein Eigen nennen durfte, die Gott schuf.«

»Ihr müsst es wissen.«

Er sah sie verwundert an. Sein Gesicht lag im Schatten, so dass sie nicht in seinen Augen lesen konnte. »Ihr habt gehört, mit wem er vor Euch verheiratet war? Ich hätte schwören können, dass Severin und Titus den Namen meiner Schwester vor Euch verheimlichten.«

»Mein Vater hat mir erzählt, dass Ihr nicht nur Meitingers Bruder im Geiste gewesen seid, sondern tatsächlich verschwägert. Daran ist doch nichts Verwerfliches. Warum wurde darum ein Geheimnis gemacht?«

»Sie war eine wundervolle Frau, der Inbegriff dessen, was uns die Heilige Schrift über ein Weib lehrt: duldsam, gläubig, unbeeinflusst nach dem Willen Gottes lebend, dem Manne stets treu ergeben.«

Imhoffs schwärmerische Beschreibung klang nicht nach einer Person, die ihrem Gatten eine Fluchtafel überließ. Christiane überlegte, ob sie ihn nach Karls Fund fragen sollte, als sie ihn plötzlich flüstern hörte: »Ich habe sie geliebt.« Merkwürdigerweise klangen seine Worte nicht nach der Zuneigung eines Bruders, sondern nach der Sehnsucht eines Liebhabers.

»Ihr habt meine Frage nicht beantwortet«, erinnerte sie leise. Um ihren Herzschlag zu beruhigen, hob sie den Becher an ihre Lippen, doch nach einem Schluck Wein hämmerte es noch stärker in ihrer Brust.

»Weil Severin irgendwann begriff, dass er sie mir fortgenommen hat«, erwiderte Imhoff ohne Umschweife und mit Bitterkeit in der Stimme. »Ich wollte nicht, dass er sie heiratet. Sie war ihm schutzlos ausgeliefert, als ich einmal auf Reisen war, und er nahm sie sich einfach. Genau genommen verführte und schwängerte er meine Schwester.«

Christiane konnte sich kaum vorstellen, dass ihr Mann eine anständige, unverheiratete, junge Frau in eine derartige Situation gebracht haben sollte. Andererseits hatte sie in den Tagen seit seinem Tod genug über Meitinger erfahren, um ihr Bild zu korrigieren. Warum also sollte nicht stimmen, was Imhoff mit mühsam gezügelter Wut behauptete? »Was ist aus dem Kind geworden?«, wollte sie von dem untröstlichen Bruder wissen.

»Sie hat es nicht bekommen«, seine Zähne mahlten aufeinander, seine Kieferknochen bewegten sich in einem unangenehmen Rhythmus hin und her. »Ich habe dafür gesorgt, dass sie es nicht bekommen konnte. Und nie wieder ein anderes.«

Ein kalter Schauer ließ Christiane frösteln. Sie hoffte, durch ein wenig Wein mehr Wärme zu spüren. Doch ihr blieb kalt. Das Karussell in ihrem Kopf drehte sich indes schneller. »Was habt Ihr getan?«

Er schwieg, hing seinen Gedanken nach und überlegte wohl, was er ihr anvertrauen durfte. Schließlich schlug er sich mit der flachen Hand auf den Schenkel. »Ihr wollt die Wahrheit, nicht wahr? Mir war von Anfang an klar, dass es mit Euch nicht einfach sein würde. Ihr seid zu klug, um die alten Geschichten ruhen zu lassen. Aber auch ich bin schlau, Christiane Meitinger, verlasst Euch drauf.«

Was meinte er nur? Wenn sie doch endlich in der Lage wäre, ihre Vernunft wieder so walten zu lassen, wie sie es sich für diesen Ausflug vorgenommen hatte. Ihre Augen flogen zu dem Stallknecht, der im Schatten der Pferdeleiber vor sich hin döste und sowieso kein Wort von dem mitbekam, was zwischen ihr und Imhoff gesprochen wurde.

»Ich habe sie gevögelt«, brach es unvermittelt aus Georg Imhoff heraus. »Ich habe sie geliebt wie ein Mann und wusste gleichsam, dass Severin sie danach nie wieder berühren würde.«

Die Französische Krankheit. Es fiel Christiane wie Schuppen von den Augen. Wenn Imhoff bereits damals infiziert gewesen war, hatte er seine Schwester womöglich angesteckt. Dann war sie für ihre ehelichen Pflichten verloren. Warum aber hatte sie Severin so gehasst, dass sie ihm eine Fluchtafel gab und nicht ihrem Bruder und Liebhaber? Wahrscheinlich hatte sie Georg auch in anderer, verbotener Weise geliebt, beantwortete sich Christiane ihre Frage selbst. Solche Dinge kamen vor. Selbst in der Bibel wurde Inzest beschrieben. Karl hatte davon gesprochen, dass die erste Meitingerin einen anderen als ihren Gemahl liebte. Waren diese Gefühle der Schlüssel zu allem? Vielleicht, dachte Christiane, hatte sich Imhoffs Schwester aus Scham vom wahren Glauben abgewandt und deshalb schließlich bei den Täufern Zuflucht gesucht.

»Es tut mir leid«, murmelte sie, weil sie den Eindruck hatte, sich zu Imhoffs Offenbarungen äußern zu müssen. Und es waren nicht einmal leere Worte. Alle Beteiligten hatten ein schweres Schicksal getragen. Es war ihr nur nicht klar, warum Meitinger und Imhoff nach dem Vorgefallenen noch eine derart tiefe Geschäftsbeziehung und Freundschaft pflegten. Schonungslos erkundigte sie sich danach.

»Ihr solltet Euren Schwäher fragen, wenn Ihr wissen möchtet, was Severin und mich verband«, erwiderte Imhoff. »Der alte Titus muss es Euch erzählen.«

»Ach, der ist verschwunden. Ich habe überall nach ihm gesucht und kann ihn nirgends finden.«

»Sein Verhalten beweist, dass er der wahre Schuldige ist«, Imhoff schien zu triumphieren. Leutselig neigte er sich zu Christiane, zupfte an ihrem Haar, als wolle er einen Grashalm daraus lösen. »Bereitet es dir Freude, zu erfahren, dass ich dir fast ebenso nah wie meiner Schwester war?« Seine Stimme klang rau und verheißungsvoll. »Ich habe nicht viele Frauen in meinem Leben begehrt, aber dich hätte ich lieben können, wenn die Umstände anders gewesen wären. So konnte ich nur meine Finger in dich stecken und für einen Augenblick von dem Zauber kosten, dich zu besitzen.«

Sie atmete tief durch. Die Lider wurden ihr schwer, und sie wusste nicht, ob dies aus Erleichterung geschah oder weil ihr der Wein zu Kopf gestiegen war. Am Rande ihres Gesichtsfelds bemerkte sie, wie sich eine Wolke vor die Sonne schob. Was hatte sie doch gleich mit Georg Imhoff besprechen wollen? Sie konnte sich nicht mehr genau entsinnen, erinnerte sich jedoch, dass ihr Gespräch nicht dem Weg gefolgt war, den sie beabsichtigt hatte.

»Ich bin so schläfrig …«

Er schüttelte sie grob. »Nicht einschlafen. Wir haben noch einen kleinen Ritt bis Auerbach vor uns. Am besten, du vergisst die alten Geschichten. Sie sind es nicht wert, sich in der Ewigkeit damit zu befassen. Komm, wir brechen auf.«

Auerbach? In Christianes sich dumpf anfühlendem Schädel schlug eine Glocke Alarm. Trotz des unvorstellbaren Schreckens, der sie erfasste, war sie nicht in der Lage, ihre Augen offen zu halten. »Was wollen wir denn in Auerbach?«, brachte sie kaum artikuliert hervor.

»Willst du nicht sehen, wo dein Gatte gestorben ist?« Imhoff hatte sich inzwischen aufgerichtet und versetzte dem Weinkrug einen Tritt. »Ich konnte ja nicht ahnen, dass du dich unterwegs besäufst. Schamloses Weib. Komm her und setz dich auf den Gaul. Oder soll ich dich durch den Wald zu deinem Grab tragen?«

44

Es wurde Zeit, dass er den begonnenen Brief an Amalie endlich vollendete. Wolfgang Delius saß seit Stunden an einem Tisch in der Gaststube bei einem Krug Bier, von dem er kaum genippt hatte, und wunderte sich, dass es ihm so schwerfiel, den Heiratsantrag für die Witwe seines Bruders zu verfassen.

Wenn er versuchte, seine tiefen Gefühle zu beschreiben, kam er sich albern und verlogen vor. Andererseits konnte er ihr kaum mitteilen, dass er sie nur deshalb zur Frau zu nehmen beabsichtigte, weil sie im richtigen Moment zur Stelle gewesen war. Natürlich gab es schlechtere Gründe, vor den Traualtar zu treten, aber Wolfgang fand, Amalie habe ein paar schwärmerische Worte verdient. Was hatte ihn eigentlich zu ihr hingezogen? Er entsann sich, dass er sich während Bernhard Ditmolds Lesung anlässlich der letzten Buchhändlermesse für Amalie entschieden hatte. Aber welcher ihrer Vorzüge war ihm damals ins Auge gestochen? Dummerweise erinnerte er sich an nichts, was sie vor anderen Weibern auszeichnete.

Seufzend hob er den Blick von Papier, Feder und Tintenfass. Seine Augen wanderten durch das Wirtshaus, das zu dieser frühen Nachmittagsstunde einen ganz anderen Eindruck vermittelte als am Abend, wenn die Söldner und Freudenmädchen zur vorherrschenden Gästeschar gehörten. Zwei Reisende saßen sich an dem anderen Tisch am Fenster gegenüber und verschlangen heißhungrig den Früchtekuchen, von dem Delius inzwischen gelernt hatte, dass er in Augsburg »Datschi« genannt wurde. In einer dunklen Ecke neben dem um diese Jahreszeit kalten Kamin kauerte ein alter Mann. Dieser schien sich unter seinem Umhang zu verstecken, hatte eine Kapuze tief in die Stirn gezogen und stierte in den zweiten Krug Wein. Ein Zecher, der wahrscheinlich über sein verpfuschtes Leben sinnierte. Ansonsten war die Gaststube leer.

Enttäuscht, dass sich ihm kein erfreulicherer Anblick bot, schaute der Verleger wieder auf den Brief. Aber an der notwendigen Eingebung, das Schreiben zu vollenden, fehlte es ihm weiterhin.

Obwohl ihm der Gedanke nicht behagte, fiel ihm ein anderes Billett ein. Er war verärgert darüber. Christiane Meitinger hatte ihn benachrichtigt, dass sie anderweitig beschäftigt war und ihn nicht empfangen konnte.

Ihre Abweisung war besonders schmerzlich, weil er gehofft hatte, durch sie endlich in den Besitz der Fälschungen zu gelangen. Immerhin kursierten Gerüchte, dass Kurfürstenrat und Fürstenrat vor einer Lösung der Religionsfrage standen und bereits an einer gesamtständischen Erklärung arbeiteten, die dem König schnellstmöglich vorgelegt werden sollte. Wenn der Mörder oder die Verschwörer eine gemeinsame Resolution verhindern wollten, mussten sie unverzüglich in den Besitz der Pamphlete gelangen und diese veröffentlichen.

Sein Bemühen, dies zu verhindern, zwang ihn dazu, Sebastian Rehms Manuskript alsbald zu vernichten. Doch dafür musste er dessen erst einmal habhaft werden.

Aber da waren auch seine Eitelkeit und ein anderes Gefühl, dem er ganz gewiss nicht auf den Grund zu gehen beabsichtigte. Nach dem Kuss war er überzeugt gewesen, Meitingers schöne Witwe für sich eingenommen zu haben. Ihre ablehnende Haltung zeigte ihm nun deutlich, dass dem offenbar nicht so war. Er war nicht auf eine Affäre in Augsburg aus, deshalb war er nicht hierher gereist, und er würde die Stadt, wie vorgesehen, allein in Richtung Venedig verlassen, sobald Ditmold den Täter dingfest gemacht hatte. Es stand jedoch ebenso außer Frage, dass Christiane Meitinger ihn tief berührt hatte. Seltsamerweise fielen ihm auf Anhieb eine Menge Vorzüge dieser Person ein, aber eben kein einziger Grund, Amalie Delius, geborene Ammann, seine Liebe zu gestehen.

Die Tür flog auf. Ein leichter Luftzug blies über die Papierbögen. Schwere Schritte durchmaßen die Wirtsstube, und unwillkürlich sah er zu dem neuen Gast auf. Bernhard Ditmold war mit wehendem Talar auf dem Weg zu ihm, das Gesicht hochrot vor Anstrengung. Sein Atem ging rasselnder als sonst. Offenbar war er in höchster Eile gekommen.

Wolfgang schob ihm mit dem Fuß einen Stuhl zurecht, doch sein Freund setzte sich nicht, sondern stützte sich mit den Händen auf die Tischplatte und verkündete atemlos: »Sie hat geredet.«

»Was hat die Schoberin gesagt?«

»Der Mann, den wir suchen, ist der Schriftsteller Georg Imhoff. Er ist der Prediger der Augsburger Täufergemeinde …«

Wolfgang stieß hörbar die angehaltene Luft aus seinen Lungen.

»Anton soll bei Sebastian Rehm belastendes Material gegen

Imhoff gefunden haben. Wenn ich das richtig verstanden habe, war es in der Nacht, als die Meitingerin an Rehms Totenbett eilte und den Lehrling als Begleitung mitnahm. Daraufhin hatte der dumme Junge nichts anderes zu tun, als Imhoff mit seinem Wissen zu erpressen. Seine Eltern erfuhren zu spät davon, haben aber natürlich alles versucht, ihren Prediger zu schützen und ihren Sohn zur Vernunft zu bringen. Antons Uneinsichtigkeit endete jedoch tödlich.«

»Das erklärt den Mord am Lehrling Anton, aber nicht an Sebastian Rehm und Severin Meitinger«, erinnerte Delius. »Es sind noch viele Fragen offen, die …«

» … die uns Imhoff höchstselbst beantworten wird«, vollendete Ditmold. »Wenn du dabei sein willst, solltest du dich beeilen, mein Freund. Vor der Tür warten zwei Wachen auf meine Rückkehr. Wir sind auf dem Weg zum Haus des Dichters. Er wird sein glanzvolles Leben unverzüglich mit dem schmerzvollen Alltag im Kerker tauschen müssen. Nun, was ist mit dir?«

Nach einem flüchtigen Blick auf den begonnenen Brief schob Wolfgang seine Schreibutensilien zusammen. Der Heiratsantrag für Amalie würde noch ein wenig warten müssen. Es gab Wichtigeres für ihn zu tun.

»Verzeihung«, erklang unvermittelt eine schwache, schwankende Stimme wie aus dem Nichts, »ich möchte mich nicht aufdrängen, aber ich wurde Zeuge Eures Gesprächs … Mein Name ist Titus Meitinger.«

Verblüfft starrten Delius und Ditmold auf den Mann. Es war der heruntergekommene Zecher, der zuvor in der dunklen Ecke neben dem Kamin gekauert hatte. Der Alte schien sich kaum auf den Beinen halten zu können, ob aus Trunkenheit oder einem anderen Grund, ließ sich schwer sagen. Doch eines stand fest: Vor ihnen stand Christiane Meitingers verschwundener Schwäher.

45

Zuerst fühlte sich Christiane im Sattel reichlich unwohl. Die trabende Stute schüttelte sie ordentlich durch, was weder ihrem Kopf noch ihrem Magen sonderlich gut bekam. Doch mit der Zeit, als ihr ein lauer Wind ins Gesicht wehte, lösten sich Schwindel und Übelkeit langsam auf, und ihr Geist begann sich vom Weingenuss zu erholen.

Imhoffs Andeutungen traten ihr ins Bewusstseins: *»Niemand kann sich dem Weltuntergang entziehen«*, und – schlimmer noch: *»Oder soll ich dich durch den Wald zu deinem Grab tragen?«* Was, um Gottes willen, war in den Mann gefahren? Bedrohte er sie?

Imhoff trieb seinen Schimmel in viel zu schnellem Tempo durch den Wald, so dass Christianes Pferd über die dicken Wurzeln der Nadelbäume stolperte und herabhängende Äste am Stoff ihres Kleides zerrten. Während sie versuchte, auf die Stute einzuwirken und den verantwortungslosen Galopp zu zügeln, traf sie die Wahrheit mit der Wucht eines Peitschenhiebs. Plötzlich war klar, dass nur eine Person der dreifache Mörder sein konnte.

Bei dem Tempo konnte sich Christiane nicht auf ihre Überlegungen konzentrieren. Um sich im Sattel zu halten, bedurfte es all ihrer Aufmerksamkeit, Geschicklichkeit und Kraft. Dennoch wanderten ihre Gedanken immer wieder zu Sebastian, der von Imhoff wegen einer Jugendsünde erpresst und später vergiftet worden war. Natürlich war es ein Leichtes für Imhoff gewesen, Sebastian das Gift zu verabreichen, wenn er bei den Rehms ein und aus ging. Außerdem verfügte er über eine gewisse Menge an Quecksilber, wie sie durch die Begegnung vor dem Holzhaus der Fuggerei wusste, und jedes Kind kannte zwar die Heilkraft der Arznei, aber auch die Gefahr einer Vergiftung. Gründe gab es sicher genug, den

Schriftsteller Rehm zu töten. Wolfgang Delius hatte von Sebastians Briefen berichtet, vielleicht wollte Marthas Gemahl sich nicht mehr ausnutzen lassen und drohte damit, sich nicht nur an einen fremden Verleger zu wenden, sondern auch an den Rat.

Darüber hinaus war Imhoff wahrscheinlich der Mann, mit dem Severin ein wichtiges Gespräch vor Zeugen führen wollte. In der Posthalterei Auerbach, fern von ihrer gewohnten Umgebung, beabsichtigte Meitinger, irgendeinem Spuk ein Ende zu setzen; Hans Walser und Pater Ehlert sollten ihn dabei unterstützen. Nur der arme zutrauliche Severin hatte nicht damit gerechnet, dass Imhoff die Hand gegen ihn erheben würde. Warum?, fragte sich Christiane im Stillen. Warum hatte sich Severin überhaupt auf das gefährliche Spiel eingelassen?

Ein Tannenzweig schlug ihr ins Gesicht. Christiane spürte, wie die Nadeln ihre Haut aufritzten. Sehr viel länger würde sie den halsbrecherischen Ritt durch den Wald nicht mehr ertragen können. Was hatte Imhoff vor? Wollte er sie umbringen?

Ja, rief ihr die innere Stimme zu, deren Warnungen sie stets überhört hatte. Genau das will er auch mit dir tun. Ein Reitunfall war fast ebenso leicht zu vertuschen wie ein Giftmord. Bei Severin und Anton hatte er sich zu weit vorgewagt, in diesen beiden Fällen konnte der Reichserbmarschall nicht von einem Unglück ausgehen. Die Spur führte jedoch nicht zu Imhoff, sonst hätte Bernhard Ditmold diese längst aufgenommen. Falls sie, Christiane, diesen Ausflug nicht überlebte, würde Imhoff als trauernder Freund in Augsburg auftauchen und sich großherzig anbieten, den Nachlass des Druckerverlegers Meitinger zu sortieren, bevor die Schuldeneintreiber Haus und Werkstatt übernahmen. Dann würden ihm die Fälschungen in die Hände fallen, die er vermutlich ohnehin bereits im Keller vermutete, nachdem er in Sebastians Hinterlassenschaft nicht fündig geworden war. War er ihr deshalb damals in das Gewölbe gefolgt, als sie für Severins Gäste hatte Wein holen wollen?

Ein stechender Schmerz in der Seite erinnerte Christiane daran, wie sehr sie unter dem Tempo litt. Ihr Herzschlag beschleunigte sich, ihr Atem ging keuchend. Schwindel und Übelkeit ergriffen wieder Besitz von ihr. Sie würde nicht mehr lange durchhalten.

Über die Schulter riskierte sie einen Blick nach hinten: Der Stallknecht war weit zurückgefallen, noch ein oder zwei Galoppsprünge, und sie wäre außer Sichtweite für ihn. Von dem taubstummen Burschen war jedoch so oder so wohl keine Hilfe zu erwarten. Es stand außer Frage, warum Imhoff ausgerechnet diese Begleitung auserwählt hatte.

Christiane spürte, wie sie ihr eigenes Gewicht nach unten zog. Sie verlor den Rhythmus und hing nur noch auf dem Rücken der Stute. Längst hatte sie die Kontrolle über das Tier verloren. In ihrer Verzweiflung krallte sie die Finger in seine Mähne.

»Bitte, lieber Gott, liebes Pferdchen …«, murmelte sie mit bebenden Lippen.

Es war sicher nicht mehr weit bis zu einer vermeintlich rettenden Lichtung, denn Helligkeit stach vermehrt in den dunklen Wald. Wenn sie bis zu einer Wiese oder einem Feld durchhielt, konnte sie versuchen, sich auf den weichen Boden fallen zu lassen. Diese Vorstellung erschien ihr aussichtsreicher als ein Sturz zwischen den Bäumen, wo sie mit dem Kopf auf Wurzeln, abgebrochene Äste oder den Stamm aufschlagen konnte.

Was aber würde Imhoff tun, wenn er herausfand, dass sie sich nicht den Hals gebrochen hatte?

Ihr selbigen umdrehen!

Christiane überlegte, ob sie die Möglichkeit zur Flucht besaß. Eigentlich folgte sie Imhoff wie ein Lamm der Herde zur Schlachtbank. Ihr fehlte jedoch die reiterliche Geschicklichkeit, ihm auszuweichen, wenn er ihr nachsetzte.

Der Schweiß brach Christiane aus allen Poren. Vor ihr öffnete sich das dichte Netz der Tannen zu einer weiten Lichtung, an deren Ende eine Wasseroberfläche im Sonnenlicht glitzerte.

Imhoff war ihr einige Fuß voraus, am Schattenspiel auf seinem Rücken erkannte sie, dass sich der Himmel mittlerweile bewölkt hatte. Schwüle senkte sich über die in sattem Grün schimmernde Wiese. Es war unheimlich still, nicht einmal Vogelgezwitscher war zu vernehmen.

Vielleicht war es eine Täuschung, Christiane glaubte jedoch, zwischen den Halmen die langen, hellbraunen Ohren eines Hasen zu erkennen. Die Anwesenheit eines anderen Lebewesens beruhigte sie.

Plötzlich zügelte Imhoff sein Pferd und wendete es blitzschnell in ihre Richtung.

Was hatte er vor?

Ihre Augen flogen über das Gelände auf der Suche nach einem Ausweg, einem Schutz, der Rettung …

Im Gras raschelte es.

Einen Herzschlag später zerriss ein ohrenbetäubender Knall die Stille.

Erschrocken stieg die Stute. Das Pferd warf die Vorderhufe durch die Luft, sein Wiehern klang wie ein Angstschrei. Seine hektischen Bewegungen katapultierten Christiane aus dem Sattel. Sie spürte, wie sie durch die Luft segelte. Mit weit aufgerissenen Augen sah sie den Boden auf sich zurasen.

Dann sah sie nichts mehr.

46

»Auf Georg Imhoff ist Verlass«, behauptete Bernhard Ditmold grimmig, nachdem er von seiner Mission in die Gaststube zurückgekehrt war, wo Wolfgang Delius in ungewöhnlicher Gesellschaft auf ihn gewartet hatte. »Er hält sich für so bedeutsam, dass er seine Dienerschaft darüber unterrichtet, wohin er unterwegs ist.«

»Vielleicht will er für seine Gemeindemitglieder erreichbar sein«, erwog der alte Titus und ließ seine glasigen Augen zwischen dem Assessor und dem Verleger aus Frankfurt hin und her wandern. Mit vor Aufregung und Trunkenheit zitternden Händen griff er nach dem Weinkrug mit frisch aufgefülltem Inhalt, den die Schankkellnerin vor nicht allzu langer Zeit auf Wolfgangs Geheiß in Titus' Reichweite auf dem Tisch platziert hatte. »Die Einkerkerung der Schobers wird Imhoff zugesetzt haben. Nicht aus Mitleid, aber aus Furcht, dass die Leute irgendwann seinen Namen und die der anderen Täufer nennen.«

»Wo ist er denn nun hin?«, insistierte Delius.

Er war verärgert, weil Ditmold auf seine Begleitung zu Imhoffs Haus verzichtet, nachdem sich der Alte zu erkennen gegeben hatte. Genau genommen hatte sein Freund ihn gebeten, bei Christiane Meitingers Schwäher in der Gaststube zu bleiben, da auch er ihn nicht noch einmal aus den Augen verlieren wollte. Er hatte Delius zu verstehen gegeben, dass er sich irgendwelche Auskünfte erhoffte. Welcher Art diese sein sollten, blieb offen, und dieser konnte sich nicht erklären, was der gebrechlich wirkende, anscheinend betrunkene Titus zu den Morden noch beitragen sollte, nachdem der Täter entlarvt worden war. Deshalb konnte er sich einer gewissen bitteren Schadenfreude nicht erwehren, weil Ditmold am Obstmarkt so wenig erreicht hatte.

Die drei Männer saßen an dem Tisch am Fenster, an dem der Verleger zuvor zu schreiben versucht hatte. Es wurde langsam voller, die ersten Söldner begannen ihren frühen Feierabend mit einer deftigen Mahlzeit, Bier oder Wein und einem Glücksspiel. Die Sonne stand längst nicht mehr an ihrem höchsten Punkt und wurde darüber von aufziehenden Wolken verdeckt, doch der Abend war noch weit.

»Der kleine Mohr in seinen Diensten verriet«, begann Ditmold und riss ein Bein aus dem gebratenen Huhn, das ihm eben serviert worden war. Die Hähnchenkeule maliziös zwischen Daumen und Zeigefinger haltend, fuhr er fort: »Dass sein Herr auf dem Weg zur Posthalterei Auerbach sei.«

»Was will er ausgerechnet dort?«, fragte Delius verwundert, dem der Appetit vergangen war. Aber er wusste, dass sein Freund Aufregung am besten mit einer Mahlzeit bekämpfte. Deshalb hatte der auch eine andere Figur als er.

»Sehnsucht nach dem Tatort, was weiß ich«, erwiderte Ditmold mit vollem Mund. »Beten wir, dass der Eilbote mit den Befehlen des Reichserbmarschalls die Poststation erreicht, bevor Imhoff weiterreist.«

»Dann warten wir also, bis die Wachen ihn in die Stadt zurückbringen«, resümierte Titus und hob den Krug an seine Lippen, in den er hineinnuschelte: »Ich will dem Mörder meines Sohnes ins Gesicht spucken.«

»Er hat auch Sebastian Rehm umgebracht«, erinnerte Delius leise, »und den Lehrling Anton.«

»Genau genommen *wissen* wir das nicht«, betonte der Assessor. »Wir haben nicht den geringsten Beweis für Imhoffs Schuld, nicht einmal Hilfstatsachen, keinen Zeugen, geschweige denn, zwei, die für eine Verurteilung nach Artikel siebenundsechzig der *Constitutio Criminalis Carolina* notwendig wären. Er könnte deshalb erst nach einem umfassenden Geständnis durch das Rad hingerichtet werden. Allerdings ist fraglich, ob unsere Vermutungen überhaupt für eine Anklage ausreichen. Das Strafgesetzbuch Seiner Majestät ist da eindeutig.«

»Die Tatsache, dass er der Täufer-Prediger ist, genügt doch wohl für den Henker«, meinte der alte Titus, bevor er einen kräftigen Schluck nahm.

»Ja, das schon. Aber wollt Ihr nicht, dass die Morde gesühnt werden?« In Ditmolds Stimme schwang Traurigkeit mit, als er hinzufügte: »Ich denke, das bin ich der toten Rehmin schuldig.«

Titus stellte den Weinkrug mit einem lauten Geräusch auf den Tisch. »Was? Martha ist gestorben? Hat der Teufel sie auch auf dem Gewissen?«

»Nein«, erwiderte Delius sanft.

Er empfand Mitleid mit dem alten Mann. Tränen liefen unkontrolliert aus dessen greisen Augen. Christianes Cousine lag Titus Meitinger offenbar sehr am Herzen. Wem eigentlich nicht?, fragte er sich im Stillen. Sie war ein guter Mensch gewesen, mochte Gott ihren und Sebastians Sohn beschützen.

Laut sagte er: »Martha Rehm ist eines natürlichen Todes gestorben. Niemand hat Hand an sie gelegt …«

Zur Überraschung der beiden Jüngeren murmelte Titus geistesabwesend: »Es muss furchtbar für Christiane sein. Ein so großer Verlust.«

»Es war auch schlimm für Eure Söhnerin, als Ihr plötzlich wieder verschwunden seid«, erklärte Ditmold.

Delius sah ihn bewundernd an. Sein Freund war geschickt darin, treffende Bemerkungen zum richtigen Zeitpunkt in das Gespräch einfließen zu lassen. Gleich würde er zum Kern kommen.

Prompt fragte Ditmold: »Wo seid Ihr gewesen, Meitinger?«

Titus fühlte sich offensichtlich überrumpelt. Sein Kopf schnellte hoch, er blickte den Assessor aus seinen alten, wässrigen Augen erstaunt an, als habe er die Anwesenheit des anderen Mannes vergessen. Mit einer fahrigen Geste wischte er sich die Tränen aus dem faltigen Gesicht und rieb sich die ohnehin schon roten, geäderten Lider. Schließlich sagte er: »Ich habe fast vierzig Jahre geschwiegen ... Ist dies der Moment, die Wahrheit zu offenbaren? Ist dies der Ort, meinen Verrat zu gestehen?«

Demonstrativ blickte er sich in der Gaststube um. Als seine Begleiter nicht antworteten, wandte er sich, wieder verstummt, seinem Weinkrug zu.

»Es scheint mir die rechte Zeit zu sein – ja«, bestätigte Ditmold nach einer Weile, und sein Verlegerfreund hielt unwillkürlich den Atem an. »Was immer Euer Geheimnis ist, Meitinger, Ihr könnt es nicht länger für Euch behalten. Wenn Ihr um eine Strafe besorgt seid, so werde ich zu gegebener Zeit schauen, was ich für Euch tun kann. Offenheit soll nicht Euer Schaden sein.«

Titus schluckte schwer. »Ich war unterwegs, um Buße zu tun«, hob er schließlich in einem Ton an, der überraschend wenig alkoholisiert klang. »Und um den Mörder meines Sohnes zu suchen. Ich hatte schon seit Jahren Vorbehalte gegen diesen Imhoff. Er wurde mir zu aufsässig mit der Zeit – und zu wohlhabend. Eine Bemerkung des Zunftmeisters brachte mich darauf, dass sich Severin womöglich wegen des ach so berühmten Dichters in Schulden gestürzt haben könnte – und meinetwegen. Mein Sohn wollte meinen guten Ruf schützen.«

Die beiden anderen lauschten seinen Worten schweigend. Delius neigte sich vor, gefangen von dem Bericht des alten Mannes. Ditmold schenkte Titus jedoch nicht seine ungeteilte Aufmerksamkeit, da er gelegentlich auf einem Stück Hähnchenfleisch kaute.

»Wahrscheinlich begann alles mit Severins erster Ehe«, fuhr

der Greis fort. »Dieser Narr hatte keine glückliche Hand mit den Frauen. Erst die Schwester dieses Imhoff und ...«

»Christianes Vorgängerin war mit Georg Imhoff verwandt?«, entfuhr es Delius verblüfft.

»Das sag ich doch. Severins verstorbene Gemahlin war die Imhoffin. Weiß der Himmel, was er an ihr fand. Sie war verlogen und hinterhältig. Natürlich war sie nach außen der Inbegriff eines respektvollen Weibes, aber unter der Schale lauerte ihr wahrer Charakter. Reinste Bösartigkeit ... Insofern hatte es Severin mit Christiane besser getroffen: Sie ist vorlaut und eigensinnig, aber wenigstens aufrichtig.«

»Hm«, machte Delius.

»Sprecht bitte weiter«, forderte Ditmold den Alten auf, da dieser durch die Unterbrechung den Faden verloren zu haben schien und plötzlich nur stumpfsinnig vor sich hin stierte, anstatt seine Geschichte zu erzählen.

Titus ließ sich Zeit. Er fuhr sich mit der Zungenspitze über die trockenen Lippen. Dann: »Es gab viel Streit zwischen Severin und der Imhoffin. Ich hab damals schon vermutet, dass sie zu der Sekte strebt, aber ich wollte Severin das Herz nicht schwer machen und sie als Täuferin anzeigen. Letztlich wäre ihr Irrglaube ja auf uns alle zurückgefallen, nicht wahr?«

Als der Assessor bedächtig nickte, fuhr Titus fort: »Deshalb habe ich geschwiegen. Als sie der Pest erlag und Severin und ich die Krankheit überlebten, dachte ich, Gott meint es gut mit uns und ich könnte mein Lebensende nunmehr in Ruhe und Frieden mit meinem Sohn erwarten. Ich hoffte, dass Severin die Freundschaft zu Imhoff abbrechen und uns dann nichts mehr an die schrecklichen Jahre zuvor erinnern würde. Doch ich wurde getäuscht: Severin flatterte um den Dichter herum wie eine Motte um's Licht und brachte mir diese junge Frau ins Haus, als wär's eine Strafe Gottes.«

»Na, so widerwärtig ist Christiane nun auch wieder nicht«, protestierte Delius empört.

Ditmold grinste, beteiligte sich aber nicht an dieser Auseinandersetzung.

»Nein, das ist sie nicht. Gewiss nicht«, bestätigte Titus milde. »Sie ist das kleinere Übel. Ich weiß das wohl. Die eigentliche Strafe war die enge Verbindung zu Georg Imhoff, die Severin weiterführte und finanzierte, indem er Schulden machte. Bei dem Studium der Bücher mit Meister Bäumler habe ich herausgefunden, dass ungeheuerliche Summen in Imhoffs Kasse wanderten. Das sind Beträge, die durch nichts zu erklären sind. Nicht einmal der Brautpreis seiner jungen Frau kann Severin so viel gekostet haben wie die ewige Freundschaft zu Imhoff.«

»Sein Haus spricht im wahrsten Sinne des Wortes Bände«, bemerkte Ditmold. »Ich frage mich allerdings, warum ausgerechnet ein Täufer, der, seinem Glauben folgend, auf Luxus verzichten sollte, in derartigem Prunk lebt.«

»Verlogenheit«, schlug Delius vor. »Einerseits predigt er Enthaltsamkeit, andererseits ist er mit dem Überfluss zufrieden. Seiner Gemeinde kann er derweil weismachen, dass Verschwendung die beste Tarnung ist und ihn vor dem Scheiterhaufen schützt.«

»So ist es wohl«, stimmte Titus zu. Er unterbrach sich, um aus seinem Weinkrug zu trinken, doch die Menge, die er in seine Kehle laufen ließ, war geringer als zuvor. Offenbar sah er keinen Grund mehr, sich sinnlos zu betrinken. Nachdem er sich mit dem Handrücken über den Mund gewischt hatte, sprach er weiter: »Der Zunftmeister stellte die Überlegung an, dass Imhoff meinen Sohn erpresst hat – und ich bin seiner Meinung, obwohl ich Bäumler natürlich verschwiegen habe, warum dem so ist. Ich bin sicher, die Imhoffin hat etwas aus meiner Vergangenheit herausgefunden, was sie Severin unter die Nase rieb und gleichsam ihrem Bruder mitteilte. Das würde alles erklären.«

»Um Himmels willen«, brach es aus Delius heraus, »was habt Ihr getan?«

»Ich habe Martin Luther befreit«, versetzte Titus tonlos und senkte beschämt den Blick auf seine Hände.

»Ihr habt …«, Ditmold schluckte und hob noch einmal mit plötzlich heiserer Stimme an: »Wie könnt Ihr den Reformator in Freiheit entlassen haben? Woher kanntet Ihr den Doktor aus Wittenberg überhaupt?«

Titus lächelte traurig. »Es war vor fast vierzig Jahren, wie gesagt …«

»Das Verhör durch Kardinal Cajetan und Luthers Flucht aus Augsburg«, flüsterte Delius. In Gedanken überschlug er das Alter von Severins Vater. Damals musste Titus ein junger Mann gewesen sein, aber immerhin ein Mann und kein Knabe. »Ward Ihr irgendwie in die Sache verwickelt, Meitinger?«

»Er war eine beeindruckende Persönlichkeit. Deshalb … und nur deshalb, denn ich folgte ganz gewiss nicht Luthers Thesen … ließ ich mich auf einen Handel mit Johann von Staupitz ein, dem Beichtvater des Mönchs Martinus … Damals im Karmeliterkloster, als es noch ein katholisches Konvent war. Wisst Ihr, dass dieser Ort heute so protestantisch ist wie die Lehren des Ketzers? Das Kloster gehört seit Jahren dem Rat, und in den Räumen ist heute eine Lateinschule untergebracht.«

»Wir sind beide Protestanten, Meitinger«, erklärte Ditmold freundlich. »Unserem Glauben nach sollten wir Euch danken, dass Ihr unserem Religionsgründer eine Hilfe gewesen seid. Wir verurteilen nichts, was Ihr für Martin Luther getan habt – was auch immer es gewesen sei. Wenn Ihr ihm allerdings geschadet habt, solltet Ihr von nun an lieber schweigen.«

»Ich habe meiner Kirche geschadet«, gab Titus bitter zurück,

»nicht Eurer. Aus Scham und Bußfertigkeit bin ich sogar nach Santiago de Compostela gepilgert, aber Gott war nicht bereit, die Last der Schande von meiner Seele zu nehmen. Dabei war ich ein junger, verblendeter Mann, der nichts Übles, sondern nur das Leben eines klugen Menschen retten wollte, der sich mit der Heiligen Schrift auskannte. Bücher faszinierten mich schon damals. Ich hatte das Glück, im *Scriptorium* des Klosters arbeiten zu dürfen, dabei war ich nur Novize. Aber ich besaß eine schöne Handschrift und verstand mich aufs Kopieren. Deshalb begann ich eine Druckerlehre, nachdem ich das Kloster verlassen hatte. Meine Liebe zu Büchern war größer als die zu Gott, das ist meine schwerste Sünde.«

Delius verlor allmählich die Geduld. »Ihr ward also an Luthers Flucht aus Augsburg damals beteiligt. Was ist so verwerflich daran, dass Georg Imhoff sein Wissen darum offenbar für eine gemeine Erpressung benutzen konnte?«

»Es mag eine Menge Fürsten geben, die derzeit gerade im Fugger-Palast tagen und Euch einen Orden für Eure Tat verleihen würden«, sinnierte Ditmold, bevor Titus selbst nach einer Antwort suchen konnte. »Für Eure katholischen Freunde ist dies jedoch Verrat. Ihr habt den Rufmord gefürchtet, nicht wahr? Womöglich auch die Anzeige vor einem päpstlichen Gericht und die Exkommunikation, vielleicht hätte Euch die Inquisition sogar verurteilt. Euer Sohn wollte Euch und Euren Glauben schützen.«

Titus nickte. »Das ist die Wahrheit, und Gott möge mir am Tage des Jüngsten Gerichts verzeihen. Als ich die Fälschungen in Conrad von Hallenslebens Händen sah, war mir klar, dass jemand meine Geschichte ganz gezielt auszunutzen verstand … Oh, vielleicht wisst Ihr noch gar nicht …«

»Doch, doch«, beeilte sich der Assessor. »Das Manuskript mit dem Siegel der Druckerei Meitinger befindet sich in meinem Besitz.«

»Nur der Teufel kann sich diese Pamphlete ausgedacht haben.«

»Georg Imhoff hat die Texte bei Sebastian Rehm in Auftrag gegeben«, korrigierte Delius die abergläubische Meinung des Greises sachlich. »Es gibt sogar noch mehr als das, was von Hallensleben erhielt. Die Manuskripte befinden sich irgendwo in Eurem Haus, Meitinger. Ich vermute, im Weinkeller, und ich weiß, dass Christiane die Inhalte kennt«, ihr Vorname kam ihm ganz selbstverständlich über die Lippen. War dies der Grund, weshalb Ditmold ihn plötzlich bestürzt musterte? Er ignorierte den Blick seines Freundes und fügte fast trotzig hinzu: »Christiane versprach, mir die Fälschungen auszuhändigen, aber bislang kam es noch nicht dazu.«

»Das Weib ist ebenso eigensinnig, wie mein Sohn es war, als er es zur Frau nahm«, kommentierte Titus die für ihn neue Information und kehrte damit zu seiner alten Rechthaberei zurück. »Was will sie mit dem Teufelswerk anfangen? Die Welt retten, das Evangelium hüten? Eine Person wie Christiane wird damit mehr Schaden anrichten als Nutzen bringen.«

»Nun, das würde ich nicht so formulieren …«

»Hat sie Euch auch geblendet, Herr Delius? Hübsch anzusehen ist sie, das kann ich bestätigen, obwohl ich in meinem Herzen stets Mönch geblieben bin. Meine Frau, Severins Mutter, war die Einzige … ach, einerlei«, energisch griff Titus nach seinem Weinkrug und nahm diesmal mehr, als er vertrug, verschluckte sich. Seine Gier mündete in einem Hustenanfall.

Ditmold schlug ihm kräftig auf den Rücken. »Wenn Ihr Euch beruhigt habt, sollten wir aufbrechen. Eure Söhnin wird sicher nicht so beschäftigt sein, dass sie sich nicht über Eure Heimkehr freuen würde. Und bei dieser Gelegenheit kann sie dir endlich die Fälschungen aushändigen, Wolfgang.«

47

Ein Schwall eiskalten Wassers traf Christianes Gesicht.

Verstört schreckte sie auf. Die Dunkelheit um sie her lichtete sich mit einem Mal. Als sie vorsichtig die Augen öffnete, schien zwar die Sonne nicht mehr, aber eine wolkenverhangene Dämmerung bestätigte ihr, dass sie noch am Leben war. Ihr zaghafter Versuch, sich aufzurichten, scheiterte an entsetzlicher Übelkeit und einem plötzlich aufflammenden Schmerz in ihrem Kopf, der sich wie eine Schwertklinge anfühlte, die durch ihren Schädel gezogen wurde. Christiane schloss die Lider und seufzte unter ihrer Qual.

»Ach, Ihr lebt noch«, Imhoffs Kommentar glich einem entnervten Stöhnen. »Ich hätte schwören können, dass Ihr Euch den Hals gebrochen habt.«

Die Angst zog Christianes Eingeweide zusammen. Ihre Därme schienen ein Eigenleben zu führen und bewegten sich unaufhaltsam in ihrem Bauch. Warmer Urin rann an ihren Schenkeln entlang.

Sie biss sich die Unterlippe wund, wagte nicht, noch einmal aufzuschauen, denn dann würde sie in Imhoffs triumphierende Fratze sehen. In ihrem Zustand konnte sie ihm nicht entkommen.

Sie war verloren, denn er würde sie töten. Sein Anblick sollte jedoch nicht das Letzte sein, das sie als Erinnerung in die Ewigkeit mitnahm.

»Wenn Ihr weiter so zittert, fallt Ihr noch von der Trage«, meldete sich eine volltönende, tiefe Männerstimme, die Christiane gänzlich unbekannt war. Verwundert bemerkte sie, dass ihr Körper bebte. Ihre Hände tasteten nach der Unterlage. Irgendjemand hatte sie von der Wiese in ein Bett aus Leder gehoben. War Imhoff so zuvorkommend gewesen? Warum hatte er sie nicht einfach liegen lassen?

Neugierig riskierte sie nun doch einen Blick – und sah in das wettergegerbte, bärtige Gesicht eines Fremden. Ein spitzer, heiserer Schrei entwich ihrer ausgetrockneten Kehle.

»Regt Euch nicht auf, Herrin, Ihr seid in Sicherheit«, behauptete der Mann. »Ihr werdet's überleben, wohingegen Euer Freund wohl weniger Glück hatte.«

Wenn doch dieser Schwindel nachlassen würde und der Kopfschmerz, damit sie begreifen konnte, was der Fremde sagte. Sie hatte jedes Wort gehört, verstand aber den Sinn nicht. Deshalb entschied sie sich für die einzige vernünftige Frage, die ihr einfiel: »Wer seid Ihr?«

»Man nennt mich Andreas den Schäfer. Mit Gottes Hilfe wandere ich mit meiner Herde umher und versorge die Städter mit Wolle und Fleisch.«

Das klang gut.

Christiane hatte zwar noch nie einen Hirten kennengelernt, aber sie war überzeugt davon, dass der ihr nicht nach dem Leben trachtete, obgleich sie das natürlich nicht genau wissen konnte. Ihr Herz stolperte bei jedem zweiten Schlag, ebenso unsicher wie ihr Geist, ob dies nicht doch die letzte Lüge war, die sie im Diesseits hörte.

»Rufe Gott nicht an!«, warnte Imhoff. »Ihr seid ein gottloser Haufen. Wahrscheinlich steckst du mit den anderen unter einer Decke. Ihr hattet es auf mich abgesehen, nicht wahr?«

»Herr, es waren Wilderer, die Euch angeschossen haben«, widersprach der Schäfer mit der Geduld eines Menschen, der sich nicht häufig einem Disput stellen musste. »Sie hatten es auf die Hasen abgesehen und die Rehe im Wald. Gestern hat es eines meiner Lämmer erwischt …«

»Halte den Mund, Unwürdiger! Ich bin kein Tier. Was sind das für Gemeine, die nicht einmal zwischen einem Karnickel und einem Mann unterscheiden können?«

»Vogelfreie, die eine Arkebuse erbeuteten und nie gelernt haben, damit zu schießen«, erwiderte eine andere Männerstimme, in der Mitgefühl für die Ärmsten schwang, die der Stadt verwiesen und nicht einmal mehr um Almosen betteln durften. »Der Rückstoß reißt ihnen den Lauf hoch, und sie treffen ein anderes Ziel.«

Dunkel erinnerte sich Christiane an die Ohren eines Hasen zwischen den Grashalmen. Wenn Imhoff von der Kugel getroffen worden war, hatte das Tier überlebt. Grenzenlose Erleichterung erfasste sie. Tränen der Freude traten in ihre Augen und rannen über ihre Wangen, sie freute sich unendlich, dass das putzige Tier des Weges hoppeln durfte. Es war die Gerechtigkeit Gottes. Das Schicksal spielte mit den Lebewesen.

Aber wieso führte Imhoff dieses Gespräch, wenn er dem Tod geweiht war? Sie versuchte sich aufzurichten …

Die schwielige Hand des Schäfers drückte sie auf die Trage zurück. »Erspart es Euch, Herrin, ein Bauchschuss ist kein Anblick für eine Dame.«

Gott hat gewürfelt, fuhr es Christiane durch den Kopf.

Ungeachtet des sie schützenden Mannes setzte sie sich auf und sah sich um. Sie befand sich im Innenhof eines Bauernhofs oder einer Posthalterei, auf den ersten Blick konnte sie es nicht genau erkennen, und noch mehr Männer als die beiden, deren Stimmen sie unterschieden hatte, schwirrten um sie und Imhoff herum, der auf einem Strohlager gebettet in ihrer Nähe lag.

Er war ebenso bleich wie zornig, seine Kleidung blutdurchtränkt. Seine Hände ruhten auf einem Sack, der auf seinem Bauch lag und vermutlich die zerschmetterten, herausquellenden Eingeweide in seinen Körper zurückpressen sollte, doch offensichtlich fehlte ihm die Kraft dazu. Eine blutige Masse tropfte aus einer überraschend kleinen Wunde. Dennoch stand Georg Imhoff sicher entsetzliche Qualen aus.

Christianes Herz glich einem Eisstück. Nicht der geringste Hauch eines Mitgefühls erfasste sie für den Mann, den sie einmal leidenschaftlich geliebt hatte. Sie wollte nur eine Antwort von ihm haben, bevor er in gnädige Bewusstlosigkeit sank.

»Warum?«, schleuderte sie ihm entgegen. »Warum Sebastian Rehm?«

Ein kehliges Lachen entfuhr ihm. Es klang höhnisch und gemein, als würde es vom Teufel ausgestoßen. Seltsamerweise erinnerte es Christiane an die Laute, welche die Besessene damals ausgestoßen hatte.

»Dummheit muss bestraft werden – und Schwäche … Der Trottel Rehm tat schon immer, was ihm aufgetragen wurde. Das einzige Mal, dass ich *seiner* Empfehlung folgte, wurde für mich zum Weg durch die Hölle. Er prahlte von einer Hure, der Lügner, die ich daraufhin natürlich besitzen musste. Rehm hatte sie nie, wie ich später erfuhr, aber ich steckte mich an. Das genügte allerdings, um ihn zu lenken. Auf dieser Basis pflegten wir unsere Freundschaft eine lange Zeit. Ich habe keine Ahnung, warum er sich plötzlich gegen mich stellte.«

Er wollte seine Familie retten, dachte Christiane. Sein Gewissen war erdrückt von Schuld, die Zukunft des kleinen Johannes sollte nicht mit immer neuen, böseren Fälschungen verbunden sein. Ein zweites Kind war unterwegs, das sein Verantwortungsgefühl womöglich noch stärker herausforderte. Ihr fiel das Gespräch zwischen Sebastian, dem alten Titus und Severin ein, das sie belauscht hatte: Der Dichter-Freund hatte etwas Neues vorgeschlagen, womit er in Zukunft wahrscheinlich gutes Geld verdient hätte. Geschichten, die Reisende unterhielten. Aber da war Marthas Mann schon vom Tode gezeichnet gewesen.

Nur mühsam konnte Christiane den Zwang unterdrücken,

aufzuspringen und dem Körper des Widerwärtigen einen Tritt zu versetzen. Letztlich verdankte sie ihre Beherrschung nur den Schmerzen, die jede hastigere Bewegung durch ihre Glieder sandte.

»Wann wird er sterben?«, erkundigte sie sich leise bei dem Schäfer.

»Menschen mit einer Bauchwunde bleiben lange bei Bewusstsein. Ihr Ende ist jedoch vorbestimmt. Ein paar Stunden noch – wie es Gott gefällt.«

48

Georg Imhoff starb drei Stunden später.

Zu diesem Zeitpunkt wusste er, dass der unbekannte Wilderer dem Henker nur die Arbeit abgenommen hatte. »Ein Bauchschuss ist wohl angenehmer als der Scheiterhaufen«, kicherte er, vermutlich nicht mehr Herr über seinen Verstand. »Und allemal besser als das Rad.« Dann sank er in gnädige Ohnmacht.

Kurz darauf krachte ein Donner, fast im selben Moment zuckte ein Blitz über den Abendhimmel. Der einsetzende Regen prasselte gegen die Fensterscheiben und übertönte Imhoffs letztes Röcheln.

»Ich wünschte, ich könnte Mitleid für die verirrte Seele empfinden«, wisperte Christiane neben seinem Lager. »Aber ich bin leer, mein Herz ist wie ausgetrocknet. Da ist kein Gefühl mehr.«

Wolfgang Delius nahm ihre Hand und umschloss sie fest mit seinen Fingern. »Lasst uns in die Gaststube gehen und einen Obstbrand trinken. Der Schnaps wird nicht nur Euren Leib, sondern auch Eure Seele wärmen.«

Vorsichtig setzte sie einen Fuß vor den anderen, als sie sich von ihm aus Imhoffs Sterbezimmer führen ließ, einer nach Pferdemist riechenden Kammer neben dem Stall.

Jeder Schritt tat ihr weh, ihr Hüftgelenk sandte schmerzende Boten in ihr Bein, ihr Kreuz trug kaum die Last ihres Oberkörpers. Dennoch fühlte sie sich auf gewisse Weise beschwingt. Sie hatte den halsbrecherischen Ritt trotz allem bemerkenswert gut überstanden, und bis auf ein paar blaue Flecken und ein paar Schürfwunden würde sie bald nichts mehr an den Unfall erinnern.

Ihr Lebensretter, der bärtige Schafhirte, hatte mit seiner Flöte einige Bauern herbeigerufen, die wie durch ein Wunder von den Feldern geeilt waren, während der taubstumme Stallbursche die Flucht nach Augsburg zurück ergriffen hatte. Die Männer hatten die beiden Verletzten daraufhin zur nächsten Siedlung getragen – zur Posthalterei Auerbach.

Christiane hatte den Ort, an dem ihr Gatte gestorben war, anfangs mit überraschendem Gleichmut zur Kenntnis genommen. Damit beschäftigt, die eigenen Wunden zu lecken, war sie nicht einmal des schwerbewaffneten Boten des Reichserbmarschalls gewahr geworden, der das Gasthaus am Rande des Postkurses gestürmt und die Verhaftung des Täufer-Predigers Georg Imhoff verkündet hatte.

Irgendwann später – sie konnte nicht sagen, wie viele Stunden zwischen ihrer Ankunft und dem Eintreffen der anderen lagen – waren Bernhard Ditmold und Wolfgang Delius atemlos und mit staubigen Mänteln in den Innenhof eingeritten. Sie hatte sich freuen wollen, weil die beiden ihr gefolgt waren, doch sie konnte es nicht, weil ihre Seele und ihr Herz zu Eis erstarrt waren.

Zumindest der Assessor war nicht ihretwegen gekommen, sondern um Georg Imhoff zu verhören, doch dieser hatte stur jede Auskunft verweigert und über Ditmolds Fragen gelacht. Selbst die Androhung von Folter hatte ihn nicht geschreckt.

Satan war resistent gegen die Heilsordnung Kaiser Karls V., dessen Gesetze er als Täufer ohnehin nicht anerkannte.

Die Gaststube hatte sich mit einer Handvoll Reisender gefüllt, die vor dem Gewitter Zuflucht suchten. Nasse Umhänge dampften in der Wärme des Wirtshauses, wo auf einem offenen Rost fettes Fleisch gebraten und Brotscheiben geröstet wurden. Der scharfe Geruch von Würzbrühe stieg aus einem Kessel auf und erinnerte Christiane daran, dass sie an diesem Tag noch kaum etwas gegessen hatte. Doch sie lehnte Delius' Angebot freundlich, aber bestimmt ab, ihr einen Imbiss zu bestellen. Stattdessen griff sie beherzt nach dem Becher mit dem Obstbrand, entsann sich kurz des am Nachmittag in Imhoffs Gesellschaft genossenen Weins, presste die Lider zusammen und goss den Inhalt in ihre Kehle.

Der Schnaps schmeckte ihr nicht. Er brannte in ihrem Hals und reizte ihren Magen, Herz und Seele blieben jedoch unberührt von der Wirkung. »Es tut mir leid, dass Zeug hilft mir nicht«, erklärte sie mit leisem Bedauern und stellte den Becher auf den Tisch zurück.

»Schade«, der Verleger musterte sie eindringlich, als suche er einen Fehler in ihrem Äußeren oder ihrem Charakter. »Ich kann diesem Getränk durchaus etwas abgewinnen.«

Christiane entschuldigte sich mit einem zaghaften Lächeln. Dann blickte sie sich um: »Wo ist Herr Ditmold? Ich kann ihn nirgends entdecken.«

»Er ist in der Küche, glaube ich, und debattiert mit dem Koch. Schon bei unserem ersten Aufenthalt hier schmeckte es ihm nicht. Und mein Freund legt großen Wert auf ein vorzügliches Mahl – vor allem an einem Abend wie diesem.«

Ihr fiel ein, dass ihr Ditmolds Genusssucht schon bei ihrer ersten Begegnung aufgefallen war, und unwillkürlich wurde ihr Lächeln breiter. »Wieso seid Ihr eigentlich hier, wenn es dem Magen des Herrn Assessors nicht bekommt?«, fragte sie spöttisch.

Delius hob die Hand und strich zärtlich eine Locke zurück, die sich aus ihrer Frisur gelöst hatte. Sie ließ es geschehen.

»Um Euch zu beschützen, Christiane Meitinger«, erwiderte er sanft. »Eine Wache hätte vermutlich genügt, Imhoff nach Augsburg zu schaffen. Ditmold hatte nicht vor, die Stadt wegen des Teufels zu verlassen. Aber als wir zu Eurem Haus kamen und die Magd sagte, ihr seid mit dem *Herrn Dichter* vor einer Weile zu einem Ausflug aufgebrochen, wussten wir, was zu tun war. Ich machte mir unendliche Sorgen um Euch.«

»Das ist sehr lieb«, murmelte sie gedankenverloren. Welcher Mensch hatte sich zuletzt eigentlich Sorgen um sie gemacht? Ihr Vater bestimmt nicht – und Severin? Vielleicht, sie wusste es nicht genau. Dafür war sie sich sicher, dass ihre Cousine um ihr Wohlsein besorgt gewesen war. Christiane fuhr sich unwillkürlich mit den Fingern durch ihre wirres Haar. »Ich sehe jetzt bestimmt aus wie Martha«, meinte sie leise.

»Nein. Nein, das tut Ihr nicht. Auch unter der unordentlichsten Frisur ist Euer geschliffener Verstand erkennbar.«

»Martha war viel sanfter – ich weiß …«, ihre Worte verloren sich in Traurigkeit, und es tat unendlich gut, dass Wolfgang Delius wieder nach ihrer Hand griff. Die Wärme seiner Finger durchströmte ihren Arm.

Bald, dachte Christiane, bald erreicht sie mein Herz.

Plötzlich flossen die Worte aus ihr heraus. Sie erzählte ihm von ihrer Kindheit mit der verwaisten Martha an ihrer Seite, von deren Glück, Sebastian Rehm gefunden zu haben, und der Geburt des kleinen Johannes, deren Patin Christiane wurde. Sie entsann sich einer Menge erfreulicher Geschichten und bemerkte dabei nicht, mit welchem Geschick Wolfgang Delius das Gespräch vor allem auf die glücklichen Momente lenkte. Irgendwann fiel ihr wie zufällig auf, dass sie noch nie zuvor so viel über ihre Cousine und Freundin gesprochen hatte. Und mit der Erinnerung an Martha kehrten auch Gefühl und Lebendigkeit in ihre Seele zurück.

»Ihr seid ein guter Zuhörer«, stellte sie schließlich fest und fügte langsam hinzu: »Ihr bereitet mir ein Geschenk, weil ich so unbefangen sprechen darf.«

»Es kostet mich nicht viel. Ihr erzählt lebendig und anschaulich. Wer sollte da nicht gerne zuhören?«

»Ach, manchmal denke ich, es hat sich noch niemand sonderlich für das interessiert, was ich zu sagen hatte – außer Sebastian Rehm. Der war für mich da. Und ... Georg Imhoff gab mir das Gefühl, von einigem Wert zu sein.«

»Hm. Ich weiß. Er verstand es, Menschen für sich einzunehmen. Sonst hätte sich wohl kaum ein Mann wie Sebastian Rehm für ihn eingesetzt. Imhoff war vermutlich ein schlechter Dichter, aber der geborene Prediger.«

Christiane lehnte sich schläfrig auf der Bank zurück. Die alten Geschichten hatten sie ermüdet. Endlich. Denn sie hatte angenommen, nach den Erlebnissen dieses Tages nie wieder ein Auge zutun zu können.

»Meint Ihr, Herr Ditmold hält sich noch immer in der Küche auf?«, fragte sie zusammenhanglos.

»Vielleicht hat er einen Blick auf die junge Gemüsemagd geworfen«, erwog Delius. »Soll ich ihn holen?«

»Nein, nein, lasst ihn nur, wo er ist. Ich wollte mich bedanken, bevor ich mich in meiner Kammer niederlege.«

»Werdet Ihr schlafen können und nicht von Alpträumen gestört werden?«

»Der Traum kann kaum schlimmer sein als die Realität.«

»Es ist vorbei. Ihr braucht Euch nicht mehr zu fürchten.«

»Ja«, raunte sie. Mühsam stemmte sie sich hoch, die Hände auf der Tischplatte aufgestützt. »Ich werde versuchen zu schlafen. Sobald der Morgen hereinbricht, möchte ich nach Hause. Der kleine Johannes braucht mich.«

»Davon bin ich überzeugt.« Er erhob sich und nahm ihren Arm. »Ihr solltet nicht alleine gehen …«

Bittere Ironie glänzte in ihren Augen. »Befürchtet Ihr, in dieser Poststation würde mir Übles geschehen?«

»Das nicht«, er sah sie eindringlich an und hielt ihre Blicke fest, »aber ich möchte dich nicht dir selbst überlassen … Ich würde dich gerne in meinen Armen halten, Christiane. Dich halten und trösten.«

Eine dunkle, kaum vernehmbare innere Stimme erinnerte sie daran, dass dies eine unmögliche Situation war. Unschicklich und absolut unmöglich. Kein Mann sagte zu einer Frau, dass er sie umarmen wolle, warum auch immer. Und keine anständige Frau sehnte sich dermaßen danach wie sie in diesem Moment. Allein Wolfgangs Stimme lullte sie ein wie das geliebte warme Bad.

»Ich bin nicht so stark, wie es den Eindruck erwecken mag«, sagte sie.

Statt einer Antwort schob er sie sanft zur Stiege. Niemand in der Gaststube schien darauf zu achten, wie der attraktive Mann und die aufgelöst und verwirrt wirkende junge Witwe gemeinsam zu der Kammer schritten, die ihr zuvor vom Wirt zugewiesen worden war.

Christiane dachte daran, dass sie vollkommen wahnsinnig sein musste, wenn sie tat, wonach ihr gerade der Sinn stand. Vor ihrem geistigen Auge formten sich jene wenigen Bilder von Liebe und Leidenschaft, die ihre unglückliche Ehe und ihr Verhältnis zu Georg Imhoff bestimmt hatten. Würde sie die Begegnung in Rehms alter Wohnung je vergessen können? Vielleicht mit der Hilfe eines anderen Mannes …

Vergiss es!, fuhr es ihr durch den Kopf. Vergiss die Vergangenheit, lebe die Gegenwart und denke nicht an die Zukunft.

Es ist ein Geschenk, leben zu dürfen. Genieße das. Genieße den Moment.

»Bitte, komm mit mir«, flüsterte sie, als sie vor ihrem Zimmer angekommen waren.

Er zögerte, als könne er nicht glauben, was sie ihm tatsächlich anbot. Doch dann schob er eine Hand in ihren Nacken, mit der anderen berührte er sacht ihre Schulter. Sein Mund strich zärtlich über ihr Gesicht, als wolle er mit seinen Küssen ihr Antlitz streicheln. Als sich ihre Lippen unter einem tiefen Seufzer öffneten, senkte er sich über sie. Er küsste sie lange und tief, zuerst vorsichtig und zärtlich, als erwarte er doch noch Gegenwehr, dann mutiger und forschend. Seine Finger glitten hinab, umfassten behutsam ihre Brüste und begannen, deren Konturen nachzuzeichnen.

Ein Schauer lief durch ihren Körper. Christiane stöhnte auf.

Um Luft ringend, hob Wolfgang den Kopf, sah verwundert auf sie nieder, als könne er nicht glauben, dass er sie eben noch geküsst hatte. »Ich werde nichts tun, was du nicht möchtest«, versprach er.

»Das weiß ich. Aber ich möchte es.«

Er lächelte sie an. In seinen Augen funkelten Sterne. Ohne sie mit seinen Blicken loszulassen, trat er gegen die Tür, die mühelos aufschwang.

Später lag sie entkleidet und mit einem Laken bedeckt auf ihrem Lager und beobachtete ihn – aufgeregt, neugierig und erfüllt von Vorfreude. Er besaß einen kräftigen, muskulösen Körper – vielleicht trainierte er ihn beim Fechten –, auf seiner Brust lockte sich ein dunkler Flaum. Offenbar hatte er nichts dagegen, dass sie ihn bewunderte. Er reagierte nicht einmal mit Abwehr, als sie interessiert auf jenen pulsierenden Teil schaute, den sie bei Severin nie hatte ansehen dürfen. Wie schön er war!

Eine unangenehme Frage stellte sich ein: Wartete eigentlich

eine Gemahlin in Frankfurt auf ihn? Sie wusste es nicht, genau genommen wusste sie nichts von diesem Mann, der sich neben das Lager kniete und begann, sie mit seinen Fingern zu erforschen. Sie kannte nur die Aufrichtigkeit in seinen Augen, die Zärtlichkeit seiner Hände. Es war müßig, darüber nachzudenken, denn es spielte keine Rolle, ob er verheiratet war oder nicht. Sie wollte nicht mehr von ihm als diesen Moment des Vergessens und des Glücks.

Sie ergab sich ihrem Verlangen. Zur Umkehr war es ohnehin zu spät. Als er sich auf sie legte, sie seine Haut auf ihrer Haut spürte, vergaß sie endgültig ihre Sorgen und jene Zurückhaltung, die von einer Dame erwartet wurde, die noch dazu eine junge Witwe und gerade einem Mörder entronnen war. Wolfgangs Begierde riss sie in schwindelnde Höhen, und sie überließ sich ihm mit jenem sinnlichen Vertrauen, das nur mit grenzenloser Erfüllung einhergeht.

Flüchtig dachte er daran, dass er nun niemals einen Brief an Amalie schreiben würde.

Frankfurt am Main, Ende September 1555

Epilog

Die kleine Faust schoss hervor und stieß in den Turm aus Bauklötzen, den Christiane liebevoll errichtet hatte. Polternd fielen die Steine durcheinander und rollten unter dem Kichern des Jungen über den Boden. Christiane, die neben Johannes in der Hocke saß, nahm den Kleinen in den Arm und lachte mit ihm.

Nie hätte sie für möglich gehalten, dass das Schicksal noch so viel Sorglosigkeit für sie bereithielt. Und so viel Glück.

Wolfgang Delius war Anfang Juni von Augsburg nach Venedig aufgebrochen, wie er es geplant hatte. Die meisten deutschen Verleger deckten sich mit lateinischen oder italienischsprachigen Werken ein, erklärte er ihr, sie ließen die Bücher übersetzen und mit dem eigenen Kolophon im Bereich ihres Privilegs drucken. Es war notwendig, dass er die Reise antrat, sie wusste es, aber Christiane war überzeugt gewesen, das Herz würde ihr brechen, wenn er durch das Stadttor und von ihr fortritt. Doch das tat es nicht. Vor allem, da er ihr das Versprechen gab, zurückzukehren und sie dann als seine Gemahlin nach Frankfurt mitzunehmen.

Christiane litt unter ihrer Sehnsucht nach dem Mann, den sie liebte. Sie hatte jedoch wenig Zeit, darüber nachzudenken: In den Wochen seiner Abwesenheit war sie damit beschäftigt, Meitingers Haushalt aufzulösen und nebst Druckerei an den meistbietenden Interessenten zu verkaufen. Damit bezahlte sie Severins Schulden. Dergestalt ausgefüllt, nahm sie kaum wahr, wie die Verhandlungen des Reichstags voranschritten und es zu einem Wechselbad der Gefühle bei den Mitgliedern des Kurfürsten- und des Fürstenrats kam, als sich König Ferdinand mit seinem Bruder, dem Kaiser, auf keine Lösung einigen konnte, die Sitzungen aber trotzdem fortgeführt wurden.

Depeschen hatten die Stadttore in die eine wie die andere Richtung passiert, ohne dass eine Entscheidung getroffen wurde. Schließlich war Wolfgang gesund und voller Enthusiasmus aus Venedig zurückgekehrt. Es stand außer Frage, dass Christiane mit ihm nach Frankfurt gehen würde – selbst wenn ihr Vater sein Einverständnis verweigert hätte. Doch Brunnenmeister Walser war zufrieden mit dem neuen Eidam, obwohl dieser Protestant war. Christiane nahm an, dass er froh war, die unliebsame Tochter endlich fortziehen zu sehen. Daher fiel ihr der Abschied von ihren Eltern nicht sonderlich schwer.

Anders verhielt es sich mit Titus Meitinger. Ihren Schwäher verließ sie überraschend ungern, obwohl sie ihn auch dann nie wiedergesehen hätte, wenn sie in Augsburg geblieben wäre: Der alte Mann hatte sich für einen Lebensabend hinter Klostermauern entschieden. Nach allem, was Christiane über sein Leben inzwischen gehört hatte, hoffte sie aus ganzem Herzen, dass er im Kreise der Augustiner-Brüder seinen Frieden fand. Es verging kein Abend, an dem sie sein Wohlergehen nicht in ihre Gebete einschloss.

Auch Bernhard Ditmold musste sie Lebewohl sagen. Der Assessor blieb in Augsburg, um sich nunmehr vollständig auf die Verhandlungen zur Reichskammergerichtsordnung zu konzentrieren. Weitere Morde sollten ihn nicht davon abhalten, an der Konferenz teilzunehmen, die am Rande der Verhandlungen über den Religionsfrieden geführt wurde. Dennoch wusste sie, dass sie den neu gewonnenen Freund wiedersehen würde, der versprochen hatte, so bald wie möglich nach Frankfurt zu reisen.

Gemeinsam mit dem kleinen Johannes war sie Wolfgang in dessen Heimat gefolgt, nachdem sie in einer kurzen, stillen Zeremonie seine Frau geworden war. Zum ersten Mal war sie auf Reisen – eine unendlich aufregende Sache. Die neuen Eindrücke schwirrten ihr im Kopf, der Hintern schmerzte vom täglichen Reiten, und ihr Herz öffnete sich an jedem Tag ihres Zusammenseins ein wenig mehr für ihren Gemahl.

Als sie schließlich Frankfurt erreichten, war sie verblüfft, da sie die hinter sich gelassene Welt für einen bedeutenden Mittelpunkt des Reiches gehalten hatte: Diese Stadt war jedoch fast so mächtig wie Augsburg und lag an einem Fluss, der breiter und wichtiger für den örtlichen Handel war als Lech und Wertach zusammen. Staunend beobachtete Christiane, wie täglich gegen zehn Uhr ein Floß mit rund dreihundert Passagieren und allerlei Waren an Bord mit Pferden von Mainz herangezogen wurde und ein weiteres *Marktschiff* derselben Größe den umgekehrten Weg antrat. Mit dem kleinen Johannes auf dem Arm stand sie häufig auf der Brücke, welche die Lebensader dieser Metropole in atemberaubenden vierzehn Bögen überspannte, und beobachtete den Alltag auf dem Wasser. Niemals aber hatte sie den Wunsch, von den Wellen fortgetrieben zu werden. An Wolfgang Delius' Seite war nun ihr Zuhause – und sie wollte dieses verteidigen und für immer bewahren.

In Frankfurt lernte sie rasch, dass es in jedem Paradies eine Schlange gab: Im Hause Delius hieß die Viper Amalie und war die Witwe von Wolfgangs verstorbenem, älterem Bruder. Ganz offensichtlich hatte diese Person erwartet, dem Haushalt des neuen Verlegers in einer ganz bestimmten Position vorzustehen, welche ihr nun von einer Fremden streitig gemacht wurde.

Christiane versuchte – so gut es eben ging – Amalies Giftpfeile zu ignorieren; immerhin entschädigte ihr Mann sie mit seiner Liebe. Dennoch ärgerte sie sich darüber, zumal Amalie selbstverständlich meistens unfreundlich und gemein war, wenn sich Wolfgang nicht in ihrer Nähe aufhielt. Andererseits lehnte es Christiane ab zu petzen und entzog sich dadurch seinem Schutz. Sie hatte in den vergangenen Monaten so viel mehr durchgestanden als die eifersüchtigen Attacken einer enttäuschten Frau, befand sie, das bisschen Neid sollte sie eigentlich nicht aus der Fassung bringen.

Wenigstens Johannes gegenüber benahm sich Amalie aufmerksam und fast liebevoll, was Christianes Groll besänftigte. Das, so nahm sie an, geschah, weil Amalie Wolfgang eine Freude machen wollte, der ganz offensichtlich einen Narren an dem Buben gefressen hatte. Christiane beließ es dabei. Sie dachte nicht daran, Amalie die Wahrheit anzuvertrauen: Dass Wolfgang den zu einem entzückenden Kind heranwachsenden Kleinen auch deshalb mit Zuwendung überschüttete, weil er damit eine Schuld abtrug. Christiane wusste, wie sehr er darunter litt, dass er Sebastians Hilferuf zu spät Gehör geschenkt hatte.

Sie waren eine kleine, glückliche Familie – Wolfgang, Johannes und Christiane. Seit kurzem nahm sie an, dass die Leidenschaft ihres Gemahls Folgen hatte und sie ein eigenes Kind unter ihrem Herzen trug. Sie hatte ihm noch nichts davon gesagt, weil sie sich nicht sicher genug war. Allerdings benutzte sie seit ihrem ersten Zusammensein in der Poststation zu Auerbach keinerlei schützende Mittel: Eine Schwangerschaft war ihr willkommen. Irgendwer sollte schließlich eines Tages die Privilegien übernehmen, und Christiane lächelte in sich hinein, wenn sie daran dachte, dass sie nun doch einem neuen Druckerverleger das Leben schenken würde.

Die Kirchenglocken begannen zu läuten, als sie damit beschäftigt war, die verstreut herumliegenden Bauklötze wieder aufzusammeln. Sie erschrak über die um diese Stunde und in ihrer Intensität ungewöhnlichen Klänge so sehr, dass sie entsetzt in der Bewegung innehielt.

Heute Vormittag hatte es nicht nach einem Hochwasser ausgesehen, also musste ein furchtbares Unglück geschehen sein, wenn die Pastoren der Stadt derart an den Strängen ziehen ließen. Raste etwa eine Feuersbrunst durch die alten Mauern? Mit angehaltenem Atem lauschte sie, drückte den ebenfalls erstaunt lauschenden kleinen Johannes fest an sich.

Erst allmählich wurde ihr bewusst, dass dies nicht die Sturmglocken sein konnten. Der Ton war nicht bedrohlich. Durch die geschlossenen Fenster hörte sie, wie sich Menschen auf der Gasse versammelten und wild durcheinanderriefen, die vom Geläut offenbar ebenso überrascht worden waren wie sie. Dann vernahm sie Schritte auf der Treppe, aufgeregte Stimmen hallten durch Delius' Haus.

Unwillkürlich schob sie das Kind von ihrem Schoß und erhob sich, um nach dem Rechten zu sehen.

»Tata!«, schrie Johannes empört, der nicht alleine auf dem Boden hocken bleiben wollte.

Seufzend hob sie den Jungen hoch und setzte ihn sich auf die Hüfte, ungeachtet der Tatsache, dass sein Gewicht das feine Tuch ihres Rocks zerknittern würde.

Im selben Moment schallte eine nicht weniger durchdringende Männerstimme durch das Haus: »Christiane!« Zwei Stufen auf einmal nehmend, stürmte Wolfgang unter den neugierigen Blicken des herbeigeeilten Personals die Treppe hinauf. Dabei rief er nach seiner Frau.

»Was ist denn geschehen?«, erkundigte sich Christiane, als sie aus dem Kinderzimmer trat. Ihre Wangen glühten vor aufgeregter Erwartung. Dennoch war sie sich nicht recht im klaren darüber, ob sie die Neuigkeiten herbeisehnen sollte oder mögliche schlechte Nachrichten erst später erfahren wollte. Die Erlebnisse der vergangenen Monate hatten sie vorsichtiger werden lassen. Nicht jedes Ungemach bedeutete zwar gleich eine Tragödie, aber sie war zögerlich geworden in der Beurteilung einer Situation. Noch traute sie dem Schicksal nicht wirklich – sie war nicht blind vor Glück ...

Wolfgang schwenkte ein Flugblatt in der Hand. »Sie haben sich geeinigt«, jubelte er. »Die Räte haben sich mit dem König auf einen Reichsabschied geeinigt. Überall im Land reiten Kuriere umher, und die Priester sprechen von den Kanzeln. Bei Behem in Mainz soll der Text des Religionsfriedens unverzüglich gedruckt und zur Buchhändlermesse ausgeliefert werden, damit er für jedermann zugänglich ist ...« Atemlos stand er vor Christiane und dem kleinen Johannes und umschloss beide mit seinen Armen.

»Höre ich das Wort *Frieden*?« Amalie tauchte auf und neigte den blond gelockten Kopf interessiert. »Berichte mir bitte von den Neuigkeiten.«

Nur widerwillig löste sich Wolfgang von seiner Liebsten und dem Jungen.

»Papa«, trompetete Johannes.

Wolfgang, der gerade zu einer Beantwortung von Amalies Frage ansetzte, hielt verblüfft inne. »Wo hat er denn dieses Wort her?«

Christianes vorwurfsvoller Blick richtete sich auf Amalie. Eigentlich war sie mit Wolfgang übereingekommen, niemals die Positionen von Martha und Sebastian Rehm einzunehmen. Schließlich gab es keinen Grund, dem Buben das Erbe seiner leiblichen Eltern vorzuenthalten, auch wenn dieses nur ein geistiges war. Aber sie hatte bereits geahnt, dass Amalie ihrem Schwager einen Gefallen erweisen und Johannes daher weismachen wollte, Wolfgang als seinen Vater zu betrachten.

»Ich habe es ihm beigebracht«, erklärte Amalie prompt und strahlte Wolfgang mit der Miene eines Unschuldsengels an. »Was sollen denn die Leute denken, wenn du mit einer Fremden als deiner Ehefrau nach Hause zurückkehrst und im Gepäck ein Kind hast, das dich *Oheim* nennt?«

»Weniger, als wenn Johannes mich als seinen Vater bezeichnet«, gab Wolfgang trocken zurück. Er strich dem Kleinen zärtlich über die Wange. »Ich wäre es sicher gerne, aber ich bin nicht einmal annähernd so klug, wie dein richtiger Papa es war. Der Vergleich ist nicht sonderlich schmeichelhaft für mich.«

Christiane fing seine Hand auf und drückte sie in stummer Dankbarkeit. Sie hatte nicht die Absicht, sich in die Auseinandersetzung zwischen ihrem Mann und dessen Schwägerin einzumischen. Zwei Frauen, die auf ihn einredeten, konnte Wolfgang sicher nur schwer ertragen, und sie wollte am Ende womöglich nicht diejenige sein, auf die sich sein Zorn senkte.

»Was redest du nur immer«, kicherte Amalie, die sich über Wolfgangs Bescheidenheit köstlich zu amüsieren schien. »Erzähle mir … uns«, sie betonte das Personalpronomen, »lieber endlich von den Neuigkeiten. Mir scheint, die ganze Stadt läuft zusammen. Hört Ihr die Glocken und das Geschrei auf der Straße?«, wandte sie sich an Christiane.

Wolfgang reichte seiner Gattin das Flugblatt und nahm ihr den Kleinen ab. »Lies selbst«, forderte er sie auf. Die Spitze seiner Schwägerin hatte er in Anbetracht der Neuigkeit rasch wieder vergessen. Während er den vergnügt kreischenden Johannes auf seinen Armen durch die Luft wirbelte, erklärte er: »Der Kaiser verzichtet auf eine einheitliche christliche Kirche, den Kurfürsten und Fürsten obliegt künftig die Religionsfreiheit, und ihre Untertanen können wählen, ob sie im Glauben ihres Landesherrn leben oder auswandern wollen, in den Reichsstädten dürfen weiterhin Bürger beider Konfessionen leben, und allerorten wird die päpstliche Gerichtsbarkeit gegen Protestanten aufgehoben … Es ist sicher eine Kompromisslösung, aber sie bedeutet Frieden. Dauerhaften Frieden.«

»Damit hatte wohl niemand mehr gerechnet«, murmelte Christiane beeindruckt.

»Tatsächlich wurde eher eine Vertagung als eine Einigung erwartet«, stimmte Wolfgang zu und stellte Johannes auf den Boden. Der Kleine hielt sich an den Stiefelaufschlägen fest und betrachtete interessiert den Schaft von Wolfgangs Degen. »Niemand glaubte mehr daran, dass der Kaiser seine Zustimmung zur Glaubensfrage geben würde.«

Christiane blickte auf das Flugblatt, aber sie las es nicht. Sie würde noch ausreichend Gelegenheit bekommen, den Text des Reichsabschieds vom 25. September zu studieren. Niemand verbot ihr mehr die Lektüre der Texte, die sie interessierten. Die gedruckten Buchstaben auf dem Flugblatt verschwammen vor ihren Augen.

Frieden.

Das Wort erfüllte ihr Gehirn, sie ließ es auf der Zunge zergehen wie einen Löffel dicker, süßer Sahne. Unwillkürlich legte sie die Hand auf ihren Bauch. Würde das Kind, das in ihr wuchs, tatsächlich niemals einen Krieg erleben? Würde Johannes lernen, dass man Waffen nur zur körperlichen Ertüchtigung trug und nicht zu sinnlosem Gemetzel?

Sie dachte an die Fälschungen, die sie gemeinsam mit Wolfgang und Ditmold in ihrem Küchenofen in Augsburg verbrannt hatte. Vielleicht war Sebastian nicht umsonst gestorben. Die Tatsache, dass er sich Imhoffs Anliegen schließlich verweigert und dem fremden Verleger in Frankfurt anvertraut hatte, war sein Todesurteil gewesen; möglicherweise hatte er damit aber den Religionsfrieden gerettet – ebenso wie Severin, der die Texte in seinem Keller versteckt hatte und der am Ende nichts mehr mit der Erpressung hatte zu tun haben wollen, was ihn ebenfalls das Leben gekostet hatte.

Wolfgang schien ihren Gedanken gefolgt zu sein, denn er nahm sie sanft am Arm und sagte: »Es lohnt sich niemals, dass ein Mensch stirbt. Für den Frieden ergibt es jedoch ein wenig Sinn. Wenn Johannes alt genug ist, werde ich ihm erzählen, dass sein Vater ein großartiger Mann war.«

Zufällig blickte Christiane zu Amalie auf. In den Augen der anderen lag deutliche Abneigung. Natürlich hatte Amalie die zärtliche Geste gesehen, und sie wusste, dass sie von einem Geheimnis ausgeschlossen war, das Christiane mit Wolfgang teilte. Die Andeutung weckte wohl, wie andere Bemerkungen des Ehepaares auch, ihre Neugier, aber ihre Fragen waren von Wolfgang bislang brüsk zurückgewiesen worden. Er hatte Christiane davon erzählt, und sie war dankbar für sein Schweigen.

Von einem häuslichen Frieden waren Christiane und Amalie jedenfalls weit entfernt.

Das macht nichts, fuhr es Christiane durch den Kopf. Sollte Amalie ihr noch eine Weile grollen, wenn sie ihre Zeit damit vertun wollte. Irgendwann würden ihre Waffen stumpf sein.

Immerhin besaß Christiane das wichtigste Mittel gegen den Krieg – die Liebe.

Explicit

Obwohl ich lange in München zu Hause war, führte mich mein Weg nie sechzig Kilometer westlich nach Augsburg. Erst durch die Recherche zu diesem Roman machte ich mich mehrmals mit dem Auto und dem Zug auf, die alte Reichsstadt zu erkunden. Und war fassungslos über meinen Irrtum, denn mich erwartete nicht die Provinz, für die der Münchner von heute Augsburg hält, sondern die nach Trier immerhin zweitälteste Stadt Deutschlands mit einem unendlichen Reichtum an Geschichte.

Im 16. Jahrhundert zählte Augsburg mit über 31000 Bürgern zu den größten Gemeinden im Heiligen Römischen Reich Deutscher Nation (München hatte damals gerade mal 10000 Einwohner). Während eines Reichstags kamen noch Tausende hinzu, und die Stadt zwischen Lech und Wertach wurde zu einem lärmenden, betriebsamen Regierungssitz. Klangvolle Namen wie etwa der der Familie Fugger, des einst reichsten Patriziergeschlechts Europas, bestimmten das damalige Leben in Augsburg, an das heute mit einer liebevollen Denkmalpflege und Ausstellungskultur gedacht wird. Leider haben nicht alle mittelalterlichen Gebäude und Renaissancepaläste, Klöster und Kirchen den Zweiten Weltkrieg unbeschadet überstanden: In der Nacht vom 25. auf den 26. Februar 1944 wurden große Teile der Innenstadt zerstört. Bis in diese Tage dauern die Bemühungen an, die alten Bauten zu rekonstruieren.

Zum Zeitpunkt meiner Handlung war Augsburg eine vergleichsweise moderne Stadt, in der soziales Engagement großgeschrieben wurde. Nicht nur das Almosenamt des Rats, sondern auch mehrere private Stiftungen sorgten dafür, dass es den armen Leuten besser ging als anderswo. Eine Hauptrolle spielte dabei die Fuggerei, die älteste Sozialsiedlung der Welt, die 1521 von Jakob Fugger ins Leben gerufen worden war. Für den Gegenwert von einem Gulden Kaltmiete pro Jahr (0,88 Euro) wohnen dort noch heute bedürftige Bürger, wenn auch nur auf Zeit, denn der Sinn ist, etwa Arbeitslosen eine vorübergehende Wohnmöglichkeit zu bieten, nicht aber lebenslang. Heute wohnen ausnahmslos Katholiken in der Fuggerei, vor 500 Jahren war das anders, denn damals war die Mehrheit der Augsburger Bevölkerung protestantisch.

In einem Romandialog unterhält sich Wolfgang Delius mit Bernhard Ditmold über die Faszination, die der Teufel gerade auf die Augsburger ausübte. Abgesehen von einem seinerzeit typischen Aberglauben und der auch durch Luther bekannten Furcht vor Satan wurden in Augsburg im 16. Jahrhundert tatsächlich mehr Teufelsaustreibungen durchgeführt als anderswo. Die Exorzisten waren in der Regel Jesuiten, und sie agierten sogar im Haushalt der Familie Fugger. Man kann der Stadt und seinen Bewohnern allerdings zugutehalten, dass andere Orte über den Umgang mit Luzifer vielleicht weniger gut Buch geführt haben und es deshalb anderswo zu ebenso vielen Teufelsaustreibungen gekommen ist.

Die Bedeutung des Augsburger Religionsfriedens von 1555 war enorm, denn immerhin bescherte der Reichsabschied den deutschen Landen die zweitlängste Friedenszeit in der Geschichte. Von 1555 bis zum Ausbruch des Dreißigjährigen Krieges 1618 ruhten im Heiligen Römischen Reich Deutscher Nation die Waffen. Erst zwischen 1945 und heute herrscht noch länger Frieden. Die Bestimmungen bezüglich der Religionsfrage behielten übrigens noch bis Ende 1918 ihre Wirksamkeit. Das Originaldokument befindet sich heute im

Staatsarchiv zu Wien, der genaue Text ist im Internet zu finden: http://www.augsburgwiki.de/index.php/AugsburgWiki/AugsburgerReichs-UndReligionsfrieden

Für Kaiser Karl V. (1500–1558) bedeutete der Reichsabschied eine persönliche wie politische Niederlage. Dieser Sieg der Territorialherren über seine Zentralgewalt, der von seinem Bruder Ferdinand befürwortet und getragen wurde, war einer der Gründe, dass der amtsmüde Monarch knapp ein Jahr nach dem Reichstag zu Augsburg abdankte und sich in ein Kloster im Südwesten Spaniens zurückzog. Dort erlag er den Folgen einer Malariainfektion. Sein umsichtiger, in der Religionsfrage lebenslang auf Kompromisse bedachter Bruder Ferdinand trug die Kaiserwürde bis zu seinem Tod 1564.

Durch die Recherchen habe ich gelernt, dass das kleine Ingolstadt vor 500 Jahren ein großes Zentrum der Bildung war. Weder München noch Augsburg verfügten damals über eine höhere Lehranstalt, wer etwas auf sich hielt, ging an die 1472 gegründete Universität zu Ingolstadt, zu der seit 1549 auch ein Jesuitenkolleg gehörte. Letzteres wurde insbesondere durch Pater Canisius geprägt, der später auch in Augsburg wirkte. Die Universität zu Ingolstadt wurde nach der Besetzung durch die französische Revolutionsarmee 1799 geschlossen, dann nach Landshut und später nach München verlegt.

Eine weitere Überraschung bot für mich die Lektüre über die Frankfurter Buchhändlermesse im 16. Jahrhundert, denn die war seit etwa 1460 und demnach auch zum Zeitpunkt meiner Romanhandlung ebenso wichtig wie heute. Dabei ging man durchaus nach modernen Verkaufsstrategien vor: 1545 wurden eine erste allgemeine Bibliographie, 1564 ein Novitätenkatalog und 1598 der erste amtliche Messekatalog des Frankfurter Rats gedruckt. Lesungen und Autorenaustausch gehörten zur Tagesordnung. Erst rund 100 Jahre später wurde die Frankfurter Buchhändlermesse in ihrer Bedeutung von der Messe zu Leipzig abgelöst, die bis in den Zweiten Weltkrieg hinein anhielt.

Ein Urheberrecht wie in heutigem Sinne gab es im 16. Jahrhundert nicht, das Territorialprivileg ersetzte dieses in gewisser Weise, denn es sicherte dem Verleger immerhin eine Art Exklusivrecht in seinem geografischen Bereich. Mit den Büchern wurde auf der Messe Handel betrieben, und es wurden auch schon erste Lizenzen zum Nachdruck verkauft, die Verleger aus anderen Orten mit den jeweiligen Privilegien erwarben. So gab es denn auch schon Bestseller, die weit über die Grenzen der ursprünglichen Druckerstadt verbreitet wurden.

Der erfolgreichste Autor des 16. Jahrhunderts war Martin Luther; die Reformation hätte es ohne die Möglichkeit des modernen Buchdrucks und die damit verbundene Verbreitung wohl nie in der geschehenen Form gegeben. Deshalb lebten Anfang des 16. Jahrhunderts die wohlhabendsten Drucker in Wittenberg, der Wirkungsstätte des Doktors. Martin Luther verzichtete auf Honorare aus den Erlösen seiner Texte, für die meisten anderen Schriftsteller waren die eigenen Werke jedoch zum Broterwerb da, weshalb sie auf die Gnade oder Ungnade ihrer Drucker und Verleger angewiesen waren. Mancher Druckerverleger beschäftigte für ein geringes Salär (manchmal nur der Sold eines Tagelöhners) bis zu zwanzig Dichter, die auf Anweisung schrieben, was sich gerade gut verkaufen ließ. Es wurde rücksichtslos kopiert und abgeschrieben. Einen Schutz für das geistige Eigentum gab es nicht, wohl aber – wie gesagt – für das Privileg des Verlegers.

Erstmals gegen Ende des 18. Jahrhunderts wurden in England die Rechte von Schriftstellern diskutiert, in Deutschland war es der große Dichter der Aufklärung, Christoph Martin Wieland, der das ausschließliche Recht an seinem geistigen Eigentum mit juristischen Mitteln durchsetzte und damit den entsprechenden Gesetzesänderungen den Weg ebnete. Als erstes deutsches Land sicherte das Großherzogtum Baden 1806 den Schriftstellern lebenslangen Schutz gegen Nachdruck.

Der bestverdienende Autor seiner Zeit war Johann Wolfgang von Goethe: Sein Verleger, Johann Friedrich Cotta zu Stuttgart, zahlte dem Dichter nach modernen Schätzungen umgerechnet etwa zweieinhalb Millionen Euro für dessen Werke. Goethe ebnete übrigens auch den heute üblichen Vorauszahlungen den Weg, damit sind Vorschüsse gemeint, die sich aus den vertraglich vereinbarten Honoraren zwischen Autor und Verlag ergeben und schon vor Abgabe des Manuskripts fällig werden können.

Augsburg war im 16. Jahrhundert ein Zentrum des deutschen Buchdrucks, wenn es auch wohl zum Zeitpunkt meiner Handlung keine katholischen Druckerverleger mehr in der Stadt gab. Titus und Severin Meitinger sind ebenso meine Erfindung wie alle anderen Personen meiner Geschichte. Die Fälschungen, die einen roten Faden in meinem Roman bilden, gab es in der beschriebenen Form nie.

Es kursierten jedoch tatsächlich ab 1518 verschiedene Druckerzeugnisse der »Acta Augustana«, zumal Kurfürst Friedrich von Sachsen Luthers ursprünglichen Text aus Rücksicht auf die katholische Seite zensierte. Die Behauptung, Martin Luther habe Selbstmord begangen, wurde erstmals 1591 in einem in Rom herausgegebenen Buch veröffentlicht, Anfang des 17. Jahrhunderts tauchte sogar der Brief eines Dieners auf, der schrieb, Luther »über seinem Bett hängend und elend erwürgt« aufgefunden zu haben. Da der Reformator jedoch nicht alleine war, als er starb, ist das Gegenteil durch die vielen Zeugenaussagen belegt.

Ich habe mich bemüht, für meine Protagonisten Namen zu

verwenden, die in Augsburg üblich waren. Es gab und gibt dort berühmte Familien mit Namen Rehm, Welser und Imhof, deren Mitglieder jedoch zu keiner Zeit identisch waren mit Sebastian Rehm, Hans Walser oder Georg Imhoff.

Für die Figur von Meitingers schöner Witib hatte ich ein ganz genaues Bild im Kopf: das meiner leider zu früh verstorbenen Mutter, die ebenfalls Christiane hieß. Deshalb nahm meine Protagonistin wie von selbst Gestalt an, obwohl meine Mutter niemals in einen Mordfall verwickelt war. Die Schönheit, der Eigensinn und die Neugier Christiane Meitingers sind aber durchaus keine Erfindung. Man könnte also sagen, dass mir die Hauptperson dieser Geschichte ganz besonders am Herzen liegt.

Die Recherche zu diesem Roman erforderte natürlich einige Mühe. Da ich den Umgang mit altem Papier liebe, bereitete mir die Vorarbeit große Freude. Alte Dokumente und antiquarische Bücher alleine beantworteten jedoch nicht jede Frage der Autorin – und deshalb möchte ich mich ganz besonders bei den Menschen bedanken, die meinen Arbeitsweg mit Ratschlägen und Hilfestellungen begleiteten. Die persönlichen Gespräche und E-Mails, die hin und her gingen, sind keine Selbstverständlichkeit.

Ausdrücklich möchte ich dabei erwähnen: Herrn Franz Karg vom Fugger-Archiv in Dillingen, Dr. Rita Haub, Referatsleiterin der deutschen Provinz der Jesuiten in München, Dr. Hans-Jörg Künast, Dozent für Buchwissenschaften der Universität Erlangen. Sollten sich trotz der Unterstützung dieser Personen historische oder fachliche Fehler in meine Geschichte eingeschlichen haben, so hätte ich diese alleine zu verantworten.

Mein Dank gilt auch der Juwelierin Uta Werner-Dick, durch die ich Augsburg überhaupt erst besser kennenlernte, und meinen Kolleginnen von DeLiA, dem Autorenkreis deutschsprachiger Liebesromanautoren, die manche Recherche durch eigenes Wissen abkürzten, sowie meiner Tochter Jessica, ihres Zeichens Historikerin und meine erste, kritische Leserin, meinem Lektor und meiner Agentin Petra Hermanns für die wunderbare Zusammenarbeit.

Gabriela Galvani,
im Herbst 2009

Glossar

Buchhandels-Gerechtsamer – bis ins 19. Jahrhundert hinein gebräuchliches Wort für Verleger, dem gegenüber steht der Buchführer, der nichts mit einem Buchhalter zu tun hat, sondern der Ahnherr der heutigen Verlagsvertreter war

Constitutio Criminalis Carolina – allgemeines erstes deutsches Strafgesetzbuch, von Kaiser Karl V. auf dem Reichstag zu Augsburg 1530 beschlossen und zwei Jahre später auf dem Reichstag zu Regensburg ratifiziert

Dedikationshonorar – finanzielle Zuwendung einer hochgestellten Persönlichkeit an einen Schriftsteller, welcher der Autor sein Buch widmet

Druckermarken – das Siegel des Druckers, mit dem der Druckerverleger ein Werk besonders kennzeichnete, um es vor unerlaubtem Nachdruck zu schützen

Explicit – die informative Schlussformel eines mittelalterlichen Textes

Fürsprecher – Verteidiger, im heutigen Sinne Rechtsanwalt, jemand, der Fürsprache für einen anderen einlegt

Gasthaus zu den drei Mohren – wurde bereits 1495 als Herberge erwähnt, in dem eleganten Quartier nächtigten u. a. der spätere preußische König Friedrich der Große als Kronprinz, Wolfgang Amadeus Mozart und Johann Wolfgang von Goethe, US-Präsident Franklin D. Roosevelt verbrachte hier einen Teil seiner Hochzeitsreise; das Gebäude wurde bei den Luftangriffen 1944 zerstört, 1951 gesprengt und Mitte der 50er Jahre neu aufgebaut; das Luxushotel gleichen Namens steht heute am alten Platz

Guajak-Holz (Franzosenholz) – bereits die Mayas verwendeten das zu einem Tee aufgekochte Holz des Guajak-Baumes zur Behandlung von Syphilis

Katharinengasse – Wohnsitz des (katholischen) Druckers Hans Schönsperger, der 1530 wegen hoher Schulden aus Augsburg gewiesen wurde

Kolophon – entspricht dem heutigen Impressum eines Buches (siehe S. 4)

Leibgedinge – die durch Geldleistung erworbene Verpflichtung eines Dritten, dem Zahlenden bis zu dessen Tod Wohnung, Essen und Pflege zu stellen. Es gibt dazu eine aktuelle rechtliche Regelung im BGB; heute handelt es sich dabei meistens um eine Versorgungsverpflichtung des neuen Eigentümers gegenüber den alten Bersitzern bei der Übernahme oder dem Kauf eines Bauernhofes

Maximilianstraße – erst nach einigen baulichen Veränderungen an den Plätzen Weinmarkt, Brotmarkt, Moritzplatz und Holzmarkt erhielt der Augsburger Straßenzug 1957 einen einheitlichen Namen, hier befindet sich das Fugger-Haus, das nach den Luftangriffen 1944 bis auf die Arkaden im Erdgeschoss abgebrannt ist und 1949 bis 1951 in vereinfachter Form wiederaufgebaut wurde

Meistersinger – die Augsburger Meistersinger-Gesellschaft entstand wohl um 1500 und war neben den Nürnberger Meistersingern, denen Richard Wagner mit seiner Oper ein Denkmal setzte, der bekannteste Singkreis des 16. Jahrhunderts

Reichserbmarschall – Erzamt im Heiligen Römischen Reich Deutscher Nation, das seit dem 12. Jahrhundert in den Händen der Familie Pappenheim lag, Stellvertreter aller Kurfürsten, dem bei der kaiserlichen Krönung und den Reichstagen besondere Bedeutung zufiel

Revoco – Latein: Ich widerrufe

Stadtpfeifer – hauptamtliche Musiker des Stadtrats, seit 1434 war diesen sogar gestattet, Trompete zu spielen, ein Instrument, das zu den Privilegien der Höfe gehörte; die Augsburger Stadtpfeifer traten bei den Trauerfeierlichkeiten für Kaiser Karl V. auf

Stadtmetzg – Metzgerhaus gegenüber dem Perlachturm; die im 16. Jahrhundert auf demselben Platz befindliche Fleischerei wurde 1612 abgerissen und durch einen Neubau ersetzt, der 1944 stark zerstört wurde; in dem Gebäude befindet sich heute das Sozialamt der Stadt Augsburg, in Erinnerung an die frühere Nutzung lautet die Adresse »Hinter der Metzg«

Schwäher – inzwischen unmodernes Wort für Schwiegervater, vgl. auch *Eidam* für Schwiegersohn und *Söhnin* für Schwiegertochter

Witib – alte Bezeichnung für eine Witwe